朱自清
散文经典

朱自清 著

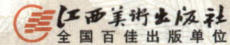

图书在版编目（CIP）数据

朱自清散文经典 / 朱自清著. -- 南昌：江西美术出版社，2019.12
ISBN 978-7-5480-6849-5

Ⅰ.①朱… Ⅱ.①朱… Ⅲ.①散文集－中国－现代 Ⅳ.① I266

中国版本图书馆CIP数据核字(2019)第024026号

出 品 人：周建森
企　　划：北京江美长风文化传播有限公司
责任编辑：楚天顺　朱鲁巍
策划编辑：朱鲁巍
责任印制：谭　勋
封面设计：冬　凡

朱自清散文经典
ZHU ZIQING SANWEN JINGDIAN

朱自清 著

出　　版	江西美术出版社
社　　址	南昌市子安路66号 江美大厦
网　　址	www.jxfinearts.com
电子信箱	jxms163@163.com
电　　话	010-82093785　　0791-86566124
发　　行	010-88893001
邮　　编	330025
经　　销	全国新华书店
印　　刷	大厂回族自治县德诚印务有限公司
版　　次	2019年12月第1版
印　　次	2019年12月第1次印刷
开　　本	680mm×980mm　1/16
印　　张	23

ISBN 978-7-5480-6849-5
定　　价：45.00元

本书由江西美术出版社出版。未经出版者书面许可，不得以任何方式抄袭、复制或节录本书的任何部分。
版权所有，侵权必究
本书法律顾问：江西豫章律师事务所　晏辉律师

前言

　　朱自清是中国现代文学史上成就卓越的散文家,原名自华,字佩弦,原籍浙江绍兴,生于江苏东海,长于扬州。自幼受中国传统文化的熏陶及五四运动的影响走上文学道路。1920年自北京大学毕业后在江浙一带辗转任教,1925年受聘于清华大学,从事古典文学的教学与研究,创作上转向散文。《踪迹》《背影》等脍炙人口的散文集即写于此时。1931年赴英国留学并漫游欧洲,将沿途所见所感集成《欧游杂记》流传一时。抗战爆发后任西南联大教授,在学术研究上成就斐然。1948年拒受美国救济粮,表现出一个爱国文人的高尚情操,后因贫病去世。

　　朱自清一生著作20余种,约200万字,其文学创作成就主要集中在散文方面,是我国现代文学史上散文创作的巨匠。提及朱自清的散文,我们都会想到朴素动人的《背影》、轻盈凝练的《匆匆》、明净淡雅的《荷塘月色》、委婉真挚的《桨声灯影里的秦淮河》……他的散文作品多样,有随笔,有游记,有特写,有杂感;或叙事言情,或状物绘景,或谈文论学,或评时议势,既洋溢着自然和人情的至美,也透射出内心凛然的正气风骨。

　　早在20世纪20年代,朱自清的散文就被看作是娴熟使用白话文的典范,而且直至今天仍然是对读者具有巨大吸引力的散文范本。他的重要性正如很多评论家所公认,只要学校讲范文,或编写文学史,谈到现代散文的语言、文体之完美,朱自清必被提及。正如叶圣陶所说:"论到文体的完美,文字的全写口语,朱先生该是首先被提及的。"

无论是作为现代作家,还是作为真正意义上的现代人,朱自清都值得我们去解读。他的思想与文采,他的为人与为文,都值得我们尊敬。然而他一生的创作数量巨大,普通读者很难有时间一一品读,为了让读者在最短的时间内阅读尽可能多的精品,我们编辑出版了本书。

这是一部朱自清的散文经典作品集,收录了朱自清《踪迹》《背影》《欧游杂记》《伦敦杂记》等多部作品集中最具代表性的作品,此外,还收入了朱自清生前未曾编成集子的作品,将现代文学的经典用全新的手法表现出来。

一滴清水,可以折射太阳的夺目光辉;一本好书,可以滋养无数的美丽心灵。细细品味朱自清的散文,点燃智慧的澄净心灯;慢慢诵读朱自清的作品,开启人生的芳香之旅。我们诚挚地希望,通过本书,读者能了解朱自清作为我国现代文学家、学者和民主战士的一生,了解他的文学创作成就和对我国现代文学所作出的杰出贡献,并从他朴实、正直、谦虚、诚恳的做人态度中,从他求真求实的严谨创作态度和治学态度中,从他所表现的优秀知识分子的民族气节中,汲取到有益的营养。

目录 Contents

匆 匆 / 2
桨声灯影里的秦淮河 / 3
温州的踪迹 / 11
刹 那 / 17
背 影 / 20
白种人 / 22
阿 河 / 25
飘 零 / 32
荷塘月色 / 35
春 / 38
一封信 / 40
你 我 / 43
我是扬州人 / 55
威尼斯 / 59
佛罗伦司 / 64
罗 马 / 69
滂卑故城 / 77
瑞 士 / 81
荷 兰 / 87
柏 林 / 93
德瑞司登 / 99
莱茵河 / 102
巴 黎 / 105
三家书店 / 123

文人宅 / 130
博物院 / 135
公　园 / 141
吃　的 / 147
乞　丐 / 151
圣诞节 / 154
房东太太 / 158
别 / 163
歌　声 / 169
憎 / 170
看　花 / 174
扬州的夏日 / 178
论气节 / 181
冬　天 / 185
谈抽烟 / 187
南　京 / 189
重庆一瞥 / 194
说　梦 / 196
沉　默 / 199
潭柘寺 戒坛寺 / 202
新年底故事 / 206
父母的责任 / 210
笑的历史 / 217
文艺的真实性 / 227
正　义 / 235
航船中的文明 / 238
儿　女 / 241
旅行杂记 / 247

教育的信仰 / 253
女　人 / 260
海行杂记 / 266
那里走 / 271
白马湖 / 285
春晖的一月 / 287
我所见的叶圣陶 / 291
文艺之力 / 294
说　话 / 302
论无话可说 / 304
给亡妇 / 306
择偶记 / 310
论说话的多少 / 312
买　书 / 315
松堂游记 / 317
初到清华记 / 319
很　好 / 321
蒙自杂记 / 325
论东西 / 328
不知道 / 331
人　话 / 336
论做作 / 338
重庆行记 / 341
古文学的欣赏 / 348
朱自清年谱 / 352
朱自清轶闻趣事 / 356
朱自清主要作品 / 360
名人对朱自清及其作品的评价 / 361

匆 匆

　　燕子去了，有再来的时候；杨柳枯了，有再青的时候；桃花谢了，有再开的时候。但是，聪明的，你告诉我，我们的日子为什么一去不复返呢？——是有人偷了他们罢：那是谁？又藏在何处呢？是他们自己逃走了罢：现在又到了哪里呢？

　　我不知道他们给了我多少日子；但我的手确乎是渐渐空虚了。在默默里算着，八千多日子已经从我手中溜去；像针尖上一滴水滴在大海里，我的日子滴在时间的流里，没有声音，也没有影子。我不禁头涔涔而泪潸潸了。

　　去的尽管去了，来的尽管来着；去来的中间，又怎样地匆匆呢？早上我起来的时候，小屋里射进两三方斜斜的太阳。太阳他有脚啊，轻轻悄悄地挪移了；我也茫茫然跟着旋转。于是——洗手的时候，日子从水盆里过去；吃饭的时候，日子从饭碗里过去；默默时，便从凝然的双眼前过去。我觉察他去的匆匆了，伸出手遮挽时，他又从遮挽着的手边过去，天黑时，我躺在床上，他便伶伶俐俐地从我身上跨过，从我脚边飞去了。等我睁开眼和太阳再见，这算又溜走了一日。我掩着面叹息。但是新来的日子的影儿又开始在叹息里闪过了。

　　在逃去如飞的日子里，在千门万户的世界里我能做些什么呢？只有徘徊罢了，只有匆匆罢了；在八千多日的匆匆里，除徘徊外，又剩些什么呢？过去的日子如轻烟，被微风吹散了，如薄雾，被初阳蒸融了；我留着些什么痕迹呢？我何曾留着像游丝样的痕迹呢？我赤裸裸来到这世界，转眼间也将赤裸裸的回去罢？但不能平的，为什么偏要白白走这一遭啊？

　　你聪明的，告诉我，我们的日子为什么一去不复返呢？

1922 年 3 月 28 日作

桨声灯影里的秦淮河

一九二三年八月的一晚,我和平伯同游秦淮河;平伯是初泛,我是重来了。我们雇了一只"七板子",在夕阳已去,皎月方来的时候,便下了船。于是桨声汩——汩,我们开始领略那晃荡着蔷薇色的历史的秦淮河的滋味了。

秦淮河里的船,比北京万园,颐和园的船好,比西湖的船好,比扬州瘦西湖的船也好。这几处的船不是觉着笨,就是觉着简陋、局促;都不能引起乘客们的情韵,如秦淮河的船一样。秦淮河的船约略可分为两种:一是大船;一是小船,就是所谓"七板子"。大船舱口阔大,可容二三十人。里面陈设着字画和光洁的红木家具,桌上一律嵌着冰凉的大理石面。窗格雕镂颇细,使人起柔腻之感。窗格里映着红色蓝色的玻璃;玻璃上有精致的花纹,也颇悦人目。"七板子"规模虽不及大船,但那淡蓝色的栏干,空敞的舱,也足系人情思。而最出色处却在它的舱前。舱前是甲板上的一部,上面有弧形的顶,两边用疏疏的栏干支着。里面通常放着两张藤的躺椅。躺下,可以谈天,可以望远,可以顾盼两岸的河房。大船上也有这个,但在小船上更觉清隽罢了。舱前的顶下,一律悬着灯彩;灯的多少,明暗,彩苏的精粗,艳晦,是不一的,但左右总还你一个灯彩。这灯彩实在是最能钩人的东西。夜幕垂垂地下来时,大小船上都点起灯火。从两重玻璃里映出那辐射着的黄黄的散光,反晕出一片朦胧的烟霭;透过这烟霭,在黯黯的水波里,又逗起缕缕的明漪。在这薄霭和微漪里,听着那悠然的间歇的桨声,谁能不被引入他的美梦去呢?只愁梦太多了,这些大小船儿如何载得起呀?我们这时模模糊糊的谈着明末的秦淮河的艳迹，如《桃花扇》及《板桥杂记》里所载的。我们真神往了。我们仿佛亲见那时华灯映水，画舫凌波的光景了。于是我们的船便成了历史的重载了。我们终于恍然秦淮河的船所以雅丽过于他处，而又有奇异的吸引力的，实在是许多历史的影像使然了。

　　秦淮河的水是碧阴阴的；看起来厚而不腻，或者是六朝金粉所凝么？我们初上船的时候，天色还未断黑，那漾漾的柔波是这样的恬静，委婉，使我们一面有水阔天空之想，一面又憧憬着纸醉金迷之境。等到灯火明时，阴阴的变为沉沉了：黯淡的水光，像梦一般；那偶然闪烁着的光芒，就是梦的眼睛了。我们坐在舱前，因了那隆起的顶棚，仿佛总是昂着首向前走着似的；于是飘飘然如御风而行的我们，看着那些自在的湾泊着的船，船里走马灯般的人物，便像是下界一般，迢迢的远了，又像在雾里看花，尽朦朦胧胧的。这时我们已过了利涉桥，望见东关头了。沿路听见断续的歌声：有从沿河的妓楼飘来的，有从河上船里度来的。我们明知那些歌声，只是些因袭的言词，从生涩的歌喉里机械的发出来的；但它们经了夏夜的微风的吹漾和水波的摇拂，袅娜着到我们耳边的时候，已经不单是她们的歌声，而混着微风和河水的密语了。于是我们不得不被牵惹着，震撼着，相与浮沉于这歌声里了。从东关头转弯，不久就到大中桥。大中桥共有三个桥拱，都很阔大，俨然是三座门儿；使我们觉得我们的船和船里的我们，在桥下过去时，真是太无颜色了。桥砖是深褐色，表明它的历史的长久；但都完好无缺，令人太息于古昔工程的坚美。桥上两旁都是木壁的房子，中间应该有街路？这些房子都破旧了，多年烟熏的迹，遮没了当年的美丽。我想象秦淮河的极盛时，在这样宏阔的桥上，特地盖了房子，必然是髹漆得富富丽丽的；晚间必然是灯火通明的。现在却只剩下一片黑沉沉！但是桥上造着房子，毕竟使我们多少可以想见往日的繁华；这也慰情聊胜无了。过了大中桥，便到了灯月交辉，笙歌彻夜的秦淮河；这才是秦淮河的真面目哩。

　　大中桥外，顿然空阔，和桥内两岸排着密密的人家的大异了。一眼望去，疏疏的林，淡淡的月，衬着蓝蔚的天，颇像荒江野渡光景；那边呢，郁丛丛的，阴森森的，又似乎藏着无边的黑暗：令人几乎不信那是繁华的秦淮河了。但是河中眩晕着的灯光，纵横着的画舫，悠扬着的笛韵，夹着那吱吱的胡琴声,终于使我们认识绿如茵陈酒的秦淮水了。此地天裸露着的多些,故觉夜来的独迟些;从清清的水影里,我们感到的只是薄薄的夜——这正是秦淮河的夜。大中桥外,本来还有一座复成桥,是船夫口中的我们的游踪尽处,或也是秦淮河繁华的尽处了。我的脚曾踏过复成桥的脊,在十三四岁的时候。但是两次游秦淮河,却都不曾见着复成桥的面;明知总在前途的,却
常觉得有些虚无缥缈似的。我想,不见倒也好。这时正是盛夏。我们下船后,借着新生的晚凉和河上的微风,暑气已渐渐销散;到了此地,豁然开朗,身子顿然轻了——习习的清风荏苒在面上,手上,衣上,这便又感到了一缕新凉了。南京的日光,大概没有杭州猛烈;西湖的夏夜老是热蓬蓬的,水像沸着一般,秦淮河的水却尽是这样冷冷地绿着。任你人影的憧憧,歌声的扰扰,总像隔着一层薄薄的绿纱面幂似的;它尽是这样静静的,冷冷的绿着。我们出了大中桥,走不上半里路,船夫便将船划到一旁,停了桨由它宕着。他以为那里正是繁华的极点,再过去就是荒凉了;所以让我们多多赏鉴一会儿。他自己却静静的蹲着。他是看惯这光景的了,大约只是一个无可无不可。这无可无不可,无论是升的沉的,总之,都比我们高了。

　　那时河里闹热极了;船大半泊着,小半在水上穿梭似的来往。停泊着的都在近市的那一边,我们的船自然也夹在其中。因为这边略略的挤,便觉得那边十分的疏了。在每一只船从那边过去时,我们能画出它的轻轻的影和曲曲的波,在我们的心上;这显着是空,且显着是静了。那时处处是歌声和凄厉的胡琴声,圆润的喉咙,确乎是很少的。但那生涩的,尖脆的调子能使人有少年的,粗率不拘的感觉,也正可快我们的意。况且多少隔开些儿听着,因为想像与渴慕的做美,总觉更有滋味;而竞发的喧嚣,抑扬的不齐,远近的杂沓,和乐器的嘈嘈切切,合成另一意味的谐音,也使我们无所适从，如随着大风而走。这实在因为我们的心枯涩久了，变为脆弱；故偶然润泽一下，便疯狂似的不能自主了。但秦淮河确也腻人。即如船里的人面，无论是和我们一堆儿泊着的，无论是从我们眼前过去的，总是模模糊糊的，甚至渺渺茫茫的；任你张圆了眼睛，揩净了眦垢，也是枉然。这真够人想呢。在我们停泊的地方，灯光原是纷然的；不过这些灯光都是黄而有晕的。黄已经不能明了，再加上了晕，便更不成了。灯愈多，晕就愈甚；在繁星般的黄的交错里，秦淮河仿佛笼上了一团光雾。光芒与雾气腾腾的晕着，什么都只剩了轮廓了；所以人面的详细的曲线，便消失于我们的眼底了。但灯光究竟夺不了那边的月色；灯光是浑的，月色是清的。在混沌的灯光里，渗入了一派清辉，却真是奇迹！那晚月儿已瘦削了两三分。她晚妆才罢，盈盈的上了柳梢头。天是蓝得可爱，仿佛一汪水似的；月儿便更出落得精神了。岸上原有三株两株的垂杨树，淡淡的影子，在水里摇曳着。它们那柔细的枝条浴着月光，就像一支支美人的臂膊，交互的缠着，挽着；又像是月儿披着的发。而月儿偶然也从它们的交叉处偷偷窥看我们，大有小姑娘怕羞的样子。岸上另有几株不知名的老树，光光的立着；在月光里照起来，却又俨然是精神矍铄的老人。远处——快到天际线了，才有一两片白云，亮得现出异彩，像美丽的贝壳一般。白云下便是黑黑的一带轮廓；是一条随意画的不规则的曲线。这一段光景，和河中的风味大异了。但灯与月竟能并存着，交融着，使月成了缠绵的月，灯射着渺渺的灵辉；这正是天之所以厚秦淮河，也正是天之所以厚我们了。

　　这时却遇着了难解的纠纷。秦淮河上原有一种歌妓，是以歌为业的。从前都在茶舫上，唱些大曲之类。每日午后一时起；什么时候止，却忘记了。晚上照样也有一回，也在黄晕的灯光里。我从前过南京时，曾随着朋友去听过两次。因为茶舫里的人脸太多了，觉得不大适意，终于听不出所以然。前年听说歌妓被取缔了，不知怎的，颇涉想了几次——却想不出什么。这次到南京，先到茶舫上去看看，觉得颇是寂寥，令我无端的怅怅了。不料她们却仍在秦淮河里挣扎着，不料她们竟会纠缠到我们，我于是很张皇了。她们也乘着"七板子"，她们总是坐在舱前的。舱前点着石油汽灯，光亮炫人眼目；坐在下面的，自然是纤毫毕见了——引诱客人们的力量，也便在此了。舱里躲着乐工等人，映着汽灯的余晖蠕动着；他们是永远不被注意的。每船的歌妓大约都是二人；天色一黑，她们的船就在大中桥外往来不息的兜生意。无论行着的船，泊着的船，都要来兜揽的。这都是我后来推想出来的。那晚不知怎样，忽然轮着我们的船了。我们的船好好的停着，一只歌舫划向我们来了；渐渐和我们的船并着了。烁烁的灯光逼得我们皱起了眉头；我们的风尘色全给它托出来了，这使我踧踖不安了。那时一个伙计跨过船来，拿着摊开的歌折，就近塞向我的手里，说，"点几出吧！"他跨过来的时候，我们船上似乎有许多眼光跟着。同时相近的别的船上也似乎有许多眼睛炯炯的向我们船上看着。我真窘了！我也装出大方的样子，向歌妓们瞥了一眼，但究竟是不成的！我勉强将那歌折翻了一翻，却不曾看清了几个字；便赶紧递还那伙计，一面不好意思地说，"不要。我们……不要。"他便塞给平伯。平伯掉转头去，摇手说，"不要！"那人还腻着不走。平伯又回过脸来，摇着头道，"不要！"于是那人重到我处。我窘着再拒绝了他。他这才有所不屑似的走了。我的心立刻放下，如释了重负一般。我们就开始自白了。

　　我说我受了道德律的压迫，拒绝了她们；心里似乎很抱歉的。这所谓抱歉，一面对于她们，一面对于我自己。她们于我们虽然没有很奢的希望；但总有些希望的。我们拒绝了她们，无论理由如何充足，却使她们的希望受了伤；这总有几分不作美了。这是我觉得很怅怅的。至于我自己，更有一种不足之感。我这时被四面的歌声诱惑了，降服了；但是远远的，远远的歌声总仿佛隔着重衣搔痒似的，越搔越搔不着痒处。我于是憧憬着贴耳的妙音了。在歌舫划来时，我的憧憬，变为盼望；我固执的盼望着，有如饥渴。虽然从浅薄的经验里，也能够推知，那贴耳的歌声，将剥去了一切的美妙；但一个平常的人像我的，谁愿凭了理性之力去丑化未来呢？我宁愿自己骗着了。不过我的社会感性是很敏锐的；我的思力能拆穿道德律的西洋镜，而我的感情却终于被它压服着。我于是有所顾忌了，尤其是在众目昭彰的时候。道德律的力，本来是民众赋予的；在民众的面前，自然更显出它的威严了。我这时一面盼望，一面却感到了两重的禁制：一，在通俗的意义上，接近妓者总算一种不正当的行为；二，妓是一种不健全的职业，我们对于她们，应有哀矜勿喜之心，不应赏玩的去听她们的歌。在众目睽睽之下，这两种思想在我心里最为旺盛。她们暂时压倒了我的听歌的盼望，这便成就了我的灰色的拒绝。那时的心实在异常状态中，觉得颇是昏乱。歌舫去了，暂时宁靖之后，我的思绪又如潮涌了。两个相反的意思在我心头往复：卖歌和卖淫不同，听歌和狎妓不同，又干道德甚事？——但是，但是，她们既被逼的以歌为业，她们的歌必无艺术味的；况她们的身世，我们究竟该同情的。所以拒绝倒也是正办。但这些意思终于不曾撇开我的听歌的盼望。它力量异常坚强；它总想将别的思绪踏在脚下。从这重重的争斗里，我感到了浓厚的不足之感。这不足之感使我的心盘旋不安，起坐都不安宁了。唉！我承认我是一个自私的人！平伯呢，却与我不同。他引周启明先生的诗，"因为我有妻子，所以我爱一切的女人；因为我有子女，所以我爱一切的孩子。"[①] 他的意思可以见了。他因为推及的同情，爱着那些歌妓，并且尊重着她们，所以拒绝了她们。在这种情形下，他自然以为听歌是对于她们的一种侮辱。但他也是想听歌的，虽然不和我一样，所以在他的心中，当然也有一番小小的争斗；争斗的结果，是同情胜了。至于道德律，在他是没有什么的；因为他很有蔑视一切的倾向，民众的力量在他是不大觉着的。这时他的心意的活动比较简单，又比较松弱，故事后还怡然自若；我却不能了。这里平伯又比我高了。

在我们谈话中间，又来了两只歌舫。伙计照前一样的请我们点戏，我们照前一样的拒绝了。我受了三次窘，心里的不安更甚了。清艳的夜景也为之减色。船夫大约因为要赶第二趟生意，催着我们回去；我们无可无不可的答应了。我们渐渐和那些晕黄的灯光远了，只有些月色冷清清的随着我们的归舟。我们的船竟没个伴儿，秦淮河的夜正长哩！到大中桥近处，才遇着一只来船。这是一只载妓的板船，黑漆漆的没有一点光。船头上坐着一个妓女；暗里看出，白地小花的衫子，黑的下衣。她手里拉着胡琴，口里唱着青衫的调子。她唱得响亮而圆转；当她的船箭一般驶过去时，余音还袅袅的在我们耳际，使我们倾听而向往。想不到在弩末的游踪里，还能领略到这样的

[①] 原诗是，"我为了自己的儿女才爱小孩子，为了自己的妻才爱女人"，见《雪朝》四八页。

清歌！这时船过大中桥了，森森的水影，如黑暗张着巨口，要将我们的船吞了下去。我们回顾那渺渺的黄光，不胜依恋之情；我们感到了寂寞了！这一段地方夜色甚浓，又有两头的灯火招邀着；桥外的灯火不用说了，过了桥另有东关头疏疏的灯火。我们忽然仰头看见依人的素月，不觉深悔归来之早了！走过东关头，有一两只大船湾泊着，又有几只船向我们来着。嚣嚣的一阵歌声人语，仿佛笑我们无伴的孤舟哩。东关头转弯，河上的夜色更浓了；临水的妓楼上，时时从帘缝里射出一线一线的灯光；仿佛黑暗从酣睡里眨了一眨眼。我们默然的对着，静听那汩——汩的桨声，几乎要入睡了；朦胧里却温寻着适才的繁华的余味。我那不安的心在静里愈显活跃了！这时我们都有了不足之感，而我的更其浓厚。我们却又不愿回去，于是只能由懊悔而怅惘了。船里便满载着怅惘了。直到利涉桥下，微微嘈杂的人声，才使我豁然一惊；那光景却又不同。右岸的河房里，都大开了窗户，里面亮着晃晃的电灯，电灯的光射到水上，蜿蜒曲折，闪闪不息，正如跳舞着的仙女的臂膊。我们的船已在她的臂膊里了；如睡在摇篮里一样，倦了的我们便又入梦了。那电灯下的人物，只觉像蚂蚁一般，更不去萦念。这是最后的梦；可惜是最短的梦！黑暗重复落在我们面前，我们看见傍岸的空船上一星两星的，枯燥无力又摇摇不定的灯光。我们的梦醒了，我们知道就要上岸了；我们心里充满了幻灭的情思。

1923 年 10 月 11 日作完，于温州

温州的踪迹

一 "月朦胧，鸟朦胧，帘卷海棠红"①

　　这是一张尺多宽的小小的横幅，马孟容君画的。上方的左角，斜着一卷绿色的帘子，稀疏而长；当纸的直处三分之一，横处三分之二。帘子中央，着一黄色的，茶壶嘴似的钩儿——就是所谓软金钩么？"钩弯"垂着双穗，石青色；丝缕微乱，若小曳于轻风中。纸右一圆月，淡淡的青光遍满纸上；月的纯净，柔软与平和，如一张睡美人的脸。从帘的上端向右斜伸而下，是一枝交缠的海棠花。花叶扶疏，上下错落着，共有五丛；或散或密，都玲珑有致。叶嫩绿色，仿佛掐得出水似的；在月光中掩映着，微微有浅深之别。花正盛开，红艳欲流；黄色的雄蕊历历的，闪闪的。衬托在丛绿之间，格外觉着妖娆了。枝欹斜而腾挪，如少女的一只臂膊。枝上歇着一对黑色的八哥，背着月光，向着帘里。一只歇得高些，小小的眼儿半睁半闭的，似乎在入梦之前，还有所留恋似的。那低些的一只别过脸来对着这一只，已缩着颈儿睡了。帘下是空空的，不着一些痕迹。

　　试想在圆月朦胧之夜，海棠是这样的妩媚而嫣润；枝头的好鸟为什么却双栖而各梦呢？在这夜深人静的当儿，那高踞着的一只八哥儿，又为何尽

---

① 画题，系旧句。

撑着眼皮儿不肯睡去呢?他到底等什么来着?舍不得那淡淡的月儿么?舍不得那疏疏的帘儿么?不,不,不,您得到帘下去找,您得向帘中去找——您该找着那卷帘人了?他的情韵风怀,原是这样这样的哟!朦胧的岂独月呢;岂独鸟呢?但是,咫尺天涯,教我如何耐得?我拼着千呼万唤;你能够出来么?

这页画布局那样经济,设色那样柔活,故精彩足以动人。虽是区区尺幅,而情韵之厚,已足沦肌浃髓而有余。我看了这画,瞿然而惊;留恋之怀,不能自已。故将所感受的印象细细写出,以志这一段因缘。但我于中西的画都是门外汉,所说的话不免为内行所笑。——那也只好由他了。

1924年2月1日,温州作

二 绿

我第二次到仙岩①的时候,我惊诧于梅雨潭的绿了。

梅雨潭是一个瀑布潭。仙岩有三个瀑布,梅雨瀑最低。走到山边,便听见哗哗哗哗的声音;抬起头,镶在两条湿湿的黑边儿里的,一带白而发亮的水便呈现于眼前了。我们先到梅雨亭。梅雨亭正对着那条瀑布;坐在亭边,不必仰头,便可见它的全体了。亭下深深的便是梅雨潭。这个亭踞在突出的一角的岩石上,上下都空空儿的;仿佛一只苍鹰展着翼翅浮在天宇中一般。三面都是山,像半个环儿拥着;人如在井底了。这是一个秋季的薄阴的天气。微微的云在我们顶上流着;岩面与草丛都从润湿中透出几分油油的绿意。而瀑布也似乎分外的响了。那瀑布从上面冲下,仿佛已被扯成大小的几绺;不复是一幅整齐而平滑的布。岩上有许多棱角;瀑流经过时,作急剧的撞击,便飞花碎玉般乱溅着了。那溅着的水花,晶莹而多芒;远望去,像一朵朵小小的白梅,微雨似的纷纷落着。据说,这就是梅雨潭之所以得名了。但我觉得像杨花,格外确切些。轻风起来时,点点随风飘散,那更是杨花了。——这时偶然有几点送入我们温暖的怀里,便倏的钻了进去,再也寻它不着。

---

① 山名,瑞安的胜迹。

梅雨潭闪闪的绿色招引着我们；我们开始追捉她那离合的神光了。揪着草，攀着乱石，小心探身下去，又鞠躬过了一个石穹门，便到了汪汪一碧的潭边了。瀑布在襟袖之间；但我的心中已没有瀑布了。我的心随潭水的绿而摇荡。那醉人的绿呀！仿佛一张极大极大的荷叶铺着，满是奇异的绿呀。我想张开两臂抱住她；但这是怎样一个妄想呀。——站在水边，望到那面，居然觉着有些远呢！这平铺着，厚积着的绿，着实可爱。她松松的皱缬着，像少妇拖着的裙幅；她轻轻的摆弄着，像跳动的初恋的处女的心；她滑滑的明亮着，像涂了"明油"一般，有鸡蛋清那样软，那样嫩，令人想着所曾触过的最嫩的皮肤；她又不杂些儿尘渣，宛然一块温润的碧玉，只清清的一色——但你却看不透她！我曾见过北京什刹海拂地的绿杨，脱不了鹅黄的底子，似乎太淡。我又曾见过杭州虎跑寺近旁高峻而深密的"绿壁"，丛叠着无穷的碧草与绿叶的，那又似乎太浓了。其余呢，西湖的波太明了，秦淮河的也太暗了。可爱的，我将什么来比拟你呢？我怎么比拟得出呢？大约潭是很深的，故能蕴蓄着这样奇异的绿；仿佛蔚蓝的天融了一块在里面似的，这才这般的鲜润呀。——那醉人的绿呀！我若能裁你以为带，我将赠给那轻盈的舞女；她必能临风飘举了。我若能挹你以为眼，我将赠给那善歌的盲妹；她必明眸善睐了。我舍不得你；我怎舍得你呢？我用手拍着你，抚摩着你，如同一个十二三岁的小姑娘。我又掬你入口，便是吻着她了。我送你一个名字，我从此叫你"女儿绿"，好么？

我第二次到仙岩的时候，我不禁惊诧于梅雨潭的绿了。

2月8日，温州作

三　白水漈

几个朋友伴我游白水漈。

这也是个瀑布；但是太薄了，又太细了。有时闪着些须的白光；等你定睛看去，却又没有——只剩一片飞烟而已。从前有所谓"雾縠"，大概就是这样了。所以如此，全由于岩石中间突然空了一段；水到那里，无可凭依，凌虚飞下，便扯得又薄又细了。当那空处，最是奇迹。白光嬗为飞烟，已是影子，有时却连影子也不见。有时微风过来，用纤手挽着那影子，它便袅袅的成了一个软弧；但她的手才松，它又像橡皮带儿似的，立刻伏伏贴贴的缩回来了。我所以猜疑，或者另有双不可知的巧手，要将这些影子织成一个幻网。——微风想夺了她的，她怎么肯呢？

幻网里也许织着诱惑；我的依恋便是个老大的证据。

3月16日，宁波作

四　生命的价格——七毛钱

生命本来不应该有价格的；而竟有了价格！人贩子，老鸨，以至近来的绑票土匪，都就他们的所有物，标上参差的价格，出卖于人；我想将来许还有公开的人市场呢！在种种"人货"里，价格最高的，自然是土匪们的票了，少则成千，多则成万；大约是有历史以来，"人货"的最高的行情了。其次是老鸨们所有的妓女，由数百元到数千元，是常常听到的。最贱的要算是人贩子的货色！他们所有的，只是些男女小孩，只是些"生货"，所以便卖不起价钱了。

人贩子只是"仲买人"，他们还得取给于"厂家"，便是出卖孩子们的人家。"厂家"的价格才真是道地呢！《青光》里曾有一段记载，说三块钱买了一个丫头；那是移让过来的，但价格之低，也就够令人惊诧了！"厂家"的价格，却还有更低的！三百钱，五百钱买一个孩子，在灾荒时不算难事！但我不曾见过。我亲眼看见的一条最贱的生命，是七毛钱买来的！这是一个五岁的女孩子。一个五岁的"女孩子"卖七毛钱，也许不能算是最贱；但请您细看：将一条生命的自由和七枚小银元各放在天平的一个盘里，您将发现，正如九头牛与一根牛毛一样，两个盘儿的重量相差实在太远了！

我见这个女孩，是在房东家里。那时我正和孩子们吃饭；妻走来叫我看一件奇事，七毛钱买来的孩子！孩子端端正正的坐在条凳上；面孔黄黑色，但还丰润，衣帽也还整洁可看。我看了几眼，觉得和我们的孩子也没有什么差异；我看不出她的低贱的生命的符记——如我们看低贱的货色时所容易发见的符记。我回到自己的饭桌上，看看阿九和阿菜，始终觉得和那个女孩没有什么不同！但是，我毕竟发现真理了！我们的孩子所以高贵，正因为我们不曾出卖他们，而那个女孩所以低贱，正因为她是被出卖的；这就是她只值七毛钱的缘故了！呀，聪明的真理！

妻告诉我这孩子没有父母，她哥嫂将她卖给房东家姑爷开的银匠店里的伙计，便是带着她吃饭的那个人。他似乎没有老婆，手头很窘的，而且喜欢喝酒，是一个糊涂的人！我想这孩子父母若还在世，或者还舍不得卖她，至少也要迟几年卖她；因为她究竟是可怜可怜的小羔羊。到了哥嫂的手里，情形便不同了！家里总不宽裕，多一张嘴吃饭，多费些布做衣，是显而易见的。将来人大了，由哥嫂卖出，究竟是为难的；说不定还得找补些儿，才能送出去。这可多么冤呀！不如趁小的时候，谁也不注意，做个人情，送了干净！您想，温州不算十分穷苦的地方，也没碰着大荒年，干什么得了七个小毛钱，就心甘情愿的将自己的小妹子捧给人家呢？说等钱用？谁也不信！七毛钱了得什么急事！温州又不是没人买的！大约买卖两方本来相知；那边恰要个孩子顽儿，这边也乐得出脱，便半送半卖的含糊定了交易。我猜想那时伙计向袋里一摸一股脑儿掏了出来，只有七毛钱！哥哥原也不指望着这笔钱用，也就大大方方收了完事。于是财货两交，那女孩便归伙计管业了！

这一笔交易的将来，自然是在运命手里；女儿本姓"碰"，由她去碰罢了！但可知的，运命决不加惠于她！第一幕的戏已启示于我们了！照妻所说，那伙计必无这样耐心，抚养她成人长大！他将像豢养小猪一样，等到相当的肥壮的时候，便卖给屠户，任他宰割去；这其间他得了赚头，是理所当然的！但屠户是谁呢？在她卖做丫头的时候，便是主人！"仁慈的"主人只宰割她相当的劳力，如养羊而剪它的毛一样。到了相当的年纪，便将她配人。能够这样，她虽然被撺在丫头坯里，却还算不幸中之幸哩。但在目下这钱世界里，如此大方的人究竟是少的；我们所见的，十有六七是刻薄人！她若卖到这种人手里，他们

必掯榨她过量的劳力。供不应求时，便骂也来了，打也来了！等她成熟时，却又好转卖给人家做妾；平常掯榨的不够，这儿又找补一个尾子！偏生这孩子模样儿又不好；入门不能得丈夫的欢心，容易遭大妇的凌虐，又是显然的！她的一生，将消磨于眼泪中了！也有些主人自己收婢做妾的；但红颜白发，也只空断送了她的一生！和前例相较，只是五十步与百步而已。——更可危的，她若被那伙计卖在妓院里，老鸨才真是个令人肉颤的屠户呢！我们可以想到：她怎样逼她学弹学唱，怎样驱遣她去做粗活！怎样用藤筋打她，用针刺她！怎样督责她承欢卖笑！她怎样吃残羹冷饭！怎样打熬着不得睡觉！怎样终于生了一身毒疮！她的相貌使她只能做下等妓女；她的沦落风尘是终生的！她的悲剧也是终生的！——唉！七毛钱竟买了你的全生命——你的血肉之躯竟抵不上区区七个小银圆么？生命真太贱了！生命真太贱了！

因此想到自己的孩子的运命，真有些胆寒！钱世界里的生命市场存在一日，都是我们孩子的危险！都是我们孩子的侮辱！您有孩子的人呀，想想看，这是谁之罪呢？这是谁之责呢？

4月9日，宁波作

刹 那

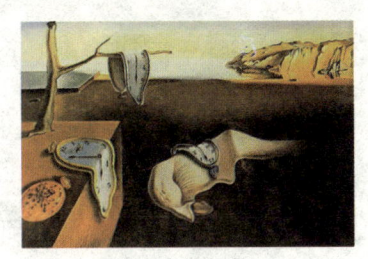

我所谓"刹那",指"极短的现在"而言。

在这个题目下面,我想略略说明我对于人生的态度。现在人说到人生,总要谈它的意义与价值;我觉得这种"谈"是没有意义与价值的。且看古今多少哲人,他们对于人生,都曾试作解人,议论纷纷,莫衷一是;他们"各思以其道易天下",但是谁肯真个信从呢?——他们只有自慰自驱吧了!我觉得人生的意义与价值横竖是寻不着的;——至少现在的我们是如此——而求生的意志却是人人都有的。既然求生,当然要求好好的生。如何求好好的生,是我们各人"眼前的"最大的问题;而全人生的意义与价值却反是大而无当的东西,尽可搁在一旁,存而不论。因为要求好好的生,断不能用总解决的办法;若用总解决的办法,便是"好好的"三个字的意义,也尽够你一生的研究了,而"好好的生"终于不能努力去求的!这不是走入牛角湾里去了么?要求好好的生,须零碎解决,须随时随地去体会我生"相当的"意义与价值;我们所要体会的是刹那间的人生,不是上下古今东西南北的全人生!

着眼于全人生的人,往往忘记了他自己现在的生活。他们或以为人生的意义与价值在于过去;时时回顾着从前的黄金时代,涎垂三尺!而不知他们所回顾的黄金时代,实是传说的黄金时代!——就是真有黄金时代;区区的回顾又岂能将它招回来呢?他们又因为念旧的情怀,往往将自己的过去任情扩大,加以点染,作为回顾的资料,惆怅的因由。这种人将在惆怅,惋惜之中度了一生,永没有满足的现在——刹那也没有!惆怅惋惜常与彷徨相伴;他们将彷徨一生而无一刹那的成功的安息!这是何等的空虚呀。着眼于全人生的,或以为人生的意义与价值在于将来;时时等待着将来的奇迹。而将来的奇迹真成了奇迹，永不降临于笼着手，跂着脚，伸着颈，只知道"等待"的人！他们事事都等待"明天"去做，"今天"却专作为等待之用；自然的，到了明天，又须等待明天的明天了。这种人到了死的一日，将还留着许许多多明天"要"做的事——只好来生再做了吧！他们以将来自驱，在徒然的盼望里送了一生，成功的安慰不用说是没有的，于是也没有满足的一刹那！"虚空的虚空"便是他们的运命了！这两种人的毛病，都在远离了现在——尤其是眼前的一刹那。

着眼于现在的人未尝没有。自古所谓"及时行乐"，正是此种。但重在行乐，容易流于纵欲；结果偏向一端，仍不能得着健全的，谐和的发展——仍不能得着好好的生！况且所谓"及时行乐"，往往"醉翁之意不在酒"；不过借此掩盖悲哀，并非真正在行乐。杨恽说，"及时行乐耳，须富贵何时！"明明是不得志时的牢骚语。"遇饮酒时须饮酒，得高歌处且高歌"，明明是哀时事不可为而厌世的话。这都是消极的！消极的行乐，虽属及时，而意别有所寄；所以便不能认真做去，所以便不能体会行乐的一刹那的意义与价值——虽然行乐，不满足还是依然，甚至变本加厉呢！欧洲的颓废派，自荒于酒色，以求得刹那间官能的享乐为满足；在这些时候，他们见着美丽的幻像，认识了自己。他们的官能虽较从前人敏锐多多，但心情与纵欲的及时行乐的人正是大同小异。他们觉到现世的苦痛，已至忍无可忍的时候，才用颓废的方法，以求暂时的遗忘；正如糖面金鸡纳霜丸一般，面子上一点甜，里面却到心都是苦呀！友人某君说，颓废便是慢性的自杀，实能道出这一派的精微处。总之，无论行乐派，颓废派，深浅虽有不同，却都是"伤心人别有怀抱"；他们有意的或无意的企图"生之毁灭"。这是求生意志的消极的表现；这种表现当然不能算是好好的生了。他们面前的满足安慰他们的力量，决不抵他们背后的不满足压迫他们的力量；他们终于不能解脱自己，仅足使自己沉沦得更深而已！他们所认识的自己，只是被苦痛压得变形了的，虚空的自己；绝不是充实的生命，绝不是的！所以他们虽着眼于现在，而实未体会现在一刹那的生活的真味；他们不曾体会着一刹那的意义与价值，仍只是白辜负他们的刹那的现在！

我们目下第一不可离开现在，第二还应执着现在。我们应该深入现在的里面，用两只手揪牢它，愈牢愈好！已往的人生如何的美好，或如何的乏味而可憎；已往的我生如何的可珍惜，或如何的可厌弃，"现在"都可不必去管它，因为过去的已"过去"了。——孔子岂不说："往者不可谏"么？将来的人生与我生，也应作如是观；无论是有望，是无望，是绝望，都还是未来的事，何必空空的操心呢？要晓得"现在"是最容易明白的；"现在"虽不是最好，却是最可努力的地方，就是我们最能管的地方。因为是最能管的，所以是最可爱的。古尔孟曾以葡萄喻人生：说早晨还酸，傍晚又太熟了，最可口的是正午时摘下的。这正午的一刹那，是最可爱的一刹那，便是现在。事情已过，追想是无用的；事情未来，预想也是无用的；只有在事情正来的时候，我们可以把捉它，发展它，改正它，补充它：使它健全，谐和，成为完满的一段落，一历程。历程的满足，给我们相当的欢喜。譬如我来此演讲，在讲的一刹那，我只专心致志的讲；绝不想及演讲以前吃饭，看书等事，也不想及演讲以后发表讲稿，毁誉等事。——我说我所爱说的，说一句是一句，都是我心里的话。我说完一句时，心里便轻松了一些，这就是相当的快乐了。这种历程的满足，便是我所谓"我生相当的意义与价值"，便是"我们所能体会的刹那间的人生"。无论您对于全人生有如何的见解，这刹那间的意义与价值总是不可埋没的。您若说人生如电光泡影，则刹那便是光的一闪，影的一现。这光影虽是暂时的存在，但是有不是无，是实在不是空虚；这一闪一现便是实现，也便是发展——也便是历程的满足。您若说人生是不朽的，刹那的生当然也是不朽的。您若说人生向着死之路，那么，未死前的一刹那总是生，总值得好好的体会一番的；何况未死前还有无量数的刹那呢？您若说人生是无限的，好，刹那也可说是无限的。无论怎样说，刹那总是有的，总是真的；刹那间好好的生总可以体会的。好了，不要思前想后的了，耽误了"现在"，又是后来惋惜的资料，向谁去追索呀？你们"正在"做什么，就尽力做什么吧；最好的是 -ing，可宝贵的 -ing 呀！你们要努力满足"此时此地此我"！——这叫作"三此"，又叫作刹那。

言尽于此，相信我的，不要再想，赶快去做你今晚的事吧；不相信的，也不要再想，赶快去做你今晚的事吧！

原载1924年6月1日《春晖》第30期

背 影

我与父亲不相见已二年余了,我最不能忘记的是他的背影。那年冬天,祖母死了,父亲的差使也交卸了,正是祸不单行的日子,我从北京到徐州,打算跟着父亲奔丧回家。到徐州见着父亲,看见满院狼藉的东西,又想起祖母,不禁簌簌地流下眼泪。父亲说,"事已如此,不必难过,好在天无绝人之路!"

回家变卖典质,父亲还了亏空;又借钱办了丧事。这些日子,家中光景很是惨淡,一半为了丧事,一半为了父亲赋闲。丧事完毕,父亲要到南京谋事,我也要回北京念书,我们便同行。

到南京时,有朋友约去游逛,勾留了一日;第二日上午便须渡江到浦口,下午上车北去。父亲因为事忙,本已说定不送我,叫旅馆里一个熟识的茶房陪我同去。他再三嘱咐茶房,甚是仔细。但他终于不放心,怕茶房不妥帖;颇踌躇了一会。其实我那年已二十岁,北京已来往过两三次,是没有甚么要紧的了。他踌躇了一会,终于决定还是自己送我去。我两三回劝他不必去;他只说,"不要紧,他们去不好!"

我们过了江,进了车站。我买票,他忙着照看行李。行李太多了,得向脚夫行些小费,才可过去。他便又忙着和他们讲价钱。我那时真是聪明过分,总觉他说话不大漂亮,非自己插嘴不可。但他终于讲定了价钱;就送我上车。他给我拣定了靠车门的一

朱自清父朱鸿钧像

张椅子；我将他给我做的紫毛大衣铺好座位。他嘱我路上小心，夜里要警醒些，不要受凉。又嘱托茶房好好照应我。我心里暗笑他的迂；他们只认得钱，托他们直是白托！而且我这样大年纪的人，难道还不能料理自己么？唉，我现在想想，那时真是太聪明了！

我说道，"爸爸，你走吧。"他望车外看了看，说，"我买几个橘子去。你就在此地，不要走动。"我看那边月台的栅栏外有几个卖东西的等着顾客。走到那边月台，须穿过铁道，须跳下去又爬上去。父亲是一个胖子，走过去自然要费事些。我本来要去的，他不肯，只好让他去。我看见他戴着黑布小帽，穿着黑布大马褂，深青布棉袍，蹒跚地走到铁道边，慢慢探身下去，尚不大难。可是他穿过铁道，要爬上那边月台，就不容易了。他用两手攀着上面，两脚再向上缩；他肥胖的身子向左微倾，显出努力的样子。这时我看见他的背影，我的泪很快地流下来了。我赶紧拭干了泪，怕他看见，也怕别人看见。我再向外看时，他已抱了朱红的橘子望回走了。过铁道时，他先将橘子散放在地上，自己慢慢爬下，再抱起橘子走。到这边时，我赶紧去搀他。他和我走到车上，将橘子一股脑儿放在我的皮大衣上。于是扑扑衣上的泥土，心里很轻松似的，过一会说，"我走了；到那边来信！"我望着他走出去。他走了几步，回过头看见我，说，"进去吧，里边没人。"等他的背影混入来来往往的人里，再找不着了，我便进来坐下，我的眼泪又来了。

近几年来，父亲和我都是东奔西走，家中光景是一日不如一日。他少年出外谋生，独力支持，做了许多大事。那知老境却如此颓唐！他触目伤怀，自然情不能自已。情郁于中，自然要发之于外；家庭琐屑便往往触他之怒。他待我渐渐不同往日。但最近两年的不见，他终于忘却我的不好，只是惦记着我，惦记着我的儿子。我北来后，他写了一信给我，信中说道，"我身体平安，惟膀子疼痛利害，举箸提笔，诸多不便，大约大去之期不远矣。"我读到此处，在晶莹的泪光中，又看见那肥胖的，青布棉袍，黑布马褂的背影。唉！我不知何时再能与他相见！

1925 年 10 月在北京

白种人
——上帝的骄子！

去年暑假到上海，在一路电车的头等里，见一个大西洋人带着一个小西洋人，相并地坐着。我不能确说他俩是英国人或美国人；我只猜他们是父与子。那小西洋人，那白种的孩子，不过十一二岁光景，看去是个可爱的小孩，引我久长的注意。他戴着平顶硬草帽，帽檐下端正地露着长圆的小脸。白中透红的面颊，眼睛上有着金黄的长睫毛，显出和平与秀美。我向来有种癖气：见了有趣的小孩，总想和他亲热，做好同伴；若不能亲热，便随时亲近亲近也好。在高等小学时，附设的初等里，有一个养着乌黑的西发的刘君，真是依人的小鸟一般；牵着他的手问他的话时，他只静静地微仰着头，小声儿回答——我不常看见他的笑容，他的脸老是那么幽静和真诚，皮下却烧着亲热的火把。我屡次让他到我家来，他总不肯；后来两年不见，他便死了。我不能忘记他！我牵过他的小手，又摸过他的圆下巴。但若遇着陌生的小孩，我自然不能这么做，那可有些窘了；不过也不要紧，我可用我的眼睛看他——一回，两回，十回，几十回！孩子大概不很注意人的眼睛，所以尽可自由地看，和看女人要遮遮掩掩的不同。我凝视过许多初会面的孩子，他们都不曾向我抗议；至多拉着同在的母亲的手，或倚着她的膝头，将眼看她两看罢了。所以我胆子很大。这回在电车里又发了老癖气，我两次三番地看那白种的孩子，小西洋人！

初时他不注意或者不理会我，让我自由地看他。但看了不几回，那父亲站起来了，儿子也站起来了，他们将到站了。这时意外的事来了。那小西洋人本坐在我的对面；走近我时，突然将脸尽力地伸过来了，两只蓝眼睛大大地睁着,那好看的睫毛已看不见了;两颊的红也已褪了不少了。和平,秀美的脸一变而为粗俗,凶恶的脸了!他的眼睛里有话:"咄!黄种人,黄种的支那人,你——你看吧!你配看我!"他已失了天真的稚气,脸上满布着横秋的老气了!我因此宁愿称他为"小西洋人"。他伸着脸向我足有两秒钟;电车停了,这才胜利地掉过头,牵着那大西洋人的手走了。大西洋人比儿子似乎要高出一半;这时正注目窗外,不曾看见下面的事。儿子也不去告诉他,只独断独行地伸他的脸;伸了脸之后,便又若无其事的,始终不发一言——在沉默中得着胜利,凯旋而去。不用说,这在我自然是一种袭击,"出其不意,攻其不备"的袭击!

　　这突然的袭击使我张皇失措;我的心空虚了,四面的压迫很严重,使我呼吸不能自由。我曾在N城的一座桥上,遇见一个女人;我偶然地看她时,她却垂下了长长的黑睫毛,露出老练和鄙夷的神色。那时我也感着压迫和空虚,但比起这一次,就稀薄多了:我在那小西洋人两颗枪弹似的眼光之下,茫然地觉着有被吞食的危险,于是身子不知不觉地缩小——大有在奇境中的阿丽思的劲儿!我木木然目送那父与子下了电车,在马路上开步走;那小西洋人竟未一回头,断然地去了。我这时有了迫切的国家之感!我做着黄种的中国人,而现在还是白种人的世界,他们的骄傲与践踏当然会来的;我所以张皇失措而觉着恐怖者,因为那骄傲我的,践踏我的,不是别人,只是一个十来岁的"白种的"孩子,竟是一个十来岁的白种的"孩子"!我向来总觉得孩子应该是世界的,不应该是一种,一国,一乡,一家的。我因此不能容忍中国的孩子叫西洋人为"洋鬼子"。但这个十来岁的白种的孩子,竟已被揿入人种与国家的两种定型里了。他已懂得凭着人种的优势和国家的强力,伸着脸袭击我了。这一次袭击实是许多次袭击的小影,他的脸上便缩印着一部中国的外交史。他之来上海,或无多日，或已长久，耳濡目染，他的父亲，亲长，先生，父执，乃至同国，同种，都以骄傲践踏对付中国人；而他的读物也推波助澜，将中国编排得一无是处，以长他自己的威风。所以他向我伸脸，绝非偶然而已。

这是袭击，也是侮蔑，大大的侮蔑！我因了自尊，一面感着空虚，一面却又感着愤怒；于是有了迫切的国家之念。我要诅咒这小小的人！但我立刻恐怖起来了：这到底只是十来岁的孩子呢，却已被传统所埋葬；我们所日夜想望着的"赤子之心"，世界之世界（非某种人的世界，更非某国人的世界！），眼见得在正来的一代，还是毫无信息的！这是你的损失，我的损失，他的损失，世界的损失；虽然是怎样渺小的一个孩子！但这孩子却也有可敬的地方：他的从容，他的沉默，他的独断独行，他的一去不回头，都是力的表现，都是强者适者的表现。决不婆婆妈妈的，决不黏黏搭搭的，一针见血，一刀两断，这正是白种人之所以为白种人。

我真是一个矛盾的人。无论如何，我们最要紧的还是看看自己，看看自己的孩子！谁也是上帝之骄子；这和昔日的王侯将相一样，是没有种的！

1925年6月19日夜

阿 河

  我这一回寒假，因为养病，住到一家亲戚的别墅里去。那别墅是在乡下。前面偏左的地方，是一片淡蓝的湖水，对岸环拥着不尽的青山。山的影子倒映在水里，越显得清清朗朗的。水面常如镜子一般。风起时，微有皱痕；像少女们皱她们的眉头，过一会子就好了。湖的余势束成一条小港，缓缓地不声不响地流过别墅的门前。门前有一条小石桥，桥那边尽是田亩。这边沿岸一带，相间地栽着桃树和柳树，春来当有一番热闹的梦。别墅外面缭绕着短短的竹篱，篱外是小小的路。里边一座向南的楼，背后便倚着山。西边是三间平屋，我便住在这里。院子里有两块草地，上面随便放着两三块石头。另外的隙地上，或罗列着盆栽，或种莳着花草。篱边还有几株枝干蟠曲的大树，有一株几乎要伸到水里去了。

  我的亲戚韦君只有夫妇二人和一个女儿。她在外边念书，这时也刚回到家里。她邀来三位同学，同到她家过这个寒假；两位是亲戚，一位是朋友。她们住着楼上的两间屋子。韦君夫妇也住在楼上。楼下正中是客厅，常是闲着，西间是吃饭的地方；东间便是韦君的书房，我们谈天，喝茶，看报，都在这里。我吃了饭，便是一个人，也要到这里来闲坐一回。我来的第二天，韦小姐告诉我，她母亲要给她们找一个好好的女用人；长工阿齐说有一个表妹，母亲叫他明天就带来做做看呢。她似乎很高兴的样子，我只是不经意地答应。

  平屋与楼屋之间，是一个小小的厨房。我住的是东面的屋子，从窗子里可以看见厨房里人的来往。这一天午饭前，我偶然向外看看，见一个面生的女用人，两手提着两把白铁壶，正往厨房里走；韦家的李妈在她前面领着，不知在和她说甚么话。她的头发乱蓬蓬的，像冬天的枯草一样。身上穿着镶边的黑布棉袄和夹裤,黑里已泛出黄色;棉袄长与膝齐,夹裤也直拖到脚背上。脚倒是双天足,穿着尖头的黑布鞋,后跟还带着两片同色的"叶拔儿"。想这就是阿齐带来的女用人了;想完了就坐下看书。晚饭后,韦小姐告诉我,女用人来了,她的名字叫"阿河"。我说,"名字很好,只是人土些;还能做么?"她说,"别看她土,很聪明呢。"我说,"哦。"便接着看手中的报了。

  以后每天早上,中上,晚上,我常常看见阿河挈着水壶来往;她的眼似乎总是望前看的。两个礼拜匆匆地过去了。韦小姐忽然和我说,你别看阿河土,她的志气很好,她是个可怜的人。我和娘说,把我前年在家穿的那身棉袄裤给了她吧。我嫌那两件衣服太花,给了她正好。娘先不肯,说她来了没有几天;后来也肯了。今天拿出来让她穿,正合式呢。我们教给她打绒绳鞋,她真聪明,一学就会了。她说拿到工钱,也要打一双穿呢。我等几天再和娘说去。

  "她这样爱好!怪不得头发光得多了,原来都是你们教她的。好!你们尽教她讲究,她将来怕不愿回家去呢。"大家都笑了。

  旧新年是过去了。因为江浙的兵事,我们的学校一时还不能开学。我们大家都乐得在别墅里多住些日子。这时阿河如换了一个人。她穿着宝蓝色挑着小花儿的布棉袄裤;脚下是嫩蓝色毛绳鞋,鞋口还缀着两个半蓝半白的小绒球儿。我想这一定是她的小姐们给帮忙的。古语说得好,"人要衣裳马要鞍",阿河这一打扮,真有些楚楚可怜了。她的头发早已是刷得光光的,覆额的留海也梳得十分伏贴。一张小小的圆脸,如正开的桃李花;脸上并没有笑,却隐隐地含着春日的光辉,像花房里充了蜜一般。这在我几乎是一个奇迹;我现在是常站在窗前看她了。我觉得在深山里发现了一粒猫儿眼;这样精纯的猫儿眼,是我生平所仅见!我觉得我们相识已太长久,极愿和她说一句话——极平淡的话,一句也好。但我怎好平白地和她攀谈呢?这样郁郁了一礼拜。

  这是元宵节的前一晚上。我吃了饭,在屋里坐了一会,觉得有些无聊,便信步走到那书房里。拿起报来,想再细看一回。忽然门钮一响,阿河进来了。她手里拿着三四支颜色铅笔;出乎意料地走近了我。她站在我面前了,静静地微笑着说:"白先生,你知道铅笔刨在那里?"一面将拿着的铅笔给我看。我不自主地立起来,匆忙地应道,"在这里。"我用手指着南边柱子。但我立刻觉得这是不够的。我领她走近了柱子。这时我像闪电似地踌躇了一下,便说,"我……我……"她一声不响地已将一支铅笔交给我。我放进刨子里刨给她看。刨了两下,便想交给她;但终于刨完了一支。交还了她。她接了笔略看一看,仍仰着脸向我。我窘极了。刹那间念头转了好几个圈子;到底硬着头皮搭讪着说,"就这样刨好了。"我赶紧向门外一瞥,就走回原处看报去。但我的头刚低下,我的眼已抬起来了。于是远远地从容地问道,"你会么?"她不曾掉过头来,只"噢"了一声,也不说话。我看了她背影一会。觉得应该低下头了。等我再抬起头来时,她已默默地向外走了。她似乎总是望前看的;我想再问她一句话,但终于不曾出口。我撇下了报,站起来走了一会,便回到自己屋里。我一直想着些什么,但什么也没有想出。

第二天早上看见她往厨房里走时,我发愿我的眼将老跟着她的影子!她的影子真好。她那几步路走得又敏捷,又匀称,又苗条,正如一只可爱的小猫。她两手各提着一只水壶,又令我想到在一条细细的索儿上抖擞精神走着的女子。这全由于她的腰;她的腰真太软了,用白水的话说,真是软到使我如吃苏州的牛皮糖一样。不止她的腰,我的日记里说得好:"她有一套和云霞比美,水月争灵的曲线,织成大大的一张迷惑的网!"而那两颊的曲线,尤其甜蜜可人。她两颊是白中透着微红,润泽如玉。她的皮肤,嫩得可以掐出水来;我的日记里说,"我很想去掐她一下呀!"她的眼像一双小燕子,老是在滟滟的春水上打着圈儿。她的笑最使我记住,像一朵花漂浮在我的脑海里。我不是说过,她的小圆脸像正开的桃花么?那么,她微笑的时候,便是盛开的时候了:花房里充满了蜜,真如要流出来的样子。她的发不甚厚,但黑而有光,柔软而滑,如纯丝一般。只可惜我不曾闻着一些儿香。唉!从前我在窗前看她好多次,所得的真太少了;若不是昨晚一见,——虽只几分钟——我真太对不起这样一个人儿了。

午饭后,韦君照例地睡午觉去了,只有我,韦小姐和其他三位小姐在

书房里。我有意无意地谈起阿河的事。我说，

"你们怎知道她的志气好呢？"

"那天我们教给她打绒绳鞋；"一位蔡小姐便答道，"看她很聪明，就问她为甚么不念书？她被我们一问，就伤心起来了。……"

"是的，"韦小姐笑着抢了说，"后来还哭了呢；还有一位傻子陪她淌眼泪呢。"

那边黄小姐可急了，走过来推了她一下。蔡小姐忙拦住道，"人家说正经话，你们尽闹着玩儿！让我说完了呀——"

"我代你说啵，"韦小姐仍抢着说，"——她说她只有一个爹，没有娘。嫁了一个男人，倒有三十多岁，土头土脑的，脸上满是疱！他是李妈的邻舍，我还看见过呢。……"

"好了，底下我说吧。"蔡小姐接着道，"她男人又不要好，尽爱赌钱；她一气，就住到娘家来，有一年多不回去了。"

"她今年几岁？"我问。

"十七不知十八？前年出嫁的，几个月就回家了，"蔡小姐说。

"不，十八，我知道，"韦小姐改正道。

"哦。你们可曾劝她离婚？"

"怎么不劝；"韦小姐应道，"她说十八回去吃她表哥的喜酒，要和她的爹去说呢。"

"你们教她的好事，该当何罪！"我笑了。

她们也都笑了。

十九的早上，我正在屋里看书，听见外面有嚷嚷的声音；这是从来没有的。我立刻走出来看；只见门外有两个乡下人要走进来，却给阿齐拦住。他们只是央告，阿齐只是不肯。这时韦君已走出院中，向他们道，

"你们回去吧。人在我这里，不要紧的。快回去，不要瞎吵！"

两个人面面相觑，说不出一句话；俄延了一会，只好走了。我问韦君什么事？他说，

"阿河罗！还不是瞎吵一回子。"

我想他于男女的事向来是懒得说的，还是回头问他小姐的好；我们便

谈到别的事情上去。

吃了饭，我赶紧问韦小姐，她说，

"她是告诉娘的，你问娘去。"

我想这件事有些尴尬，便到西间里问韦太太；她正看着李妈收拾碗碟呢。她见我问，便笑着说，

"你要问这些事做什么？她昨天回去，原是借了阿桂的衣裳穿了去的，打扮得娇滴滴的，也难怪，被她男人看见了，便约了些不相干的人，将她抢回去过了一夜。今天早上，她骗她男人，说要到此地来拿行李。她男人就会信她，派了两个人跟着。那知她到了这里，便叫阿齐拦着那跟来的人；她自己便跪在我面前哭诉，说死也不愿回她男人家去。你说我有什么法子。只好让那跟来的人先回去再说。好在没有几天，她们要上学了，我将来交给她的爹吧。唉，现在的人，心眼儿真是越过越大了；一个乡下女人，也会闹出这样惊天动地的事了！"

"可不是，"李妈在旁插嘴道，"太太你不知道；我家三叔前儿来，我还听他说呢。我本不该说的，阿弥陀佛！太太，你想她不愿意回婆家，老愿意住在娘家，是什么道理？家里只有一个单身的老子；你想那该死的老畜生！他舍不得放她回去呀！"

"低些，真的么？"韦太太惊诧地问。

"他们说得千真万确的。我早就想告诉太太了，总有些疑心；今天看她的样子，真有几分对呢。太太，你想现在还成什么世界！"

"这该不至于吧。"我淡淡地插了一句。

"少爷，你那里知道！"韦太太叹了一口气，"——好在没有几天了，让她快些走吧；别将我们的运气带坏了。她的事，我们以后也别谈吧。"

开学的通告来了，我定在二十八走。二十六的晚上，阿河忽然不到厨房里挈水了。韦小姐跑来低低地告诉我，"娘叫阿齐将阿河送回去了；我在楼上，都不知道呢。"我应了一声，一句话也没有说。正如每日有三顿饱饭吃的人，忽然绝了粮；却又不能告诉一个人！而且我觉得她的前面是黑洞洞的，此去不定有什么好歹！那一夜我是没有好好地睡，只翻来覆去地做梦，醒来却又一例茫然。这样昏昏沉沉地到了二十八早上，懒懒地向韦君夫妇和韦小姐告别而行，韦君夫妇坚约春假再来住，我只得含糊答应着。出门时，我很想回望厨房几眼；但许多人都站在门口送我，我怎好回头呢？

到校一打听，老友陆已来了。我不及料理行李，便找着他，将阿河的事一五一十告诉他。他本是个好事的人；听我说时，时而皱眉，时而叹气，时而擦掌。听到她只十八岁时，他突然将舌头一伸，跳起来道，

"可惜我早有了我那太太！要不然，我准得想法子娶她！"

"你娶她就好了；现在不知鹿死谁手呢？"

我俩默默相对了一会，陆忽然拍着桌子道，

"有了，老汪不是去年失了恋么？他现在还没有主儿，何不给他俩撮合一下。"

我正要答说，他已出去了。过了一会子，他和汪来了；进门就嚷着说，

"我和他说，他不信；要问你呢！"

"事是有的，人呢，也真不错。只是人家的事，我们凭什么去管！"我说。

"想法子呀！"陆嚷着。

"什么法子？你说！"

"好，你们尽和我开玩笑，我才不理会你们呢！"汪笑了。

我们几乎每天都要谈到阿河，但谁也不曾认真去"想法子"。

一转眼已到了春假。我再到韦君别墅的时候，水是绿绿的，桃腮柳眼，着意引人。我却只惦着阿河，不知她怎么样了。那时韦小

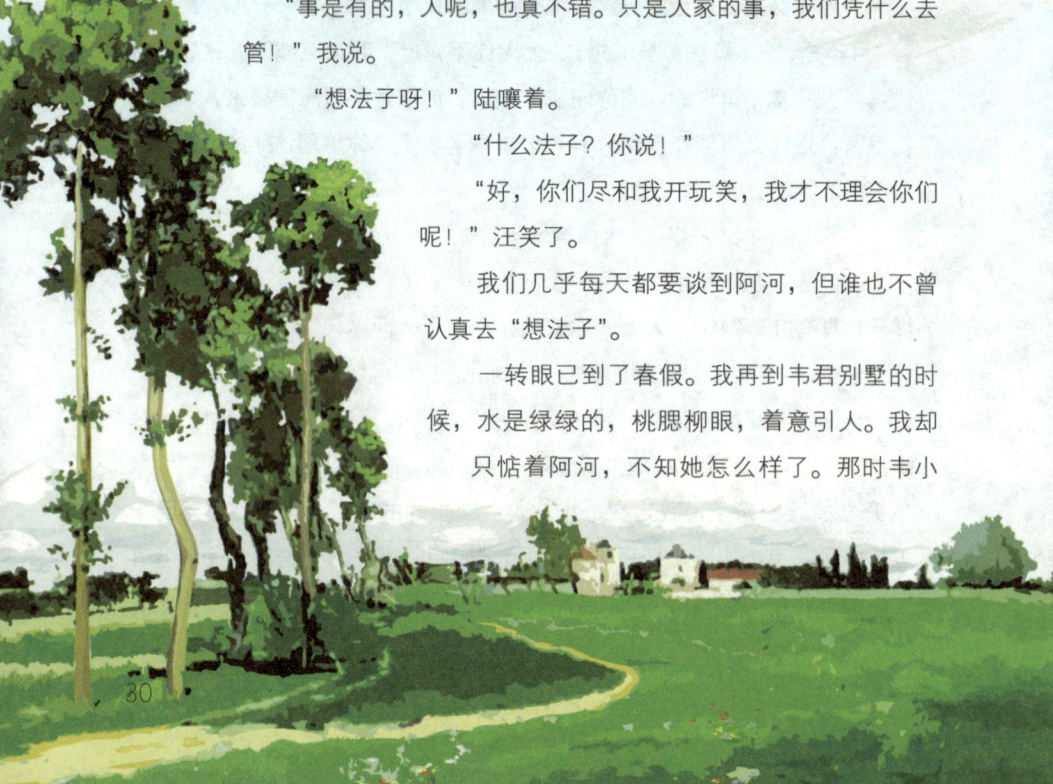

姐已回来两天。我背地里问她,她说,

"奇得很!阿齐告诉我,说她二月间来求娘来了。她说她男人已死了心,不想她回去;只不肯白白地放掉她。他教她的爹拿出八十块钱来,人就是她的爹的了;他自己也好另娶一房人。可是阿河说她的爹那有这些钱?她求娘可怜可怜她!娘的脾气你知道。她是个古板的人;她数说了阿河一顿,一个钱也不给!我现在和阿齐说,让他上镇去时,带个信儿给她,我可以给她五块钱。我想你也可以帮她些,我教阿齐一块儿告诉她吧。只可惜她未必肯再上我们这儿来罗!"

"我拿十块钱吧,你告诉阿齐就是。"

我看阿齐空闲了,便又去问阿河的事。他说,

"她的爹正给她东找西找地找主儿呢。只怕难吧,八十块大洋呢!"

我忽然觉得不自在起来,不愿再问下去。

过了两天,阿齐从镇上回来,说,

"今天见着阿河了。娘的,齐整起来了。穿起了裙子,做老板娘娘了!据说是自己拣中的;这种年头!"

我立刻觉得,这一来全完了!只怔怔地看着阿齐,似乎想在他脸上找出阿河的影子。咳,我说什么好呢?愿运命之神长远庇护着她吧!

第二天我便托故离开了那别墅;我不愿再见那湖光山色,更不愿再见那间小小的厨房!

1926年1月11日作

飘 零

一个秋夜,我和P坐在他的小书房里,在晕黄的电灯光下,谈到W的小说。

"他还在河南吧? C大学那边很好吧?"我随便问着。

"不,他上美国去了。"

"美国? 做什么去?"

"你觉得很奇怪吧?——波定谟约翰郝勃金医院打电报约他做助手去。"

"哦! 就是他研究心理学的地方! 他在那边成绩总很好?——这回去他很愿意吧?"

"不见得愿意。他动身前到北京来过,我请他在启新吃饭;他很不高兴的样子。"

"这又为什么呢?"

"他觉得中国没有他做事的地方。"

"他回来才一年呢。C大学那边没有钱吧?"

"不但没有钱;他们说他是疯子!"

"疯子!"

我们默然相对,暂时无话可说。

我想起第一回认识W的名字,是在《新生》杂志上。那时我在P大学读书,W也在那里。我在《新生》上看见的是他的小说;但一个朋友告诉我,他心理学的书读得真多;P大学图书馆里所有的,他都读了。文学书他也读得不少。他说他是无一刻不读书的。我第一次见他的面,是在P大学宿舍的走道上;他正和朋友走着。有人告诉我,这就是W了。微曲的背,小而黑的脸,长头发和近视眼,这就是W了。以后我常常看他的文字,记起他这样一个人。有一回我拿一篇心理学的译文，托一个朋友请他看看。他逐一给我改正了好几十条，不曾放松一个字。永远的惭愧和感谢留在我心里。

我又想到杭州那一晚上。他突然来看我了。他说和 P 游了三日，明早就要到上海去。他原是山东人；这回来上海，是要上美国去的。我问起哥伦比亚大学的《心理学，哲学，与科学方法》杂志，我知道那是有名的杂志。但他说里面往往一年没有一篇好文章，没有什么意思。他说近来各心理学家在英国开了一个会，有几个人的话有味。他又用铅笔随便的在桌上一本簿子的后面，写了《哲学的科学》一个书名与其出版处，说是新书，可以看看。他说要走了。我送他到旅馆里。见他床上摊着一本《人生与地理》，随便拿过来翻着。他说这本小书很著名，很好的。我们在晕黄的电灯光下，默然相对了一会，又问答了几句简单的话；我就走了。直到现在，还不曾见过他。

他到美国去后，初时还写了些文字，后来就没有了。他的名字，在一般人心里，已如远处的云烟了。我倒还记着他。两三年以后，才又在《文学日报》上见到他一篇诗，是写一种清趣的。我只念过他这一篇诗。他的小说我却念过不少；最使我不能忘记的是那篇《雨夜》，是写北京人力车夫的生活的。W 是学科学的人，应该很冷静，但他的小说却又很热很热的。这就是 W 了。

P 也上美国去，但不久就回来了。他在波定谟住了些日子，W 是常常见着的。他回国后，有一个热天，和我在南京清凉山上谈起 W 的事。他说 W 在研究行为派的心理学。他几乎终日在实验室里；他解剖过许多老鼠，研究它们的行为。P 说自己本来也愿意学心理学的；但看了老鼠临终的颤动，他执刀的手便战战的放不下去了。因此只好改行。而 W 是"奏刀騞然"，"踌躇满志"，P 觉得那是不可及的。P 又说 W 研究动物行为既久，看明它们所有的生活，只是那几种生理的欲望，如食欲，性欲，所玩的把戏，毫无什么大道理存乎其间。因而推想人的生活，也未必别有何种高贵的动机；我们第一要承认我们是动物，这便是真人。W 的确是如此做人的。P 说他也相信 W 的话；真的，P 回国后的态度是大大的不同了。W 只管做他自己的人，却得着 P 这样一个信徒，他自己也未必料得着的。

P 又告诉我 W 恋爱的故事。是的，恋爱的故事！P 说这是一个日本人，和W一同研究的，但后来走了，这件事也就完了。P说得如此冷淡，毫不像我们所想的恋爱的故事！P又曾指出《来日》上W的一篇《月光》给我看。这是一篇小说，叙述一对男女趁着月光在河边一只空船里密谈。那女的是个有夫之妇。这时四无人迹，他俩谈得亲热极了。但P说W的胆子太小了，所以这一回密谈之后，便撒了手。这篇文字是W自己写的，虽没有如火如荼的热闹，但却别有一种意思。科学与文学，科学与恋爱，这就是W了。

"'疯子'！"我这时忽然似乎彻悟了说，"也许是的吧？我想。一个人冷而又热，是会变疯子的。"

"唔"，P点头。

"他其实大可以不必管什么中国不中国了；偏偏又恋恋不舍的！"

"是罗。W这回真不高兴。K在美国借了他的钱。这回他到北京，特地老远的跑去和K要钱。K的没钱，他也知道；他也并不指望这笔钱用。只想借此去骂他一顿罢了，据说拍了桌子大骂呢！"

"这与他的写小说一样的道理呀！唉，这就是W了。"

P无语，我却想起一件事：

"W到美国后有信来么？"

"长远了，没有信。"

我们于是都又默然。

1926年7月20日，白马湖

荷塘月色

　　这几天心里颇不宁静。今晚在院子里坐着乘凉，忽然想起日日走过的荷塘，在这满月的光里，总该另有一番样子吧。月亮渐渐地升高了，墙外马路上孩子们的欢笑，已经听不见了；妻在屋里拍着闰儿，迷迷糊糊地哼着眠歌。我悄悄地披了大衫，带上门出去。

　　沿着荷塘，是一条曲折的小煤屑路。这是一条幽僻的路；白天也少人走，夜晚更加寂寞。荷塘四面，长着许多树，蓊蓊郁郁的。路的一旁，是些杨柳，和一些不知道名字的树。没有月光的晚上，这路上阴森森的，有些怕人。今晚却很好，虽然月光也还是淡淡的。

　　路上只我一个人，背着手踱着。这一片天地好像是我的；我也像超出了平常的自己，到了另一世界里。我爱热闹，也爱冷静；爱群居，也爱独处。像今晚上，一个人在这苍茫的月下，什么都可以想，什么都可以不想，便觉是个自由的人。白天里一定要做的事，一定要说的话，现在都可不理。这是独处的妙处，我且受用这无边的荷香月色好了。

　　曲曲折折的荷塘上面，弥望的是田田的叶子。叶子出水很高，像亭亭的舞女的裙。层层的叶子中间，零星地点缀着些白花，有袅娜地开着的，有羞涩地打着朵儿的；正如一粒粒的明珠，又如碧天里的星星，又如刚出浴的美人。微风过处，送来缕缕清香，仿佛远处高楼上渺茫的歌声似的。这时候叶子与花也有一丝的颤动，像闪电般，霎时传过荷塘的那边去了。叶子本是肩并肩密密地挨着，这便宛然有了一道凝碧的波痕。叶子底下是脉脉的流水，遮住了，不能见一些颜色；而叶子却更见风致了。

　　月光如流水一般，静静地泻在这一片叶子和花上。薄薄的青雾浮起在荷塘里。叶子和花仿佛在牛乳中洗过一样；又像笼着轻纱的梦。虽然是满月，天上却有一层淡淡的云，所以不能朗照；但我以为这恰是到了好处——酣眠固不可少，小睡也别有风味的。月光是隔了树照过来的，高处丛生的灌木，落下参差的斑驳的黑影，峭楞楞如鬼一般；弯弯的杨柳的稀疏的倩影，却又像是画在荷叶上。塘中的月色并不均匀；但光与影有着和谐的旋律，如梵婀玲上奏着的名曲。

荷塘的四面，远远近近，高高低低都是树，而杨柳最多。这些树将一片荷塘重重围住；只在小路一旁，漏着几段空隙，像是特为月光留下的。树色一例是阴阴的，乍看像一团烟雾；但杨柳的丰姿，便在烟雾里也辨得出。树梢上隐隐约约的是一带远山，只有些大意罢了。树缝里也漏着一两点路灯光，没精打采的，是渴睡人的眼。这时候最热闹的，要数树上的蝉声与水里的蛙声；但热闹是它们的，我什么也没有。

忽然想起采莲的事情来了。采莲是江南的旧俗，似乎很早就有，而六朝时为盛；从诗歌里可以约略知道。采莲的是少年的女子，她们是荡着小船，唱着艳歌去的。采莲人不用说很多，还有看采莲的人。那是一个热闹的季节，也是一个风流的季节。梁元帝《采莲赋》里说得好：

于是妖童媛女，荡舟心许；鹢首徐回，兼传羽杯；棹将移而藻挂，船欲动而萍开。尔其纤腰束素，迁延顾步；夏始春余，叶嫩花初，恐沾裳而浅笑，畏倾船而敛裾。

可见当时嬉游的光景了。这真是有趣的事，可惜我们现在早已无福消受了。

于是又记起《西洲曲》里的句子：

采莲南塘秋，莲花过人头；低头弄莲子，莲子清如水。

今晚若有采莲人，这儿的莲花也算得"过人头"了；只不见一些流水的影子，是不行的。这令我到底惦着江南了。——这样想着，猛一抬头，不觉已是自己的门前；轻轻地推门进去，什么声息也没有，妻已睡熟好久了。

1927年7月，北京清华园

春

盼望着，盼望着，东风来了，春天的脚步近了。

一切都像刚睡醒的样子，欣欣然张开了眼。山朗润起来了，水长起来了，太阳的脸红起来了。

小草偷偷地从土里钻出来，嫩嫩的，绿绿的。园子里，田野里，瞧去，一大片一大片满是的。坐着，躺着，打两个滚，踢几脚球，赛几趟跑，捉几回迷藏。风轻悄悄的，草绵软软的。

桃树、杏树、梨树，你不让我，我不让你，都开满了花赶趟儿。红的像火，粉的像霞，白的像雪。花里带着甜味，闭了眼，树上仿佛已经满是桃儿、杏儿、梨儿！花下成千成百的蜜蜂嗡嗡地闹着，大小的蝴蝶飞来飞去。野花遍地是：杂样儿，有名字的，没名字的，散在草丛里，像眼睛，像星星，还眨呀眨的。

"吹面不寒杨柳风"，不错的，像母亲的手抚摸着你。风里带来些新翻的泥土的气息，混着青草味，还有各种花的香，都在微微润湿的空气里酝酿。鸟儿将窠巢安在繁花嫩叶当中，高兴起来了，呼朋引伴地卖弄清脆的喉咙，唱出宛转的曲子，与轻风流水应和着。牛背上牧童的短笛，这时候也成天在嘹亮地响。

雨是最寻常的，一下就是三两天，可别恼。看，像牛毛，像花针，像细丝，密密地斜织着，人家屋顶上全笼着一层薄烟。树叶子却绿得发亮，小草也青得逼你的眼。傍晚时候，上灯了，一点点黄晕的光，烘托出一片安静而和平的夜。乡下去，小路上，石桥边，撑起伞慢慢走着的人；还有地里工作的农夫，披着蓑，戴着笠的。他们的草屋，稀稀疏疏的在雨里静默着。

天上风筝渐渐多了，地上孩子也多了。城里乡下，家家户户，老老小小，他们也赶趟儿似的，一个个都出来了。舒活舒活筋骨，抖擞抖擞精神，各做各的一份事去。"一年之计在于春"；刚起头儿，有的是工夫，有的是希望。

春天像刚落地的娃娃，从头到脚都是新的，它生长着。

春天像小姑娘，花枝招展的，笑着，走着。

春天像健壮的青年，有铁一般的胳膊和腰脚，他领着我们上前去。

1933年7月版
原载朱文叔编《初中语文读本》第1册

一封信

在北京住了两年多了，一切平平常常地过去。要说福气，这也是福气了。因为平平常常，正像"糊涂"一样"难得"，特别是在"这年头"。但不知怎的，总不时想着在那儿过了五六年转徙无常的生活的南方。转徙无常，诚然算不得好日子；但要说到人生味，怕倒比平平常常时候容易深切地感着。现在终日看见一样的脸板板的天，灰蓬蓬的地；大柳高槐，只是大柳高槐而已。于是木木然，心上什么也没有；有的只是自己，自己的家。我想着我的渺小，有些战栗起来；清福究竟也不容易享的。

这几天似乎有些异样。像一叶扁舟在无边的大海上，像一个猎人在无尽的森林里。走路，说话，都要费很大的力气；还不能如意。心里是一团乱麻，也可说是一团火。似乎在挣扎着，要明白些什么，但似乎什么也没有明白。"一部《十七史》，从何处说起，"正可借来作近日的我的注脚。昨天忽然有人提起《我的南方》的诗。这是两年前初到北京，在一个村店里，喝了两杯"莲花白"以后，信笔涂出来的。于今想起那情景，似乎有些渺茫；至于诗中所说的，那更是遥遥乎远哉了，但是事情是这样凑巧：今天吃了午饭，偶然抽一本旧杂志来消遣，却翻着了三年前给S的一封信。信里说着台州，在上海，杭州，宁波之南的台州。这真是"我的南方"了。我正苦于想不出，这却指引我一条路，虽然只是"一条"路而已。

我不忘记台州的山水，台州的紫藤花，台州的春日，我也不能忘记S。他从前欢喜喝酒，欢喜骂人；但他是个有天真的人。他待朋友真不错。L从湖南到宁波去找他，不名一文；他陪他喝了半年酒才分手。他去年结了婚。为结婚的事烦恼了几个整年的他，这算是叶落归根了；但他也与我一样，已快上那"中年"的线了吧。结婚后我们见过一次，匆匆的一次。我想，他也和一切人一样，结了婚终于是结了婚的样子了吧。但我老只是记着他那喝醉了酒，很妩媚的骂人的意态；这在他或已懊悔着了。

南方这一年的变动，是人的意想所赶不上的。我起初还知道他的踪迹；这半年是什么也不知道了。他到底是怎样地过着这狂风似的日子呢？我所沉吟的正在此。我说过大海，他正是大海上的一个小浪；我说过森林，他正是森林里的一只小鸟。恕我，恕我，我向那里去找你？

这封信曾印在台州师范学校的《绿丝》上。我现在重印在这里；这是我眼前一个很好的自慰的法子。

九月二十七日记

S兄：

……

我对于台州，永远不能忘记！我第一日到六师校时，系由埠头坐了轿子去的。轿子走的都是僻路；使我诧异，为什么堂堂一个府城，竟会这样冷静！那时正是春天，而因天气的薄阴和道路的幽寂，使我宛然如入了秋之国土。约莫到了卖冲桥边，我看见那清绿的北固山，下面点缀着几带朴实的洋房子，心胸顿然开朗，仿佛微微的风拂过我的面孔似的。到了校里，登楼一望，见远山之上，都幂着白云。四面全无人声，也无人影；天上的鸟也无一只。只背后山上谡谡的松风略略可听而已。那时我真脱却人间烟火气而飘飘欲仙了！后来我虽然发现了那座楼实在太坏了：柱子如鸡骨，地板如鸡皮！但自然的宽大使我忘记了那房屋的狭窄。我于是曾好几次爬到北固山的顶上，去领略那飕飕的高风，看那低低的，小小的，绿绿的田亩。这是我最高兴的。

来信说起紫藤花，我真爱那紫藤花！在那样朴陋——现在大概不那样朴陋了吧——的房子里，庭院中，竟有那样雄伟，那样繁华的紫藤花，真令我十二分惊诧！她的雄伟与繁华遮住了那朴陋，使人一对照，反觉朴陋倒是不可少似的，使人幻想"美好的昔日"！我也曾几度在花下徘徊：那时学生都上课去了，只剩我一人。暖和的晴日，鲜艳的花色，嗡嗡的蜜蜂，酝酿着一庭的春意。我自己如浮在茫茫的春之海里，不知怎么是好！那花真好看：苍老遒劲的枝干，这么粗这么粗的枝干，宛转腾挪而上；谁知她的纤指会那样嫩，那样艳丽呢？那花真好看：一缕缕垂垂的细丝，将她们悬在那皴裂的臂上，临风婀娜，真像嘻嘻哈哈的小姑娘，真像凝妆的少妇，像两颊又像双臂，像胭脂又像粉……我在他们下课的时候，又曾几度在楼头眺望：那丰姿更是撩人：云哟，霞哟，仙女哟！我离开台州以后，永远没见过那样好的紫藤花，我真惦记她，我真妒羡你们！

此外，南山殿望江楼上看浮桥（现在早已没有了），看憧憧的人在长长的桥上往来着；东湖水阁上，九折桥上看柳色和水光，看钓鱼的人；府后山沿路看田野，看天；南门外看梨花——再回到北固山，冬天在医院前看山上的雪；都是我喜欢的。说来可笑，我还记得我从前住过的旧仓头杨姓的房子里一张画桌；那是一张红漆的，一丈光景长而狭的画桌，我放它在我楼上的窗前，在上面读书，和人谈话，过了我半年的生活。现在想已搁起来无人用了吧？唉！

台州一般的人真是和自然一样朴实；我一年里只见过三个上海装束的流氓！学生中我颇有记得的。前些时有位Ｐ君写信给我，我虽未有工夫作复，但心中很感谢！乘此机会请你为我转告一句。

我写的已多了；这些胡乱的话，不知可附载在《绿丝》的末尾，使它和我的旧友见见面么？

弟：自清

你 我

现在受过新式教育的人,见了无论生熟朋友,往往喜欢你我相称。这不是旧来的习惯而是外国语与翻译品的影响。这风气并未十分通行;一般社会还不愿意采纳这种办法——所谓粗人一向你呀我的,却当别论。有一位中等学校校长告诉人,一个旧学生去看他,左一个"你",右一个"你",仿佛用指头点着他鼻子,真有些受不了。在他想,只有长辈该称他"你",只有太太和老朋友配称他"你"。够不上这个份儿,也来"你"呀"你"的,倒像对当差老妈子说话一般,岂不可恼!可不是,从前小说里"弟兄相呼,你我相称",也得够上那份儿交情才成。而俗语说的"你我不错","你我还这样那样",也是托熟的口气,指出彼此的依赖与信任。

同辈你我相称,言下只有你我两个,旁若无人;虽然十目所视,十手所指,视他们的,指他们的,管不着。杨震在你我相对的时候,会想到你我之外的"天知地知",真是一个玄远的托辞,亏他想得出。常人说话称你我,却只是你说给我,我说给你;别人听见也罢,不听见也罢,反正说话的一点儿没有想着他们那些不相干的。自然也有时候"取瑟而歌",也有时候"指桑骂槐",但那是话外的话或话里的话,论口气却只对着那一个"你"。这么着,一说你我,你我便从一群人里除外,单独地相对着。离群是可怕又可怜的,只要想想大野里的独行,黑夜里的独处就明白。你我既甘心离群,彼此便非难解难分不可;否则岂不要吃亏? 难解难分就是亲昵;骨肉是亲昵,结交也是个亲昵,所以说只有长辈该称"你",只有太太和老朋友配称"你"。你我相称者,你我相亲而已。然而我们对家里当差老妈子也称"你",对街上的洋车夫也称"你",却不是一个味儿。古来以"尔汝"为轻贱之称;就指的这一类。但轻贱与亲昵有时候也难分,譬如叫孩子为"狗儿",叫情人为"心肝",明明将人比物,却正是亲昵之至。而长辈称晚辈为"你",也夹杂着这两种味道——那些亲谊疏远的称"你",有时候简直毫无亲昵的意思,只显得辈分高罢了。大概轻贱与亲昵有一点相同;就是,都可以随随便便,甚至于动手动脚。

生人相见不称"你"。通称是"先生",有带姓不带姓之分;不带姓好像来者是自己老师,特别客气,用得少些。北平人称"某爷","某几爷",如"冯爷","吴二爷",也是通称,可比"某先生"亲昵些。但不能单称"爷",与"先生"不同。"先生"原是老师,"爷"却是"父亲";尊人为师犹之可,尊人为父未免吃亏太甚。(听说前清的太监有称人为"爷"的时候,那是刑余之人,只算例外。)至于"老爷",多一个"老"字,就不会与父亲相混,所以仆役用以单称他的主人,旧式太太用以单称她的丈夫。女的通称"小姐","太太","师母",却都带姓;"太太","师母"更其如此。因为单称"太太",自己似乎就是老爷,单称"师母",自己似乎就是门生,所以非带姓不可。"太太"是北方的通称,南方人却嫌官僚气;"师母"是南方的通称,北方人却嫌头巾气。女人麻烦多,真是无法奈何。比"先生"亲近些是"某某先生","某某兄","某某"是号或名字;称"兄"取其仿佛一家人。再进一步就以号相称,同时也可称"你"。在正式的聚会里,有时候得称职衔,如"张部长","王经理";也可以不带姓,和"先生"一样;偶尔还得加上一个"贵"字,如"贵公使"。下属对上司也得称职衔。但像科员等小脚色却不便称衔,只好屈居在"先生"一辈里。

仆役对主人称"老爷","太太",或"先生","师母";与同辈分别的,一律不带姓。他们在同一时期内大概只有一个老爷,太太,或先生,师母,是他们衣食的靠山;不带姓正所以表示只有这一对儿才是他们的主人。对于主人的客,却得一律带姓;即使主人的本家,也得带上号码儿,如"三老爷","五太太"。——大家庭用的人或两家合用的人例外。"先生"本可不带姓,"老爷"本是下对上的称呼,也常不带姓;女仆称"老爷",虽和旧式太太称丈夫一样,但身分声调既然各别,也就不要紧。仆役称"师母",绝无门生之嫌,不怕尊敬过分;女仆称"太太",毫无疑义,男仆称"太太",与女仆称"老爷"同例。晚辈称长辈,有"爸爸","妈妈","伯伯","叔叔"

等称。自家人和近亲不带姓，但有时候带号码儿；远亲和父执，母执，都带姓；干亲带"干"字，如"干娘"；父亲的盟兄弟，母亲的盟姊妹，有些人也以自家人论。

这种种称呼，按刘半农先生说，是"名词替代代词"，但也可说是他称替代对称。不称"你"而称"某先生"，是将分明对面的你变成一个别人；于是乎对你说的话，都不过是关于"他"的。这么着，你我间就有了适当的距离，彼此好提防着；生人间说话提防着些，没有错儿。再则一般人都可以称你"某先生"，我也跟着称"某先生"，正见得和他们一块儿，并没有单独挨近你身边去。所以"某先生"一来，就对面无你，旁边有人。这种替代法的效用，因所代的他称广狭而转移。譬如"某先生"，谁对谁都可称，用以代"你"，是十分"敬而远之"；又如"某部长"，只是僚属对同官与长官之称，"老爷"只是仆役对主人之称，敬意过于前者，远意却不及；至于"爸爸""妈妈"，只是弟兄姊妹对父母的称，不像前几个名字可以移用在别人身上，所以虽不用"你"，还觉得亲昵，但敬远的意味总免不了有一些；在老人家前头要像在太太或老朋友前头那么自由自在，到底是办不到的。

北方话里有个"您"字，是"你"的尊称，不论亲疏贵贱全可用，方便之至。这个字比那拐弯抹角的替代法干脆多了，只是南方人听不进去，他们觉得和"你"也差不多少。这个字本是闭口音，指众数；"你们"两字就从此出。南方人多用"你们"代"你"。用众数表尊称，原是语言常例。指的既非一个，你旁边便仿佛还有些别人和你亲近的，与说话的相对着；说话的天然不敢侵犯你，也不敢妄想亲近你。这也还是个"敬而远之"。湖北人尊称人为"你家"，"家"字也表众数，如"人家""大家"可见。

此外还有个方便的法子，就是利用呼位，将他称与对称拉在一块儿。说话的时候先叫声"某先生"或别的，接着再说"你怎样怎样"；这么着好像"你"字儿都是对你以外的"某先生"说的，你自己就不会觉得唐突了。这个办法上下一律通行。在上海，有些不三不四的人问路，常叫一声"朋友"，再说"你"；北平老妈子彼此说话，也常叫声"某姐"，再"你"下去——她们觉得这么称呼倒比说"您"亲昵些。但若说"这是兄弟你的事"，"这是他爸爸你的责任"，"兄弟""你"，"他爸爸""你"简直连成一串儿，与用呼位的大不一样。这种口气只能用于亲近的人。第一例的他称意在加重全句的力量，表示虽与你亲如弟兄，这件事却得你自己办，不能推给别人。第二例因"他"而及"你"，用他称意在提醒你的身分，也是加重那个句子；好像说你我虽亲近，这件事却该由做他爸爸的你，而不由做自己的朋友的你负责任；所以也不能推给别人。又有对称在前他称在后的；但除了"你先生"，"你老兄"还有敬远之意以外，别的如"你太太"，"你小姐"，"你张三"，"你这个人"，"你这家伙"，"你这位先生"，"你这该死的"，"你这没良心的东西"，却都是些亲口埋怨或破口大骂的话。"你先生"，"你老兄"的"你"不重读，别的"你"都是重读的。"你张三"直呼姓名，好像听话的是个远哉遥遥的生人，因为只有毫无关系的人，才能直呼姓名；可是加上"你"字，却变了亲昵与轻贱两可之间。近指形容词"这"，加上量词"个"成为"这个"，都兼指人与物；说"这个人"和说"这个碟子"，一样地带些无视的神气在指点着。加上"该死的"，"没良心的"，"家伙"，"东西"，无视的神气更足。只有"你这位先生"稍稍客气些；不但因为那"先生"，并且因为那量词"位"字。"位"指"地位"，用以称人，指那有某种地位的，就与常人有别。至于"你老"，"你老人家"，"老人家"是众数，"老"是敬辞——老人常受人尊重。但"你老"用得少些。

刘半农像

最后还有省去对称的办法，却并不如文法书里所说，只限于祈使语气，也不限于上辈对下辈的问语或答语，或熟人间偶然的问答语：如"去吗"，"不去"之类。有人曾遇见一位颇有名望的省议会议长，随意谈天儿。那议长的说话老是这样的：

去过北京吗？
在那儿住？

觉得北京怎么样？

几时回来的？

　　始终没有用一个对称，也没有用一个呼位的他称，仿佛说到一个不知是谁的人。那听话的觉得自己没有了，只看见俨然的议长。可是偶然要敷衍一两句话，而忘了对面人的姓，单称"先生"又觉不值得的时候，这么办却也可以救眼前之急。

　　生人相见也不多称"我"。但是单称"我"只不过傲慢，仿佛有点儿瞧不起人，却没有那过分亲昵的味儿，与称你我的时候不一样。所以自称比对称麻烦少些。若是不随便称"你"，"我"字尽可马马虎虎通用；不过要留心声调与姿态，别显出拍胸脯指鼻尖的神儿。若是还要谨慎些，在北方可以说"咱"，说"俺"，在南方可以说"我们"；"咱"和"俺"原来也都是闭口音，与"我们"同是众数。自称用众数，表示听话的也在内，"我"说话，像是你和我或你我他联合宣言；这么着，我的责任就有人分担，谁也不能说我自以为是了。也有说"自己"的，如"只怪自己不好"，"自己没主意，怨谁！"但同样的句子用来指你我也成。至于说"我自己"，那却是加重的语气，与这个不同。又有说"某人"，"某某人"的；如张三说，"他们老疑心这是某人做的，其实我一点也不知道。"这个"某人"就是张三，但得随手用"我"字点明。若说"张某人岂是那样的人！"却容易明白。又有说"人"，"别人"，"人家"，"别人家"的；如，"这可叫人怎么办？""也不管人家死活。"指你我也成。这些都是用他称（单数与众数）替代自称，将自己说成别人；但都不是明确的替代，要靠上下文，加上声调姿态，才能显出作用，不像替代对称那样。而其中如"自己"，"某人"，能替代"我"的时候也不多，可见自称在我的关系多，在人的关系少，老老实实用"我"字也无妨；所以历来并不十分费心思去找替代的名词。

　　演说称"兄弟"，"鄙人"，"个人"或自己名字，会议称"本席"，也是他称替代自称，却一听就明白。因为这几个名词，除"兄弟"代"我"，平常谈话里还偶然用得着之外，别的差不多都已成了向公众说话专用的自称。"兄弟"，"鄙人"全是谦词，"兄弟"亲昵些；"个人"就是"自己"；称名字不带姓，好像对尊长说话。——称名字的还有仆役与幼儿。仆役称名字兼带姓，如"张顺不敢"。幼儿自称乳名，却因为自我观念还未十分发达，听见人家称自己乳名，也就如法炮制，可教大人听着乐，为的是"像煞有介事"。——"本席"指"本席的人"，原来也该是谦称；但以此自称的人往往有一种施施然的声调姿态，所以反觉得傲慢了。这大约是"本"字作怪，从"本总司令"到"本县长"，虽也是以他称替代自称，可都是告诫下属的口气，意在显出自己的身分，让他们知所敬畏。这种自称用的机会却不多。对同辈也偶然有要自称职衔的时候，可不用"本"字而用"敝"字。但"司令"可"敝"，"县长"可"敝"，"人"却"敝"不得；"敝人"是凉薄之人，自己骂得未免太苦了些。同辈间也可用"本"字，是在开玩笑的当儿，如"本科员"，"本书记"，"本教员"，取其气昂昂的，有俯视一切的样子。

　　他称比"我"更显得傲慢的还有：如"老子"，"咱老子"，"大爷我"，"我某几爷"，"我某某某"。老子本非同辈相称之词，虽然加上众数的"咱"，似乎只是壮声威，并不为的分责任。"大爷"，"某几爷"也都是尊称，加在"我"上，是增加"我"的气焰的。对同辈自称姓名，表示自己完全是个无关系的陌生人；本不如此，偏取了如此态度，将听话的远远地推开去，再加上"我"，更是神气。这些"我"字都是重读的。但除了"我某某某"，那几个别的称呼大概是丘八流氓用得多。他称也有比"我"显得亲昵的。如对儿女自称"爸爸"，"妈"，说"爸爸疼你"，"妈在这儿，别害怕"。对他们称"我"的太多了，对他们称"爸爸"，"妈"的却只有两个人，他们最亲昵的两个人。所以他们听起来，"爸爸"，"妈"比"我"鲜明得多。幼儿更是这样；他们既然还不甚懂得什么是"我"，用"爸爸"，"妈"就更要鲜明些。听了这两个名字，不用捉摸，立刻知道是谁而得着安慰；特别在他们正专心一件事或者快要睡觉的时候。若加上"你"，说"你爸爸""你妈"，没有"我"，只有"你的"，让大些的孩子听了，亲昵的意味更多。对同辈自称"老某"，如"老张"，或"兄弟我"，如"交给兄弟我办吧，没错儿"，也是亲昵的口气。"老某"本是称人之词。单称姓，表示彼此非常之熟，一提到姓就会想起你，再不用别的；同姓的虽然无数，而提到这一姓，却偏偏只想起你。"老"字本是敬辞，但平常说笑惯了的人，忽然敬他一下，只是惊他以取乐罢了；姓上加"老"字，原来怕不过是个玩笑，正和"你老先生"，"你老人家"有时候用作滑稽的敬语一种。日子久了，不觉得，反变成"熟得很"的意思。于是自称"老张"，就是"你熟得很的张"，不用说，顶亲昵的。"我"在"兄弟"之下，指的是做兄弟的"我"，当然比平常的"我"客气些；但既有他称，还用自称，特别着重那个"我"，多少免不了自负的味儿。这个"我"字也是重读的。用"兄弟我"的也以江湖气的人为多。自称常可省去；或因叙述的方便，或因答语的方便，或因避免那傲慢的字。

"他"字也须因人而施，不能随便用。先得看"他"在不在旁边儿。还得看"他"与说话的和听话的关系如何——是长辈，同辈，晚辈，还是不相干的，不相识的？北平有个"怹"字，用以指在旁边的别人与不在旁边的尊长；别人既在旁边听着，用个敬词，自然合式些。这个字本来也是闭口音，与"您"字同是众数，是"他们"所从出。可是不常听见人说；常说的还是"某先生"。也有称职衔，行业，身分，行次，姓名号的。"他"和"你""我"情形不同，在旁边的还可指认，不在旁边的必得有个前词才明白。前词也不外乎这五样儿。职衔如"部长"，"经理"。行业如店主叫"掌柜的"，手艺人叫"某师傅"，是通称；做衣服的叫"裁缝"，做饭的叫"厨子"，是特称。身分如妻称夫为"六斤的爸爸"，洋车夫称坐车人为"坐儿"，主人称女仆为"张妈"，"李嫂"。——"妈"，"嫂"，"师傅"都是尊长之称，却用于既非尊长，又非同辈的人，也许称"张妈"是借用自己孩子们的口气，称"师傅"是借用他徒弟的口气，只有称"嫂"才是自己的口气，用意都是要亲昵些。借用别人口气表示亲昵的，如媳妇跟着他孩子称婆婆为"奶奶"，自己矮下一辈儿；又如跟着熟朋友用同样的称呼称他亲戚，如"舅母"，"外婆"等，自己近走一步儿；只有"爸爸"，"妈"，假借得极少。对于地位同的既可

如此假借，对于地位低的当然更可随便些；反正谁也明白，这些不过说得好听罢了。——行次如称朋友或儿女用"老大"，"老二"；称男仆也常用"张二"，"李三"。称号在亲子间，夫妇间，朋友间最多，近亲与师长也常这么称。称姓名往往是不相干的人。有一回政府不让报上直称当局姓名，说应该称衔带姓，想来就是恨这个不相干的劲儿。又有指点似地说"这个人""那个人"的，本是疏远或轻贱之称。可是有时候不愿，不便，或不好意思说出一个人的身分或姓名，也用"那个人"；这里头却有很亲昵的，如要好的男人或女人，都可称"那个人"。至于"这东西"，"这家伙"，"那小子"，是更进一步；爱憎同辞，只看怎么说出。又有用泛称的，如"别怪人"，"别怪人家"，"一个人别太不知足"，"人到底是人"。但既是泛称，指你我也未尝不可。又有用虚称的，如"他说某人不好，某人不好"；"某人"虽确有其人，却不定是谁，而两个"某人"所指也非一人。还有"有人"就是"或人"。用这个称呼有四种意思：一是不知其人，如"听说有人译这本书"。二是知其人而不愿明言，如"有人说怎样怎样"，这个人许是个大人物，自己不愿举出他的名字，以免矜夸之嫌。这个人许是个不甚知名的脚色，提起来听话的未必知道，乐得不提省事。又如"有人说你的闲话"，却大大不同。三是知其人而不屑明言，如"有人在一家报纸上骂我"。四是其人或他的关系人就在一旁，故意"使子闻之"；如，"有人不乐意，我知道。""我知道，有人恨我，我不怕。"——这么着简直是挑战的态度了。又有前词与"他"字连文的，如"你爸爸他辛苦了一辈子，真是何苦来？"是加重的语气。

亲近的及不在旁边的人才用"他"字；但这个字可带有指点的神儿，仿佛说到的就在眼前一样。自然有些古怪，在眼前的尽管用"您"或别的向远处推；不在的却又向近处拉。其实推是为说到的人听着痛快；他既在一旁，听话的当然看得亲切，口头上虽向远处推无妨。拉却是为听话人听着亲切，让他听而如见。因此"他"字虽指你我以外的别人，也有亲昵与轻贱两种情调，并不含含糊糊地"等量齐观"。最亲昵的"他"，用不着前词；如流行甚广的"看见她"歌谣里的"她"字——一个多情多义的"她"字。这还是在眼前的。新婚少妇谈到不在眼前的丈夫，也往往没头没脑地说"他如何如何"，一面还红着脸儿。但如"管他，你走你的好了"，"他——他只比死人多口气",就是轻贱的"他"了。不过这种轻贱的神儿若"他"不在一旁却只能从上下文看出;不像说"你"的时候永远可以从听话的一边直接看出。"他"字除人以外,也能用在别的生物及无生物身上;但只在孩子们的话里如此。指猫指狗用"他"是常事;指桌椅指树木也有用"他"的时候。譬如孩子让椅子绊了一跤,哇的哭了;大人可以将椅子打一下,说"别哭。是他不好。我打他"。孩子真会相信,回嗔作喜,甚至于也捏着小拳头帮着捶两下。孩子想着什么都是活的,所以随随便便地"他"呀"他"的,大人可就不成。大人说"他",十回九回指人;别的只称名字,或说"这个","那个","这东西","这件事","那种道理"。但也有例外,像"听他去吧","管他成不成,我就是这么办"。这种"他"有时候指事不指人。还有个"彼"字,口语里已废而不用,除了说"不分彼此","彼此都是一样"。这个"彼"字不是"他"而是与"这个"相对的"那个",已经在"人称"之外。"他"字不能省略,一省就与你我相混;只除了在直截的答语里。

代词的三称都可用名词替代,三称的单数都可用众数替代,作用是"敬而远之"。但三称还可互代;如"大难临头,不分你我","他们你看我,我看你,一句话不说","你""我"就是"彼""此"。又如"此公人弃我取","我"是"自己"。又如论别人,"其实你去不去与人无干,我们只是尽朋友之道罢了。""你"实指"他"而言。因为要说得活灵活现,才将三人间变为二人间,让听话的更觉得亲切些。意思既指别人,所以直呼"你""我",无须避忌。这都以自称对称替代他称。又如自己责备自己说:"咳,你真糊涂!"这是化一身为两人。又如批评别人,"凭你说干了嘴唇皮,他听你一句才怪!""你"就是"我",是让你设身处地替自己想。又如,"你只管不动声色地干下去,他们知道我怎么办?""我"就是"你";是自己设身处地替对面人想。这都是着急的口气:我的事要你设想,让你同情我;你的事我代设想，让你亲信我。可不一定亲昵，只在说话当时见得彼此十二分关切就是了。只有"他"字，却不能替代"你""我"，因为那么着反把话说远了。

众数指的是一人与一人，一人与众人，或众人与众人，彼此间距离本远，避忌较少。但是也有分别；名词替代，还用得着。如"各位"，"诸位"，"诸位先生"，都是"你们"的敬词；"各位"是逐指，虽非众数而作用相同。代词名词连文，也用得着。如"你们这些人"，"你们这班东西"，轻重不一样，却都是责备的口吻。又如发牢骚的时候不说"我们"而说"这些人"，"我们这些人"，表示多多少少，是与众不同的人。但替代"我们"的名词似乎没有。又如不说"他们"而说"人家"，"那些位"，"这班东西"，"那班东西"，或"他们这些人"。三称众数的对峙，不像单数那样明白的鼎足而三。"我们"，"你们"，"他们"相对的时候并不多；说"我们"，常只与"你们"，"他们"二者之一相对着。这儿的"你们"包括"他们"，"他们"也包括"你们"；所以说"我们"的时候，实在只有两边儿。所谓"你们"，有时候不必全都对面，只是与对面的在某些点上相似的人；所谓"我们"，也不一定全在身旁，只是与说话的在某些点上相似的人。所以"你们"，"我们"之中，都有"他们"在内。"他们"之近于"你们"的，就收编在"你们"里；"他们"之近于"我们"的，就收编在"我们"里；于是"他们"就没有了。"我们"与"你们"也有相似的时候，"我们"可以包括"你们"，"你们"就没有了；只剩下"他们"和"我们"相对着。演说的时候，对听众可以说"你们"，也可以说"我们"。说"你们"显得自己高出他们之上，在教训着；说"我们"，自己就只在他们之中，在彼此勉励着。听众无疑地是愿意听"我们"的。只有"我们"，永远存在，不会让人家收编了去；因为没有"我们"，就没有了说话的人。"我们"包罗最广，可以指全人类，而与一切生物无生物对峙着。"你们"，"他们"都只能指人类的一部分；而"他们"除了特别情形，只能指不在眼前的人，所以更狭窄些。

北平自称的众数有"咱们"，"我们"两个。第一个发现这两个自称的分别的是赵元任先生。他在《阿丽思漫游奇境记》的凡例里说：

"咱们"是对他们说的，听话的人也在内的。

"我们"是对你们或他们说的，听话的人不在内的。

赵先生的意思也许说，"我们"是对你们或（你们和）他们说的。这么着"咱们"就收编了"你们"，"我们"就收编了"他们"——不能收编的时候，"我们"就与"你们"，"他们"成鼎足之势。这个分别并非必需，但有了也好玩儿；因为说"咱们"亲昵些，说"我们"疏远些，又多一个花样。北平还有个"俩"字，只指两个，"咱们俩"，"你们俩"，"他们俩"，无非显得两个人更亲昵些；不带"们"字也成。还有"大家"是同辈相称或上称下之词，可用在"我们"，"你们"，"他们"之下。单用是所有相关的人都在内；加"我们"拉得近些，加"你们"推得远些，加"他们"更远些。至于"诸位大家"，当然是个笑话。

代词三称的领位，也不能随随便便的。生人间还是得用替代，如称自己丈夫为"我们老爷"，称朋友夫人为"你们太太"，称别人父亲为"某先生的父亲"。但向来还有一种简便的尊称与谦称，如"令尊"，"令堂"，"尊夫人"，"令弟"，"令郎"，以及"家父"，"家母"，"内人"，"舍弟"，"小儿"等等。"令"字用得最广，不拘那一辈儿都加得上，"尊"字太重，用处就少；"家"字只用于长辈同辈，"舍"字，"小"字只用于晚辈。熟人也有用通称而省去领位的，如自称父母为"老人家"，——长辈对晚辈说他父母，也这么称——称朋友家里人为"老太爷"，"老太太"，"太太"，"少爷"，"小姐"；可是没有称人家丈夫为"老爷"或"先生"的，只能称"某先生"，"你们先生"。此外有称"老伯"，"伯母"，"尊夫人"的，为的亲昵些；所省去的却非"你的"而是"我的"。更熟的人可称"我父亲"，"我弟弟"，"你学生"，"你姑娘"，却并不大用"的"字。"我的"往往只用于呼位；如，"我的妈呀！""我的儿呀！""我的天呀！"被领位若不是人而是事物，却可随便些。"的"字还用于独用的领位，如"你的就是我的"，"去他的"。领位有了"的"字，显得特别亲昵似的。也许"的"字是齐齿音，听了觉得挨挤着，紧缩着，才有此感。平常领位，所领的若是人，而也用"的"字，就好像有些过火；"我的朋友"差不多成了一句嘲讽的话，一半怕就是为了那个"的"字。众数的领位也少用"的"字。其实真正众数的领位用的机会也少；用的大多是替代单数的。"我家"，"你家"，"他家"有时候也可当众数的领位用，如"你家孩子真懂事"，"你家厨子走了"，"我家运气不好"。北平还有一种特别称呼，也是关于自称领位的。譬如女的向人说："你兄弟这样长那样短。""你兄弟"却是她丈夫；男的向人说："你侄儿这样短，那样长。""你侄儿"却是他儿子。这也算对称替代自称，可是大规模的；用意可以说是"敬而近之"。因为"近"，才直称"你"。被领位若是事物，领位除可用替代外，也有用"尊"字的，如"尊行"（行次），"尊寓"，但少极；带滑稽味而上"尊"号的却多，如"尊口"，"尊须"，"尊靴"，"尊帽"等等。

外国的影响引我们抄近路，只用"你"，"他"，"我们"，"你们"，"他们"，倒也是干脆的办法；好在声调姿态变化是无穷的。"他"分为三，在纸上也还有用，口头上却用不着；读"她"为"—"，"它"或"牠"为"ㄊㄛ"大可不必，也行不开去。"它"或"牠"用得也太洋味儿，真蹩扭，有些实在可用"这个""那个"。再说代词用得太多，好些重复是不必要的；而领位"的"字也用得太滥点儿。

1933 年 8 月 25 日作

我是扬州人

有些国语教科书里选得有我的文章，注解里或说我是浙江绍兴人，或说我是江苏江都人——就是扬州人。有人疑心江苏江都人是错了，特地老远的写信托人来问我。我说两个籍贯都不算错，但是若打官话，我得算浙江绍兴人。浙江绍兴是我的祖籍或原籍，我从进小学就填的这个籍贯；直到现在，在学校里服务快三十年了，还是报的这个籍贯。不过绍兴我只去过两回，每回只住了一天；而我家里除先母外，没一个人会说绍兴话。

我家是从先祖才到江苏东海做小官。东海就是海州，现在是陇海路的终点。我就生在海州。四岁的时候先父又到邵伯镇做小官，将我们接到那里。海州的情形我全不记得了，只对海州话还有亲热感，因为父亲的扬州话里夹着不少海州口音。在邵伯住了差不多两年，是住在万寿宫里。万寿宫的院子很大，很静；门口就是运河。河坎很高，我常向河里扔瓦片玩儿。邵伯有个铁牛湾，那儿有一条铁牛镇压着。父亲的当差常抱我去看它，骑它，抚摩它。镇里的情形我也差不多忘记了。只记住在镇里一家人家的私塾里读过书，在那里认识了一个好朋友叫江家振。我常到他家玩儿，傍晚和他坐在他家荒园里一根横倒的枯树干上说着话，依依不舍，不想回家。这是我第一个好朋友，可惜他未成年就死了；记得他瘦得很，也许是肺病罢？

六岁那一年父亲将全家搬到扬州。后来又迎养先祖父和先祖母。父亲曾到江西做过几年官，我和二弟也曾去过江西一年；但是老家一直在扬州住着。我在扬州读初等小学，没毕业；读高等小学，毕了业；读中学，也毕了业。我的英文得力于高等小学里一位黄先生，他已经过世了。还有陈春台先生，他现在是北平著名的数学教师。这两位先生讲解英文真清楚，启发了我学习的兴趣；只恨我始终没有将英文学好，愧对这两位老师。还有一位戴子秋先生，也早过世了，我的国文是跟他老人家学着做通了的。那是辛亥革命之后在他家夜塾里的时候。中学毕业，我是十八岁，那年就考进了北京大学预科，从此就不常在扬州了。

就在十八岁那年冬天，父亲母亲给我在扬州完了婚。内人武钟谦女士是杭州籍，其实也是在扬州长成的。她从不曾去过杭州；后来同我去是第一次。她后来因为肺病死在扬州，我曾为她写过一篇《给亡妇》。我和她结婚的时候，祖父已死了好几年了。结婚后一年祖母也死了。他们两老都葬在扬州，我家于是有祖茔在扬州了。后来亡妇也葬在这祖茔里。母亲在抗战前两年过去，父亲在胜利前四个月过去，遗憾的是我都不在扬州；他们也葬在那祖茔里。这中间叫我痛心的是死了第二个女儿！她性情好，爱读书，做事负责任，待朋友最好。已经成人了，不知什么病，一天半就完了！她也葬在祖茔里。我有九个孩子。除第二个女儿外，还有一个男孩不到一岁就死在扬州；其余亡妻生的四个孩子都曾在扬州老家住过多少年。这个老家直到今年夏初才解散了，但是还留着一位老年的庶母在那里。

我家跟扬州的关系，大概够得上古人说的"生于斯，死于斯，歌哭于斯"了。现在亡妻生的四个孩子都已自称为扬州人了；我比起他们更算是在扬州长成的，天然更该算是扬州人了。但是从前一直马马虎虎的骑在墙上，并且自称浙江人的时候还多些，又为了什么呢？这一半因为报的是浙江籍，求其一致；一半也还有些别的道理。这些道理第一桩就是籍贯是无所谓的。那时要做一个世界人，连国籍都觉得狭小，不用说省籍和县籍了。那时在大学里觉得同乡会最没有意思。我同住的和我来往的自然差不多都是扬州人，自己却因为浙江籍，不去参加江苏或扬州同乡会。可是虽然是浙江绍兴籍，却又没跟一道地浙江人来往，因此也就没人拉我去开浙江同乡会，更不用说绍兴同乡会了。这也许是两栖或骑墙的好处罢？然而出了学校以后到底常常会遇到道地绍兴人了。我既然不会说绍兴话,并且除了花雕和兰亭外几乎不知道绍兴的别的情形,于是乎往往只好自己承认是假绍兴人。那虽然一半是玩笑,可也有点儿窘的。

还有一桩道理就是我有些讨厌扬州人;我讨厌扬州人的小气和虚气。小是眼光如豆,虚是虚张声势,小气无须举例。虚气例如已故的扬州某中央委员,坐包车在街上走,除拉车的外,又跟上四个人在车子边推着跑着。我曾经写过一篇短文,指出扬州人这些毛病。后来要将这篇文收入散文集《你我》里,商务印书馆不肯,怕再闹出"闲话扬州"的案子。这当然也因为他们总以为我是浙江人,而浙江人骂扬州人是会得罪扬州人的。但是我也并不抹煞扬州的好处,曾经写过一篇《扬州的夏日》,还有在《看花》里也提起扬州福缘庵的桃花。再说现在年纪大些了,觉得小气和虚气都可以算是地方气,绝不止是扬州人如此。从前自己常答应人说自己是绍兴人,一半又因为绍兴人有些戆气,而扬州人似乎太聪明。其实扬州人也未尝没戆气,我的朋友任中敏(二北)先生,办了这么多年汉民中学,不管人家理会不理会,难道还不够"戆"的!绍兴人固然有戆气,但是也许还有别的气我讨厌的,不过我不深知罢了。这也许是阿Q的想法罢?然而我对于扬州的确渐渐亲热起来了。

扬州真像有些人说的,不折不扣是个有名的地方。不用远说,李斗《扬州画舫录》里的扬州就够羡慕的。可是现在衰落了,经济上是一日千丈的衰落了,只看那些没精打采的盐商家就知道。扬州人在上海被称为江北老,这名字总而言之表示低等的人。江北老在上海是受欺负的,他们于是学些不三不四的上海话来冒充上海人。到了这地步他们可竟会忘其所以的欺负起那些新来的江北老了。这就养成了扬州人的自卑心理。抗战以来许多扬州

人来到西南,大半都自称为上海人,就靠着那一点不三不四的上海话;甚至连这一点都没有,也还自称为上海人。其实扬州人在本地也有他们的骄傲的。他们称徐州以北的人为侉子,那些人说的是侉话。他们笑镇江人说话土气,南京人说话大舌头,尽管这两个地方都在江南。英语他们称为蛮话,说这种话的当然是蛮子了。然而这些话只好关着门在家里说,到上海一看,立刻就会矮上半截,缩起舌头不敢喷一声。扬州真是衰落得可以啊!

  我也是一个江北老,一大堆扬州口音就是招牌,但是我却不愿做上海人;上海人太狡猾了。况且上海对我太生疏,生疏的程度跟绍兴对我也差不多;因为我知道上海虽然也许比知道绍兴多些,但是绍兴究竟是我的祖籍,上海是和我水米无干的。然而年纪大起来了,世界人到底做不成,我要一个故乡。俞平伯先生有一行诗,说"把故乡掉了"。其实他掉了故乡又找到了一个故乡;他诗文里提到苏州那一股亲热,是可羡慕的,苏州就算是他的故乡了。他在苏州度过他的童年,所以提起来一点一滴都亲亲热热的,童年的记忆最单纯最真切,影响最深最久;种种悲欢离合,回想起来最有意思。"青灯有味是儿时",其实不止青灯,儿时的一切都是有味的。这样看,在那儿度过童年,就算那儿是故乡,大概差不多罢?这样看,就只有扬州可以算是我的故乡了。何况我的家又是"生于斯,死于斯,歌哭于斯"呢?所以扬州好也罢,歹也罢,我总该算是扬州人的。

1946 年 9 月 25 日作

威尼斯

威尼斯(Venice)是一个别致地方。出了火车站,你立刻便会觉得:这里没有汽车,要到那儿,不是搭小火轮,便是雇"刚朵拉"(Gondola)。大运河穿过威尼斯像反写的S;这就是大街。另有小河道四百十八条,这些就是小胡同。轮船像公共汽车,在大街上走;"刚朵拉"是一种摇橹的小船,威尼斯所特有,它那儿都去。威尼斯并非没有桥;三百七十八座,有的是。只要不怕转弯抹角,那儿都走得到,用不着下河去。可是轮船中人还是很多,"刚朵拉"的买卖也似乎并不坏。

威尼斯是"海中的城",在意大利半岛的东北角上,是一群小岛,外面一道沙堤隔开亚得利亚海。在圣马克方场的钟楼上看,团花簇锦似的东一块西一块在绿波里荡漾着。远处是水天相接,一片茫茫。这里没有什么煤烟,天空干干净净;在温和的日光中,一切都像透明的。中国人到此,仿佛在江南的水乡;夏初从欧洲北部来的,在这儿还可看见清清楚楚的春天的背影。

海水那么绿,那么酽,会带你到梦中去。

威尼斯不单是明媚,在圣马克方场走走就知道。这个方场南面临着一道运河;场中偏东南便是那可以望远的钟楼。威尼斯最热闹的地方是这儿,最华妙庄严的地方也是这儿。除了西边,围着的都是三百年以上的建筑,东边居中是圣马克堂,却有了八九百年——钟楼便在它的右首。再向右是"新衙门";教堂左首是"老衙门"。这两溜儿楼房的下一层,现在满开了铺子。铺子前面是长廊,一天到晚是来来去去的人。紧接着教堂,直伸向运河去的是公爷府;这个一半属于小方场,另一半便属于运河了。

圣马克堂是方场的主人,建筑在十一世纪,原是卑赞廷式,以直线为主。十四世纪加上戈昔式的装饰,如尖拱门等;十七世纪又参入文艺复兴期的装饰,如阑干等。所以庄严华妙,兼而有之;这正是威尼斯人的漂亮劲儿。教堂里屋顶与墙壁上满是碎玻璃嵌成的画,大概是真金色的地,蓝色或红色的圣灵像。这些像做得非常肃穆。教堂的地是用大理石铺的,颜色花样种种不同。在那种空阔阴暗的氛围中,你觉得伟丽,也觉得森严。教堂左右那两溜儿楼房,式样各别,并不对称;钟楼高三百二十二英尺,也偏在一边儿。但这两溜房子都是三层,都有许多拱门,恰与教堂的门面与圆顶相称;又都是白石造成,越衬出教堂的金碧辉煌来。教堂右边是向运河去的路,是一个小方场,本来显得空阔些,钟楼恰好填了这个空子。好像我们戏里大将出场,后面一杆旗子总是偏着取势;这方场中的建筑,节奏其实是和谐不过的。十八世纪意大利卡那来陀(Canaletto)一派画家专画威尼斯的建筑,取材于这方场的很多。德国德莱司敦画院中有几张,真好。

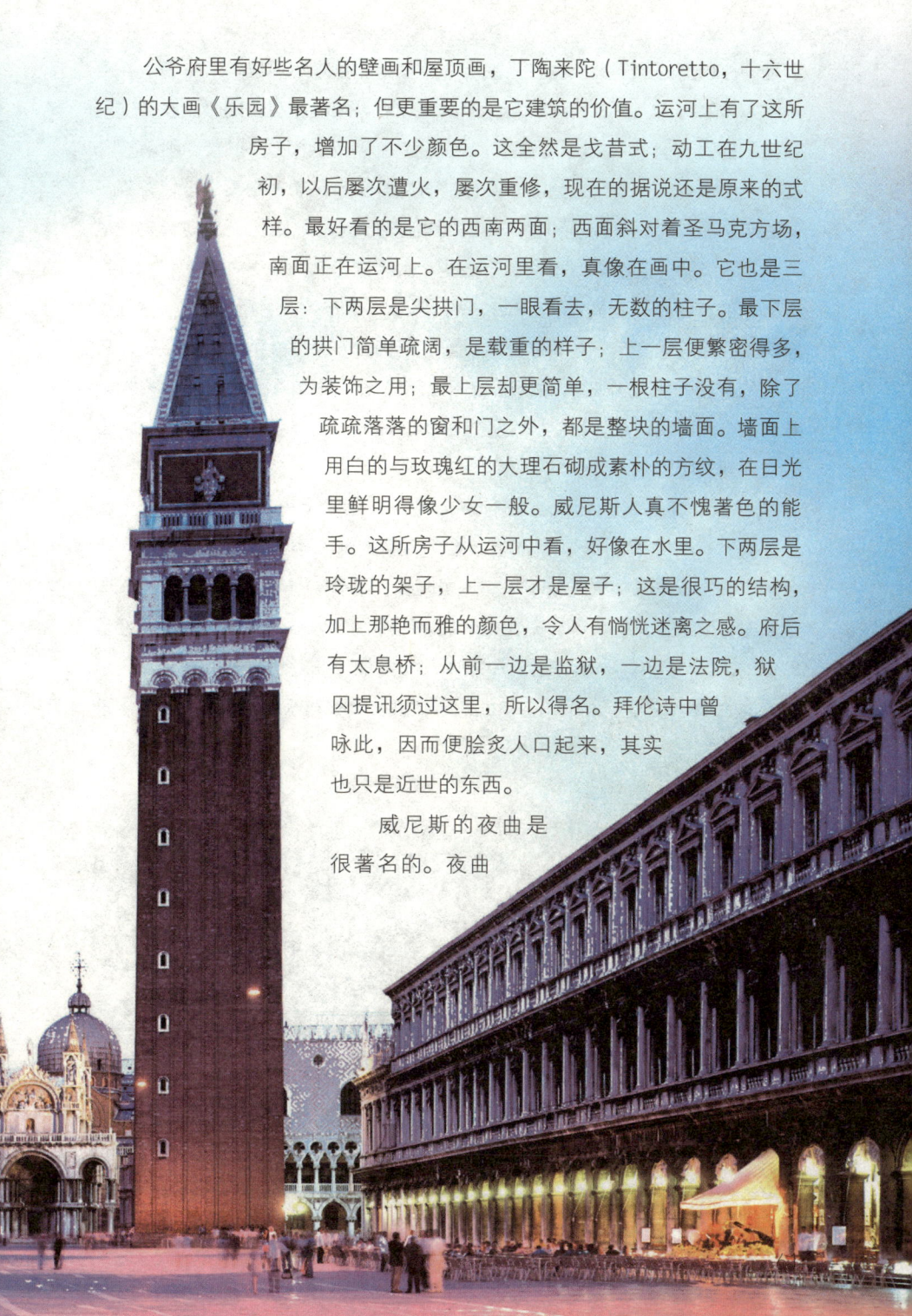

公爷府里有好些名人的壁画和屋顶画,丁陶来陀(Tintoretto,十六世纪)的大画《乐园》最著名;但更重要的是它建筑的价值。运河上有了这所房子,增加了不少颜色。这全然是戈昔式;动工在九世纪初,以后屡次遭火,屡次重修,现在的据说还是原来的式样。最好看的是它的西南两面;西面斜对着圣马克方场,南面正在运河上。在运河里看,真像在画中。它也是三层:下两层是尖拱门,一眼看去,无数的柱子。最下层的拱门简单疏阔,是载重的样子;上一层便繁密得多,为装饰之用;最上层却更简单,一根柱子没有,除了疏疏落落的窗和门之外,都是整块的墙面。墙面上用白的与玫瑰红的大理石砌成素朴的方纹,在日光里鲜明得像少女一般。威尼斯人真不愧著色的能手。这所房子从运河中看,好像在水里。下两层是玲珑的架子,上一层才是屋子;这是很巧的结构,加上那艳而雅的颜色,令人有惝恍迷离之感。府后有太息桥;从前一边是监狱,一边是法院,狱囚提讯须过这里,所以得名。拜伦诗中曾咏此,因而便脍炙人口起来,其实也只是近世的东西。

威尼斯的夜曲是很著名的。夜曲

本是一种抒情的曲子，夜晚在人家窗下随便唱。可是运河里也有：晚上在圣马克方场的河边上，看见河中有红绿的纸球灯，便是唱夜曲的船。雇了"刚朵拉"摇过去，靠着那个船停下，船在水中间，两边挨次排着"刚朵拉"，在微波里荡着，像是两只翅膀。唱曲的有男有女，围着一张桌子坐，轮到了便站起来唱，旁边有音乐和着。曲词自然是意大利语，意大利的语音据说最纯粹，最清朗。听起来似乎的确斩截些，女人的尤其如此——意大利的歌女是出名的。音乐节奏繁密，声情热烈，想来是最流行的"爵士乐"。在微微摇摆的红绿灯球底下，颤着酽酽的歌喉，运河上一片朦胧的夜也似乎透出玫瑰红的样子。唱完几曲之后，船上有人跨过来，反拿着帽子收钱，多少随意。不愿意听了，还可摇到第二处去。这个略略像当年的秦淮河的光景，但秦淮河却热闹得多。

　　从圣马克方场向西北去，有两个教堂在艺术上是很重要的。一个是圣罗珂堂，旁边有一所屋子，墙上屋顶上满是画；楼上下大小三间屋，共六十二幅画，是丁陶来陀的手笔。屋里暗极，只有早晨看得清楚。丁陶来陀作画时，因地制宜，大部分只粗粗勾勒，利用阴影，教人看了觉得是几经琢磨似的。《十字架》一幅在楼上小屋内，力量最雄厚。佛拉利堂在圣罗珂近旁，有大画家铁沁（Titian，十六世纪）和近代雕刻家卡奴洼（Canova）的

纪念碑。卡奴洼的，灵巧，是自己打的样子；铁沁的，宏壮，是十九世纪中叶才完成的。他的《圣处女升天图》挂在神坛后面，那朱红与亮蓝两种颜色鲜明极了，全幅气韵流动，如风行水上。倍里尼（Giovanni Bellini，十五世纪）的《圣母像》，也是他的精品。他们都还有别的画在这个教堂里。

从圣马克方场沿河直向东去，有一处公园；从一八九五年起，每两年在此地开国际艺术展览会一次。今年是第十八届；加入展览的有意，荷，比，西，丹，法，英，奥，苏俄，美，匈，瑞士，波兰等十三国，意大利的东西自然最多，种类繁极了；未来派立体派的图画雕刻，都可见到，还有别的许多新奇的作品，说不出路数。颜色大概鲜明，教人眼睛发亮；建筑也是新式，简截不罗唆，痛快之至。苏俄的作品不多，大概是工农生活的表现，兼有沉毅和高兴的调子。他们也用鲜明的颜色，但显然没有很费心思在艺术上，作风老老实实，并不向牛犄角里寻找新奇的玩意儿。

威尼斯的玻璃器皿，刻花皮件，都是名产，以典丽风华胜，缂丝也不错。大理石小雕像，是著名大品的缩本，出于名手的还有味。

1932年7月13日作

佛罗伦司①

　　佛罗伦司（Florence）最教你忘不掉的是那色调鲜明的大教堂与在它一旁的那高耸入云的钟楼。教堂靠近闹市，在狭窄的旧街道与繁密的市房中，展开它那伟大的个儿，好像一座山似的。它的门墙全用大理石砌成，黑的红的白的线条相间着。长方形是基本图案，所以直线虽多，而不觉严肃，也不觉浪漫；白天里绕着教堂走，仰着头看，正像看达文齐的《摩那丽沙》（Mona Lisa）像，她在你上头，可也在你里头。这不独是线形温和平静的缘故，那三色的大理石，带着它们的光泽，互相显映，也给你鲜明稳定的感觉；加上那朴素而黯淡的周围，衬托着这富丽堂皇的建筑，像给它打了很牢固的基础一般。夜晚就不同些；在模糊的街灯光里，这庞然的影子便有些压迫着你了。教堂动工在十三世纪，但门墙只是十九世纪的东西；完成在一八八四年，算到现在才四十九年。教堂里非常简单，与门墙绝不相同，只穹隆顶宏大而已。

　　钟楼在教堂的右首，高二百九十二英尺，是乔陀（Giotto，十四世纪）的杰作。乔陀是意大利艺术的开山祖师；从这座钟楼可以看出他的大匠手。这也用颜色大理石砌成墙面；宽度与高度正合式，玲珑而不显单薄。墙面共分七层：下四层很短，是打根基的样子，最上层最长，以助上耸之势。窗户

---

① 今译名佛罗伦萨。——编者注

越高越少越大，最上层只有一个；在长方形中有金字塔形的妙用。教堂对面是受洗所，以吉拜地（Ghiberti）做的铜门著名。有两扇最工，上刻《圣经》故事图十方，分远近如画法，但未免太工些；门上并有作者的肖像。密凯安杰罗（十六世纪）说过这两扇门真配做天上乐园的门，传为佳话。

教堂内容富丽的，要推送子堂，以《送子图》得名。门外廊子里有沙陀（Sarto，十六世纪）的壁画，他自己和他太太都在画中；画家以自己或太太作模特儿是常见的。教堂里屋顶以金漆花纹界成长方格子，灿烂之极。门内左边有一神龛，明灯照耀，香花供养，墙上便是《送子图》。画的是天使送耶稣给处女玛利亚，相传是天使的手笔。平常遮着不让我们俗眼看；每年只复活节的礼拜五揭开一次。这是塔斯干省最尊的神龛了。

梅迭契（Medici）家庙也以富丽胜，但与别处全然不同。梅迭契家是中古时大公爵，治佛罗伦司多年。那时佛罗伦司非常富庶，他们家穷极奢华；佛罗伦司艺术的兴盛，一半便由于他们的爱好。这个家庙是历代大公爵家族的葬所。房屋是八角形，有穹隆顶；分两层，下层是坟墓，上层是雕像与纪念碑等。上层墙壁，全用各色上好大理石做面子，中间更用宝石嵌成花纹，地也用大理石嵌花铺成；屋顶是名人的画。光彩焕发，五色纷纶；嵌工最精细，平滑如天然。佛罗伦司嵌石是与威尼斯嵌玻璃齐名的，梅迭契家造这个庙，用过二千万元，但至今并未完成；雕像座还空着一大半，地也没有全铺好。旁有新庙，是密凯安杰罗所建，朴质无华；中有雕像四座,叫做《昼》《夜》《晨》《昏》,是纪念碑的装饰,也出于密凯安杰罗的手,颇有名。

十字堂是"佛罗伦司的西寺","塔斯干的国葬院";前面是但丁的造像。密凯安杰罗与科学家格里雷的墓都在这里,但丁也有一座纪念碑;此外名人的墓还很多。佛罗伦司与但丁有关系的遗迹,除这所教堂外,在送子堂附近是他的住宅;是一所老老实实的小砖房,带一座方楼,据说那时阔人家都有这种方楼的。他与他的情人佩特拉齐相遇,传说是在一座桥旁;这个情景常见于图画中。这座有趣的桥,照画看便是阿奴河上的三一桥;桥两头各有雕像两座,风光确是不坏。佩特拉齐的住宅离但丁的也不远;她葬在一个小教堂里,就在住宅对面小胡同内。这个教堂双扉紧闭,破旧得可以,据说是终年不常开的。但丁与佩特拉齐的屋子,现在都已作别用,不能进去,只墙上钉些纪念的木牌而已。佩特拉齐住宅墙上有一块木牌,专抄但丁的诗两行,说他遇见了一个美人,却有些意思。还有一所教堂,据说原是但丁写《神曲》的地方;但书上没有,也许是"齐东野人"之语罢。密凯安杰罗住过的屋子在十字堂近旁,是他侄儿的住宅。现在是一所小博物院,其中两间屋子陈列着密凯安杰罗塑的小品,有些是名作的雏形,都奕奕有神采。在这一层上,他似乎比但丁还有幸些。

佛罗伦司著名的方场叫做官方场,据说也是历史的和商业的中心,比威尼斯的圣马克方场黯淡冷落得多。东边未周府,原是共和时代的议会,现在是市政府。要看中古时佛罗伦司的堡子,这便是个样子,建筑仿佛铜墙铁壁似的。门前有密凯安杰罗《大卫》(David)像的翻本(原件存本地国家美术院中)。府西是著名的喷泉,雕像颇多;中间亚波罗驾四马,据说是一块大理石凿成。但死板板的没有活气,与旁边有血有肉的《大卫》像一比,便看出来了。密凯安杰罗说这座像白费大理石,也许不错。府东是朗齐亭,原是人民会集的地方,里面有许多好的古雕像;其中一座像有两个面孔,后一个是作者自己。

方场东边便是乌费齐画院(Uffizi Gallery)。这画院是梅迭契家立的,收藏十四世纪到十六世纪的意大利画最多;意大利画的精华荟萃于此,比那儿都好。乔陀,波铁乞利(Botticelli,十五世纪),达文齐(十五世纪),

拉飞尔（十六世纪），密凯安杰罗，铁沁的作品，这儿都有；波铁乞利和铁沁的最多。乔陀，波铁乞利，达文齐都是佛罗伦司派，重形线与构图；拉飞尔曾到佛罗伦司，也受了些影响。铁沁是威尼斯派，重著色。这两个潮流是西洋画的大别。波铁乞利的作品如《勃里马未拉的寓言》,《爱神的出生》等似乎最能代表前一派；达文齐的《送子图》，构图也极巧妙。铁沁的《佛罗拉像》和《爱神》,可以看出丰富的颜色与柔和的节奏。另有《蓝色圣母像》,沙琐费拉陀（Sossoferrato，十七世纪）所作，后来临摹的很多；《小说月报》曾印作插画。古雕像以《梅迭契爱神》,《摔跤》为最：前者情韵欲流，后者精力饱满，都是神品。隔阿奴河有辟第（Pitti）画院，有长廊与乌费齐相通；这条长廊架在一座桥的顶上，里面挂着许多画像。辟第画院是辟第（Luca Pitti）立的。他和梅迭契是死冤家。可是后来扩充这个画院的还是梅迭契家。收藏的名画有拉飞尔的两幅《圣母像》,《福那利那像》与铁沁的《马达来那像》等。福那利那是拉飞尔的未婚妻，是他许多名作的模特儿。铁沁此幅和《佛罗拉像》作风相近，但金发飘拂，节奏更要生动些。

　　两个画院中常看见女人坐在小桌旁用描花笔蘸着粉临摹小画像，这种

67

　　小画像是将名画临摹在一块长方的或椭圆的小纸上，装在小玻璃框里，作案头清供之用。因为地方太小，只能临摹半身像。这也是西方一种特别的艺术，颇有些历史。看画院的人走过那些小桌子旁，她们往往请你看她们的作品；递给你扩大镜让你看出那是一笔不苟的。每件二十元上下。她们特别拉住些太太们，也许太太们更能赏识她们的耐心些。

　　十字堂邻近，许多做嵌石的铺子。黑地嵌石的图案或带图案味的花卉人物等都好；好在颜色与光泽彼此衬托，恰到佳处。有几块小丑像，趣极了。但临摹风景或图画的却没有什么好。无论怎么逼真，总还隔着一层；嵌石决不能如作画那么灵便的。再说就使做得和画一般，也只是因难见巧，没有一点新东西在内。威尼斯嵌玻璃却不一样。他们用玻璃小方块嵌成风景图；这些玻璃块相似而不尽相同，它们所构成的不是一个简单的平面，而是许多颜色的点儿。你看时会觉得每一点都触着你，它们间的光影也极容易跟着你的角度变化；至少这"触着你"一层，画是办不到的。不过佛罗伦司所用大理石，色泽胜于玻璃多多；威尼斯人虽会著色，究竟还赶不上。

原载 1932 年 9 月 1 日《中学生》第 27 号

罗 马

　　罗马（Rome）是历史上大帝国的都城，想象起来，总是气象万千似的。现在它的光荣虽然早过去了，但是从七零八落的废墟里，后人还可仿佛于百一。这些废墟，旧有的加上新发掘的，几乎随处可见，像特意点缀这座古城的一般。这边几根石柱子，那边几段破墙，带着当年的尘土，寂寞地陷在大坑里；虽然是夏天中午的太阳，照上去也黯黯淡淡，没有多少劲儿。就中罗马市场（Forum Romanum）规模最大。这里是古罗马城的中心，有法庭，神庙，与住宅的残迹。卡司多和波鲁斯庙的三根哥林斯式的柱子，顶上还有片石相连着；在全场中最为秀拔，像三个丰姿飘洒的少年用手横遮着额角，正在眺望这一片古市场。想当年这里终日挤挤闹闹的也不知有多少人，各有各的心思，各有各的手法；现在只剩三两起游客指手画脚地在死一般的寂静里。犄角上有一所住宅，情形还好；一面是三间住屋，有壁画，已模糊了，地是嵌石铺成的；旁厢是饭厅，壁画极讲究，画的都是

正大的题目，他们是很看重饭厅的。市场上面便是巴拉丁山，是饱历兴衰的地方。最早是一个村落，只有些茅草屋子；罗马共和末期，一姓贵族聚居在这里；帝国时代，更是繁华。游人走上山去，两旁宏壮的住屋还留下完整的黄土坯子，可以见出当时阔人家的气局。屋顶一片平场，原是许多花园，总名法内塞园子，也是四百年前的旧迹；现在点缀些花木，一角上还有一座小喷泉。在这园子里看脚底下的古市场，全景都在望中了。

市场东边是斗狮场，还可以看见大概的规模；在许多宏壮的废墟里，这个算是情形最好的。外墙是一个大圆圈儿，分四层，要仰起头才能看到顶上。下三层都是一色的圆拱门和柱子，上一层只有小长方窗户和楞子，这种单纯的对照教人觉得这座建筑是整整的一块，好像直上云霄的松柏，老干亭亭，没有一些繁枝细节。里面中间原是大平场；中古时在这儿筑起堡垒，现在满是一道道颓毁的墙基，倒成了四不像。这场子便是斗狮场；环绕着的是观众的座位。下两层是包厢，皇帝与外宾的在最下层，上层是贵族的；第三层公务员坐；最上层平民坐；共可容四五万人。狮子洞还在下一层，有口直通场中。斗狮是一种刑罚，也可以说是一种裁判：罪囚放在狮子面前，让狮子去搏他；他若居然制死了狮子，便是直道在他一边，他就可自由了。但自然是让狮子吃掉的多；这些人大约就算活该。想到临场的罪囚和他亲族的悲哀与恐怖，他的仇人的痛快，皇帝的威风，与一般观众好奇的紧张的面目，真好比一场噩梦。这个场子建筑在一世纪，原是戏园子，后来才改作斗狮之用。

斗狮场南面不远是卡拉卡拉浴场。古罗马人颇讲究洗澡，浴场都造得好，这一所更其华丽。全场用大理石砌成，用嵌石铺地；有壁画，有雕像，用具也不寻常。房子高大，分两层，都用圆拱门，走进去觉得稳稳的；里面金碧辉煌，与壁画雕像相得益彰。居中是大健身房，有喷泉两座。场子占地六英亩，可容一千六百人洗浴。洗浴分冷热水蒸气三种，各占一所屋子。古罗马人上浴场来，不单是为洗澡；他们可以在这儿商量买卖，和解讼事等等，正和我们上茶店下饭店一般作用。这儿还有好些游艺，他们公余或倦后来洗一个澡，找几个朋友到游艺室去消遣一回，要不然，到客厅去谈谈话，都是很"写意"的。现在却只剩下一大堆遗迹。大理石本来还有不少，早给搬去造圣彼得等教堂去了；零星的物件陈列在博物院里。我们所看见的只是些巍巍峨峨参参差差的黄土骨子，站在太阳里，还有学者们精心研究出来的《卡拉卡拉浴场图》的照片，都只是所谓过屠门大嚼而已。

　　罗马从中古以来便以教堂著名。康南海《罗马游纪》中引杜牧的诗"南朝四百八十寺，多少楼台烟雨中"，光景大约有些相像的；只可惜初夏去的人无从领略那烟雨罢了。圣彼得堂最精妙，在城北尼罗圆场的旧址上。尼罗在此地杀了许多基督教徒。据说圣彼得上十字架后也便葬在这里。这教堂几经兴废，现在的房屋是十六世纪初年动工，经了许多建筑师的手。密凯安杰罗七十二岁时，受保罗第三的命，在这儿工作了十七年。后人以为天使保罗第三假手于这一个大艺术家，给这座大建筑定下了规模；以后虽有增改，但大体总是依着他的。教堂内部参照卡拉卡拉浴场的式样，许多高大的圆拱门稳稳地支着那座穹隆顶。教堂长六百九十六英尺，宽四百五十英尺，穹隆

顶高四百零三英尺，可是乍看不觉得是这么大。因为平常看屋子大小，总以屋内饰物等为标准，饰物等的尺寸无形中是有谱子的。圣彼得堂里的却大得离了谱子，"天使像巨人，鸽子像老鹰"；所以教堂真正的大小，一下倒不容易看出了。但是你若看里面走动着的人，便渐渐觉得不同。教堂用彩色大理石砌墙，加上好些嵌石的大幅的名画，大都是亮蓝与朱红二色；鲜明丰丽，不像普通教堂一味阴沉沉的。密凯安杰罗雕的彼得像，温和光洁，别具一格，在教堂的犄角上。

圣彼得堂两边的列柱回廊像两只胳膊拥抱着圣彼得圆场；留下一个口子，却又像个玦。场中央是一座埃及的纪功方尖柱，左右各有大喷泉。那两道回廊是十七世纪时亚历山大第三所造，成于倍里尼（Bernini）之手。廊子里有四排多力克式石柱，共二百八十四根；顶上前后都有阑干，前面阑干上并有许多小雕像。场左右地上有两块圆石头，站在上面看同一边的廊子，觉得只有一排柱子，气魄更雄伟了。这个圆场外有一道弯弯的白石线，便是梵蒂冈与意大利的分界。教皇每年复活节站在圣彼得堂的露台上为人民祝福，这个场子内外据说是拥挤不堪的。

圣保罗堂在南城外，相传是圣保罗葬地的遗址，也是柱子好。门前一个方院子，四面廊子里都是些整块石头凿出来的大柱子，比圣彼得的两道廊子却质朴得多。教堂里面也简单空廓，没有什么东西。但中间那八十根花岗

石的柱子,和尽头处那六根蜡石的柱子,纵横地排着,看上去仿佛到了人迹罕至的远古的森林里。柱子上头墙上,周围安着嵌石的历代教皇像,一律圆框子。教堂旁边另有一个小柱廊,是十二世纪造的。这座廊子围着一所方院子,在低低的墙基上排着两层各色各样的细柱子——有些还嵌着金色玻璃块儿。这座廊子精工可以说像湘绣,秀美却又像王羲之的书法。

在城中心的威尼斯方场上巍然蹲踞着的,是也马奴儿第二的纪功廊。这是近代意大利的建筑,不缺少力量。一道弯弯的长廊,在高大的石基上。前面三层石级:第一层在中间,第二三层分开左右两道,通到廊子两头。这座廊子左右上下都匀称,中间又有那一弯,便兼有动静之美了。从廊前列柱间看到暮色中的罗马全城,觉得幽远无穷。

罗马艺术的宝藏自然在梵蒂冈宫;卡辟多林博物院中也有一些,但比起梵蒂冈来就太少了。梵蒂冈有好几个雕刻院,收藏约有四千件,著名的《拉奥孔》(Laocoon)便在这里。画院藏画五十幅,都是精品,拉飞尔的《基督现身图》是其中之一,现在却因修理关着。梵蒂冈的壁画极精彩,多是拉飞尔和他门徒的手笔,为别处所不及。有四间拉飞尔室和一些廊子,里面满是他们的东西。拉飞尔由此得名。他是乌尔比奴人,父亲是诗人兼画家。他到罗马后,极为人所爱重,大家都要教他画;他忙不过来,只好收些门徒做助手。他的特长在画人体。这是实在的人,肢体圆满而结实,有肉有骨头。这自然受了些佛罗伦司派的影响,但大半还是他的天才。他对于气韵,远近,大小与颜色也都有敏锐的感觉,所以成为大家。他在罗马住的屋

子还在,坟在国葬院里。歇司丁堂与拉飞尔室齐名,也在宫内。这个神堂是十五世纪时歇司土司第四造的,长一百三十三英尺,宽四十五英尺。两旁墙的上部,都由佛罗伦司派画家装饰,有波铁乞利在内。屋顶的画满都是密凯安杰罗的,歇司丁堂著名在此。密凯安杰罗是佛罗伦司派的极峰。他不多作画,一生精华都在这里。他画这屋顶时候,以深沉肃穆的心情渗入画中。他的构图里气韵流动着,形体的勾勒也自然灵妙,还有那雄伟出尘的风度,都是他独具的好处。堂中祭坛的墙上也是他的大画,叫做《最后的审判》。这幅壁画是以后多年画的,费了他七年工夫。

罗马城外有好几处隧道,是一世纪到五世纪时候基督教徒挖下来做墓穴的,但也用作敬神的地方。尼罗搜杀基督教徒,他们往往避难于此。最值得看的是圣卡里斯多隧道。那儿还有一种热诚花,十二瓣,据说是代表十二使徒的。我们看的是圣赛巴司提亚堂底下的那一处,大家点了小蜡烛下去。曲曲折折的狭路,两旁是大大小小深深浅浅的墓穴;现在自然是空的,可是有时还看见些零星的白骨。有一处据说圣彼得住过,成了龛堂,壁上画得很好。别处也还有些壁画的残迹。这个隧道似乎有四层,占地方也不小。圣赛巴司提亚堂里保存着一块石头,上有大脚印两个;他们说是耶稣基督的,现在供养在神龛里。另一个教堂也供着这么一块石头,据说是仿本。

缧绁堂建于第五世纪,专为供养拴过圣彼得的一条铁链子。现在这条链子还好好的在一个精美的龛子里。堂中周理乌司第二纪念碑上有密凯安杰罗雕的几座像;摩西像尤为著名。那种原始的坚定的精神和勇猛的力量从眉目上,胡须上,胳膊上,手上,腿上,处处透露出来,教你觉得见着了一个伟大的人。又有个阿拉古里堂,中有圣婴像。这个圣婴自然便是耶稣基督;是十五世纪耶路撒冷一个教徒用橄榄木雕的。他带它到罗马,供养在这个堂里。四方来许愿的很多,据说非常灵验;它身上密层层地挂着许多金银饰器都是人家还愿的。还有好些信写给它,表示敬慕的意思。

罗马城西南角上,挨着古城墙,是英国坟场或叫做新教坟场。这里边葬的大都是艺术家与诗人,所以来参谒来凭吊的意大利人和别国的人终日不绝。就中最有名的自然是十九世纪英国浪漫诗人雪莱与济兹的墓。雪莱的心葬在英国,他的遗灰在这儿。墓在古城墙下斜坡上,盖有一块长方的白石;

第一行刻着"心中心",下面两行是生卒年月,再下三行是莎士比亚《风暴》中的仙歌。

彼无毫毛损,
海涛变化之,
从此更神奇。

好在恰恰关合雪莱的死和他的为人。济兹墓相去不远,有墓碑,上面刻着道:

这座坟里是
英国一位少年诗人的遗体;
他临死时候,
想着他仇人们的恶势力,
痛心极了,叫将下面这一句话
刻在他的墓碑上:
"这儿躺着一个人,
他的名字是用水写的。"

末一行是速朽的意思;但他的名字正所谓"不废江河万古流",又岂是当时人所料得到的。后来有人别作新解,根据这一行话做了一首诗,连济兹的小像一块儿刻铜嵌在他墓旁墙上。这首诗的原文是很有风趣的。

济兹名字好,
说是水写成;
一点一滴水,

后人的泪痕——
英雄枯万骨,
难如此感人。
安睡吧,
陈词虽挂漏,
高风自峥嵘。

　　这座坟场是罗马富有诗意的一角;有些爱罗马的人虽不死在意大利,也会遗嘱葬在这座"永远的城"的永远的一角里。

原载1932年10月1日《中学生》第28号

滂卑[①] 故城

　　滂卑（Pompei）故城在奈波里之南，意大利半岛的西南角上。维苏威火山在它的正东，像一座围屏。纪元七十九年，维苏威初次喷火。喷出的熔岩倒没有什么；可是那崩裂的灰土，山一般压下来，到底将一座繁华的滂卑城活活地埋在底下，不透一丝风儿。那时是半夜里。好在大多数人瞧着兆头不妙，早卷了细软走了；剩下的并不多，想来是些穷小子和傻瓜罢。城是埋下去了，年岁一久，谁也忘记了。只存下当时一个叫小勃里尼的 人的两封信，里面叙述滂卑陷落的情形；但没有人能指出这座故城的遗址来。直到一七四八年大剧场与别的几座房子出土，才有了头绪；系统的发掘却迟到一八六〇年。到现在这座城大半都出来了；工作还继续着。

　　滂卑的文化很高，从道路，建筑，壁画，雕刻，器皿等都可看出。后三样大部分陈列在奈波里国家博物院中；去滂卑的人最好先到那里看看。但是这种文化大体从希腊输入，罗马人自己的极少。当时罗马的将领打过了好些个胜仗，闲着没事，便风雅起来，搜罗希腊的美术品，装饰自己的屋子。这些东西有的是打仗时抢来的，有的是买的。古语说得好："上有好者，下必有甚焉者；"这种美术的嗜好渐渐成了风气。那时罗马人有的是钱；希腊人却穷了，乐得有这班好主顾。"物聚于所好"，滂卑还只是第三等的城市，

---

① 今译名庞贝。

大户人家陈设的美术品已经像一所不寒尘的博物院,别的大城可想而知。

滂卑沿海,当时与希腊交通,也是个商业的城市,人民是很富裕的。他们的生活非常奢靡,正合"饱暖思淫欲"一句话。滂卑的淫风似乎甚盛。他们崇拜男根,相信可以给人好运气,倒不像后世人作不净想。街上走,常见墙上横安着黑的男根;器具也常以此为饰。有一所大住宅,是两个姓魏提的单身男子住的,保存得最好;里面一间小屋子,墙上满是春画,据说他们常从外面叫了女人到这里。院子里本有一座喷泉,泉水以小石像的男根为出口;这座像现在也藏在那间小屋中。廊下还有一幅壁画,画着一架天秤;左盘里是钱袋,一个人以他的男根放在右盘中,左盘便高起来了。可见滂卑人所重在彼而不在此。另有妓院一所,入门中间是穿堂,两边有小屋五间,每间有一张土床,床以外隙地便不多。穿堂墙上是春画;小屋内墙上间或刻着人名,据说这是游客的题名保荐,让他的朋友们看了,也选他的相好。

从来酒色连文,滂卑人在酒上也是极放纵的。只看到处是酒店,人家里多有藏酒的地窖子便知道了。滂卑的酒店有些像杭州绍兴一带的,酒垆与柜台都在门口,里面没有多少地方;来者大约都是喝"柜台酒"的。现在还可以见许多残破的酒垆和大大小小的酒甏;人家地窖里堆着的酒甏也不少。这些酒甏是黄土做的,长颈细腹尖底,样子灵巧,可是放不稳,不知当时如何安置。

上面说起魏提的住宅,是很讲究的。宅子高大,屋子也多;一所

空阔的院子，周围是深深的走廊。廊下悬着石雕的面具；院中也放着许多雕像，中间是喷泉和鱼池。屋后还有花园。滂卑中上人家大概都有喷泉，鱼池与花园，大小称家之有无；喷泉与鱼池往往是分开的。水从山上用铅管引下来，办理得似乎不坏。魏提家的壁画颇多，墙壁用红色，粉刷得光润无比，和大理石差不多。画也精工美妙。饭厅里画着些各行手艺，仿佛宋人《懋迁图》的味儿。但做手艺的都是带翅子的小爱神，便不全是写实了。在红墙上画出一条黑带儿，在这条道儿上面再用鲜明的蓝黄等颜色作画，映照起来最好看；蓝色中渗一点粉，用来画衣裳与爱神的翅膀等，真是飘飘欲举。这种画分明仿希腊的壁雕，所以结构亭匀不乱。膳厅中画最多；黑带子是在墙下端，上面是一幅幅的并列着，却没有甚大的。膳厅中如何布置，已不可知。曾见别两家的是这样：中间一座长方的小石灰台子，红色，这便是桌子。围着是马蹄形的座位，也是石灰砌的，颜色相同。近台子那一圈低些阔些，是坐的，后面狭狭的矮矮的四五层斜着上去，像是靠背用的，最上层便又阔了。但那两家规模小，魏提家当然要阔些。至于地用嵌石铺，是在意中的。这些屋子里的银器铜器玻璃器等与壁画雕像大部分保存在奈波里；还有涂上石灰的尸首及已化炭的面包和谷类，都是城陷时的东西。

滂卑人是会享福的，他们的浴场造得很好。冷热浴蒸气浴都有；场中存衣柜，每个浴客一个，他们可以舒舒服服地放心洗澡去。场宽阔高大，墙上和圆顶上满是画。屋顶正中开一个大圆窗子，光从这里下来，雨也从这里下来；但他们不在乎雨，场里面反正是湿的。有一处浴场对门便是饭馆，洗完澡，就上这儿吃点儿喝点儿，真"美"啊。滂卑城并不算大，却有三个戏园子。大剧场为最，能容两万人，大约不常用，现在还算完好。常用的两个比较小些，已颓毁不堪；一个据说有顶，是夜晚用的，一个无顶，是白天用的。城中有好几个市场，是公众买卖与娱乐的地方；法庭庙宇都在其中；现在却只见几片长方的荒场和一些破坛断柱而已。

街市中除酒店外，别种店铺的遗迹也还不少。曾走过一家药店，架子上还零乱地放着些玻璃瓶儿；又走过一家饼店，五个烘饼的小砖炉也还好好的。街旁常见水槽；槽里的水是给马喝的，上面另有一个管子，行人可以就着喝。喝时须以一只手按着槽边，翻过身仰起脸来。这个姿势也许好看，舒服是并不的。日子多了，槽边经人按手的地方凹了下去，磨得光滑滑的。街路用大石铺成，也还平整宽舒；中间常有三大块或两大块椭圆的平石分开放着，是为上下马车用的。车有两轮，恰好从石头空处过去。街道是直的，与后世取曲势的不同。虽然一望到头，可是衬着两旁一排排的距离相似高低相仿的颓垣断户，倒仿佛无穷无尽似的。从整齐划一中见伟大，正中古罗马人的长处。

原载 1932 年 10 月 1 日《中学生》第 28 号

瑞　士

瑞士有"欧洲的公园"之称。起初以为有些好风景而已；到了那里，才知无处不是好风景，而且除了好风景似乎就没有什么别的。这大半由于天然，小半也是人工。瑞士人似乎是靠游客活的，只看很小的地方也有若干若干的旅馆就知道。他们拚命地筑铁道通轮船，让爱逛山的爱游湖的都有落儿；而且车船两便，票在手里，爱怎么走就怎么走。瑞士是山国，铁道依山而筑，隧道极少；所以老是高高低低，有时像差得很远的。还有一种爬山铁道，这儿特别多。狭狭的双轨之间，另加一条特别轨：有时是一个个方格儿，有时是一个个钩子；车底下带一种齿轮似的东西，一步步咬着这些方格儿，这些钩子，慢慢地爬上爬下。这种铁道不用说工程大极了；有些简直是笔陡笔陡的。

逛山的味道实在比游湖好。瑞士的湖水一例是淡蓝的，真正平得像镜子一样。太阳照着的时候，那水在微风里摇晃着，宛然是西方小姑娘的眼。若遇着阴天或者下小雨，湖上迷迷的，水天混在一块儿，人如在睡里梦里。也有风大的时候；那时水上便皱起粼粼的细纹，有点像颦眉的西子。可是这些变幻的光景在岸上才能整个儿看见，在湖里倒不能领略许多。况且轮船走得究竟慢些，常觉得看来看去还是湖，不免也腻味，逛山就不同，一会儿看见湖，一会儿不看见；本来湖在左边，不知怎么一转弯，忽然挪到右边了。湖上固然可以看山，山上还可看山，阿尔卑斯有的是重峦叠峰，怎么看也不会穷。山上不但可以看山，还可以看谷；稀稀疏疏错错落落的房舍，仿佛有鸡鸣犬吠的声音，在山肚里，在山脚下。看风景能够流连低徊固然高雅，但目不暇接地过去，新境界层出不穷，也未尝不淋漓痛快；坐火车逛山便是这个办法。

卢参（Luzerne）在瑞士中部，卢参湖的西北角上。出了车站，一眼就看见那汪汪的湖水和屏风般的青山，真有一股爽气扑到人的脸上。与湖连着的是劳思河，穿过卢参的中间。河上低低的一座古水塔，从前当作灯塔用；这儿称灯塔为"卢采那"，有人猜"卢参"这名字就是由此而出。这座塔低得有意思；依傍着一架曲了又曲的旧木桥，倒配了对儿。这架桥带顶，像廊子；分两截，近塔的一截低而窄，那一截却突然高阔起来，仿佛彼此不相干，可是看来还只有一架桥。不远儿另是一架木桥，叫龛桥，因上有神龛得名，曲曲的，也古。许多对柱子支着桥顶，顶底下每一根横梁上两面各钉着一大幅三角形的木板画，总名"死神的跳舞"。每一幅配搭的人物和死神跳舞的姿态都不相同，意在表现社会上各种人的死法。画笔大约并不算顶好，但这样上百幅的死的图画，看了也就够劲儿。过了河往里去，可以看见城墙的遗迹。墙依山而筑，蜿蜒如蛇；现在却只见一段一段的嵌在住屋之间。但九座望楼还好好的，和水塔一样都是多角锥形；多年的风吹日晒雨淋，颜色是黯淡得很了。

冰河公园也在山上。古代有一个时期北半球全埋在冰雪里，瑞士自然

在内。阿尔卑斯山上积雪老是不化,越堆越多。在底下的渐渐地结成冰,最底下的一层渐渐地滑下来,顺着山势,往谷里流去。这就是冰河。冰河移动的时候,遇着夏季,便大量地溶化。这样溶化下来的一股大水,力量无穷;石头上一个小缝儿,在一个夏天里,可以让冲成深深的大潭。这个叫磨穴。有时大石块被带进潭里去,出不来,便只在那儿跟着水转。初起有棱角,将潭壁上磨了许多道儿;日子多了,棱角慢慢光了,就成了一个大圆球,还是转着。这个叫磨石。冰河公园便以这类遗迹得名。大大小小的石潭,大大小小的石球,现在是安静了;但那粗糙的样子还能教你想见多少万年前大自然的气力。可是奇怪,这些不言不语的顽石,居然背着多少万年的历史,比我们人类还老得多多;要没人卓古证今地说,谁相信。这样讲,古诗人慨叹"磊磊涧中石",似乎也很有些道理在里头了。这些遗迹本来一半埋在乱石堆里,一半埋在草地里,直到一八七二年秋天才偶然间被发现。还发现了两种化石:一种上是些蚌壳,足见阿尔卑斯脚下这一块土原来是滔滔的大海。另一种上是片棕叶,又足见此地本有热带的大森林。这两期都在冰河期前,日子虽然更杳茫,光景却还能在眼前描画得出,但我们人类与那种大自然一比,却未免太微细了。

立矶山（Rigi）在卢参之西，乘轮船去大约要一点钟。去时是个阴天，雨意很浓。四周陡峭的青山的影子冷冷地沉在水里。湖面儿光光的，像大理石一样。上岸的地方叫威兹老，山脚下一座小小的村落，疏疏散散遮遮掩掩的人家，静透了。上山坐火车，只一辆，走得可真慢，虽不像蜗牛，却像牛之至。一边是山，太近了，不好看。一边是湖，是湖上的山；从上面往下看，山像一片一片儿插着，湖也像只有一薄片儿。有时窗外一座大崖石来了，便什么都不见；有时一片树木来了，只好从枝叶的缝儿里张一下。山上和山下一样，静透了，常常听到牛铃儿叮儿当的。牛带着铃儿，为的是跑到那儿都好找。这些牛真有些"不知汉魏"，有一回居然挡住了火车；开车的还有山上的人帮着，吆喝了半天，才将它们哄走。但是谁也没有着急，只微微一笑就算了。山高五千九百零五英尺，顶上一块不大的平场。据说在那儿可以看见周围九百里的湖山，至少可以看见九个湖和无数的山峰。可是我们的运气坏，上山后云便渐浓起来；到了山顶，什么都裹在云里，几乎连我们自己也在内。在不分远近的白茫茫里闷坐了一点钟，下山的车才来了。

交湖（Interlaken）在卢参的东南。从卢参去，要坐六点钟的火车。车子走过勃吕尼山峡。这条山峡在瑞士是最低的，可是最有名。沿路的风景实

在太奇了。车子老是挨着一边儿山脚下走，路很窄。那边儿起初也只是山，青青青青的。越望上走，那些山越高了，也越远了，中间豁然开朗，一片一片的谷，是从来没看见过的山水画。车窗里直望下去，却往往只见一丛丛的树顶，到处是深的绿，在风里微微波动着。路似乎颇弯曲的样子，一座大山峰老是看不完；瀑布左一条右一条的，多少让山顶上的云掩护着，清淡到像一些声音都没有，不知转了多少转，到勃吕尼了。这儿高三千二百九十六英尺，差不多到

了这条峡的顶。从此下山,不远便是勃利安湖的东岸,北岸就是交湖了。车沿着湖走。太阳出来了,隔岸的高山青得出烟,湖水在我们脚下百多尺,闪闪的像珐琅一样。

交湖高一千八百六十六英尺,勃利安湖与森湖交会于此。地方小极了,只有一条大街;四围让阿尔卑斯的群峰严严地围着。其中少妇峰最为秀拔,积雪皑皑,高出云外。街北有两条小径。一条沿河,一条在山脚下,都以幽静胜。小径的一端,依着座小山的形势参差地安排着些别墅般的屋子。街南一块平原,只有稀稀的几个人家,显得空旷得不得了。早晨从旅馆的窗子看,一片清新的朝气冉冉地由远而近,仿佛在古时的村落里。街上满是旅馆和铺子;铺子不外卖些纪念品,咖啡,酒饭等等,都是为游客预备的;还有旅行社,更是的。这个地方简直是游客的地方,不像属于瑞士人。纪念品以刻木为最多,大概是些小玩意儿;是一种涂紫色的木头,虽然刻得粗略,却有气力。在一家铺子门前看见一个美国人在说,"你们这些东西都没有用处;我不欢喜玩意儿。"买点纪念品而还要考较用处。此君真美国得可以了。

从交湖可以乘车上少妇峰,路上要换两次车。在老台勃鲁能换爬山电车,就是下面带齿轮的。这儿到万根,景致最好看。车子慢慢爬上去,窗外展开一片高山与平陆,宽旷到一眼望不尽。坐在车中,不知道车子如何爬法;却看那边山上也有一条陡峻的轨道,也有车子在上面爬着,就像一只甲虫。到万格那尔勃可见冰川,在太阳里亮晶晶的。到小夏代格再换车,轨道中间装上一排铁钩子,与车底下的齿轮好咬得更紧些。这条路直通到少妇峰前头,差不多整个儿是隧道;因为山上满积着雪,不得不打山肚里穿过去。这条路是欧洲最高的铁路,费了十四年工夫才造好,要算近代顶伟大的工程了。

在隧道里走没有多少意思,可是哀格望车站值得看。那前面的看廊是从山岩里硬凿出来的。三个又高又大又粗的拱门般的窗洞,教你觉得自己藐小。望出去很远;五千九百零四英尺下的格林德瓦德也可见。少妇峰站的看廊却不及这里;一眼尽是雪山,雪水从檐上滴下来,别的什么都没有。虽在一万一千三百四十二英尺的高处,而不能放开眼界,未免令人有些怅怅。但是站里有一架电梯,可以到山顶上去。这是小小一片高原,在明西峰与少妇峰之间，三百二十英尺长，厚厚地堆着白雪。雪上虽只是淡淡的日光，乍看竟耀得人睁不开眼。这儿可望得远了。一层层的峰峦起伏着，有戴雪的，有不戴的；总之越远越淡下去。山缝里躲躲闪闪一些玩具般的屋子，据说便是交湖了。原上一头插着瑞士白十字国旗，在风里飒飒地响，颇有些气势。山上不时地雪崩，沙沙沙沙流下来像水一般，远看很好玩儿。脚下的雪滑极，不走惯的人寸步都得留神才行。少妇峰的顶还在二千三百二十五英尺之上，得凭着自己的手脚爬上去。

　　下山还在小夏代格换车，却打这儿另走一股道，过格林德瓦德直到交湖，路似乎平多了。车子绕明西峰走了好些时候。明西峰比少妇峰低些，可是大。少妇峰秀美得好，明西峰雄奇得好。车子紧挨着山脚转，陡陡的山势似乎要向窗子里直压下来，像传说中的巨人。这一路有几条瀑布；瀑布下的溪流快极了，翻着白沫，老像沸着的锅子。早九点多在交湖上车，回去是五点多。

　　司皮也兹（Spiez）是玲珑可爱的一个小地方；临着森湖，如浮在湖上。路依山而建，共有四五层，台阶似的。街上常看不见人。在旅馆楼上待着，远处偶然有人过去，说话声音听得清清楚楚的。傍晚从露台上望湖，山脚下的暮霭混在一抹轻蓝里，加上几星儿刚放的灯光，真有味。孟特罗（Montreux）的果子可可糖也真有味。日内瓦像上海，只湖中大喷水，高二百余英尺，还有卢梭岛及他出生的老屋，现在已开了古董铺的，可以看看。

1932年10月17日作

荷 兰

一个在欧洲没住过夏天的中国人,在初夏的时候,上北国的荷兰去,他简直觉得是新秋的样子。淡淡的天色,寂寂的田野,火车走着,像没人理会一般。天尽头处偶尔看见一架半架风车,动也不动的,像向天揸开的铁手。在瑞士走,有时也是这样一劲儿的静;可是这儿的肃穆,瑞士却没有。瑞士大半是山道,窄狭的,弯曲的,这儿是一片广原,气象自然不同。火车渐渐走近城市,一溜房子看见了。红的黄的颜色,在那灰灰的背景上,越显得鲜明照眼。那尖屋顶原是三角形的底子,但左右两边近底处各折了一折,便多出两个角来;机伶里透着老实,像个小胖子,又像个小老头儿。

荷兰人有名地会盖房子。近代谈建筑,数一数二是荷兰人。快到罗特丹(Rotterdam)的时候,有一家工厂,房屋是新样子。房子分两截,近处一截是一道内曲线,两大排玻璃窗子反射着强弱不同的光。接连着的一截是比较平正些的八层楼,窗子也是横排的。"楼梯间"满用玻璃,外面既好看,上楼又明亮好走,比旧式阴森森的楼梯间,只在墙上开着小窗户的自然好多了。整排不断的横窗户也是现代建筑的特色;靠着钢骨水泥,才能这样办。这家工厂的横窗户有两个式样,窗宽墙窄是一式,墙宽窗窄又是一式。有人说这种墙和窗子像面包夹火腿;但那是面包那是火腿却弄不明白。又有人说这种房子仿佛满支在玻璃上,老教人疑心要倒塌似的。可是我只觉得一条条连接不断的横线都有大气力,足以支撑这座大屋子而有余,而且一眼看下去,痛快极了。

海牙和平宫左近,也有不少新式房子,以铺面为多,与工厂又不同。颜色要鲜明些,装饰风也要重些,大致是清秀玲珑的调子。最精致的要数那一座"大厦",是分租给人家住的。是不规则的几何形。约莫居中是高耸的通明的楼梯间，界划着黑钢的小方格子。一边是长条子，像伸着的一只胳膊；一边是方方的。每层楼都有栏干，长的那边用蓝色，方的那边用白色，衬着淡黄的窗子。人家说荷兰的新房子就像一只轮船，真不错。这些栏干正是轮船上的玩意儿，那梯子间就是烟囱了。大厦前还有一个狭长的池子，浅浅的，尽头处一座雕像。池旁种了些花草，散放着一两张椅子。屋子后面没有栏干，可是水泥墙上简单的几何形的界划，看了也非常爽目。那一带地方很宽阔，又清静，过午时大厦满在太阳光里，左近一些碧绿的树掩映着，教人舍不得走。亚姆斯特丹（Amsterdam）的新式房子更多。皇宫附近的电报局，样子打得巧，斜对面那家电气公司却一味地简朴；两两相形起来，倒有点意思。别的似乎都赶不上这两所好看。但"新开区"还有整大片的新式建筑，没有得去看，不知如何。

　　荷兰人又有名地会画画。十七世纪的时候，荷兰脱离了西班牙的羁绊，渐渐地兴盛，小康的人家多起来了。他们衣食既足，自然想着些风雅的玩意儿。那些大幅的神话画宗教画，本来专供装饰宫殿小教堂之用。他们是新国，用不着这些。他们只要小幅头画着本地风光的。人像也好，风俗也好，景物也好，只要"荷兰的"就行。在这些画里，他们亲亲切切地看见自己。要求既多，供给当然跟着。那时画是上市的，和皮鞋与蔬菜一样，价钱也差不多。就中风俗画（Genre picture）最流行。直到现在，一提起荷兰画家，人总容易想起这种画。这种画的取材是极平凡的日常生活；而且限于室内，采的光往往是灰暗的。这种材料的生命在亲切有味或滑稽可喜。一个卖野味的铺子可以成功一幅画，一顿饭也可以成功一幅画。有些滑稽太过，便近乎低级趣味。譬如海牙毛利丘司（Mauritshuis）画院所藏的莫兰那（Molenaer）画的《五觉图》。《嗅觉》一幅，画一妇人捧着小孩，他正在拉矢。《触觉》一幅更奇，画一妇人坐着，一男人探手入她的衣底；妇人便举起一只鞋，要向他的头上打下去。这画院里的名画却真多。陀（Dou）的《年轻的管家妇》，琐琐屑屑地画出来，没有一些地方不熨贴。鲍特（Potter）的《牛》工极了，身上一个蝇子都没有放过，但是活极了，那牛简直要从墙上缓缓地走下来；布局也单纯得好。卫米尔（Vermeer）画他本乡代夫脱（Delft）的风景一幅，充分表现那静肃的味道。他是小风景画家，以善分光影和精于布局著名。风景画取材杂，要安排得停当是不容易的。荷兰画像，哈司（Hals）是大师。但他的好东西都在他故乡哈来姆（Haorlem），别处见不着。亚姆斯特丹的力克士博物院（Ryks Museum）中有他一幅《俳优》，是一个弹着琵琶的人，神气颇足。这些都是十七世纪的画家。

但是十七世纪荷兰最大的画家是冉伯让（Rembrandt）。他与一般人不同，创造了个性的艺术；将自己的思想感情，自己这个人放进他画里去。他画画不再伺候人；即使画人像，画宗教题目，也还分明地见出自己。十九世纪艺术的浪漫运动只承认表现艺术家的个性的作品有价值，便是他的影响。他领略到精神生活里神秘的地方，又有深厚的情感。最爱用一片黑做背景；但那黑是活的不是死的。黑里渐渐透出黄黄的光，像压着的火焰一般；在这种光里安排着他的人物。像这样的光影的对照是他的绝技；他的神秘与深厚

也便从这里见出。这不仅是浮泛的幻想，也是贴切的观察；在他作品里梦和现实混在一块儿。有人说他从北国的烟云里悟出了画理，那也许是真的。他会看到氤氲的底里去。他的画像最能表现人的心理，也便是这个缘故。

毛利丘司里有他的名作《解剖班》《西面在圣殿中》。前一幅写出那站着在说话的大夫从容不迫的样子。一群学生围着解剖台，有些坐着，有些站着；毛着腰的，侧着身子的，直挺挺站着的，应有尽有。他们的头，或俯或仰，或偏或正，没有两个人相同。他们的眼看着尸体，看着说话的大夫，或无所属，但都在凝神听话。写那种专心致志的光景，惟妙惟肖。后一幅写殿宇的庄严，和参加的人的圣洁与和蔼，一种虔敬的空气弥漫在画面上，教人看了会沉静下去。他的另一杰作《夜巡》在力克士博物院里。这里一大群武士，都拿了兵器在守望着敌人。一位爵爷站在前排正中间，向着旁边的弁兵有所吩咐；别的人有的在眺望，有的在指点，有的在低低地谈论，右端一个打鼓的，人和鼓都只露了一半；他似乎焦急着，只想将槌子敲下去。左端一个人也在忙忙地伸着右手整理他的枪口。他的左胳膊底下钻出一个孩子，露着惊惶的脸。人物的安排，交互地用疏密与明暗；乍看不匀称，细看再匀称没有。这幅画里光的运用最巧妙；那些浓淡浑析的地方，便是全画的精神所在。冉伯让是雷登（Leyden）人，晚年住在亚姆斯特丹。他的房子还在，里面陈列着他的腐刻画与钢笔毛笔画。腐刻画是用药水在铜上刻出画来，他是大匠手；钢笔画毛笔画他也擅长。这里还有他的一座铜像，在用他的名字的方场上。

海牙是荷兰的京城，地方不大，可是清静。走在街上，在淡淡的太阳光里，觉得什么都可以忘记了的样子。城北尤其如此。新的和平宫就在这儿，这所屋是一个人捐了做国际法庭用的。屋不多，里面装饰得很好看。引导人如数家珍地指点着，告诉游客这些装饰品都是世界各国捐赠的。楼上正中一间大会议厅，他们称为日本厅；因为三面墙上都挂着日本的大幅的缂丝，而这几幅东西是日本用了多少多少人在不多的日子里特地赶做出来给这所和平宫用的。这几幅都是花鸟，颜色鲜明，织得也细致；那日本特有的清丽的画风整个儿表现着。中国送的两对景泰蓝的大壶（古礼器的壶）也安放在这间厅里。厅中间是会议席，每一张椅子背上有一个缎套子，绣着一国的国旗；那国的代表开会时便坐在这里。屋左屋后是花园；亭子，喷水，雕像，花木等等，错综地点缀着，明丽深曲兼而有之。也不十二分大，却老像走不尽的样子。从和平宫向北去，电车在稀疏的树林子里走。满车中绿阴阴的，斑驳的太阳光在车上在地下跳跃着过去。不多一会儿就到海边了。海边热闹得很，玩儿的人来往不绝。长长的一带沙滩上，满放着些藤篓子——实在是些轿式的藤椅子，预备洗完澡坐着晒太阳的。这种藤篓子的顶像一个瓢，又圆又胖，那拙劲儿真好。更衣的小木屋也多。大约天气还冷，沙滩上只看见零零落落的几个人。那北海的海水白白的展开去，没有一点风涛，像个顶听话的孩子。

亚姆斯特丹在海牙东北，是荷兰第一个大城。自然不及海牙清静。可是河道多，差不多有一道街就有一道河，是北国的水乡；所以有"北方威尼斯"之称。桥也有三百四十五座，和威尼斯简直差不多。河道宽阔干净，却比威尼斯好；站在桥上顺着河望过去，往往水木明瑟，引着你一直想见最远最远的地方。亚姆斯特丹东北有一个小岛，叫马铿（Marken）岛，是个小村子。那边的风俗服装古里古怪的，你一脚踏上岸就会觉得回到中世纪去了。乘电车去，一路经过两三个村子。那是个阴天。漠漠的风烟，红黄相间的板屋，正在旋转着让船过去的轿，都教人耳目一新。到了一处，在街当中下了车，由人指点着找着了小汽轮。海上坦荡荡的，远处一架大风车在慢慢地转着。船在斜风细雨里走，渐渐从朦胧里看见马铿岛。这个岛真正"不满眼"，一道堤低低的环绕着。据说岛只高出海面几尺，就仗着这一点儿堤挡住了那茫茫的海水。岛上不过二三十份人家，都是尖顶的板屋；下面一律搭着架子，因为隔水太近了。板屋是红黄黑三色相间着，每所都如此。岛上男人未多见，也许打鱼去了；女人穿着红黄白蓝黑各色相间的衣裳，和他们的屋子相配。总而言之，一到了岛上，虽在黯淡的北海上，眼前却亮起来了。岛上各家都预备着许多纪念品，争着将游客让进去，也有装了一大柳条筐，一手抱着孩子，一手挽着筐子在路上兜售的。自然做这些事的都是些女人。纪念品里有些玩意儿不坏：如小木鞋，像我们的毛窝的样子；如长的竹烟袋儿，烟袋锅的脖子上挂着一双顶小的木鞋，的里瓜拉的；如手绢儿，一角上绒绣着岛上的女人，一架大风车在她们头上。

回来另是一条路，电车经过另一个小村子叫伊丹（Edam）。这儿的干酪四远驰名，但那一座挨着一座跨在一条小河上的高架吊桥更有味。望过去足有二三十座，架子像城门圈一般；走上去便微微摇晃着。河直而窄，两岸不多几层房屋，路上也少有人，所以仿佛只有那一串儿的桥轻轻地在风里摆着。这时候真有些觉得是回到中世纪去了。

1932 年 11 月 17 日作

柏 林

柏林的街道宽大，干净，伦敦巴黎都赶不上的；又因为不景气，来往的车辆也显得稀些。在这儿走路，尽可以从容自在地呼吸空气，不用张张望望躲躲闪闪。找路也顶容易，因为街道大概是纵横交切，少有"旁逸斜出"的。最大最阔的一条叫菩提树下，柏林大学，国家图书馆，新国家画院，国家歌剧院都在这条街上。东头接着博物院洲，大教堂，故宫；西边到著名的勃朗登堡门为止，长不到二里。过了那座门便是梯尔园，街道还是直伸下去——这一下可

长了，三十七八里。勃朗登堡门和巴黎凯旋门一样，也是纪功的。建筑在十八世纪末年，有点仿雅典奈昔克里司门的式样。高六十六英尺，宽六十八码半；两边各有六根多力克式石柱子。顶上是站在驷马车里的胜利神像，雄伟庄严，表现出德意志国都的神采。那神像在一八零七年被拿破仑当作胜利品带走，但七年后便又让德国的队伍带回来了。

从菩提树下西去，一出这座门，立刻神气清爽，眼前别有天地；那空阔，那望不到头的绿树，便是梯尔园。这是柏林最大的公园，东西六里，南北约二里。地势天然生得好，加上树种得非常巧妙，小湖小溪，或隐或显，也安排的是地方。大道像轮子的辐，凑向轴心去。道旁齐齐地排着葱郁的高树；树下有时候排着些白石雕像，在深绿的背景上越显得洁白。小道像树叶

上的脉络，不知有多少。跟着道走，总有好地方，不孤负你。园子里花坛也不少。罗森花坛是出名的一个，玫瑰最好。一座天然的围墙，圆圆地绕着，上面密密地厚厚地长着绿的小圆叶子；墙顶参差不齐。坛中有两个小方池，满飘着雪白的水莲花，玲珑地托在叶子上，像惺忪的星眼。两池之间是一个皇后的雕像；四围的花香花色好像她的供养。梯尔园人工胜于天然。真正的天然却又是一番境界。曾走过市外"新西区"的一座林子。稀疏的树，高而瘦的干子，树下随意弯曲的路，简直教人想到倪云林的画本。看着没有多大，但走了两点钟，却还没走完。

柏林市内市外常看见运动员风的男人女人。女人大概都光着脚亮着胳膊，雄赳赳地走着，可是并不和男人一样。她们不像巴黎女人的苗条，也不像伦敦女人的拘谨，却是自然得好。有人说她们太粗，可是有股劲儿。司勃来河横贯柏林市，河上有不少划船的人。往往一男一女对坐着，男的只穿着游泳衣，也许赤着膊只穿短裤子。看的人绝不奇怪而且有喝采的。曾亲见一个女大学生指着这样划着船的人说，"美啊！"赞美身体，赞美运动，已成了他们的道德。星期六星期日上水边野外看去，男男女女老老少少谁都带一点运动员风。再进一步，便是所谓"自然运动"。大家索性不要那劳什子衣服，那才真是自然生活了。这有一定地方，当然不会随处见着。但书籍杂志是容易买到的。也有这种电影。那些人运动的姿势很好看，很柔软，有点儿像太极拳。在长天大海的背景上来这一套，确是美的，和谐的。日前报上说德国当局要取缔他们，看来未免有些个多事。

柏林重要的博物院集中在司勃来河中一个小洲上。这就叫做博物院洲。虽然叫做洲，因为周围陆地太多，河道几乎挤得没有了，加上十六道桥，走

上去毫不觉得身在洲中。洲上总共七个博物院，六个是通连着的。最奇伟的是勃嘉蒙（Pergamon）与近东古迹两个。勃嘉蒙在小亚细亚，是希腊的重要城市，就是现在的贝加玛。柏林博物院团在那儿发掘，掘出一座大享殿，是祭大神宙斯用的。这座殿是两千二百年前造的，规模宏壮，雕刻精美。掘出的时候已经残破；经学者苦心研究，知道原来是什么样子，便照着修补起来，安放在一间特建的大屋子里。屋子之大，让人要怎么看这座殿都成。屋顶满是玻璃，让光从上面来，最均匀不过；墙是淡蓝色，衬出这座白石的殿越发有神儿。殿是方锁形，周围都是爱翁匿克式石柱，像是个廊子。当锁口的地方，是若干层的台阶儿。两头也有几层，上面各有殿基；殿基上，柱子下，便是那著名的"壁雕"。壁雕（Frieze）是希腊建筑里特别的装饰；在狭长的石条子上半深浅地雕刻着些故事，嵌在墙壁中间。这种壁雕颇有名作。如现存在不列颠博物院里的雅典巴昔农神殿的壁雕便是。这里的是一百三十二码长，有一部分已经移到殿对面的墙上去。所刻的故事是奥灵匹亚诸神与地之诸子巨人们的战争。其中人物精力饱满，历劫如生。另一间大屋里安放着罗马建筑的残迹。一是大三座门，上下两层，上层全为装饰用。两层各用六对哥林斯式的石柱，与门相间着，隔出略带曲折的廊子。上层三座门是实的，里面各安着一尊雕像，全体整齐秀美之至。一是小神殿。两样都在第二世纪的时候。

　　近东古迹院里的东西是十九世纪末二十世纪初年德国东方学会在巴比仑和亚述发掘出来的。中间巴比仑的以色他门（Ischtar Gateway）最为壮丽。门建筑在二千五百年前奈补卡德乃沙王第二的手里。门圈儿高三十九英尺，城垛儿四十九英尺，全用蓝色珐琅砖砌成。墙上浮雕着一对对的龙（与中国所谓龙不同）和牛，黄的白的相间着；上下两端和边上也是这两色的花纹。龙是巴比仑城隍马得的圣物，牛是大神亚达的圣物。这些动物的像稀疏地排列着，一面墙上只有两行，犄角上只有一行；形状也单纯划一。色彩在那蓝的地子上，却非常之鲜明。看上去真像大幅缂丝的图案似的。还有巴比仑王宫里正殿的面墙，是与以色他门同时做的，颜色鲜丽也一样，只不过以植物图案为主罢了。马得祭道两旁屈折的墙基也用蓝珐琅砖；上面却雕着向前走的狮子。这个祭道直通以色他门，现在也修补好了一小段，仍旧安在以

色他门前面。另有一件模型,是整个儿的巴比仑城。这也可以慰情聊胜无了。亚述巴先宫的面墙放在以色他门的对面,当然也是修补起来的;周围正正的拱门,一层层又细又密的柱子,在许多直线里透出秀气。

新博物院第一层中央是一座厅。两道宽阔而华丽的楼梯仿佛占住了那间大屋子,但那间屋子还是照样地觉得大不可言。屋里什么都高大;迎着楼梯两座复制的大雕像,两边墙上大幅的历史壁画,一进门就让人觉着万千的气象。德意志人的魄力,真有他们的。楼上本是雕版陈列室,今年改作歌德展览会。有歌德和他朋友们的像,他的画,他的书的插图等等。《浮士德》的插图最多,同一件事各人画来趣味各别。楼下是埃及古物陈列室,大大小小的"木乃伊"都有;小孩的也有。有些在头部放着一块板,板上画着死者的画像;这是用熔蜡画的,画法已失传。这似乎是古人一件聪明的安排,让千秋万岁后,还能辨认他们的面影。另有人种学博物院在别一条街上,分两院。所藏既丰富,又多罕见的。第一院吐鲁番的壁画最多。那些完好的真是妙庄严相;那些零碎的也古色古香。中国日本的东西不少,陈列得有系统极了,中日人自己动手,怕也不过如此。第二院藏的日本的漆器与画很好。史前的材料都收在这院里。有三间屋专陈列一八七一到一八九零希利曼(Heinrich Schlieman)发掘特罗衣(Troy)城所得的遗物。

故宫在博物院洲之北,一九二一年改为博物院,分历史的工艺的两部分。历史的部分都是王族用过的公私屋子。这些屋子每间一个样子;屋顶,墙壁,地板,颜色,陈设,各有各的格调。但辉煌精致,是异曲同工的。有一间屋顶作穹隆形状,蓝地金星,俨然夜天的光景。又一间张着一大块伞形的绸子，像在遮着太阳。又一间用了"古络钱"纹做全室的装饰。壁上或画画，或挂画。地板用细木头嵌成种种花样，光滑无比。外国的宫殿外观常不如中国的宏丽，但里边装饰的精美，我们却断乎不及。故宫西头是皇储旧邸。一九一九年因为国家画院的画拥挤不堪，便将近代的作品挪到这儿，陈列在前边的屋子里。大部分是印象派表现派，也有立体派。表现派是德国自己的画派。原始的精神，狂热的色调，粗野模糊的构图，你像在大野里大风里大火里。有一件立体派的雕刻，是三个人像。虽然多是些三角形，直线，可是一个有一个的神气，彼此还互相照应，像真会说话一般。表现派的精神现在还多多少少存在：柏林魏坦公司六月间有所谓"民众艺术展览会"，出售小件用具和玩物。玩物里如小动物孩子头之类，颇有些奇形怪状，别具风趣的。还有展览场六月间的展览里，有一部是剪贴画。用颜色纸或布拼凑成形，安排在一块地子上，一面加上些沙子等，教人有实体之感，一面却故意改变形体的比例与线条的曲直，力避写实的手法。有些现代人大约"是"要看了这种手艺才痛快的。

　　这一回展览里有好些小家屋的模型，有大有小。大概造起来省钱；屋子里空气，光，太阳都够现代人用。没有那些无用的装饰，只看见横竖的直线。用颜色，或用对照的颜色，教人看一所屋子是"整个儿"，不零碎，不琐屑。小家屋如此，"大厦"也如此。德国的建筑与荷兰不同。他们注重实用，以简单为美，有时候未免太朴素些。近年来柏林这种新房子造得不少。这已不是少数艺术家的试验而是一般人的需要了。"新西区"一带便都是的。那一带住屋小而巧，里面的装饰干净利落，不显一点板滞。"大厦"多在东头亚历山大场，似乎美观的少。有些满用横线，像夹沙糕，有些满用直线；这自然说的是窗子。用直线的据说是美国影响。但美国房屋高入云霄，用直线合式；柏林的低多了，又向横里伸张，用直线便大大地不谐和了。"大厦"之外还有"广场"，刚才说的展览场便是其一。这个广场有八座大展览厅，连附属的屋子共占地十八万二千平方英尺；空场子合计起来共占地六十五万平

方英尺。乍走进去的时候，摸不着头脑，仿佛连自己也会丢掉似的。建筑都是新式。整个的场子若在空中看，是一幅图案，轻灵而不板重。德意志体育场，中央飞机场，也都是这一类新造的广场。前两个在西，后一个在南，自然都在市外。此外电影院跳舞场往往得风气之先，也有些新式样。如铁他尼亚宫电影院，那台，那灯，那花楼，不是用圆，用弧线，便是用与弧线相近的曲线，要的也是一个干净利落罢了。台上一圈儿一圈儿有些像排箫的是管风琴。管风琴安排起来最累赘，这儿的布置却新鲜悦目，也许电影管风琴简单些，才可以这么办。颜色用白银与淡黄对照，教人常常清醒。祖国舞场也是新式，但多用直线形；颜色似乎多一种黑。这里面有许多咖啡室。日本室便按日本式陈设，土耳其室便按土耳其式。还有莱茵室，在壁上画着莱茵河的风景，用好些小电灯点缀在天蓝的背景上，看去略得河上的夜的意思——自然，屋里别处是不用灯的。还有雷电室，壁上画着雷电的情景，用电光运转；电射雷鸣，与音乐应和着。爱热闹的人都上那儿去。

　　柏林西南有个波次丹（Potsdam），是佛来德列大帝的城。城外有个无愁园，园里有个无愁宫，便是大帝常住的地方。大帝迷法国，这座宫，这座园子都仿凡尔赛的样子。但规模小多了，神儿差远了。大帝和伏尔泰是好朋友，他请伏尔泰在宫里住过好些日子，那间屋便在宫西头。宫西边有一架大风车。据说大帝不喜欢那风车日夜转动的声音，派人跟那产主说要买它。出乎意外，产主愣不肯。大帝恼了，又派人去说，不卖便要拆。产主也恼了，说，他会拆，我会告他。大帝想不到乡下人这么倔强，大加赏识，那风车只好由它响了。因此现在便叫它做"历史的风车"。隔无愁宫没多少路，有一座新宫，里面有一间"贝厅"，墙上地上满嵌着美丽的贝壳和宝石，虽然奇诡，却以素雅胜。

1933年12月22日作完

德瑞司登 ①

德瑞司登（Dresden）在柏林东南，是静静的一座都市。欧洲人说这里有一种礼拜日的味道，因为他们的礼拜日是安息的日子，静不过。这里只有一条热闹的大街；在街上走尽可从从容容，斯斯文文的。街尽处便是易北河。河穿全市而过，弯了两回，所以望不尽。河上有五座桥，彼此隔得远远的，显出玲珑的样子。临河一带高地，叫做勃吕儿原。站在原上，易北河的风光便都到了眼里。这是一个阴天，不时地下着小雨；望过去清淡极了，水与天亮闪闪的，山只剩一些轮廓，人家的屋子和田地都黑黑儿的。有人称这个原为"欧洲的露台"，未免太过些，但是确也有些可赏玩的东西。从前有位著名的文人在这儿写信给他的未婚夫人，说他正从高岸上望下看，河上一处处的绿野与村落好像"绣在一张毯子上""河水刚掉转脸亲了德瑞司登一下，马上又溜开去"。这儿说的是第一个弯子。他还说"绕着的山好像花箍子，响蓝的天好像在意大利似的"。在晴天这大约是真的。

德瑞司登有德国佛罗伦司之称，为的一些建筑和收藏的画。这些建筑多半在勃吕儿原西南一带。其中堡宫最有意思。堡宫因为邻近旧时的堡垒而得名，是十八世纪初年奥古斯都大力王（Augustus the Strong）吩咐他的建筑师裴佩莽（Poeppelmann）盖的。奥古斯都膂力过人，据说能拗断马蹄铁，又在西班牙斗牛，刺死了一头最凶猛的；所以称为大力王。他是这座都市的恩主；凡是好东西，美东西，都是他留下来的。他造这个堡宫，一来为面子，那时候一个亲王总得有一所讲究的宫房，才有威风，不让人小看。二来为展览美术货色如磁器，花边等之用。他想在过年过节的时候，多招徕

---

① 今译名德累斯顿。——编者注

些外路客人,好让他的百姓多做些买卖,以繁荣这个地方。他生在"巴洛克"(Baroque)时代,虽然倾心法国文化,所造的房子却都是德国"巴洛克"式。"巴洛克"式重曲线,重装饰,以华丽炫目为佳。堡宫便是代表。宫中央是极大一个方院子。南面是正门,顶作冕形,叫冕门;分两层,像楼屋;雕刻精细,用许多小柱子。两边各有好些拱门,每门里安一座喷水,上面各放着雕

像。现在虽是黯淡了,还可想见当年的繁华。西面有水仙出浴池。十四座龛子拥着一座大喷水,像一只马蹄,绕着小小的池子;每座龛子里站着一个女仙出浴的石像,姿态各不相同。龛外龛上另有繁细的雕饰。这是宫里最美的地方。

堡宫现在分作几个博物院,尽北头是国家画院。德国藏画,要算这里最精了。也创始于奥古斯都,而他的儿子继承其志。奥古斯都自己花钱派了好多人到欧洲各处搜求有价值的画。到他死的时候,院中已有好些不朽的名作。他儿子奥古斯都第二在位三十年,教大臣勃吕儿伯爵主持收买名画。一七四五年在威尼斯买着百多张意大利重要的作品,为阿尔卑斯山以北所未曾有。一七五四年又从意大利得着拉飞尔的歇司陀的《圣母图》。这是他的杰作。图中间是"圣处女"与"圣婴",左右是圣巴巴拉与教皇歇克司都第二,下面是两个小天使。有人说"这张画里'圣处女'的脸,美而秀雅,几乎是女性美的最完全的表现,真动人,真出色"。最妙的,端庄与和蔼都够味,一个与耶稣教毫不相干的游客也会起多少敬爱的意思。图中各人的眼光奇极;从"圣处女"而圣巴巴拉而小天使而教皇,恰好可以钩一个椭圆圈儿。这样一来,那对称的安排才有活气。画院驰名世界,全靠勃吕儿伯爵手里买的这些画。现在院中差不多有画二千五百件,以意大利及荷兰的为最

多。画排列得比那儿都整齐清楚,见出德国人的脾气。十八世纪意大利画家卡那来陀在这里住过,留下不少腐刻画,画着堡宫和街巷的景色。还有他的威尼斯风景画,这儿也多,色调构图,鲜明精巧,为别处收藏的所不及。

大街东有圣母堂,也是著名的古迹。一七三六年十二月奥古斯都第二在这里举行过一回管风琴比赛会。与赛的,大音乐家巴赫(Bach)和一个法国人叫马降的。那时巴赫还未大大出名,马降心高气傲,自以为能手。比赛的前一天,巴赫从来比锡来,看见管风琴好,不觉技痒,就坐下弹了一回。想不到马降在一旁窃听。这一听可够他受的。等不到第二天,他半夜里便溜出德瑞司登了。结果巴赫在奥古斯都第二和四千听众之前演了出独脚戏。一八四三年乐圣瓦格纳也在这里演奏过他的名曲《使徒宴》。歌德也站在这里的讲台上说过话,他赞美易北河上的景致,就是在他眼前的。这在一八一三年八月。教堂上有一座高塔顶,远远的就瞧见。相传一七六九年弗雷德力大帝攻打此地,想着这高顶上必有敌人的瞭望台,下令开炮轰。也不知怎样,轰了三天还没轰着。大帝又恨又恼,透着满瞧不起的神儿回头命令炮手道:"由那老笨家伙去罢!"

德瑞司登磁器最著名。大街上有好几家磁器铺。看来看去,只有舞女的裙子做得实在好。裙子都是白色雕空了像纱一样,各色各样的折纹都有,自然不能像真的那样流动,但也难为他们了。中国磁器没有如此精巧的,但有些东西却比较着有韵味。

1933 年 3 月 13 日作

莱茵河

莱茵河（The Rhine）发源于瑞士阿尔卑斯山中，穿过德国东部，流入北海，长约二千五百里。分上中下三部分。从马恩斯（Mayence, Mains）到哥龙（Cologne）算是"中莱茵"；游莱茵河的都走这一段儿。天然风景并不异乎寻常地好；古迹可异乎寻常地多。尤其是马恩斯与考勃伦兹（Koblenz）之间，两岸山上布满了旧时的堡垒，高高下下的，错错落落的，斑斑驳驳的；有些已经残破，有些还完好无恙。这中间住过英雄，住过盗贼，或据险自豪，或纵横驰骤，也曾热闹过一番。现在却无精打采，任凭日晒风吹，一声儿不响。坐在轮船上两边看，那些古色古香各种各样的堡垒历历的从眼前过去；仿佛自己已经跳出了这个时代而在那些堡垒里过着无拘无束的日子。游这一段儿，火车却不如轮船：朝日不如残阳，晴天不如阴天，阴天不如月夜——月夜，再加上几点儿萤火，一闪一闪的在寻觅荒草里的幽灵似的。最好还得爬上山去，在堡垒内外徘徊徘徊。

这一带不但史迹多。传说也多。最凄艳的自然是脍炙人口的声闻岩头的仙女了。声闻岩在河东岸，高四百三十英尺，一大片暗淡的悬岩，嶙嶙峋屿的;河到岩南,向东拐个小湾,这里有顶大的回声,岩因此得名。相传往日岩头有个仙女美极,终日歌唱不绝。一个船夫傍晚行船,走过岩下。听见她的歌声,仰头一看,不觉忘其所以,连船带人都撞碎在岩上。后来又死了一位伯爵的儿子。这可闯下大祸来了。伯爵派兵遣将,给儿子报仇。他们打算捉住她,锁起来,从岩顶直摔下河里去。但是她不愿死在他们手里,她呼唤莱茵母亲来接她;河里果然白浪翻腾,她便跳到浪里。从此声闻岩下听不见歌声,看不见倩影,只剩晚霞在岩头明灭[①]。德国大诗人海涅有诗咏此事;此事传播之广,这篇诗也有关系的。友人淦克超先生曾译第一章云:

> 传闻旧低徊,我心何悒悒。
> 两峰隐夕阳,莱茵流不息。
> 峰际一美人,粲然金发明,
> 清歌时一曲,余音响入云。
> 凝听复凝望,舟子忘所向,
> 怪石耿中流,人与舟俱丧。

这座岩现在是已穿了隧道通火车了。

哥龙在莱茵河西岸,是莱茵区最大的城,在全德国数第三。从甲板上看教堂的钟楼与尖塔这儿那儿都是的。虽然多么繁华一座商业城,却不大有俗尘扑到脸上。英国诗人柯勒列治说:

> 人知莱茵河,洗净哥龙市;
> 水仙你告我,今有何神力,
> 洗净莱茵水?

那些楼与塔镇压着尘土,不让飞扬起来,与莱茵河的洗刷是异曲同工的。哥龙的大教堂是哥龙的荣耀;单凭这个,哥龙便不死了。这是戈昔式,

---

[①] 据朱绍华先生《莱茵纪游》,见《行云流水》。

是世界上最宏大的戈昔式教堂之一。建筑在一二四八年，到一八八零年才全部落成。欧洲教堂往往如此，大约总是钱不够之故。教堂门墙伟丽，尖拱和直棱，特意繁密，又雕了些小花，小动物，和《圣经》人物，零星点缀着；近前细看，其精工真令人惊叹。门墙上两尖塔，高五百十五英尺，直入云霄。戈昔式要的是高而灵巧，让灵魂容易上通于天。这也是月光里看好。淡蓝的天干干净净的，只有两条尖尖的影子映在上面；像是人天仅有的通路，又像是人类祈祷的一双胳膊。森严肃穆，不说一字，抵得千言万语。教堂里非常宽大，顶高一百六十英尺。大石柱一行行的，高的一百四十八英尺，低的也六十英尺，都可合抱；在里面走，就像在大森林里，和世界隔绝。尖塔可以上去，玲珑剔透，有凌云之势。塔下通回廊。廊中向下看教堂里，觉得别人小得可怜，自己高得可怪，真是颠倒梦想。

1933 年 3 月 14 日作

巴 黎

塞纳河穿过巴黎城中，像一道圆弧。河南称为左岸，著名的拉丁区就在这里。河北称为右岸，地方有左岸两个大，巴黎的繁华全在这一带；说巴黎是"花都"，这一溜儿才真是的。右岸不是穷学生苦学生所能常去的，所以有一位中国朋友说他是左岸的人，抱"不过河"主义；区区一衣带水，却分开了两般人。但论到艺术，两岸可是各有胜场；我们不妨说整个儿巴黎是一座艺术城。从前人说"六朝"卖菜佣者都有烟水气，巴黎人谁身上大概都长着一两根雅骨吧。你瞧公园里，大街上，有的是喷水，有的是雕像，博物院处处是，展览会常常开；他们几乎像呼吸空气一样呼吸着艺术气，自然而然就雅起来了。

右岸的中心是刚果方场。这方场很宽阔，四通八达，周围都是名胜。中间巍巍地矗立着埃及拉米塞司第二的纪功碑。碑是方锥形，高七十六英尺，上面刻着象形文字。一八三六年移到这里，转眼就是一百年了。左右各有一座铜喷水，大得很。水池边环列着些铜雕像，代表着法国各大城。其中有一座代表司太司堡。自从一八七零年那地方割归德国以后，法国人每年七月十四国庆日总在像上放些花圈和大草叶，终年地搁着让人惊醒。直到一九一八年十一月和约告成，司太司堡重归法国，这才停止。纪功碑与喷水每星期六晚用弧光灯照耀。那碑像从幽暗中颖脱而出；那水像山上崩腾下来的雪。这场子原是法国革命时候断头台的旧址。在"恐怖时代"，路易十六与王后，还有各党各派的人轮班在这儿低头受戮。但现在一点痕迹也没有了。

场东是砖厂花园。也有一个喷水池;白石雕像成行,与一丛丛绿树掩映着。在这里徘徊,可以一直徘徊下去,四围那些纷纷的车马,简直若有若无。花园是所谓法国式,将花草分成一畦畦的,各各排成精巧的花纹,互相对称着。又整洁,又玲珑,教人看着赏心悦目;可是没有野情,也没有蓬勃之气,像北平的叭儿狗。这里春天游人最多,挤挤挨挨的。有时有音乐会,在绿树荫中。乐韵悠扬,随风飘到场中每一个人的耳朵里。再东是加罗塞方场,只隔着一道不宽的马路。路易十四时代,这是一个校场。场中有一座小凯旋门,是拿破仑造来纪胜的,仿罗马某一座门的式样。拿破仑叫将从威尼斯圣马克堂抢来的驷马铜像安在门顶上。但到了一八一四年,那铜像终于回了老家。法国只好换上一个新的,光彩自然差得多。

刚果方场西是大名鼎鼎的仙街,直达凯旋门。有四里半长。凯旋门地势高,从刚果方场望过去像没多远似的,一走可就知道。街的东半截儿,两旁简直是园子,春天绿叶子密密地遮着;西半截儿才真是街。街道非常宽敞。夹道两行树,笔直笔直地向凯旋门奔凑上去。凯旋门巍峨爽朗地盘踞在街尽头,好像在半天上。欧洲名都街道的形势,怕再没有赶上这儿的;称为"仙街",不算说大话。街上有戏院,舞场,饭店,够游客们玩儿乐的。凯旋门一八零六年开工,也是拿破仑造来纪功的。但他并没有看它的完成。门高一百六十英尺,宽一百六十四英尺,进身七十二英尺,是世界凯旋门中最大的。门上雕刻着一七九二至一八一五年间法国战事片段的景子,都出于名手,其中罗特(Burguudian Rude,十九世纪)的"出师"一景,慷慨激昂,至今还可以作我们的气。这座门更有一个特别的地方:在拿破仑周忌那一天,从仙街向上看,团团的落日恰好扣在门圈儿里。门圈儿底下是一个无名兵士的墓;他埋在这里,代表大战中死难的一百五十万法国兵。墓是平的,地上嵌着文字;中央有个纪念火,焰子粗粗的,红红的,在风里摇晃着。这个火每天由参战军人团团员来点。门顶可以上去,乘电梯或爬石梯都成;石梯是二百七十三级。上面看,周围不下十二条林荫路,都辐辏到门下,宛然一个大车轮子。

刚果方场东北有四道大街衔接着,是巴黎最繁华的地方。大铺子差不多都在这一带，珠宝市也在这儿。各店家陈列窗里五花八门，五光十色，珍奇精巧，兼而有之；管保你走一天两天看不完，也看不倦。步道上人挨挨凑凑，常要躲闪着过去。电灯一亮，更不容易走。街上"咖啡"东一处西一处的，沿街安着座儿，有点儿像北平中山公园里的茶座儿。客人慢慢地喝着咖啡或别的，慢慢地抽烟，看来往的人。"咖啡"本是法国的玩意儿；巴黎差不多每道街都有，怕是比那儿都多。巴黎人喝咖啡几乎成了癖，就像我国南方人爱上茶馆。"咖啡"里往往备有纸笔，许多人都在那儿写信；还有人让"咖啡"收信，简直当作自己的家。文人画家更爱坐"咖啡"；他们爱的是无拘无束，容易会朋友，高谈阔论。爱写信固然可以写信，爱做诗也可以做诗。大诗人魏尔仑（Verlaine）的诗，据说少有不在"咖啡"里写的。坐"咖啡"也有派别。一来"咖啡"是熟的好，二来人是熟的好。久而久之，某派人坐某"咖啡"便成了自然之势。这所谓派，当然指文人艺术家而言。一个人独自去坐"咖啡"，偶尔一回，也许不是没有意思，常去却未免寂寞得慌；这也与我国南方人上茶馆一样。若是外国人而又不懂话，那就更可不必去。巴黎最大的"咖啡"有三个，却都在左岸。这三座"咖啡"名字里都含着"圆圆的"意思，都是文人艺术家荟萃的地方。里面装饰满是新派。其中一家，电灯壁画满是立体派，据说这些画全出于名家之手。另一家据说时常陈列着当代画家的作品，待善价而沽之。坐"咖啡"之外还有站"咖啡"，却有点像我国南方的喝柜台酒。这种"咖啡"大概小些。柜台长长的，客人围着要吃的喝的。吃喝都便宜些，为的是不用多伺候你，你吃喝也比较不舒服些。站"咖啡"的人脸向里，没有甚么看的，大概吃喝完了就走。但也有人用胳膊肘儿斜靠在柜台上，半边身子偏向外，写意地眺望，谈天儿。巴黎人吃早点，多半在"咖啡"里。普通是一杯咖啡，两三个月芽饼就够了，不像英国人吃得那么多。月芽饼是一种面包，月芽形，酥而软，趁热吃最香；法国人本会烘面包，这一种不但好吃，而且好看。

卢森堡花园也在左岸，因卢森堡宫而得名。宫建于十七世纪初年，曾用作监狱，现在是上议院。花园甚大。里面有两座大喷水，背对背紧挨着。其一是梅迭契喷水，雕刻的是亚西司（Acis）与加拉台亚（Galatea）的故事。巨人波力非摩司（Polyphamos）爱加拉台亚。他晓得她喜欢亚西司，便

向他头上扔下一块大石头,将他打死。加拉台亚无法使亚西司复活,只将他变成一道河水。这个故事用在一座喷水上,倒有些远意。园中绿树成行,浓荫满地,白石雕像极多,也有铜的。巴黎的雕像真如家常便饭。花园南头,自成一局,是一条荫道。最南头,天文台前面又是一座喷水,中央四个力士高高地扛着四限仪,下边环绕着四对奔马,气象雄伟得很。这是卡波(Carpeaus,十九世纪)所作。卡波与罗特同为写实派,所作以形线柔美著。

　　沿着塞纳河南的河墙,一带旧书摊儿,六七里长,也是左岸特有的风光。有点像北平东安市场里旧书摊儿。可是背景太好了。河水终日悠悠地流着,两头一眼望不尽;左边卢佛宫,右边圣母堂,古香古色的。书摊儿黯黯的,低低的,窄窄的一溜;一小格儿一小格儿,或连或断,可没有东安市场里的大。摊上放着些破书;旁边小凳子上坐着掌柜的。到时候将摊儿盖上,锁上小铁锁就走。这些情形也活像东安市场。

　　铁塔在巴黎西头,塞纳河东岸,高约一千英尺,算是世界上最高的塔。工程艰难浩大,建筑师名爱非尔(Eiffel),也称为爱非尔塔。全塔用铁骨造成,如网状,空处多于实处,轻便灵巧,亭亭直上,颇有戈昔式的余风。塔基占地十七亩,分三层。头层离地一百八十六英尺,二层三百七十七英尺,三层九百二十四英尺,连顶九百八十四英尺。头二层有"咖啡",酒馆及小摊儿等。电梯步梯都有,电梯分上下两厢,一厢载直上直下的客人,一厢载在头层停留的客人。最上层却非用电梯不可。那梯口常常拥挤不堪。壁上贴着"小心扒手"的标语,收票人等嘴里还不住地唱道,"小心呀!"这一段儿走得可慢极,大约也是"小心"吧。最上层只有卖纪念品的摊儿和一些问心机。这种问心机欧洲各游戏场中常见;是些小铁箱,一箱管一事。放一个钱进去，便可得到回答；回答若干条是印好的，指针所停止的地方就是专答你。也有用电话回答的。譬如你要问流年，便向流年箱内投进钱去。这实在是一种开心的玩意儿。这层还专设一信箱；寄的信上盖铁塔形邮戳，好让亲友们留作纪念。塔上最宜远望，全巴黎都在眼下。但尽是密匝匝的房子，只觉应接不暇而无苍茫之感。塔上满缀着电灯，晚上便是种种广告；在暗夜里这种明妆倒值得一番领略。隔河是特罗卡代罗（Trocadéro）大厦，有道桥笔直地通着。这所大厦是为一八七八年的博览会造的。中央圆形，圆窗圆顶，两支高高的尖塔分列顶侧；左右翼是新月形的长房。下面许多级台阶，阶下一个大喷水池，也是圆的。大厦前是公园，铁塔下也是的；一片空阔，一片绿。所以大厦远看近看都显出雄巍巍的。大厦的正厅可容五千人。它的大在横里；铁塔的大在直里。一横一直，恰好称得住。

歌剧院在右岸的闹市中。门墙是威尼斯式，已经乌暗暗的，走近前细看，才见出上面精美的雕饰。下层一排七座门，门间都安着些小雕像。其中罗特的《舞群》，最有血有肉，有情有力。罗特是写实派作家，所以如此。但因为太生动了，当时有些人还见不惯；一八六九年这些雕像揭幕的时候，一个宗教狂的人，趁夜里悄悄地向这群像上倒了一瓶墨水。这件事传开了，然而罗特却因此成了一派。院里的楼梯以宏丽著名。全用大理石，又白，又滑，又宽；栏杆是低低儿的。加上罗马式圆拱门，一对对爱翁匿克式石柱，雕像上的电灯烛，真是堆花簇锦一般。那一片电灯光像海，又像月，照着你缓缓走上梯去。幕间休息的时候，大家都离开座儿各处走。这儿休息的时间特别长，法国人乐意趁这闲工夫在剧院里散散步，谈谈话，来一点吃的喝的。休息室里散步的人最多。这是一间顶长顶高的大厅，华丽的灯光淡淡地布满了一屋子。一边是成排的落地长窗，一边是几座高大的门；墙上略略有些装饰，地下铺着毯子。屋里空落落的，客人穿梭般来往。太太小姐们大多穿着各色各样的晚服，露着脖子和膀子。"衣香鬓影"，这里才真够味儿。歌剧院是国家的，只演古典的歌剧，间或也演队舞（Ballet），总是堂皇富丽的玩艺儿。

国葬院在左岸。原是巴黎护城神圣也奈韦夫（St. Geneviéve）的教堂；大革命后，一般思想崇拜神圣不如崇拜伟人了，于是改为这个；后来又改回去两次，一八五五年才算定了。伏尔泰，卢梭，雨果，左拉，都葬在这里。院中很为宽宏，高大的圆拱门，架着些圆顶，都是罗马式。顶上都有装饰的图案和画。中央的穹隆顶高二百七十二英尺，可以上去。院中壁上画着法国与巴黎的历史故事，名笔颇多。沙畹（Puvisde Chavannes，十九世纪）的便不少。其中《圣也奈韦夫俯视着巴黎城》一幅，正是月圆人静的深夜，圣还独对着油盏火；她似乎有些倦了，慢慢踱出来，凭栏远望，全巴黎城在她保护之下安睡了；瞧她那慈祥和蔼一往情深的样子。圣也奈韦夫于五世纪初年，生在离巴黎二十四里的囊台儿村（Nanterre）里。幼时听圣也曼讲道，深为感悟。圣也曼也说她根器好，着实勉励了一番。后来她到巴黎，尽力于救济事业。五世纪中叶，匈奴将来侵巴黎，全城震惊。她力劝人民镇静，依赖神明，颇能教人相信。匈奴到底也没来成。以后巴黎真经兵乱，她于救济事业加倍努力。她活了九十岁。晚年倡议在巴黎给圣彼得与圣保罗修一座教堂。动工的第二年，她就死了。等教堂落成，却发现她已葬在里头；此外还有许多奇异的传说。因此这座教堂只好作为奉祀她的了。这座教堂便是现在的国葬院。院的门墙是希腊式，三角楣下，一排哥林斯式的石柱。院旁有圣爱的昂堂，不大。现在是圣也奈韦夫埋灰之所。祭坛前的石刻花屏极华美，是十六世纪的东西。

  左岸还有伤兵养老院。其中兵甲馆，收藏废弃的武器及战利品。有一间满悬着三色旗，屋顶上正悬着，两壁上斜插着，一面挨一面的。屋子很长，一进去但觉千层百层鲜明的彩色，静静地交映着。院有穹隆顶，高三百四十英尺，直径八十六英尺，造于十七世纪中，优美庄严，胜于国葬院的。顶下原是一个教堂，拿破仑墓就在这里。堂外有宽大的台阶儿，有多力克式与哥林斯式石柱。进门最叫你舒服的是那屋里的光。那是从染色玻璃窗射下来的淡淡的金光，软得像一股水。堂中央一个窨，圆的，深二十英尺，直径三十六英尺，花岗石柩居中，十二座雕像环绕着，代表拿破仑重要的战功；像间分六列插着五十四面旗子，是他的战利品。堂正面是祭坛；周围许多龛堂，埋着王公贵人。一律圆拱门；地上嵌花纹，窨中也这样。拿破仑死在圣海仑岛，遗嘱愿望将骨灰安顿在塞纳河旁，他所深爱的法国人民中间。待他死后十九年，一八四〇，这愿望才达到了。

塞纳河里有两个小洲，小到不容易觉出。西头的叫城洲，洲上两所教堂是巴黎的名迹。洲东的圣母堂更为煊赫。堂成于十二世纪，中间经过许多变迁，到十九世纪中叶重修，才有现在的样子。这是"装饰的戈昔式"建筑的最好的代表。正面朝西，分三层。下层三座尖拱门。这种门很深，门圈儿是一棱套着一棱的，越望里越小；棱间与门上雕着许多大像小像，都是《圣经》中的人物。中层是窗子，两边的尖拱形，分雕着亚当夏娃像；中央的浑圆形，雕着"圣处女"像。上层是栏干。最上两座钟楼，各高二百二十七英尺；两楼间露出后面尖塔的尖儿，一个伶俐瘦劲的身影。这座塔是勒丢克（Viellet ie Duc，十九世纪）所造，比钟楼还高五十八英尺；但从正面看，像一般高似的，这正是建筑师的妙用。朝南还有一个旁门，雕饰也繁密得很。从背后看，左右两排支墙（Buttress）像一对对的翅膀，作飞起的势子。支墙上虽也有些装饰，却不为装饰而有。原来戈昔式的房子高，窗子大，墙的力量支不住那些石头的拱顶，因此非从墙外想法不可。支墙便是这样来的。这是戈昔式的致命伤；许多戈昔式建筑容易圮毁，正是为此。堂里满是彩绘的高玻璃窗子，阴森森的，只看见石柱子，尖拱门，肋骨似的屋顶。中间神堂，两边四排廊路，周围三十七间龛堂，像另自成个世界。堂中的讲坛与管风琴都是名手所作。歌队座与牧师座上的动植物木刻，也以精工著。戈昔式教堂里雕绘最繁；其中取材于教堂所在地的花果的尤多。所雕绘的大抵以近真为主。这种一半为装饰，一半也为教导，让那些不识字的人多知道些事物，作用和百科全书差不多。堂中有宝库，收藏历来珍贵的东西，如金龛，金十字架之类，灿烂耀眼。拿破仑于一八〇四年在这儿加冕，那时穿的长袍也陈列在这个库里。北钟楼许人上去，可以看见墙角上石刻的妖兽，奇丑怕人，俯视着下方，据说是吐溜水的。雨果写过《巴黎圣母堂》一部小说，所叙是四百年前的情形，有些还和现在一样。

圣龛堂在洲西头，是全巴黎戈昔式建筑中之最美丽者。罗斯金更说是"北欧洲最珍贵的一所戈昔式"。在一二三八那一年，"圣路易"王听说君士坦丁皇帝包尔温将"棘冠"押给威尼斯商人，无力取赎，"棘冠"已归商人们所有，急得什么似的。他要将这件无价之宝收回，便异想天开地在犹太人身上加了一种"苛捐杂税"。过了一年，"棘冠"果然弄回来，还得了些别的小宝贝，如"真十字架"的片段等等。他这一乐非同小可，命令某建筑师造一所教堂供奉这些宝物；要造得好，配得上。一二四五年起手，三年落成。名建筑家勒丢克说，"这所教堂内容如此复杂，花样如此繁多，活儿如此利落，材料如此美丽，真想不出在那样短的时期里如何成功的。"这样两个龛堂，一上一下，都是金碧辉煌的。下堂尖拱重叠，纵横交互；中央拱低而阔，所以地方并不大而极有开朗之势。堂中原供的"圣处女"像，传说灵迹甚多。上堂却高多了，有彩绘的玻璃窗子十五堵；窗下沿墙有龛，低得可怜相。柱上相间地安着十二使徒像；有两尊很古老，别的都是近世仿作。玻璃绘画似乎与戈昔艺术分不开；十三世纪后者最盛，前者也最盛。画法用许多颜色玻璃拼合而成，相连处以铅焊之，再用铁条夹住。著色有浓淡之别。淡色所以使日光柔和缥缈。但浓色的多，大概用深蓝作地子，加上点儿黄白与宝石红，取其衬托鲜明。这种窗子也兼有装饰与教导的好处；所画或为几何图案，或为人物故事。还有一堵"玫瑰窗"，是象征"圣处女"的；画是圆形，花纹都从中心分出。据说这堵窗是玫瑰窗中最亲切有味的，因为它的温暖的颜色比别的更接近看的人。但这种感想东方人不会有。这龛堂有一座金色的尖塔，是勒丢克造的。

毛得林堂在刚果方场之东北，造于近代。形式仿希腊神庙，四面五十二根哥林斯式石柱，围成一个廊子。壁上左右各有一排大龛子，安着群

圣的像。堂里也是一行行同式的石柱；却使用各种颜色的大理石，华丽悦目。圣心院在巴黎市外东北方，也是近代造的，至今还未完成，堂在一座小山的顶上，山脚下有两道飞阶直通上去。也通索子铁路。堂的规模极宏伟，有四个穹隆顶，一个大的，带三个小的，都是卑赞廷式；另外一座方形高钟楼，里面的钟重二万零九十斤。堂里能容八千人，但还没有加以装饰。房子是白色，台阶也是的，一种单纯的力量压得住人。堂高而大，巴黎周围若干里外便可看见。站在堂前的平场里，或爬上穹隆顶里，也可看个五六十里。造堂时工程浩大，单是打地基一项，就花掉约四百万元；因为土太松了，撑不住，根基要一直打到山脚下。所以有人半真半假地说，就是移了山，这教堂也不会倒的。

  巴黎博物院之多，真可算甲于世界。就这一桩儿，便可教你流连忘返。但须徘徊玩索才有味，走马看花是不成的。一个行色匆匆的游客，在这种地方往往无可奈何。博物院以卢佛宫（Louvre）为最大；这是就全世界论，不单就巴黎论。卢佛宫在加罗塞方场之东；主要的建筑是口字形，南头向西伸出一长条儿。这里本是一座堡垒，后来改为王宫。大革命后，各处王宫里的画，宫苑里的雕刻，都保存在此；改为故宫博物院，自然是很顺当的。博物院成立后，历来的政府都尽力搜罗好东西放进去；拿破仑从各国"搬"来大宗的画，更为博物院生色不少。宫房占地极宽，站在那方院子里，颇有海阔天空的意味。院子里养着些鸽子，成群地孤单地仰着头挺着胸在地上一步步地走，一点不怕人。撒些饼干面包之类，它们便都向你身边来。房子造得秀雅而庄严，壁上安着许多王公的雕像。熟悉法国历史的人，到此一定会发思古之幽情的。

  卢佛宫好像一座宝山，蕴藏的东西实在太多，教人不知从那儿说起好。画为最，还有雕刻，古物，装饰美术等等，真是琳琅满目。乍进去的人一时摸不着头脑，往往弄得糊里糊涂。就中最脍炙人口的有三件。一是达文齐的《摩那丽沙》像，大约作于一五〇五年前后，是觉孔达（Joconda）夫人的画像。相传达文齐这幅像画了四个年头，因为要那甜美的微笑的样子，每回"临像"的时候，总请些乐人弹唱给她听，让她高高兴兴坐着。像画好了，他却爱上她了。这幅画是佛兰西司第一手里买的,他没有准儿许认识那女人。一九一一年画曾被人偷走,但两年之后,到底从意大利找回来了。十六世纪中叶,意大利已公认此画为不可有二的画像杰作,作者在与造化争巧。画的奇处就在那一丝儿微笑上。那微笑太飘忽了,太难捉摸了,好像常常在变幻。这果然是个"奇迹",不过也只是造形的"奇迹"罢了。这儿也有些理想在内;达文齐笔下夹带了一些他心目中的圣母的神气。近世讨论那微笑的可太多了。诗人,哲学家,有的是;他们都想找出点儿意义来。于是摩那丽沙成为一个神秘的浪漫的人了;她那微笑成为"人狮(Sphinx)的凝视"或"鄙薄的讽笑"了。这大概是她与达文齐都梦想不到的吧。

　　二是米罗(Milo)《爱神》像。一八二〇年米罗岛一个农人发见这座像,卖给法国政府只卖了五千块钱。据近代考古家研究,这座像当作于纪元前一百年左右。那两只胳膊都没有了;它们是怎么个安法,却大大费了一班考古家的心思。这座像不但有生动的形态,而且有温暖的骨肉。她又强壮,又清明;单纯而伟大,朴真而不奇。所谓清明,是身心都健的表象,与麻木不同。这种作风颇与纪元前五世纪希腊巴昔农(Panthenon)庙的监造人,雕刻家费铁亚司(Phidias)相近。因此法国学者雷那西(S.Reinach,新近去世)在他的名著《亚波罗》(美术史)中相信这座像作于纪元前四世纪中。他并且相信这座像不是爱神微那司而是海女神安非特利特(Amphitrite);因为它没有细腻,缥缈,娇羞,多情的样子。三是沙摩司雷司(Samothrace)的《胜利女神像》。女神站在冲波而进的船头上,吹着一支喇叭。但是现在头和手都没有了,剩下翅膀与身子。这座像是还愿的。纪元前三〇六年波立尔塞特司(Demetrius Poliorcetes)在塞勃勒司(Cyprus)岛打败了埃及大

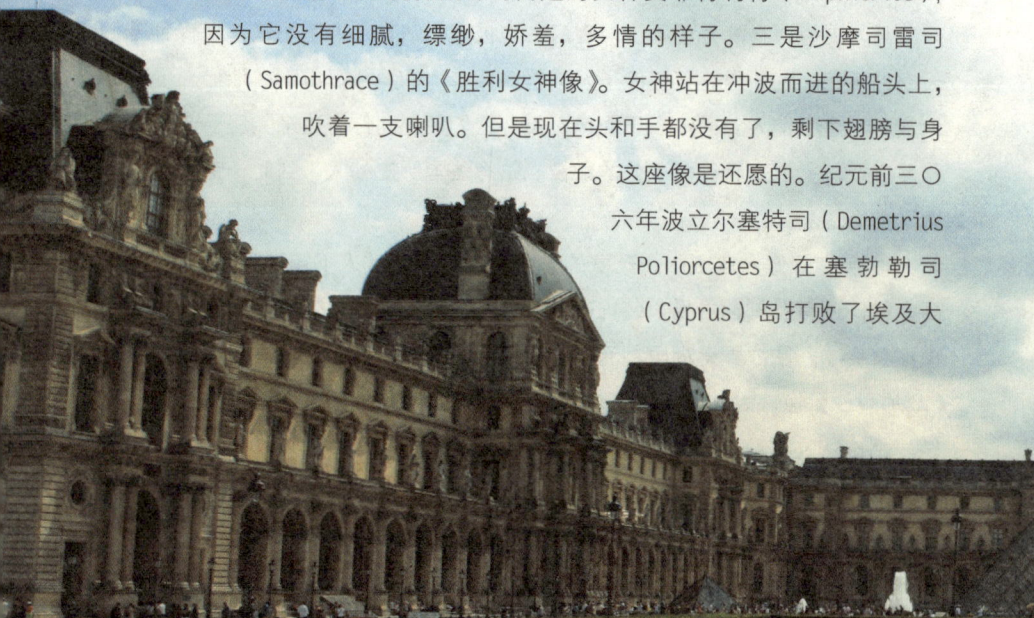

将陶来买（Ptolemy）的水师，便在沙摩司雷司岛造了这座像。衣裳雕得最好；那是一件薄薄的软软的衣裳，光影的准确，衣褶的精细流动；加上那下半截儿被风吹得好像弗弗有声，上半截儿却紧紧地贴着身子，很有趣地对照着。因为衣裳雕得好，才显出那筋肉的力量；那身子在摇晃着，在挺进着，一团胜利的喜悦的劲儿。还有，海风呼呼地吹着，船尖儿嗤嗤地响着，将一片碧波分成两条长长的白道儿。

卢森堡博物院专藏近代艺术家的作品。他们或新故，或还生存。这里比卢佛宫明亮得多。进门去，宽大的甬道两旁，满陈列着雕像等；里面却多是画。雕刻里有彭彭（Pompon）的《狗熊》与《水禽》等，真是大巧若拙。彭彭现在大概有七八十岁了，天天上动物园去静观禽兽的形态。他熟悉它们，也亲爱它们，所以做出来的东西神气活现；可是形体并不像照相一样地真切，他在天然的曲线里加上些小小的棱角，便带着点"建筑"的味儿。于是我们才看见新东西。那《狗熊》和实物差不多大，是石头的；那《水禽》等却小得可以供在案头，是铜的。雕像本有两种手法，一是干脆地砍石头，二是先用泥塑，再浇铜。彭彭从小是石匠，石头到他手里就像豆腐。他是巧匠而兼艺术家。动物雕像盛于十九世纪的法国；那时候动物园发达起来，供给艺术家观察，研究，描摹的机会。动物素描之成为画的一支，也从这时候起。院里的画受后期印象派的影响，找寻人物的"本色"（local colour），大抵是鲜明的调子。不注重画面的"体积"而注重装饰的效用。也有细心分别光影的，但用意还在找寻颜色，与印象派之只重光影不一样。

砖场花园的南犄角上有网球场博物院，陈列外国近代的画与雕像。北犄角上有奥兰纪利博物院，陈列的东西颇杂，有马奈（Manet,

十九世纪法国印象派画家）的画与日本的浮世绘等。浮世绘的著色与构图给十九世纪后半法国画家极深的影响。摩奈（Monet）画院也在这里。他也是法国印象派巨子，一九二六年才过去。印象派兴于十九世纪中叶，正是照相机流行的时候。这派画家想赶上照相机，便专心致志地分别光影；他们还想赶过照相机，照相没有颜色而他们有。他们只用原色；所画的画近看但见一处处的颜色块儿，在相当的距离看，才看出光影分明的全境界。他们的看法是迅速的综合的，所以不重"本色"（人物固有的颜色，随光影而变化），不重细节。摩奈以风景画著于世；他不但是印象派，并且是露天画派（Pleinairiste）。露天画派反对画室里的画，因为都带着那黑影子；露天里就没有这种影子。这个画院里有摩奈八幅顶大的画，太大了，只好嵌在墙上。画院只有两间屋子，每幅画就是一堵墙，画的是荷花在水里。摩奈欢喜用蓝色，这几幅画也是如此。规模大，气魄厚，汪汪欲溢的池水，疏疏密密的乱荷，有些像在树荫下，有些像在太阳里。据内行说，这些画的章法，简直前无古人。

　　罗丹博物院在左岸。大战后罗丹的东西才收集在这里；已完成的不少，也有些未完成的。有群像，单像，胸像；有石膏仿本。还有画稿，塑稿。还有罗丹的遗物。罗丹是十九世纪雕刻大师；或称他为自然派，或称他为浪漫派。他有匠人的手艺，诗人的胸襟；他藉雕刻来表现自己的情感。取材是不平常的，手法也是不平常的。常人以为美的，他觉得已无用武之地；他专找常人以为丑的，甚至于借重性交的姿势。又因为求表现的充分，不得不夸饰与变形。所以他的东西乍一看觉得"怪"，不是玩艺儿。从前的雕刻讲究光洁，正是"裁缝不露针线迹"的道理；而浪漫派艺术家恰相反，故意要显出笔触或刀痕，让人看见他们在工作中情感激动的光景。罗丹也常如此。他们又多喜欢用塑法，因为泥随意些，那凸凸凹凹的地方，那大块儿小条儿，都可以看得清楚。

克吕尼馆（Cluny）收藏罗马与中世纪的遗物颇多，也在左岸。罗马时代执政的宫在这儿。后来法兰族诸王也住在这宫里。十五世纪的时候，宫毁了，克吕尼寺僧改建现在这所房子，作他们的下院，是"后期戈昔"与"文艺复兴"的混合式。法国王族来到巴黎，在馆里暂住过的，也很有些人。这所房子后来又归了一个考古家。他搜集了好些古董；死后由政府收买，并添凑成一万件。画，雕刻，木刻，金银器，织物，中世纪上等家具，磁器，玻璃器，应有尽有。房子还保存着原来的样子。入门就如活在几百年前的世界里，再加上陈列的零碎的东西，触鼻子满是古气。与这个馆毗连着的是罗马时代的浴室，原分冷浴热浴等，现在只看见些残门断柱（也有原在巴黎别处的），寂寞地安排着。浴室外是园子，树间草上也散布着古代及中世纪巴黎建筑的一鳞一爪，其中"圣处女门"最秀雅。

此外巴黎美术院（即小宫），装饰美术院都是杂拌儿。后者中有一间扇室，所藏都是十八世纪的扇面，是某太太的遗赠。十八世纪中国玩艺儿在欧洲颇风行，这也可见一斑。扇面满是西洋画，精工鲜丽；几百张中，只有一张中国人物，却板滞无生气。又有吉买博物院（Guimet），收藏远东宗教及美术的资料。伯希和取去敦煌的佛画，多数在这里。日本小画也有些。还有蜡人馆。据说那些蜡人做得真像，可是没见过那些人或他们的照相的，就感不到多大兴味，所以不如画与雕像。不过"隧道"里阴惨惨的，人物也代表着些阴惨惨的故事，却还可看。楼上有镜宫，满是镜子，顶上与周围用各色电光照耀，宛然千门万户，像到了万花筒里。

一九三二年春季的官"沙龙"在大宫中，顶大的院子里罗列着雕像；楼上下八十几间屋子满是画，也有些装饰美术。内行说，画像太多，真是"官"气。其中有安南阮某一幅，奖银牌；中国人一看就明白那是阮氏祖宗的影像。记得有个笑话，说一个贼混入人家厅堂偷了一幅古画，卷起夹在腋下。跨出大门，恰好碰见主人。那贼情急智生，便将画卷儿一扬，问道，"影像，要买吧？"主人自然大怒，骂了一声走进去。贼于是从容溜之乎也。那位安南阮某与此贼可谓异曲同工。大宫里，同时还有一个装饰艺术的"沙龙"，陈列的是家具，灯，织物，建筑模型等等，大都是立体派的作风。立体派本是现代艺术的一派,意大利最盛。影响大极了,建筑,家具,布匹,织物,器皿,汽车,公路,广告,书籍装订,都有立体派的份儿。平静,干脆,是古典的精神,也是这时代重理智的表现。在这个"沙龙"里看,现代的屋子内外都俨然是些几何的图案,和从前华丽的藻饰全异。还有一个"沙龙",专陈列幽默画。画下多有说明。各画或描摹世态,或用大小文野等对照法,以传出那幽默的情味。有一幅题为《长袿子》,画的是夜宴前后客室中的景子:女客全穿短袿子,只有一人穿长的,大家的眼睛都盯着她那长出来的一截儿。她正在和一个男客谈话,似乎不留意。看她的或偏着身子,或偏着头,或操着手,或用手托着腮(表示惊讶),倚在丈夫的肩上,或打着看戏用的放大镜子,都是一副尴尬面孔。穿长袿子的女客在左首,左首共三个人;中央一对夫妇,右首三个女人,疏密向背都恰好;还点缀着些不在这一群里的客人。画也有不幽默的,也有太恶劣的;本来是幽默并不容易。

巴黎的坟场,东头以倍雷拉谢斯(Père Lachaise)为最大,占地七百二十亩,有二里多长。中间名人的坟颇多,可是道路纵横,找起来真费劲儿。阿培拉德与哀绿绮思两坟并列,上有亭子盖着;这是重修过的。王尔德的坟本葬在别处;死后九年,也迁到此场。坟上雕着个大飞人,昂着头,

直着脚，长翅膀，像是合埃及的"狮人"与亚述的翅儿牛而为一，雄伟飞动，与王尔德并不很称。这是英国当代大雕刻家爱勃司坦（Epstein）的巨作；钱是一位倾慕王尔德的无名太太捐的。场中有巴什罗米（Bartholomè）雕的一座纪念碑，题为《致死者》。碑分上下两层，上层中间是死门，进去的两个人倒也行无所事的；两侧向门走的人群却牵牵拉拉，哭哭啼啼，跌跌倒倒，不得开交似的。下层像是生者的哀伤。此外北头的蒙马特，南头的蒙巴那斯两坟场也算大。茶花女埋在蒙马特场，题曰一八二四年正月十五日生，一八四七年二月三日卒。小仲马，海涅也在那儿。蒙巴那斯场有圣白孚，莫泊桑，鲍特莱尔等；鲍特莱尔的坟与纪念碑不在一处，碑上坐着一个悲伤的女人的石像。

　　巴黎的夜也是老牌子。单说六个地方。非洲饭店带澡堂子，可以洗蒸气澡，听黑人浓烈的音乐；店员都穿着埃及式的衣服。三藩咖啡看"爵士舞"，小小的场子上一对对男女跟着那繁声促节直扭腰儿。最警动的是那小圆木筒儿，里面像装着豆子之类。不时地紧摇一阵子。圆屋听唱法国的古歌；一扇门背后的墙上油画着蹲着在小便的女人。红磨坊门前一架小红风车，用电灯做了轮廓线；里面看小戏与女人跳舞。这在蒙马特区。蒙马特是流浪人的区域。十九世纪画家住在这一带的不少，画红磨坊的常有。塔巴林看女人跳舞，不穿衣服，意在显出好看的身子。里多在仙街，最大。看变戏法，听威尼斯夜曲。里多岛本是威尼斯娱乐的地方。这儿的里多特意砌了一个池子，也有一支"刚朵拉"，夜曲是男女对唱，不过意味到底有点儿两样。

　　巴黎的野色在波隆尼林与圣克罗园里才可看见。波隆尼林在西北角，恰好在塞因河河套中间，占地一万四千多亩，有公园，大路，小路，有两个湖，一大一小，都是长的；大湖里有两个洲，也是长的。要领略林子的好处，得闲闲地拣深僻的地儿走。圣克罗园还在西南，本有离宫，现在毁了，剩下些喷水和林子。林子里有两条道儿很好。一条渐渐高上去，从树里两眼

红磨坊

望不尽;一条窄而长,漏下一线天光;远望路口,不知是云是水,茫茫一大片。但真有野味的还得数枫丹白露的林子。枫丹白露在巴黎东南,一点半钟的火车。这座林子有二十七万亩,周围一百九十里。坐着小马车在里面走,幽静如远古的时代。太阳光将树叶子照得透明,却只一圈儿一点儿地洒到地上。路两旁的树有时候太茂盛了,枝叶交错成一座拱门,低低的;远看去好像拱门那面另有一界。林子里下大雨,那一片沙沙沙沙的声音,像潮水,会把你心上的东西冲洗个干净。林中有好几处山峡,可以试腰脚,看野花野草,看旁逸斜出,稀奇古怪的石头,像枯骨,像刺猬。亚勃雷孟峡就是其一,地方大,石头多,又是忽高忽低,走起来好。

枫丹白露宫建于十六世纪,后经重修。拿破仑一八一四年临去爱而巴岛的时候,在此告别他的诸将。这座宫与法国历史关系甚多。宫房外观不美,里面却精致,家具等等也考究。就中侍从武官室与亨利第二厅最好看。前者的地板用嵌花的条子板;小小的一间屋,共用九百条之多。复壁板上也雕绘着繁细的花饰,炉壁上也满是花儿,挂灯也像花正开着。后者是一间长厅,其大少有。地板用了二万六千块,一色,嵌成规规矩矩的几何图案,光可照人。厅中间两行圆拱门。门柱下截镶复壁板,上截镶油画;楣上也画得满满的。天花板极意雕饰,金光耀眼。宫外有园子,池子,但赶不上凡尔赛宫的。

凡尔赛宫在巴黎西南,算是近郊。原是路易十三的猎宫,路易十四觉得这个地方好,便大加修饰。路易十四是所谓"上帝的代表",凡尔赛宫便是他的庙宇。那时法国贵人多一半住在宫里,伺候王上。他的侍从共一万四千人;五百人伺候他吃饭,一百个贵人伺候他起床,更多的贵人伺候他睡觉。那时法国艺术大盛，一切都成为御用的，集中在凡尔赛和巴黎两处。凡尔赛宫里装饰力求富丽奇巧，用钱无数。如金漆彩画的天花板，木刻，华美的家具，花饰，贝壳与多用错综交会的曲线纹等，用意全在教来客惊奇：这便是所谓"罗科科式"（Rococo）。宫中有镜厅，十七个大窗户，正对着十七面同样大小的镜子；厅长二百四十英尺，宽三十英尺，高四十二英尺。拱顶上和墙上画着路易十四打胜德国，荷兰，西班牙的情形，画着他是诸国的领袖，画着他是艺术与科学的广大教主。近十几年来成为世界祸根的那和约便是一九一九年六月二十八那一天在这座厅里签的字。宫旁一座大园子，也是路易十四手里布置起来的。看不到头的两行树，有万千的气象。有湖，有花园，有喷水。花园一畦一个花样，小松树一律修剪成圆锥形，集法国式花园之大成。喷水大约有四十多处，或铜雕，或石雕，处处都别出心裁，也是集大成。每年五月到九月，每月第一星期日，和别的节日，都有大水法。从下午四点起，到处银花飞舞，雾气沾人，衬着那齐斩斩的树，软茸茸的草，觉得立着看，走着看，不拘怎么看总成。海龙王喷水池，规模特别大；得等五点半钟大水法停后，让它单独来二十分钟。有时晚上大放花炮，就在这里。各色的电彩照耀着一道道喷水。花炮在喷水之间放上去，也是一道道的；同时放许多，便氤氲起一团雾。这时候电光换彩，红的忽然变蓝的，蓝的忽然变白的，真真是一眨眼。

卢梭园在爱尔莽浓镇（Ermenonville），巴黎的东北，要坐一点钟火车，走两点钟的路。这是道地乡下，来的人不多。园子空旷得很，有种荒味。大树，怒草，小湖，清风，和中国的郊野差不多，真自然得不可言。湖里有个白杨洲，种着一排白杨树，卢梭坟就在那小洲上。日

王尔德墓

内瓦的卢梭洲在仿这个；可是上海式的街市旁来那么个洲子，总有些不伦不类。

一九三一年夏天，"殖民地博览会"开在巴黎之东的万散园（Vincennes）里。那时每日人山人海。会中建筑都仿各地的式样，充满了异域的趣味。安南庙七塔参差，峥嵘肃穆，最为出色。这些都是用某种轻便材料造的，去年都拆了。各建筑中陈列着各处的出产，以及民俗。晚上人更多，来看灯光与喷水。每条路一种灯，都是立体派的图样。喷水有四五处，也是新图样；有一处叫"仙人球"喷水，就以仙人球做底样，野拙得好玩儿。这些自然都用电彩。还有一处水桥，河两岸各喷出十来道水，凑在一块儿，恰好是一座弧形的桥，教人想着走上一个水晶的世界去。

1933年6月30日作

三家书店

伦敦卖旧书的铺子，集中在切林克拉斯路（Charing Cross Road）；那是热闹地方，顶容易找。路不宽，也不长，只这么弯弯的一段儿；两旁不短的是书，玻璃窗里齐整整排着的，门口摊儿上乱哄哄摆着的，都有。加上那徘徊在窗前的，围绕着摊儿的，看书的人，到处显得拥拥挤挤，看过去路便更窄了。摊儿上看最痛快，随你翻，用不着"劳驾""多谢"；可是让风吹日晒的到底没什么好书，要看好的还得进铺子去。进去了有时也可随便看，随便翻，但用得着"劳驾""多谢"的时候也有；不过爱买不买，绝不至于遭白眼。说是旧书，新书可也有的是；只是来者多数为的旧书罢了。

最大的一家要算福也尔（Foyle），在路西；新旧大楼隔着一道小街相对着，共占七号门牌，都是四层，旧大楼还带地下室——可并不是地窖子。店里按着书的性质分二十五部；地下室里满是旧文学书。这爿店二十八年前本是一家小铺子，只用了一个店员；现在店员差不多到了二百人，藏书到了二百万种，伦敦的《晨报》称为"世界最大的新旧书店"。两边店门口也摆着书摊儿，可是比别家的大。我的一本《袖珍欧洲指南》，就在这儿从那穿了满染着书尘的工作衣的店员手里，用半价买到的。在摊儿上翻书的时候，往往看不见店员的影子;等到选好了书四面找他,他却从不知那一个角落里钻出来了。但最值得流连的还是那间地下室;那儿有好多排书架子,地上还东一堆西一堆的。乍进去,好像掉在书海里;慢慢地才找出道儿来。屋里不够亮,土又多,离窗户远些的地方,白日也得开灯。可是看得自在;他们是早七点到晚九点,你待个几点钟不在乎,一天去几趟也不在乎。只有一件,不可着急。你得像逛庙会逛小市那样,一半玩儿,一半当真,翻翻看看,看看翻翻;也许好几回碰不见一本合意的书,也许霎时间到手了不止一本。

开铺子少不了生意经,福也尔的却颇高雅。他们在旧大楼的四层上留出一间美术馆,不时地展览一些画。去看不花钱,还送展览目录;目录后面印着几行字,告诉你要买美术书可到馆旁艺术部去。展览的画也并不坏,有卖的,有不卖的。他们又常在馆里举行演讲会,讲的人和主席的人当中,不缺少知名的。听讲也不用花钱;只每季的演讲程序表下,"恭请你注意组织演讲会的福也尔书店"。还有所谓文学午餐会,记得也在馆里。他们请一两个小名人做主角,随便谁,纳了餐费便可加入;英国的午餐很简单,费不会多。假使有闲工夫,去领略领略那名隽的谈吐,倒也值得的,不过去的却并不怎样多。

牛津街是伦敦的东西通衢,繁华无比,街上呢绒店最多;但也有一家大书铺,叫作彭勃思(Bumpus)的便是。这铺子开设于一七九〇年左右,原在别处;一八五〇年在牛津街开了一个分店,十九世纪末便全挪到那边去了,维多利亚时代,店主多马斯彭勃思很通声气,来往的有迭更斯,兰姆,

麦考莱,威治威斯等人;铺子就在这时候出了名。店后来连着旧法院,有看守所,守卫室等,十几年来都让店里给买下了。这点古迹增加了人对于书店的趣味。法院的会议圆厅现在专作书籍展览会之用;守卫室陈列插图的书,看守所变成新书的货栈。但当日的光景还可从一些画里看出:如十八世纪罗兰生(Rowlandson)所画守卫室内部,是晚上各守卫提了灯准备去查监的情形,瞧着很忙碌的样子。再有一个图,画的是一七二九的一个守卫,神气够凶的。看守所也有一幅画,砖砌的一重重大拱门,石板铺的地,看守室的厚木板门严严锁着,只留下一个小方窗,还用十字形的铁条界着;真是铜墙铁壁,插翅也飞不出去。

这家铺子是五层大楼,却没有福也尔家地方大。下层卖新书,三楼卖儿童书,外国书,四楼五楼卖廉价书;二楼卖绝版书,难得的本子,精装的新书,还有《圣经》,祈祷书,书影等等,似乎是菁华所在。他们有初印本,精印本,著者自印本,著者签字本等目录,搜罗甚博,福也尔家所不及。新书用小牛皮或摩洛哥皮(山羊皮——羊皮也可仿制)装订,烫上金色或别种颜色的立体派图案;稀疏的几条平直线或弧线,还有"点儿",错综着配置,透出干净,利落,平静,显豁,看了心目清朗。装订的书,数这儿讲究,别家书店里少见。书影是仿中世纪的抄本的一

叶,大抵是祷文之类。中世纪抄本用黑色花体字,文首第一字母和叶边空处,常用蓝色金色画上各样花饰,典丽矞皇,穷极工巧,而又经久不变;仿本自然说不上这些,只取其也有一点古色古香罢了。

一九三一年里,这铺子举行过两回展览会,一回是剑桥书籍展览,一回是近代插图书籍展览,都在那"会议厅"里。重要的自然是第一回。牛津剑桥是英国最著名的大学;各有印刷所,也都著名。这里从前展览过牛津书籍,现在再展览剑桥的,可谓无遗憾了。这一年是剑桥目下的辟特印刷所(The Pitt Press)奠基百年纪念,展览会便为的庆祝这个。展览会由鼎鼎大名的斯密兹将军(General Smuts)开幕,到者有科学家詹姆士金斯(James Jeans),亚特爱丁顿(Arthur Eddington),还有别的人。展览分两部,现在出版的书约莫四千册是一类;另一类是历史部分。剑桥的书字型清晰,墨色匀称,行款合式,书扉和书衣上最见工夫;尤其擅长的是算学书,专门的科学书。这两种书需要极精密的技巧,极仔细的校对;剑桥是第一把手。但是这些东西,还有他们印的那些冷僻的外国语书,都卖得少,赚不了钱。除了是大学印刷所,别家大概很少愿意承印。剑桥又承印《圣经》;英国准印《圣经》的只剑桥牛津和王家印刷人。斯密兹说剑桥就靠《圣经》和教科书赚钱。可是《泰晤士报》社论中说现在印《圣经》的责任重大,认真地考究地印,也只能够本罢了。——一五八八年英国最早的《圣经》便是由剑桥承印的。

英国印第一本书,出于伦敦威廉甲克司登(Willian Caxton)之手,那是一四七七年。到了一五二一,约翰席勃齐(John Siberch)来到剑桥,一年内印了八本书;剑桥印刷事业才创始。八年之后,大学方面因为有一家书纸店与异端的新教派勾结,怕他们利用书籍宣传,便呈请政府,求英王核准在剑桥只许有三家书铺,让他们宣誓不卖未经大学检查员审定的书。那时英王是亨利第八;一五三四年颁给他们勒书,授权他们选三家书纸店兼印刷人,或书铺,"印行大学校长或他的代理人等所审定的各种书籍"。这便是剑桥印书的法律根据。不过直到一五八三年,他们才真正印起书来。那时伦敦各家书纸店有印书的专利权,任意抬高价钱。他们妒忌剑桥印书,更恨的是卖得贱。恰好一六二〇年剑桥翻印了他们一本文法书,他们就在法庭告了一状。剑桥师生老早不乐意他们抬价钱,这一来更愤愤不平;大学副校长第二年乘英王詹姆士第一上新市场去,半路上就递上一件呈子,附了一个比较价目表。这样小题大做,真有些书呆子气。王和诸大臣商议了一下,批道,我们现在事情很多,没工夫讨论大学与诸家书纸店的权益;但准大学印刷人出售那些文法书,以救济他的支绌。这算是碰了个软钉子,可也算是胜利。那呈子,那批,和上文说的那本《圣经》都在这一回展览中。席勒齐印的八本书也有两种在这里。此外还有一六二九年初印的定本《圣经》,书扉雕刻繁细,手艺精工之极。又密尔顿《力息达斯》(Lycidas)的初本也在展览着,那是经他亲手校改过的。

近代插图书籍展览,在圣诞节前不久,大约是让做父母的给孩子们多买点节礼吧。但在一个外国人,却也值得看看。展览的是七十年来的作品,虽没有什么系统,在这里却可以找着各种美,各种趋势。插图与装饰画不一样,得吟味原书的文字,透出自己的机锋。心要灵,手要熟,二者不可缺一。或实写,或想像,因原书情境,画人性习而异。——童话的插图却只得凭空着笔,想像更自由些;在不自由的成人看来,也许别有一种滋味。看过赵译《阿丽思漫游奇境记》里谭尼尔(John Tenniel)的插画的,当会有同感吧。——所展览的,幽默,秀美,粗豪,典重,各擅胜场,琳琅满目;有人称为"视觉的音乐"颇为近之。最有味的,同一作家,各家插画所表现的却大不相同。譬如莪默伽亚谟(Omar Khayyam),莎士比亚,几乎在一个人手里一个样子;展览会里书多,比较着看方便,可以扩充眼界。插图有"黑白"的,有彩色的;"黑白"的多,为的省事省钱。就黑白画而论。从前是雕版,后来是照相;照相虽然精细,可是失掉了那种生力,只要拿原稿对看就会觉出。这儿也展览原稿,或是侯笔画,或是水彩画;不但可以"对看",也可以让那些艺术家更和我们接近些。《观察报》记者记这回展览会,说插图的书,字往往印得特别大,意在和谐;却实在不便看。他主张书与图分开,字还照寻常大小印。他自然指大本子而言。但那种"和谐"其实也可爱;若说不便,这种书原是让你慢慢玩赏的,那能像读报一样目下数行呢?再说,将配好了的对儿生生拆开,不但大小不称,怕还要多花钱。

诗籍铺（The Poetry Bookshop）真是米米小，在一个大地方的一道小街上。"叫名"街，实在一条小胡同吧。门前不大见车马，不说；就是行人，一天也只寥寥几个。那道街斜对着无人不知的大英博物院；街口钉着小小的一块字号木牌。初次去时，人家教在博物院左近找。问院门口守卫，他不知道有这个铺子，问路上戴着常礼帽的老者，他想没有这么一个铺子；好容易才找着那块小木牌，真是"远在天边，近在眼前"。这铺子从前在另一处，那才冷僻，连裴罗克的地图上都没名字，据说那儿是一所老宅子，才真够诗味，挪到现在这样平常的地带，未免太可惜。那时候美国游客常去，一个原因许是美国看不见那样老宅子。

诗人赫洛德孟罗（Harold Monro）在一九一二年创办了这爿诗籍铺。用意在让诗与社会发生点切实的关系。孟罗是二十多年来伦敦文学生涯里一个要紧角色。从一九一一给诗社办《诗刊》（Poetry Review）起知名。在第一期里，他说，"诗与人生的关系得再认真讨论，用于别种艺术的标准也该用于诗。"他觉得能做诗的该做诗，有困难时该帮助他，让他能做下去；一般人也该念诗，受用诗。为了前一件，他要自办杂志，为了后一件，他要办读诗会；为了这两件，他办了诗籍铺。这铺子印行过《乔治诗选》（Georgian Poetry），乔治是现在英王的名字，意思就是当代诗选，所收的都是代表作家。第一册出版，一时风靡，买诗念诗的都多了起来；社会确乎大受影响。诗选共五册；出第五册时在一九二二，那时乔治诗人的诗兴却渐渐衰了。一九一九到二五年铺子里又印行《市本》月刊（The Chapbook）登载诗歌，评论，木刻等，颇多新进作家。

读诗会也在铺子里，星期四晚上准六点钟起，在一间小楼上。一年中也有些时候定好了没有。从创始以来，差不多没有间断过。前前后后著

名的诗人几乎都在这儿读过诗；他们自己的诗，或他们喜欢的诗。入场券六便士，在英国算贱，合四五毛钱。在伦敦的时候，也去过两回。那时孟罗病了，不大能问事，铺子里颇为黯淡。两回都是他夫人爱立达克莱曼答斯基（Alida Klementaski）读，说是找不着别人。那间小楼也容得下四五十位子，两回去，人都不少；第二回满了座，而且几乎都是女人——还有挨着墙站着听的。屋内只读诗的人小桌上一盏蓝罩子的桌灯亮着，幽幽的。她读济兹和别人的诗，读得很好，口齿既清楚，又有顿挫，内行说，能表出原诗的情味。英国诗有两种读法，将每个重音咬得清清楚楚，顿挫的地方用力，和说话的调子不相像，约翰德林瓦特（John Drinkwater）便主张这一种。他说，读诗若用说话的调子，太随便，诗会跑了。但是参用一点儿，像克莱曼答斯基女士那样，也似乎自然流利，别有味道。这怕要看什么样的诗，什么样的读诗人，不可一概而论。但英国读诗，除不吟而诵，与中国根本不同之外，还有一件：他们按着文气停顿，不按着行，也不一定按着韵脚。这因为他们的诗以轻重为节奏，文句组织又不同，往往一句跨两行三行，却非作一句读不可，韵脚便只得轻轻地滑过去。读诗是一种才能，但也需要训练；他们注重这个，训练的机会多，所以是诗人都能来一手。

  铺子在楼下，只一间，可是和读诗那座楼远隔着一条甬道。屋子有点黑，四壁是书架，中间桌上放着些诗歌篇子（Sheets），木刻画。篇子有宽长两种，印着诗歌，加上些零星的彩画，是给大人和孩子玩儿的。犄角儿上一张帐桌子，坐着一个戴近视眼镜的，和蔼可亲的，圆脸的中年妇人。桌前装着火炉，炉旁蹲着一只大白狮子猫，和女人一样胖。有时也遇见克莱曼答斯基女士，匆匆地来匆匆地去。孟罗死在一九三二年三月十五日。第二天晚上到铺子里去，看见两个年轻人在和那女人司账说话；说到诗，说到人生，都是哀悼孟罗的。话音很悲伤，却如清泉流泻，差不多句句像诗；女司账说不出什么，唯唯而已。孟罗在日最尽力于诗人文人的结合，他老让各色的才人聚在一块儿。又好客，家里炉旁（英国终年有用火炉的时候）常有许多人聚谈，到深夜才去。这两位青年的伤感不是偶然的。他的铺子可是赚不了钱；死后由他夫人接手，勉强张罗，现在许还开着。

1934 年 10 月 27 日作

文人宅

杜甫《最能行》云,"若道士无英俊才,何得山有屈原宅?"《水经注》,秭归"县北一百六十里有屈原故宅,累石为屋基"。看来只是一堆烂石头,杜甫不过说得嘴响罢了。但代远年湮,渺茫也是当然。往近里说,《孽海花》上的"李纯客"就是李慈铭,书里记着他自撰的楹联,上句云,"保安寺街藏书一万卷";但现在走过北平保安寺街的人,谁知道那一所屋子是他住过的?更不用提屋子里怎么个情形,他住着时怎么个情形了。要凭吊,要留连,只好在街上站一会儿出出神而已。

西方人崇拜英雄可真当回事儿,名人故宅往往保存得好。譬如莎士比亚吧,老宅子,新宅子,太太老太太宅子,都好好的;连家具什物都存着。莎士比亚也许特别些,就是别人,若有故宅可认的话,至少也在墙上用木牌标明,让访古者有低徊之处;无论宅里住着人或已经改了铺子。这回在伦敦所见的四文人宅,时代近,宅内情形比莎士比亚的还好;四所宅子大概都由私人捐款收买,布置起来,再交给公家的。

约翰生博士(Samuel Johnson,1709—1784)宅,在旧城,是三层楼房,在一个小方场的一角上,静静的。他一七四八年进宅,直住了十一年;他太太死在这里。他和助手就在三层楼上小屋里编成了他那部大字典。那部寓言小说(allegorical novel)《刺塞拉斯》(《Rasselas》)大概也在这屋子里写成;是晚上写的,只写了一礼拜,为的要付母亲下葬的费用。屋里各处,如门堂,复壁板,楼梯,碗橱,厨房等,无不古气盎然。那著名的大字典陈列在楼下客室里；是第三版，厚厚的两大册。他编著这部字典，意在保全英语的纯粹，并确定字义；因为当时作家采用法国字的实在太多了。字典中所定字义有些很幽默：如"女诗人，母诗人也"（she-poet，盖准 she-goat——母山羊——字例），又如"燕麦，谷之一种，英格兰以饲马，而苏格兰则以为民食也"，都够损的。——伦敦约翰生社便用这宅子作会所。

济兹（John Keats, 1795—1821）宅，在市北汉姆司台德区（Hampstead）。他生卒虽然都不在这屋子里，可是在这儿住，在这儿恋爱，在这儿受人攻击，在这儿写下不朽的诗歌。那时汉姆司台德区还是乡下，以风景著名，不像现时人烟稠密。济兹和他的朋友布朗（Charles Armitage Brown）同住。屋后是个大花园，绿草繁花，静如隔世；中间一棵老梅树，一九二一年干死了，干子还在。据布朗的追记，济兹《夜莺歌》似乎就在这棵树下写成。布朗说，"一八一九年春天，有只夜莺做窠在这屋子近处。济兹常静听它歌唱以自怡悦；一天早晨吃完早饭，他端起一张椅子坐到草地上梅树下，直坐了两三点钟。进屋子的时候，见他拿着几张纸片儿，塞向书后面去。问他，才知道是歌咏我们的夜莺之作。"这里说的梅树，也许就是花园里那一棵。但是屋前还有草地，地上也是一棵三百岁老桑树，枝叶扶疏，至今结桑椹；有人想《夜莺歌》也许在这棵树下写的。济兹的好诗在这宅子里写的最多。

他们隔壁住过一家姓布龙（Brawne）的。有位小姐叫凡耐（Fanny），让济兹爱上了，他俩订了婚，他的朋友颇有人不以为然，为的女的配不上；可是女家也大不乐意，为的济兹身体弱，又像疯疯癫癫的。济兹自己写小姐道："她个儿和我差不多——长长的脸蛋儿——多愁善感——头梳得好——鼻子不坏，就是有点小毛病——嘴有坏处有好处——脸侧面看好，正面看，又瘦又少血色，像没有骨头。身架苗条，姿态如之——胳膊好，手差点儿——脚还可以——她不止十七岁，可是天真烂漫——举动奇奇怪怪的，到处跳跳蹦蹦，给人编诨名，近来愣叫我'自美自的女孩子'——我想这并非生性坏，不过爱闹一点漂亮劲儿罢了。"

一八二〇年二月，济兹从外面回来，吐了一口血。他母亲和三弟都死在痨病上，他也是个痨病底子；从此便一天坏似一天。这一年九月，他的朋友赛焚（Joseph Severn）伴他上罗马去养病；次年二月就死在那里，葬新教坟场，才二十六岁。现在这屋子里陈列着一圈头发，大约是赛焚在他死后从他头上剪下来的。又次年，赛焚向人谈起，说他保存着可怜的济兹一点头发，等个朋友捎回英国去；他说他有个怪想头，想照他的希腊琴的样子作根别针，就用济兹头发当弦子，送给可怜的布龙小姐，只恨找不到这样的手艺人。济兹头发的颜色在各人眼里不大一样：有的说赤褐色，有的说棕色，有的说暖棕色，他二弟两口子说是金红色，赛焚追画他的像，却又画作深厚的棕黄色。布龙小姐的头发，这儿也有一并存着。

他俩订婚戒指也在这儿，镶着一块红宝石。还有一册仿四折本《莎士比亚》，是济兹常用的。他对于莎士比亚，下过一番苦功夫；书中页边行里都画着道儿，也有些精湛的评语。空白处亲笔写着他见密尔顿发和独坐重读《黎琊王》剧作两首诗；书名页上记着"给布龙凡耐，一八二〇"，照年份看，准是上意大利去时送了作纪念的。珂罗版印的《夜莺歌》墨迹，有一份在这儿，另有哈代《汉姆司台德宅作》一诗手稿，是哈代夫人捐赠的，宅中出售影印本。济兹书法以秀丽胜，哈代的以苍老胜。

这屋子保存下来却并不易。一九二一年，业主想出售，由人翻盖招租。地段好，脱手一定快的；本区市长知道了，赶紧组织委员会募款一万镑。款还募得不多，投机的建筑公司已经争先向业主讲价钱。在这千钧一发的当儿，亏得市长和本区四委员迅速行动，用私人名义担保付款，才得挽回危局。后来共收到捐款四千六百五十镑（约合七八万元），多一半是美国人捐的；那时正当大战之后，为这件事在英国募款是不容易的。

加莱尔（Thomas Carlyle, 1795—1881）宅，在泰晤士河旁乞而西区（Chelsea）；这一区至今是文人艺士荟萃之处。加莱尔是维多利亚时代初期的散文家，当时号为"乞而西圣人"。一八三四年住到这宅子里，一直到死。

书房在三层楼上，他最后一本书《弗来德力大帝传》就在这儿写的。这间房前面临街，后面是小园子；他让前后都砌上夹墙，为的怕那街上的嚣声，园中的鸡叫。他著书时坐的椅子还在；还有一件呢浴衣。据说他最爱穿浴衣，有不少件；苏格兰国家画院所藏他的画像，便穿着灰呢浴衣，坐在沙发上读书，自有一番宽舒的气象。画中读书用的架子还可看见。宅里存着他几封信，女司事愿意念给访问的人听，朗朗有味。二楼加莱尔夫人屋里放着架小屏，上面横的竖的斜的正的贴满了世界各处风景和人物的画片。

迭更斯（Charles Dickens，1812—1870）宅，在"西头"，现在是热闹地方。迭更斯出身贫贱，熟悉下流社会情形；他小说里写这种情形，最是酣畅淋漓之至。这使他成为"本世纪最通俗的小说家，又，英国大幽默家之一"，如他的老友浮斯大（John Forster）给他作的传开端所说。他一八三六年动手写《比克维克秘记》（《Pickwick Papers》），在月刊上发表。起初是绅士比克维克等行猎故事，不甚为世所重；后来仆人山姆（Sam Weller）出现，诙谐嘲讽，百变不穷，那月刊顿时风行起来。迭更斯手头渐宽，这才迁入这宅子里，时在一八三七年。

他在这里写完了《比克维克秘记》，就是这一年印成单行本。他算是一举成名，从此直到他死时，三十四年间，总是蒸蒸日上。来这屋子不多日子，他借了一个饭店举行《秘记》发表周年纪念，又举行他夫妇结婚周年纪念。住了约莫两年，又写成《块肉余生述》，《滑稽外史》等。这其间生了两个女儿，房子挤不下了；一八三九年终，他便搬到别处去了。

屋子里最热闹的是画，画着他小说中的人物，墙上大大小小，突梯滑稽，满是的。所以一屋子春气。他的人物虽只是类型，不免奇幻荒唐之处，可是有真味，有人味；因此这么让人欢喜赞叹。屋子下层一间厨房，所谓

"丁来谷厨房"，道地老式英国厨房，是特地布置起来的——"丁来谷"是比克维克一行下乡时寄住的地方。厨房架子上摆着带釉陶器，也都画着迭更斯的人物。这宅里还存着他的手杖，头发；一朵玫瑰花，是从他尸身上取下来的；一块小窗户，是他十一岁时住的楼顶小屋里的；一张书桌，他带到美洲去过，临死时给了二女儿，现时罩着紫色天鹅绒，蛮伶俐的。此外有他从这屋子寄出的两封信，算回了老家。

这四所宅子里的东西，多半是人家捐赠；有些是特地买了送来的。也有借得来陈列的。管事的人总是在留意搜寻着，颇为苦心热肠。经常用费大部靠基金和门票、指南等余利；但门票卖的并不多，指南照顾的更少，大约维持也不大容易。

格雷（Thomas Gray，1716—1771）以《挽歌辞》（《Elegy Written in a Country Churchyard》）著名。原题中所云"作于乡村教堂墓地中"，指司妥克波忌士（Stoke Poges）的教堂而言。诗作于一七四二格雷二十五岁时，成于一七五〇，当时诗人怀古之情，死生之感，亲近自然之意，诗中都委婉达出，而句律精妙，音节谐美，批评家以为最足代表英国诗，称为诗中之诗。诗出后，风靡一时，诵读模拟，遍于欧洲各国；历来引用极多，至今已成为英美文学教育的一部分。司妥克波忌士在伦敦西南，从那著名的温泽堡（Windsor Castle）去是很近的。四月一个下午，微雨之后，我们到了那里。一路幽静，似乎鸟声也不大听见。拐了一个小弯儿，眼前一片平铺的碧草，点缀着稀疏的墓碑；教堂木然孤立，像戏台上布景似的。小路旁一所小屋子，门口有小木牌写着格雷陈列室之类。出来一位白发老人，殷勤地引我们去看格雷墓，长方形，特别大，是和他母亲、姨母合葬的，紧挨着教堂墙下。又看水松树（yew-tree），老人说格雷在那树下写《挽歌辞》来着；《挽歌辞》里提到水松树，倒是确实的。我们又兜了个大圈子，才回到小屋里，看《挽歌辞》真迹的影印本。还有几件和格雷关系很疏的旧东西。屋后有井，老人自己汲水灌园，让我们想起"灌园叟"来；临别他送我们每人一张教堂影片。

1935 年 3 月 21 日—23 日作

博物院

  伦敦的博物院带画院，只捡大的说，足足有十个之多。在巴黎和柏林，并不"觉得"博物院有这么多似的。柏林的本来少些；巴黎的不但不少，还要多些，但除卢佛宫外，都不大。最要紧的，伦敦各院陈列得有条有理的，又疏朗，房屋又亮，得看；不像卢佛宫，东西那么挤，屋子那么黑，老教人喘不出气。可是，伦敦虽然得看，说起来也还是千头万绪；真只好捡大的说罢了。

  先看西南角。维多利亚亚伯特院最为堂皇富丽。这是个美术博物院，所收藏的都是美术史材料，而装饰用的工艺品尤多，东方的西方的都有。漆器，磁器，家具，织物，服装，书籍装订，道地五光十色。这里颇有中国东西。漆器磁器玉器不用说，壁画佛像，罗汉木像，还有乾隆宝座也都见于该院的"东方百珍图录"里。图录里还有明朝李麟（原作 Li Ling，疑系此人）画的《波罗球戏图》；波罗球骑着马打，是唐朝从西域传来的。中国现在似乎没存着这种画。院中卖石膏像，有些真大。

  自然史院是从不列颠博物院分出来的。这里才真古色古香，也才真"巨大"。看了各种史前人的模型，只觉得远烟似的时代，无从凭吊，无从怀想——满够不上分儿。中生代大爬虫的骨架，昂然站在屋顶下，人还够不上它们一条腿那么长，不用提"项背"了。现代鲸鱼的标本虽然也够大的，但没腿，在陆居的我们眼中就差多了。这里有夜莺，自然是死的，那样子似乎也并不特别秀气；嗓子可真脆真圆，我在话匣片里听来着。

  欧战院成立不过十来年。大战各方面，可以从这里略见一斑。这里有模型，有透视画（dioramas），有照相，有电影机，有枪炮等等。但最多的还是画。大战当年，英国情报部雇用一群少年画家，教他们搁下自己的工作，大规模的画战事画，以供宣传，并作为历史纪录。后来少年画家不够用，连老画家也用上了。那时情报部常常给这些画家开展览会，个人的或合伙的。欧战院的画便是那些展览作品的一部分。少年画家大约都是些立体派，和老画家的浪漫作风迥乎不同。这些画家都透视了战争，但他们所成就的却只是历史纪录，艺术是没有什么的。

现在该到西头来，看人所熟知的不列颠博物院了。考古学的收藏，名人文件，抄本和印本书籍，都数一数二；顾恺之《女史箴》卷子和敦煌卷子便在此院中。瓷器也不少，中国的，土耳其的，欧洲各国的都有；中国的不用说，土耳其的青花，浑厚朴拙，比欧洲金的蓝的或刻镂的好。考古学方面，埃及王拉米塞斯第二（约公元前1250）巨大的花岗石像，几乎有自然史院大爬虫那么高，足为我们扬眉吐气；也有坐像。坐立像都僵直而四方，大有虽地动山摇不倒之势。这些像的石质尺寸和形状，表示统治者永久的超人的权力。还有贝叶的《死者的书》，用象形字和俗字两体写成。罗塞他石，用埃及两体字和希腊文刻着诏书一通（公元前195），一七九八年出土；从这块石头上，学者比对希腊文，才读通了埃及文字。

希腊巴昔农庙（Parthenon）各件雕刻，是该院最足以自豪的。这个庙的雅典，奉把女神雅典巴昔奴；配利克里斯（Pericles）时代，教成千带万的艺术家，用最美的大理石，重建起来，总其事的是配氏的好友兼顾问，著名雕刻家费迪亚斯（Phidias）。那时物阜民丰，费了二十年工夫，到了公元前四三五年，才造成。庙是长方形，有门无窗；或单行或双行的石柱围绕着，像女神的马队一般。短的两头，柱上承着三角形的楣；这上面都雕着像。庙墙外上部，是著名的刻壁。庙在一六八七年让威尼斯人炸毁了一部分；一八〇一年，爱而近伯爵从雅典人手里将三角楣上的像，刻壁，和些别的买回英国，费了七万镑，约合百多万元；后来转卖给这博物院，却只要一半价钱。院中特设了一间爱而近室陈列那些艺术品，并参考巴黎国家图书馆所藏的巴昔农庙诸图，做成庙的模型，巍巍然立在石山上。

希腊雕像与埃及大不相同，绝无僵直和紧张的样子。那些艺术家比较自由，得以研究人体的比例；骨架，肌理，皮肉，他们都懂得清楚，而且有本事表现出来。又能抓住要点，使全体和谐不乱。无论坐像立像，都自然，庄严，造成希腊艺术的特色：清明而有力。当时运动竞技极发达；艺术家雕神像，常以得奖的人为"模特儿"，赤裸裸的身体里充满了活动与力量。可是究竟是神像；所以不能是如实的人像而只是理想的人像。这时代所缺少的是热情，幻想；那要等后世艺人去发展了。庙的东楣上运命女神三姊妹像，头已经失去了，可是那衣褶如水的轻妙，衣褶下身体的充盈，也从繁复的光影中显现，几乎不相信是石人。那刻壁浮雕着女神节贵家少女献衣的行列。少女们穿着长袍，庄严的衣褶，和运命女神的又不一样，手里各自拿着些东西；后面跟着成队的老人，妇女，雄赳赳的骑士，还有带祭品的人，齐向诸神而进。诸神清明彻骨，在等待着这一行人众。这刻壁上那么多人，却不繁杂，不零散，打成一片，布局时必然煞费苦心。而细看诸少女诸骑士，也各有精神，绝不一律；其间刀锋或深或浅，光影大异。少壮的骑士更像生龙活虎，千载如见。

　　院中所藏名人的文件太多了。像莎士比亚押房契，密尔顿出卖《失乐园》合同（这合同是书记代签，不出密氏亲笔），巴格来夫（Palgrave）《金库集》稿，格雷《挽歌》稿，哈代《苔丝》稿，达文齐，密凯安杰罗的手册，还有维多利亚后四岁时铅笔签字，都亲切有味。至于荷马史诗的贝叶，公元一世纪所写，在埃及发现的，以及九世纪时希伯来文《旧约圣经》残页，据说也许是世界上最古《圣经》钞本的，却真令人悠然遐想。还有，二世纪时，罗马舰队一官员，向兵丁买了一个七岁的东方小儿为奴，立了一张贝叶契，上端盖着泥印七颗；和英国大宪章的原本，很可比着看。院里藏的中古钞本也不少；那时欧洲僧侣非常闲，日以抄书为事；字用峨特体，多棱角，精工是不用说的。他们最考究字头和插画，必然细心勾勒着上鲜丽的颜色，蓝和金用得多些；颜色也选得精，至今不变。某抄本有岁历图，二幅，画十二月风俗，细致风华，极为少见。每幅下另有一栏，画种种游戏，人物短小，却也滑稽可喜。画目如下：正月，析薪；二月，炬舞；三月，种花，伐木；四月，情人园会；五月，荡舟；六月，比武；七月，行猎，刈麦；八月，获稻；九月，酿酒；十月，耕种；十一月，猎归；十二月，屠豕。钞本和印本书籍之多，世界上只有巴黎国家图书馆可与这博物院相比；此处印本共三百二十万余册。有穹窿顶的大阅览室，圆形，室中桌子的安排，好像车轮的辐，可坐四百八十五人；管理员高踞在毂中。

次看画院。国家画院在西中区闹市口，匹对着特拉伐加方场一百八十四英尺高的纳尔逊石柱子。院中的画不算很多，可是足以代表欧洲画史上的各派，他们自诩，在这一方面，世界上那儿也及不上这里。最完全的是意大利十五六世纪的作品，特别是佛罗伦司派，大约除了意大利本国，便得上这儿来了。画按派别排列，可也按着时代。但是要看英国美术，此地不成，得上南边儿泰特（Tate）画院去。那画院在泰晤士河边上；一九二八年水上了岸，给浸坏了特耐尔（Joseph Malord William Turner, 1775—1851）好多画，最可惜。特耐尔是十九世纪英国最大的风景画家，也是印象派的先锋。他是个劳苦的孩子，小时候住在菜市旁的陋巷里，常只在泰晤士河的码头和驳船上玩儿。他对于泰晤士河太熟了，所以后来爱画船，画水，画太阳光。再后来他费了二十多年工夫专研究光影和色彩，轮廓与内容差不多全不管；这便做了印象派的前驱了。他画过一幅《日出：湾头堡子》，那堡子淡得只见影儿，左手一行树，也只有树的意思罢了；可是，瞧，那金黄的朝阳的光，顺着树水似的流过去，你只觉着温暖，只觉着柔和，在你的身上，那光却又像一片海，满处都是的，可是闪闪烁烁，仪态万千，教你无从捉摸，有点儿着急。

特耐尔以前，坚士波罗（Gainsborough, 1727—1788）是第一个人脱离荷兰影响，用英国景物作风景画的题材；又以画像著名。何嘉士（Hogarth, 1697—1764）画了一套《结婚式》，又生动又亲切，当时刻板流传，风行各处，现存在这画院中。美国大画家惠斯勒（Whistler）称他为英国仅有的大画家。雷诺尔兹（Reynolds, 1723—1792）的画像，与坚士波罗并称。画像以性格与身分为主，第一当然要像。可是从看画者一面说，像主若是历史上的或当代的名人，他们的性格与身分，多少总知道些，看起来自然有味，也略能批评得失。若只是平凡的人，凭你怎样像，陈列到画院里，怕就少有去理会的。因此，画家为维持他们永久的生命计，有时候重视技巧，而将"像"放在第二着。雷诺尔兹与坚士波罗似乎就是这样的人。他们画的像，色调鲜明而缥缈。庄严的男相，华贵的女相，优美活泼的孩子相，都算登峰造极；可就是不大"像"。坚氏的女像总太瘦；雷氏的不至于那么瘦，但是像主往往退回他的画，说太不像。——国家画院旁有个国家画像院，专陈列英国历史上名人的像，文学家，艺术家，科学家，政治家，皇族，应有尽有，约共二千一百五十人。油画是大宗，排列依着时代。这儿也看见雷坚二氏的作品；但就全体而论，历史比艺术多的多。

泰特画院中还藏着诗人勃来克（William Blake，1757—1827）和罗塞蒂（Dante Gabriel Rossetti，1828—1882）的画。前一位是浪漫诗人的先驱，号称神秘派。自幼儿想像多，都表现在诗与画里。他的图案非常宏伟；色彩也如火焰，如一飞冲天的翅膀。所画的人体并不切实，只用作表现姿态，表现动的符号而已。后一位是先拉斐尔派的主角；这一派是诗与画双管齐下的。他们不相信"为艺术的艺术"，而以知识为重。画要叙事，要教训，要接触民众的心，让他们相信美的新观念；画笔要细腻，颜色却不必调和。罗氏作品有着清明的调子，强厚的感情；只是理想虽高，气韵却不够生动似的。

当代英国名雕塑家爱勃斯坦（Jacob Epstein）也有几件东西陈列在这里。他是新派的浪漫雕塑家。这派人要在形体的部分中去找新的情感力量；

那必是不寻常的部分，足以扩展他们自己情感或感觉的经验的。他们以为这是美，夸张的表现出来；可是俗人却觉得人不像人，物不像物，觉得丑，只认为滑稽画一类。爱氏雕石头，但是塑泥似乎更多；塑泥的表面，决不刮光，就让那么凸凸凹凹的堆着，要的是这股劲儿。塑完了再倒铜。——他也卖素描，形体色调也是那股浪漫劲儿。

以上只有不列颠博物院的历史可以追溯到十八世纪；别的都是十九世纪建立的，但欧战院除外。这些院的建立，固然靠国家的力量，却也靠私人的捐助——捐钱盖房子或捐自己的收藏的都有。各院或全不要门票，像不列颠博物院就是的；或一礼拜中两天要门票，票价也极低。他们印的图片及专册，廉价出售，数量惊人。又差不多都有定期的讲演，一面讲一面领着看；虽然讲的未必怎样精，听讲的也未必怎样多。这种种全为了教育民众，用意是值得我们佩服的。

1936 年 10 月 19 日作

公 园

英国是个尊重自由的国家，从伦敦海德公园（Hyde Park）可以看出。学政治的人一定知道这个名字；近年日报的海外电讯里也偶然有这个公园出现。每逢星期日下午，各党各派的人都到这儿来宣传他们的道理。公说公有理，婆说婆有理，井水不犯河水。从耶稣教到共产党，差不多样样有。每一处说话的总是一个人。他站在桌子上，椅子上，或是别的什么上，反正在听众当中露出那张嘴脸就成；这些桌椅等等可得他们自己预备，公园里的长椅子是只让人歇着的。听的人或多或少。有一回一个讲耶稣教的，没一个人听，却还打起精神在讲；他盼望来来去去的游人里也许有一两个三四个五六个……爱听他的，只要有人驻一下脚，他的口舌就算不白费了。

见过一回共产党示威，演说的东也是，西也是；有的站在大车上，颇有点巍巍然。按说那种马拉的大车平常不让进园，这回大约办了个特许。其中有个女的约莫四十上下，嗓子最大，说的也最长；说的是伦敦土话，凡是开口音，总将嘴张到不能再大的地步，一面用胳膊助势。说到后来，嗓子沙了，还是一字不苟的喊下去。天快黑了，他们整队出园喊着口号，标语旗帜也是五光十色的。队伍两旁，又高又大的马巡缓缓跟着，不说话。出的是北门，外面便是热闹的牛津街。

北门这里一片空旷的沙地，最宜于露天演说家，来的最多。也许就在共产党队伍走后吧，这里有人说到中日的事；那时刚过"一·二八"不久，他颇为我们抱不平。他又赞美甘地；却与贾波林相提并论，说贾波林也是为平民打抱不平的。这一比将听众引得笑起来了；不止一个人和他辩论，一位老太太甚至嘀咕着掉头而去。这个演说的即使不是共产党，大约也不是"高等"英人吧。公园里也闹过一回大事：一八六六年国会改革的暴动（劳工争选举权），周围铁栏干毁了半里多路长，警察受伤了二百五十名。

公园周围满是铁栏干，车门九个，游人出入的门无数，占地二千二百多亩，绕园九里，是伦敦公园中最大的，来的人也最多。园南北都是闹市，园中心却静静的。灌木丛里各色各样野鸟，清脆的繁碎的语声，夏天绿草地上，洁白的绵羊的身影，教人像下了乡，忘记在世界大城里。那草地一片迷蒙的绿，一片芊绵的绿，像水，像烟，像梦；难得的，冬天也这样。西南角上蜿蜒着一条蛇水，算来也占地三百亩，养着好些水鸟，如苍鹭之类。可以摇船，游泳；并有救生会，让下水的人放心大胆。这条水便是雪莱的情人西河女士（Harriet Westbrook）自沉的地方，那是一百二十年前的事了。

南门内有拜伦立像，是五十年前希腊政府捐款造的；又有座古英雄阿契来斯像，是惠灵顿公爵本乡人造了来纪念他的，用的是十二尊法国炮的铜，到如今却有一百多年了。还有英国现负盛名的雕塑家爱勒司坦（Epstein）的壁雕，是纪念自然学家赫德生的。一个似乎要飞的人，张着臂，仰着头，散着发，有原始的朴拙犷悍之气，表现的是自然精神的化身；左右四只鸟在飞，大小旁正都不相同，也有股野劲儿。这件雕刻的价值，引起过许多讨论。南门内到蛇水边一带游人最盛。夏季每天上午有铜乐队演奏；在栏外听算白饶，进栏得花点票钱，但有椅子坐。游人自然步行的多，也有跑车的，骑马的；骑马的另有一条"马"路。

这园子本来是鹿苑，在里面行猎；一六三五年英王查理斯第一才将它开放，作赛马和竞走之用。后来变成决斗场。一八五一年第一次万国博览会开在这里，用玻璃和铁搭盖的会场；闭会后拆了盖在别处，专作展览的处所，便是那有名的水晶宫了。蛇水本没有，只有六个池子；是十八世纪初叶才打通的。

海德公园东南差不多毗连着的，是圣詹姆士公园（St. James's Park），约有五百六七十亩。本是沮洳的草地，英王亨利第八抽了水，砌了围墙，改成鹿苑。查理斯第二扩充园址，铺了路，改为游玩的地方；以后一百年里，便成了伦敦最时髦的散步场。十九世纪初才改造为现在的公园样子。有湖，有悬桥；湖里鹈鹕最多，倚在桥栏上看它们水里玩儿，可以消遣日子。周围是白金罕宫，西寺，国会，各部官署，都是最忙碌的所在；倚在桥栏上的人却能偷闲赏鉴那西寺和国会的戈昔式尖顶的轮廓,也算福气了。

海德公园东北有摄政公园,原也是鹿苑;十九世纪初"摄政王"(后为英王乔治第四)才修成现在样子。也有湖,摇的船最好;座位下有小轮子,可以进退自如,滚来滚去顶好玩儿的。野鸽子野鸟很多,松鼠也不少。松鼠原是动物园那边放过来的,只几对罢了;现在却繁殖起来了。常见些老头儿带着食物到园里来喂麻雀,鸽子,松鼠。这些小东西和人混熟了,大大方方到人手里来吃食;看去怪亲热的。别的公园里也有这种人。这似乎比提鸟笼有意思些。

动物园在摄政园东北犄角上,属于动物学会,也有了百多年的历史。搜集最完备,有动物四千,其中哺乳类八百,鸟类二千四百。去逛的据说每年超过二百万人。不用问孩子们去的一定不少;他们对于动物比成人亲近得多,关切得多。只看见教科书上或字典上的彩色动物图,就够捉摸的,不用提实在的东西了。就是成人,可不也愿意开开眼,看看没看过的,山里来的,海里来的,异域来的,珍禽,奇兽,怪鱼?要没有动物园,或许一辈子和这些东西都见不着面呢。再说像狮子老虎,那能随便见面!除非打猎或看马戏班。但打猎遇着这些,正是拚死活的时候,那里来得及玩味它们的生活

海德公园一角

状态？马戏班里的呢，也只表演些扭捏的玩艺儿，时候又短，又隔得老远的；那有动物园里的自然，得看？这还只说的好奇的人；艺术家更可仔细观察研究，成功新创作，如画和雕塑，十九世纪以来，用动物为题材的便不少。近些年电影里的动物趣味，想来也是这么培养出来的；不过那却非动物园所可限了。

伦敦人对动物园的趣味很大，有的报馆专派有动物园的访员，给园中动物作起居注，并报告新来到的东西；他们的通信有些地方就像童话一样。去动物园的人最乐意看喂食的时候，也便是动物和人最亲近的时候。喂食有时得用外交手腕，譬如鱼池吧，若随手将食撒下去，让大家来抢，游得快的，厉害的，不用说占了便宜，剩下的便该活活饿死了。这当然不公道，那一视同仁的管理人一定不愿意的。他得想法子，比方说，分批来喂，那些快的，厉害的，吃完了，便用网将它们拦在一边，再照料别的。各种动物喂食都有一定钟点，著名的裴歹克《伦敦指南》便有一节专记这个。孩子们最乐意的还有骑象，骑骆驼（骆驼在伦敦也算异域珍奇）。再有，游客若能和管理各动物的工人攀谈攀谈，他们会亲切地讲这个那个动物的故事给你听，像传记的片段一般；那时你再去看他说的那些东西，便更有意思了。

园里最好玩儿的事，黑猩猩茶会，白熊洗澡。茶会夏天每日下午五点半举行，有茶，有牛油面包。它们会用两只前足，学人的样子。有时"生手"加入，却往往只用一只前足，牛油也是它来，面包也是它来；这种虽是天然，看的人倒好笑了。白熊就是北极熊，从冰天雪地里来，却最喜欢夏天；越热越高兴，赤日炎炎的中午，它们能整个儿躺在太阳里。也爱下水洗澡，身上老是雪白。它们待在熊台上，有深沟为界；台旁有池，洗澡便在池里。池的一边，隔着一层玻璃可以看它们载浮载沉的姿势。但是一冷到华氏表五十度下，就不肯下水，身上的白雪也便慢慢让尘土封上了。

非洲南部的企鹅也是人们特别乐意看的。它有一岁半婴孩这么大，不会飞，会下水，黑翅膀，灰色胸脯子挺得高高的，昂首缓步，旁若无人。它的特别处就在乎直立着。比鹅大不多少，比鸵鸟，鹤，小得多，可是一直立就有人气，便当另眼相看了。自然，别的鸟也有直立着的，可是太小了，说不上。企鹅又拙得好，现代装饰图案有用它的。只是不耐冷，一到冬天，便没精打采的了。

鱼房鸟房也特别值得看。鱼房分淡水房海水房热带房（也是淡水）。屋内黑洞洞的，壁上嵌着一排镜框似的玻璃，横长方。每框里一种鱼，在水里游来游去，都用电灯光照着，像画。鸟房有两处，热带房里颜色声音最丰富，最新鲜；有种上截脆蓝下截褐红的小鸟，不住地飞上飞下，不住地咭咭呱呱，怪可怜见的。

这个动物园各部分空气光线都不错，又有冷室温室，给动物很周到的设计。只是才二百亩地，实在施展不开，小东西还罢了，像狮子老虎老是关在屋里，未免委屈英雄，就是白熊等物虽有特备的台子，还是局踏得很；这与鸟笼子也就差得有限了。固然，让这些动物完全自由，那就无所谓动物园；可是若能给它们较大的自由，让它们活得比较自然些，看的人岂不更得看些。所以一九二七年上，动物学会又在伦敦西北惠勃司奈得（Whipsnade, Bedfordshire）地方成立了一所动物园，有三千多亩；据说，那些庞然大物自如多了，游人看起来也痛快多了。

以上几个园子都在市内，都在泰晤士河北。河南偏西有个大大有名的邱园（Kew Gardens），却在市外了。邱园正名"王家植物园"，世界最重要，最美丽的植物园之一；大一千七百五十亩，栽培的植物在二万四千种以上。这园子现在归农部所管，原也是王室的产业，一八四一年捐给国家；从此起手研究经济植物学和园艺学，便渐渐著名了。他们编印大英帝国植物志。又移种有用的新植物于帝国境内——如西印度群岛的波罗蜜，印度的金鸡纳霜，都是他们介绍进去的。园中博物院四所；第二所经济植物学博物院设于一八四八,是欧洲最早的一个。

  但是外行人只能赏识花木风景而已。水仙花最多,四月尾有所谓"水仙花礼拜日",游人盛极。温室里奇异的花也不少。园里有什么好花正开着,门口通告牌上逐日都列着表。暖气室最大,分三部:喜马拉耶室养着石楠和山茶,中国石楠也有,小些;中部正面安排着些大凤尾树和棕榈树;凤尾树真大,得仰起脖子看,伸开两胳膊还不够它宽的。周围绕着些时花与灌木之类。另一部是墨西哥室,似乎没有什么特别的东西。

  东南角上一座塔,可不能上;十层,一百五十五尺,造于十八世纪中,那正是中国文化流行欧洲的时候,也许是中国的影响吧。据说还有座小小的孔子庙,但找了半天,没找着。不远儿倒有座彩绘的日本牌坊,所谓"敕使门"①的,那却造了不过二十年。从塔下到一个人工的湖有一条柏树甬道,也有森森之意;可惜树太细瘦,比起我们中山公园,真是小巫见大巫了。所谓"竹园"更可怜,又不多,又不大,也不秀,还赶不上西山大悲庵那些。

1935 年 12 月 12 日作

---

① 寺院门,敕使参谒时由此行。

吃 的

提到欧洲的吃喝，谁总会想到巴黎，伦敦是算不上的。不用说别的，就说煎山药蛋吧。法国的切成小骨牌块儿，黄争争的，油汪汪的，香喷喷的；英国的"条儿"（chips）却半黄半黑，不冷不热，干干儿的什么味也没有，只可以当饱罢了。再说英国饭吃来吃去，主菜无非是煎炸牛肉排羊排骨，配上两样素菜；记得在一个人家住过四个月，只吃过一回煎小牛肝儿，算是新花样。可是菜做得简单，也有好处；材料坏容易见出，像大陆上厨子将坏东西做成好样子，在英国是不会的。大约他们自己也觉着腻味，所以一九二六那一年有一位华衣脱女士（E. White）组织了一个英国民间烹调社，搜求各市各乡的食谱，想给英国菜换点儿花样，让它好吃些。一九三一年十二月烹调社开了一回晚餐会，从十八世纪以来的食谱中选了五样菜（汤和点心在内），据说是又好吃，又不费事。这时候正是英国的国货年，所以报纸上颇为揄扬一番。可是，现在欧洲的风气，吃饭要少要快，那些陈年的老古董，怕总有些不合时宜吧。

吃饭要快，为的忙，欧洲人不能像咱们那样慢条斯理儿的，大家知道。干吗要少呢？为的卫生，固然不错，还有别的：女的男的都怕胖。女的怕胖，胖了难看；男的也爱那股标劲儿，要像个运动家。这个自然说的是中年人少年人；老头子挺着个大肚子的却有的是。欧洲人一日三餐，分量颇不一样。像德国，早晨只有咖啡面包，晚间常冷食，只有午饭重些。法国早晨是咖啡，月芽饼，午饭晚饭似乎一般分量。英国却早晚饭并重，午饭轻些。英国讲究早饭，和我国成都等处一样。有麦粥，火腿蛋，面包，茶，有时还有薰咸鱼，果子。午饭顶简单的，可以只吃一块烤面包，一杯咖啡；有些小饭店里出卖午饭盒子，是些冷鱼冷肉之类，却没有卖晚饭盒子的。

伦敦头等饭店总是法国菜，二等的有意大利菜，法国菜，瑞士菜之分；旧城馆子和茶饭店等才是本国味道。茶饭店与煎炸店其实都是小饭店的别称。茶饭店的"饭"原指的午饭，可是卖的东西并不简单，吃晚饭满成；煎炸店除了煎炸牛肉排羊排骨之外，也卖别的。头等饭店没去过，意大利的馆子却去过两家。一家在牛津街，规模很不小，晚饭时有女杂耍和跳舞。只记得那回第一道菜是生蚝之类；一种特制的盘子，边上围着七八个圆格子，每格放半个生蚝，吃起来很雅相。另一家在由斯敦路，也是个热闹地方。这家却小小的，通心细粉做得最好；将粉切成半分来长的小圈儿，用黄油煎熟了，平铺在盘儿里，洒上干酪（计司）粉，轻松鲜美，妙不可言。还有炸"搦气蚝"，鲜嫩清香，蛼螯，瑶柱，都不能及；只有宁波的蛎黄仿佛近之。

茶饭店便宜的有三家：拉衣恩司（Lyons），快车奶房，ABC 面包房。每家都开了许多店子，遍布市内外；ABC 比较少些，也贵些，拉衣恩司最多。快车奶房炸小牛肉小牛肝和红烧鸭块都还可口；他们烧鸭块用木炭火，所以颇有中国风味。ABC 炸牛肝也可吃，但火急肝老，总差点儿事；点心烤得却好，有几件比得上北平法国面包房。拉衣恩司似乎没甚么出色的东西；但他家有两处"角店"，都在闹市转角处，那里却有好吃的。角店一是上下两大间，一是三层三大间，都可容一千五百人左右；晚上有乐队奏乐。一进去只见黑压压的坐满了人，过道处窄得可以，但是气象颇为阔大（有个英国学生讥为"穷人的宫殿"，也许不错）；在那里往往找了半天站了半天才等着空位子。这三家所有的店子都用女侍者，只有两处角店里却用了些男侍者——男侍者工钱贵些。男女侍者都穿了黑制服，女的更戴上白帽子，分层招待客人。也只有在角店里才要给点小费（虽然门上标明"无小费"字样），别处这三家开的铺子里都不用给的。曾去过一处角店，烤鸡做得还入味；但是一只鸡腿就合中国一元五角，若吃鸡翅还要贵点儿。茶饭店有时备着骨牌等等，供客人消遣，可是向侍者要了玩的极少；客人多的地方，老是有人等位子，干脆就用不着备了。此外还有一种生蚝店，专吃生蚝，不便宜；一位房东太太告诉我说"不卫生"，但是吃的人也不见少。吃生蚝却不宜在夏天，所以英国人说月名中没有"R"（五六七八月），生蚝就不当令了。伦敦中国饭店也有七八家，贵贱差得很大，看地方而定。菜虽也有些高低，可都是变相的广东味儿，远不如上海新雅好。在一家广东楼要过一碗鸡肉馄饨，合中国一元六角，也够贵了。

茶饭店里可以吃到一种甜烧饼（muffin）和窝儿饼（crumpet）。甜烧饼仿佛我们的火烧，但是没馅儿，软软的，略有甜味，好像掺了米粉做的。窝儿饼面上有好些小窝窝儿，像蜂房，比较地薄，也像掺了米粉。这两样大约都是法国来的；但甜烧饼来的早，至少二百年前就有了。厨师多住在祝来巷（Drury Lane），就是那著名的戏园子的地方；从前用盘子顶在头上卖，手里摇着铃子。那时节人家都爱吃，买了来，多多抹上黄油，在客厅或饭厅壁炉上烤得热辣辣的，让油都浸进去，一口咬下来，要不沾到两边口角上。这种偷闲的生活是很有意思的。但是后来的窝儿饼浸油更容易，更香，又不太厚，太软，有咬嚼些，样式也波俏；人们渐渐地喜欢它，就少买那甜烧饼了。一位女士看了这种光景，心下难过；便写信给《泰晤士报》，为甜烧饼抱不平。《泰晤士报》特地做了一篇小社论，劝人吃甜烧饼以存古风；但对于那位女士所说的窝儿饼的坏话，却宁愿存而不论，大约那论者也是爱吃窝儿饼的。

复活节（三月）时候，人家吃煎饼（Pancake），茶饭店里也卖；这原是忏悔节（二月底）忏悔人晚饭后去教堂之前吃了好熬饿的，现在却在早晨吃了。饼薄而脆，微甜。北平中原公司卖的"胖开克"（煎饼的音译）却未免太"胖"，而且软了。——说到煎饼，想起一件事来：美国麻省勃克夏地方（Berkshire Country）有"吃煎饼竞争"的风俗，据《泰晤士报》说，一九三二的优胜者一气吃下四十二张饼，还有腊肠热咖啡。这可算"真正大肚皮"了。

英国人每日下午四时半左右要喝一回茶，就着烤面包黄油。请茶会时，自然还有别的，如火腿夹面包，生豌豆苗夹面包，茶馒头（tea scone）等等。他们很看重下午茶，几乎必不可少。又可乘此请客，比请晚饭简便省钱得多。英国人喜欢喝茶，过于喝咖啡，和法国人相反；他们也煮不好咖啡。喝的茶现在多半是印度茶；茶饭店里虽卖中国茶，但是主顾寥寥。不让利权外溢固然也有关系，可是不利于中国茶的宣传（如说制时不干净）和茶味太淡才是主要原因。印度茶色浓味苦，加上牛奶和糖正合式；中国红茶不够劲儿,可是香气好。奇怪的是茶饭店里卖的,色香味都淡得没影子。那样茶怎么会运出去,真莫名其妙。

街上偶然会碰着提着筐子卖落花生的(巴黎也有),推着四轮车卖炒栗子的,教人有故国之思。花生栗子都装好一小口袋一小口袋的,栗子车上有炭炉子,一面炒,一面装,一面卖。这些小本经纪在伦敦街上也颇古色古香,点缀一气。栗子是干炒,与我们"糖炒"的差得太多了。——英国人吃饭时也有干果,如核桃,榛子,榧子,还有巴西乌菱(原名 Brazils,巴西出产,中国通称"美国乌菱"),乌菱实大而肥,香脆爽口,运到中国的太干,便不大好。他们专有一种干果夹,像钳子,将干果夹进去,使劲一握夹子柄,"格"的一声,皮壳碎裂,有些蹦到远处,也好玩儿的。苏州有瓜子夹,像剪刀,却只透着玲珑小巧,用不上劲儿去。

1935 年 2 月 4 日作

乞 丐

"外国也有名丐",是的;但他们的丐道或丐术不大一样。近些年在上海常见的,马路旁水门汀上用粉笔写着一大堆困难情形,求人帮助,粉笔字一边就坐着那写字的人,——北平也见过这种乞丐,但路旁没有水门汀,便只能写在纸上或布上——却和外国乞丐相像;这办法不知是"来路货"呢,还是"此心同,此理同"呢?

伦敦乞丐在路旁画画的多,写字的却少。只在特拉伐加方场附近见过一个长须老者(外国长须的不多),在水门汀上端坐着,面前几行潦草的白粉字。说自己是大学出身,现在一寒至此,大学又有何用,这几句牢骚话似乎颇打动了一些来来往往的人,加上老者那炯炯的双眼,不露半星儿可怜相,也教人有点肃然。他右首放着一只小提箱,打开了,预备人望里扔钱。那地方本是四通八达的闹市,扔钱的果然不少。箱子内外都撒的铜子儿(便士);别的乞丐却似乎没有这么好的运气。

画画的大半用各色粉笔,也有用颜料的。见到的有三种花样。或双钩 To Live(求生)二字,每一个字母约一英尺见方,在双钩的轮廓里精细地作画。字母整齐匀净,通体一笔不苟。或双钩 Good Luck(好运)二字,也有只用 Luck(运气)一字的。——"求生"是自道;"好运""运气"是为过客颂祷之辞。或画着四五方风景,每方大小也在一英尺左右。通常画者坐在画的一头,那一头将他那旧帽子翻过来放着,铜子儿就扔在里面。

这些画丐有些在艺术学校受过正式训练,有些平日爱画两笔,算是"玩艺儿"。到没了落儿,便只好在水门汀上动起手来了。一九三二年五月十日,这些人还来了一回展览会。那天晚报(The Evening News)上选印了几幅,有两幅是彩绣的。绣的人诨名"牛津街开特尔老大",拳乱时做水手,来过中国,他还记得那时情形。这两幅画绣在帆布(画布)上,每幅下了八万针。他绣过英王爱德华像,据说颇为当今王后所赏识;那是他生平最得意的时候。现在却只在牛津街上浪荡着。

晚报上还记着一个人。他在杂戏馆(Halls)干过三十五年,名字常大书在海报上。三年前还领了一个杂戏班子游行各处,他扮演主要的角色。英伦三岛的城市都到过;大陆上到过百来处,美国也到过十来处。也认识贾波林。可是时运不济,"老伦敦"却没一个子儿。他想起从前朋友们说过静物写生多么有意思,自己也曾学着玩儿;到了此时,说不得只好凭着这点"玩艺儿"在泰晤士河长堤上混混了。但是他怕认得他的人太多,老是背向着路中,用大帽檐遮了脸儿。他说在水门汀上作画颇不容易;最怕下雨,几分钟的雨也许毁了整天的工作。他说总想有朝一日再到戏台上去。

画丐外有乐丐。牛津街见过一个,开着话匣子,似乎是坐在三轮自行车上;记得颇有些堂哉皇也的神气。复活节星期五在冷街中却见过一群,似乎一人推着风琴,一人按着,一人高唱《颂圣歌》——那推琴的也和着。这群人样子却就狼狈了。据说话匣子等等都是赁来;他们大概总有得赚的。另一条冷街上见过一个男的带着两个女的,穿着得像刚从垃圾堆里出来似的。一个女的还抹着胭脂,简直是一块块红土!男的奏乐,女的乱七八糟的跳舞,在刚下完雨泥滑滑的马路上。这种女乞丐像很少。又见过一个拉小提琴的人,似乎很年轻,很文雅,向着步道上的过客站着。右手本来抱着个小猴儿;拉琴时先把它抱在左肩头蹲着。拉了没几弓子,猴儿尿了;他只若无其事,让衣服上淋淋漓漓的。

牛津街上还见过一个,那真狼狈不堪。他大概赁话匣子等等的力量都没有;只找了块板儿,三四尺长,五六寸宽,上面安上条弦子,用只玻璃水杯将弦子绷起来。把板儿放在街沿下,便蹲着,两只手穿梭般弹奏着。那是明灯初上的时候,步道上人川流不息;一双双脚从他身边匆匆的跨过去,看见他的似乎不多。街上汽车声脚步声谈话声混成一片,他那独弦的细声细气,怕也不容易让人听见。可是他还是埋着头弹他那一手。

几年前一个朋友还见过背诵迭更斯小说的。大家正在戏园门口排着班等买票;这个人在旁背起《块肉余生述》来,一边念,一边还做着。这该能够多找几个子儿,因为比那些话匣子等等该有趣些。

警察禁止空手空口的乞丐,乞丐便都得变做卖艺人。若是无艺可卖,手里也得拿点东西,如火柴皮鞋带之类。路角落里常有男人或女人拿着这类东西默默站着,脸上大都是黯淡的。其实卖艺,卖物,大半也是幌子;不过到底教人知道自尊些,不许不做事白讨钱。只有瞎子,可以白讨钱。他们站着或坐着;胸前有时挂一面纸牌子,写着"盲人"。又有一种人,在乞丐非乞丐之间。有一回找一家杂耍场不着,请教路角上一个老者。他殷勤领着走,一面说刚失业,没钱花,要我帮个忙儿。给了五个便士(约合中国三毛钱),算是酬劳,他还争呢。其实只有二三百步路罢了。跟着走,诉苦,白讨钱的,只遇着一次;那里街灯很暗,没有警察,路上人也少,我又是外国人,他所以厚了脸皮,放了胆子——他自然不是瞎子。

1935 年 10 月 26 日作

街头艺人

圣诞节

十二月二十五日圣诞节。英国人过圣诞节，好像我们旧历年的味儿。习俗上宗教上，这一日简直就是"元旦"；据说七世纪时便已如此，十四世纪至十八世纪中叶，虽然将"元旦"改到三月二十五日，但是以后情形又照旧了。至于一月一日，不过名义上的岁首，他们向来是不大看重的。

这年头人们行乐的机会越过越多，不在乎等到逢年过节；所以年情节景一回回地淡下去，像从前那样热狂地期待着，热狂地受用着的事情，怕只在老年人的回忆，小孩子的想像中存在着罢了。大都市里特别是这样；在上海就看得出，不用说更繁华的伦敦了。再说这种不景气的日子，谁还有心肠认真找乐儿？所以虽然圣诞节，大家也只点缀点缀，应个景儿罢了。

可是邮差却忙坏了，成千成万的贺片经过他们的手。贺片之外还有月份牌。这种月份牌一点儿大，装在卡片上，也有画，也有吉语。花样也不少，却比贺片差远了。贺片分两种，一种填上姓名，一种印上姓名。交游广的用后一种，自然贵些；据说前些年也得钩心斗角地出花样，这一年却多半简简单单的，为的好省些钱。前一种却不同，各家书纸店得抢买主，所以花色比以先还多些。不过据说也没有十二分新鲜出奇的样子，这个究竟只是应景的玩意儿呀。但是在一个外国人眼里，五光十色，也就够瞧的。曾经到旧城一家大书纸店里看过，样本厚厚的四大册，足有三千种之多。

样本开头是皇家贺片：英王的是圣保罗堂图；王后的内外两幅画，其一是花园图；威尔士亲王的是候人图；约克公爵夫妇的是一六六〇年圣詹姆士公园冰戏图；马利公主的是行猎图。圣保罗堂庄严宏大，下临伦敦城；园里的花透着上帝的微笑；候人比喻好运气和欢乐在人生的大道上等着你；圣詹姆士公园（在圣詹姆士宫南）代表宫廷，溜冰和行猎代表英国人运动的嗜

好。那幅溜冰图古色古香,而且十足神气。这些贺片原样很大,也有小号的,谁都可以买来填上自己名字寄给人。此外有全金色的,晶莹照眼;有"蝴蝶翅"的,闪闪的宝蓝光;有雕空嵌花纱的,玲珑剔透,如嚼冰雪。又有羊皮纸仿四折本的;嵌铜片小风车的;嵌彩玻璃片圣母像的;嵌剪纸的鸟的;在猫头鹰头上粘羊毛的:都为的教人有实体感。

太太们也忙得可以的,张罗着亲戚朋友丈夫孩子的礼物,张罗着装饰屋子,圣诞树,火鸡等等。节前一个礼拜,每天电灯初亮时上牛津街一带去看,步道上挨肩擦背匆匆来往的满是办年货的;不用说是太太们多。装饰屋子有两件东西不可没有,便是冬青和"苹果寄生"(Mistletoe)的枝子。前者教堂里也用;后者却只用在人家里;大都插在高处。冬青取其青,有时还带着小红果儿;用以装饰圣诞节,由来已久,有人疑心是基督教徒从罗马风俗里捡来的。"苹果寄生"带着白色小浆果儿,却是英国土俗,至晚十七世纪初就用它了。从前在它底下,少年男人可以和任何女子接吻;但接吻后他得摘掉一粒果子。果子摘完了,就不准再在下面接吻了。

圣诞树也有种种装饰,树上挂着给孩子们的礼物,装饰的繁简大约看人家的情形。我在朋友的房东太太家看见的只是小小一株;据说从乌尔乌斯三六公司(货价只有三便士六便士两码)买来,才六便士,合四五毛钱。可是放在餐桌上,青青的,的里瓜拉挂着些耀眼的玻璃球儿,绕着树更安排些"哀斯基摩人"一类小玩意，也热热闹闹地凑趣儿。圣诞树的风俗是从德国来的；德国也许是从斯堪第那维亚传下来的。斯堪第那维亚神话里有所谓世界树，叫做"乙格抓西儿"（Yggdrasil），用根和枝子联系着天地幽冥三界。这是株枯树，可是滴着蜜。根下是诸德之泉；树中间坐着一只鹰，一只松鼠，四只公鹿；根旁一条毒蛇，老是啃着根。松鼠上下窜，在顶上的鹰与聪敏的毒蛇之间挑拨是非。树震动不得，震动了，地底下的妖魔便会起来捣乱。想着这段神话，现在的圣诞树真是更显得温暖可亲了。圣诞树和那些冬青，"苹果寄生"，到了来年六日一齐烧去；烧的时候，在场的都动手，为的是分点儿福气。

圣诞节的晚上，在朋友的房东太太家里。照例该吃火鸡，酸梅布丁；那位房东太太手头颇窘，却还卖了几件旧家具，买了一只二十二磅重的大火鸡来过节。可惜女仆不小心，烤枯了一点儿；老太太自个儿唠叨了几句，大节下，也就算了。可是火鸡味道也并不怎样特别似的。吃饭时候，大家一面扔纸球，一面扯花炮——两个人扯，有时只响一下，有时还夹着小纸片儿，多半是带着"爱"字儿的吉语。饭后做游戏，有音乐椅子（椅子数目比人少一个；乐声止时，众人抢着坐），掩目吹蜡烛，抓瞎，抢人（分队），抢气球等等，大家居然一团孩子气。最后还有跳舞。这一晚过去，第二天差不多什么都照旧了。

新年大家若无其事地过去；有些旧人家愿意上午第一个进门的是个头发深，气色黑些的人，说这样人带进新年是吉利的。朋友的房东太太那早晨特意通电话请一家熟买卖的掌柜上她家去；他正是这样的人。新年也卖历本；人家常用的是老摩尔历本（Old Moore's Almanack），书纸店里买，价钱贱，只两便士。这一年的，面上印着"乔治王陛下登极第二十三年"；有一块小图，画着日月星地球，地球外一个圈儿，画着黄道十二宫的像，如"白

羊""金牛""双子"等。古来星座的名字，取像于人物，也另有风味。历本前有一整幅观象图，题道，"将来怎样？""老摩尔告诉你"。从图中看，老摩尔创于一千七百年，到现在已经二百多年了。每月一面，上栏可以说是"推背图"，但没有神秘气；下栏分日数，星期，大事记，日出没时间，月出没时间，伦敦潮汛，时事预测各项。此外还有月盈缺表，各港潮汛表，行星运行表，三岛集期表，邮政章程，大路规则，做点心法，养家禽法，家事常识。广告也不少，卖丸药的最多，满是给太太们预备的；因为这种历本原是给太太们预备的。

1934 年 12 月 15-17 日作

房东太太

歇卜士太太（Mrs. Hibbs）没有来过中国，也并不怎样喜欢中国，可是我们看，她有中国那老味儿。她说人家笑她母女是维多利亚时代的人，那是老古板的意思；但她承认她们是的，她不在乎这个。

真的，圣诞节下午到了她那间黯淡的饭厅里，那家具，那人物，那谈话，都是古气盎然，不像在现代。这时候她还住在伦敦北郊芬乞来路（Finchley Road）。那是一条阔人家的路；可是她的房子已经抵押满期，经理人已经在她门口路边上立了一座木牌，标价招买，不过半年多还没人过问罢了。那座木牌，和篮球架子差不多大，只是低些；一走到门前，准看见。晚餐桌上，听见厨房里尖叫了一声，她忙去看了，回来说，火鸡烤枯了一点，可惜，二十二磅重，还是卖了几件家具买的呢。她可惜的是火鸡，倒不是家具；但我们一点没吃着那烤枯了的地方。

她爱说话，也会说话，一开口滔滔不绝；押房子，卖家具等等，都会告诉你。但是只高高兴兴地告诉你，至少也平平淡淡地告诉你，决不垂头丧气，决不唉声叹气。她说话是个趣味，我们听话也是个趣味（在她的话里，她死了的丈夫和儿子都是活的，她的一些住客也是活的）；所以后来虽然听了四个多月，倒并不觉得厌倦。有一回早餐时候，她说有一首诗，忘记是谁的，可以作她的墓铭，诗云：

这儿一个可怜的女人，
她在世永没有住过嘴。
上帝说她会复活，
我们希望她永不会。

其实我们倒是希望她会的。

道地的贤妻良母,她是;这里可以看见中国那老味儿。她原是个阔小姐,从小送到比利时受教育,学法文、学钢琴。钢琴大约还熟,法文可生疏了。她说街上如有法国人向她问话,她想起答话的时候,那人怕已经拐了弯儿了。结婚时得着她姑母一大笔遗产;靠着这笔遗产,她支持了这个家庭二十多年。歇卜士先生在剑桥大学毕业,一心想作诗人,成天住在云里雾里。他二十年只在家里待着,偶然教几个学生。他的诗送到剑桥的刊物上去,原稿却寄回了,附着一封客气的信。他又自己花钱印了一小本诗集,封面上注明,希望出版家采纳印行,但是并没有什么回响。太太常劝先生删诗行,譬如说,四行中可以删去三行罢;但是他不肯割爱,于是乎只好敝帚自珍了。

歇卜士先生却会说好几国话。大战后太太带了先生小姐,还有一个朋友去逛意大利;住旅馆雇船等等,全交给诗人的先生办,因为他会说意大利话。幸而没出错儿。临上火车,到了站台上,他却不见了。眼见车就要开了,太太这一急非同小可,又不会说给别人,只好教小姐去张看,却不许她远走。好容易先生钻出来了,从从容容的,原来他上"更衣室"来着。

太太最伤心她的儿子。他也是大学生,长的一表人才。大战时去从军;训练的时候偶然回家,非常爱惜那庄严的制服,从不教它有一个折儿。大战

快完的时候,却来了恶消息,他尽了他的职务了。太太最伤心的是这个时候的这种消息,她在举世庆祝休战声中,迷迷糊糊过了好些日子。后来逛意大利,便是解闷儿去的。她那时甚至于该领的恤金,无心也不忍去领——等到限期

159

已过，即使要领，可也不成了。

小姐现在是她唯一的亲人；她就为这个女孩子活着。早晨一块儿拾掇拾掇屋子，吃完了早饭，一块儿上街散步，回来便坐在饭厅里，说说话，看看通俗小说，就过了一天。晚上睡在一屋里。一星期也同出去看一两回电影。小姐大约有二十四五了，高个儿，总在五英尺十寸左右；蟹壳脸，露牙齿，脸上倒是和和气气的。爱笑，说话也天真得像个十二三岁小姑娘。先生死后，他的学生爱利斯（Ellis）很爱歇卜士太太，几次想和她结婚，她不肯。爱利斯是个传记家，有点小名气。那回诗人德拉梅在伦敦大学院讲文学的创造，曾经提到他的书。他很高兴，在歇卜士太太晚餐桌上特意说起这个。但是太太说他的书干燥无味，他送来，她们只翻了三五页就搁在一边儿了。她说最恨猫怕狗，连书上印的狗都怕，爱利斯却养着一大堆。她女儿最爱电影，爱利斯却瞧不起电影。她的不嫁，怎么穷也不嫁，一半为了女儿。

这房子招徕住客，远在歇卜士先生在世时候。那时只收一个人，每日供早晚两餐，连宿费每星期五镑钱，合八九十元，够贵的。广告登出了，第一个来的是日本人，他们答应下了。第二天又来了个西班牙人，却只好谢绝了。从此住这所房的总是日本人多；先生死了，住客多了，后来竟有"日本房"的名字。这些日本人有一两个在外边有女人，有一个还让女人骗了，他们都回来在饭桌上报告，太太也同情的听着。有一回，一个人忽然在饭桌上谈论自由恋爱，而且似乎是冲着小姐说的。这一来太太可动了气。饭后就告诉那个人，请他另外找房住。这个人走了，可是日本人有个俱乐部，他大约在俱乐部里报告了些什么，以后日本人来住的便越过越少了。房间老是空着，太太的积蓄早完了；还只能在房子上打主意，这才抵押了出去。那时自然盼望赎回来，可是日子一天一天过去，情形并不见好。房子终于标卖，而且圣诞节后不久，便卖给一个犹太人了。她想着年头不景气，房子且没人要呢，那知犹太人到底有钱，竟要了去，经理人限期让房。快到期了，她直说来不及。经理人又向法院告诉，法院出传票教她去。她去了，女儿搀扶着；她从来没上过堂，法官说欠钱不让房，是要坐牢的。她又气又怕，几乎昏倒在堂上；结果只得答应了加紧找房。这种种也都是为了女儿，她可一点儿不悔。

她家里先后也住过一个意大利人，一个西班牙人，都和小姐做过爱；那西班牙人并且和小姐定过婚，后来不知怎样解了约。小姐倒还惦着他，说是"身架真好看！"太太却说，"那是个坏家伙！"后来似乎还有个"坏家伙"，那是太太搬到金树台的房子里才来住的。他是英国人，叫凯德，四十多了。先是作公司兜售员，沿门兜售电气扫除器为生。有一天撞到太太旧宅里去了，他要表演扫除器给太太看，太太拦住他，说不必，她没有钱；她正要卖一批家具，老卖不出去，烦着呢。凯德说可以介绍一家公司来买；那一晚太太很高兴，想着他定是个大学毕业生。没两天，果然介绍了一家公司，将家具买去了。他本来住在他姊姊家，却搬到太太家来了。他没有薪水，全靠兜售的佣金；而电气扫除器那东西价钱很大，不容易脱手。所以便干搁起来了。这个人只是个买卖人，不是大学毕业生。大约穷了不止一天，他有个太太，在法国给人家看孩子，没钱，接不回来；住在姊姊家，也因为穷，让人家给请出来了。搬到金树台来，起初整付了一回房饭钱，后来便零碎的半欠半付，后来索性付不出了。不但不付钱，有时连午饭也要叨光。如是者两个多月，太太只得将他赶了出去。回国后接着太太的信，才知道小姐却有点喜欢凯德这个"坏蛋"，大约还跟他来往着。太太最提心这件事，小姐是她的命，她的命决不能交在一个"坏蛋"手里。

　　小姐在芬乞来路时，教着一个日本太太英文。那时这位日本太太似乎非常关心歇卜士家住着的日本先生们，老是问这个问那个的；见了他们，也很亲热似的。歇卜士太太瞧着不大顺眼，她想着这女人有点儿轻狂。凯德的外甥女有一回来了，一个摩登少女。她照例将手绢掖在袜带子上，拿出来用时，让太太看在眼里。后来背地里议论道，"这多不雅相！"太太在小事情上是很敏锐的。有一晚那爱尔兰女仆端菜到饭厅，没有戴白帽沿儿。太太很不高兴，告诉我们，这个侮辱了主人，也侮辱了客人。但那女仆是个"社会主义"的贪婪的人，也许匆忙中没想起戴帽沿儿；压根儿她怕就觉得戴不戴都是无所谓的。记得那回这女仆带了男朋友到金树台来，是个失业的工人。当时刚搬了家，好些零碎事正得一个人。太太便让这工人帮帮忙，每天给点钱。这原是一举两得，各相情愿的。不料女仆却当面说太太揩了穷小子的油。太太听说，简直有点莫名其妙。

太太不上教堂去,可是迷信。她虽是新教徒,可是有一回丢了东西,却照人家传给的法子,在家点上一支蜡,一条腿跪着,口诵安东尼圣名,说是这么着东西就出来了,拜圣者是旧教的花样,她却不管。每回作梦,早餐时总翻翻占梦书。她有三本占梦书;有时她笑自己,三本书说的都不一样,甚至还相反呢。喝碗茶,碗里的茶叶,她也爱看;看像什么字头,便知是姓什么的来了。她并不盼望访客,她是在盼望住客啊。到金树台时,前任房东太太介绍一位英国住客继续住下。但这位半老的住客却嫌客人太少,女客更少,又嫌饭桌上没有笑,没有笑话;只看歇卜士太太的独角戏,老母亲似的唠唠叨叨,总是那一套。他终于托故走了,搬到别处去了。我们不久也离开英国,房子于是乎空空的。去年接到歇卜士太太来信,她和女儿已经作了人家管家老妈了;"维多利亚时代"的上流妇人,这世界已经不是她的了。

1937年4月27—28日作

别

  他长久没有想到伊和八儿了；倘使想到累人的他们，怕只招些烦厌罢。

  这一天，他母亲寄信给他，说家里光景不好，已叫人送伊和八儿来了。他吃了一惊，想："可麻烦哩！"但这是不可免的；他只得等着。一直几天，他们没来，他不由有些焦躁——不屑的焦躁；那藏在烦厌中的期待底情开始摇撼他柔弱的心了。

  晚上他接着伊父亲的信片，说他们明天准来。可是刮了一夜底北风，接着便是纷纷的大雪。他早起从楼上外望迷迷茫茫的，像一张洁白的绒毡儿将大地裹着；大地怕寒，便整个儿缩在毡里去了。天空静荡荡的，不见一只鸟儿，只有整千整万的雪花鹅毛片似的"白战"着。他呆呆的看，心里盘算，"只怕又来不成了哩！该诅咒的雪，你早不好落，迟不好落，偏选在今天落，不是故意欺负我，不给我做美么？——但是信上说来，他们必晓得我在车站接，会叫我白跑么？——我若不去，岂不叫他们失望？……"

  午饭后雪落得愈紧。他匆匆乘车上车站去。在没遮拦的月台上，足足吃够一点多钟底风，火车才来了。客人们纷纷地上下，小工们忙忙地搬运；一种低缓而嘈杂的声浪在稠密的空气中浮沉着。他立在月台上，目不转睛地看着每个走过他面前的人。走过的都走过了，哪里有伊和八儿底影儿？——连有些像的也无。他不信，走到月台那头去看，又到出口去看，确是没有——他想，他们一定搭下一班车来了。

  一切都如前了，他——只有他——只在月台上徘徊。警察走过，盯了他一眼，他却不理会。车来时，他照样热心地去看每个下车的搭客，但他的努力显然又落了空。

晚上最后一班车来了，他们终于没有来。他恼了，没精打采地冲寒冒雪而回——一路上想，"再不接他们了，也别望他们了！"但到了屋里，便自回心转意："这么大的雪，也难怪他们，……得知几时晴哩？雪住了便可来了罢？落得小些也可动身了罢？"

两天匆匆过去，雪是一直没有止。那晚上他独自在房里坐，仆人走来说，有人送了一个女人和孩子来了。他诧异地听着。这于他确是意外——窗外的雪还在落呵。他下楼和他们相见，伊推着八儿说："看——谁来了？"八儿回头道："唔……爸爸。"他没有说话，只低低叫声："跟我来罢。"

他们到楼上安顿了东西。伊说前天大雪，伊父亲怕八儿冻着，所以没有来；他教等天晴再走罢。但伊看了两天，天是一时不会晴的了，老等着，谁耐烦？所以决然动身。他听了，不开口。他们沉默了一会。那时他的朋友们都已晓得他的喜事——他住的一所房子原是公寓之类；楼上有好几个朋友们同住——哄着来看伊。他逐一介绍了，伊微低着头向他们鞠躬。他们坐了一会，彼此谈着，问了伊些话。伊只用简单的句子低低地、缓缓地答复。他想，伊大约怕"蓦生"哩！这时他忽然感着一种隐藏的不安；那不安底情原从他母亲信里捎来，可是他到现在才明白地感觉到了。——其实那时的屋里，所有的于谁都是"蓦生"的，谁底生命流里不曾被丢了瓦砾，掀起不安的波浪呢？但丢给他俩的大些，波动自然也有力些，所以便分外感着了。于是他们坐坐无聊，都告辞了。他俩显然觉得有些异样。这个异样，教他俩不能即时联合——他们不曾说话；电灯底光确和往日不同，光里一切，自然也都变化。在他俩眼里，包围着他们的，都是偶力底漩涡：坐的椅子，面前的桌子，桌上的墨水瓶，瓶里墨水底每一滴，像都由那些漩涡支持着；漩涡呢，自然是不安和欢乐底交流了。

电灯灭了，一切都寂静，他们也自睡下。渐渐有些唧唧哝哝底声音——半夜底话终于将那不安"消毒"了，欢乐弥漫着他俩间，他俩便这般联合了，和他们最近分别前的一秒时一样。

第二天，他们雇定一个女仆。第三天清早便打发那送的人回去。简陋而甜蜜的家，这样在那松铺着的沙上筑起来了。他照常教他的书，伊愿意给他烧饭，伊不喜欢吃公寓里的饭，也不欢喜他吃。他俩商量的结果，只有由伊自己在房里烧了。但伊并未做惯这事，孩子又只磨着伊，新地方市场底情形，伊也不熟悉。所以几天过后，便自懊恼着；但为他的缘故，终于耐着心，习惯自然了。他有时也嫌房里充满厨灶的空气，又不耐听孩子急赖的声音，教他不能读书，便着了急，只绕着桌子打旋。但走过几转，看看正在工作的伊，也只好叹口气，谅解伊了。有时他俩却也会因这些事反目。可是照例不能坚持——不是伊，便是他，忍不住先道歉了，那一个就也笑笑。他俩这样爱着过活——虽不十分自然——，转眼已是一年些了。

但是有一件可厌的，而不可避的事，伊一个月后便要生产。他俩从不曾仔细想过这个，现在却都愁着。公寓不用说是不便的。他母亲信上说："可以入医院，有我来照料"；父亲却宁愿伊和八儿回家。他晓得母亲是爱游逛，爱买东西的，来去又要人送——所费必不得少。倘伊家也有人来监产——一定会有的——，那可怎么办呢？非百元不可了！其实家里若能来一女仆，和八儿亲热的，领领他，伊便也可安然到医院去。但他怎好和母亲说，不要伊来呢？又怎好禁止岳家底人呢？他不得不想到怎样急切地凑着一百元了。可以想到的都已想到，最后——最后了，他的心只能战战地答道："否！"——于是一切都完了，他郑重地告诉伊："现在只有回去了！"为一百元底缘故，他俩不得不暂时贱卖那爱底生活了。

伊忽然一噤，像被针刺了那样，掩着面坐下哭了。八儿正在玩耍，回头看见，忙跑近伊，摇着伊膝头，恳求似地望着伊说："娘，不淌眼泪！"伊毫不理会。孩子脸一苦，哭嚷道："看不见娘，看不见娘了！"——他呢，却懵腾腾的，只想搜出些有力的话安慰伊。话倒有，可不知说那一句好？便呆呆地看在伊的手捂着的，和八儿泪洗着的脸上。半晌，才嗫嚅着挣出三个字道："别哭罢！"以下可再说不上来了！正窘着，恰好想到一件事，就撇开了伊们，寻出纸笔，写信给家里，叫那回送伊来的再接伊去。写好，走出交女仆去发。伊早住了哭痴痴地想，八儿倚着伊不作声。他悄走近前，拍伊肩头一下。伊大吃一吓，看了看是他，微笑说，"刚才真无谓哩！"

第三晚上，孩子睡下了，接的人走进房里，伊像触着闪电似的，一缕酸意立时沦浃了周身底纤维。伊的眼一眨，撑不住要哭了，赶快别过脸去，竭力忍住，小声儿抽咽着。半晌，才好了。他问那人底话，伊只仔仔细细端详着。那人喉底一发声，头底一转动，都能增加伊思想底力量，教伊能够明明白白记起一直以前的事：婆婆怎样怂恿伊走；伊怎样忙着整装，怎样由那人伴上轮船、火车，八儿怎样淘气；伊怎样见着父亲，最后——怎样见了他。……伊寻着已失的锁钥，打开尘封着的记忆底箱，满眼都流着快乐呵！伊的确忘记了现在，直到他问完话，那人走出去了。于是伊凝一凝神，回复了伊现在的伊；现在便拶着伊的泪囊，伊可再禁不住，只好听他横流了！他也只躺在床上，不敢起来，全不能安慰伊，等到晓得伊确已不哭了，才拿了那半湿的手帕，走过去给伊揩剩在脸上的泪。又悄悄地说："后天走罢，明天街上买点东西带着。……"伊叹口气，含着泪微微地点头。那时接的人已经鼾睡，他俩也只有睡下。

　　第二天他们有说有笑的，和平常一样。但他要伊同出去时，伊却回说，"心里不好，不去了。"他晚上回来，伊早将行李整理好，孩子也已睡了。伊教他看了行李。指点着和他说："你的东西，我也给你收拾了。皮袍在大箱里，天气热起来也可叫听差拿去晒晒，别让它霉了——霉了就可惜了。小衫和袜子、帕儿，都在小提箱里。剪刀、线板，也放在里面。那边抽屉里还剩下些猪油和盐。我给你买了十个鸡蛋，放在这罐里，你饿时自在煤油炉上炖炖吃罢。今天饭菜吃不了，也拿来放在抽屉里，你明天好独自吃两餐安稳饭——孩子在这里，到底吵着你——，后天再和他们一桌吃不迟。"……伊声音有些岔了，他也听得呆了，竟不知身子在那里。他的泪不和他商议，热滚滚直滴下来了。他赶紧趁伊不见，掏出帕儿揩干。伊可也再说不出什么，只坐在一旁出神。他叫送的人进来，将伊的帐子卸下。铺盖卷了，——便省得明早忙了。于是伊仅剩的安慰从伊心里榨出，伊觉得两手都空着了。四面光景逼迫着伊，叫伊拿什么抵御呢？伊只得由自己躺下，被蒙在伊流泪如水的脸上。那时他眼见伊睡了一年多的床渐渐异样了，只微微微微地嘘气，像要将他血里所有愁底种子借着肺力一粒粒地呼出一般。床是空了，他忽然诧异地看着，一年前空着的床为什支了帐子、放了铺盖呢？支了、放了，又为甚卸了、卷了呢？这确有些奇怪。他踌躇了一会——忽然想起来了，"伊呢？"伊已是泪人儿了，他可怎么办呢？他亲亲切切地安慰伊些话，但是毫不着力，而且全不自然，他终于徬徨无措呜呜咽咽哭了。伊却又给他揩眼泪，带着鼻音说："我心里像被凌迟一般！"一会又抽咽着说："我走后，你别伤心！晚上早些睡，躺下总得自己将被盖上——着了凉谁问你呢？"……他一面拭泪，一面听着，可是不甚明白伊的意思，只觉他的心弦和伊的声带合奏着不可辨认的微妙的悲调，神经也便律动着罢了。那时睡神可怜他们，渐渐引诱他们入梦。但伊这瞬间的心是世界上最不容易被诱惑的东西之一，所以不久便又从梦中哭醒；他也惊觉了。大黑暗微睁开惺忪的两眼，告诉朝阳便将到来了。

　　他们躺了一会，起来，孩子也醒了，天光已是大亮。他叫起那接的人。大家胡乱洗了脸。他俩不想吃什么，只拿些点心给八儿和那人吃了。那人出去雇好车子。他们叫女仆来，算清工钱，打发伊走路。车夫将伊的行李搬完，他俩便锁门下去。女仆抱着八儿送到门口，将他递给车上的伊。他忽然不肯，倾着身大张开两臂，哭着喊着要女仆抱："家家！……家家！"伊脸上不由也流露寂寞底颜色，他母亲只得狠狠心轻拍了他两下，硬抱过去，车子便拉动了。他看见街上的热闹光景，高高兴兴指点着，全忘记刚才的悲哀。他们到了车站，黑压压满都是人，哄哄底声音搅浑了脑子。他让伊和八儿在一张靠椅上坐下，教接的人去买车票，写行李票。他便一面看着行李，一面盼着票子，——这样迫切地盼着，旅客们信步的踯躅，惶急的问讯，在他都模模糊糊的无甚意义了。但这些却全看在伊的眼、听在伊的耳、塞在伊的脑里，伊再没有自由思想底余地，伊的身子好像浮着在云雾里一般。那时接的人已在行李房门前跐着脚，伸着头，向里张着；房里满挤着人，房外乱摊着箱、篮、铺盖之类。大家都抢着将自己的东西从人缝里往里塞；塞时人们底行列微微屈曲，塞了便又依然。他这时走过去，帮接的人将伊的行李好容易也抬到房里，写了票子，才放了心。他们便都走到月台上候车，八儿已经睡着，伊痴着眼不说话。他只盘旋着，时时探着头，看轨道尽处，火车来了没有？——呜呜……来了！人们波一般暂时退下，静着，倾斜了身子，预备上去。眩人眼的列车懒懒地停住，乘客如潮地涌上。他抱了八儿，一手遮着伊，挣扎了几次，才上了车。匆忙里找了一个座位，让伊歇下。伊抱过八儿；他上车时哼了哼，便又睡着了。接的人也走来。他嘱咐他些话。伊说：

"你去罢。"他说等一会不要紧,可也只能立着说不出话。但是警笛响了,再不能延捱!伊默默地将八儿抱近他,他噙泪低头在他红着的小颊上轻轻地亲了一下。用力睁着眼,沙声说:"我去了!"便头也不回下车匆匆走了!伊从窗里望着,直到眼里没有一些他的影子,才发现两行热泪早已流在伊的脸上了。伊掏出帕儿揩干。火车已经开动,微风从伊最后见他的窗里吹来,伊像做梦一般。……

他回来紧闭了门,躺在床上空想;他坐不住,所以躺了。他细味他俩最近的几页可爱的历史。想一节伤一回心;但他宁愿这样甜蜜的伤心。他又想起伊怎样无微不至地爱他,他痛苦时伊又怎样安慰他。但他怎样待伊呢?他不曾容忍过伊仅有的、微细的谴谪,他常用语言压迫伊,伊的心受了伤,便因此哭了!他是怎样"酷虐"!他该怎样对伊抱歉呵!但伊是去了,他将向谁忏悔呢?他所曾施的压迫将转而压迫他自己罢!

他似乎全被伊占领了,那晚没有吃饭。电灯快灭时,他懒懒地起来,脱了衣服,便重又睡下。他忽然觉,屋里是太沉默了!被儿、褥儿、枕儿、帐儿,都板板向他,也这样彼此向着。寒心的沉默严霜似的裹着他的周围。——"虚幻的,朋友们,你们曾有的,伊和我同在时,你们曾有的,狂醉,在那里了呢?"这或者——或者和他自己,都给伊带去了么?但是屋里始终如死地沉默着。

唉!累人想到的伊呵!

1921 年 5 月 5 日

歌 声

昨晚中西音乐歌舞大会里"中西丝竹和唱"的三曲清歌，真令我神迷心醉了。

仿佛一个暮春的早晨，霏霏的毛雨①默然洒在我脸上，引起润泽，轻松的感觉。新鲜的微风吹动我的衣袂，像爱人的鼻息吹着我的手一样。我立的一条白矾石的甬道上，经了那细雨，正如涂了一层薄薄的乳油；踏着只觉越发滑腻可爱了。

这是在花园里。群花都还做她们的清梦。那微雨偷偷洗去她们的尘垢，她们的甜软的光泽便自焕发了。在那被洗去的浮艳下，我能看到她们在有日光时所深藏着的恬静的红，冷落的紫，和苦笑的白与绿。以前锦绣般在我眼前的，现在都带了黯淡的颜色。——是愁着芳春的销歇么？是感着芳春的困倦么？

大约也因那的濛濛雨，园里没了秾郁的香气。涓涓的东风吹来一缕缕饿了似的花香；夹带着些潮湿的草丛的气息和泥土的滋味。园外田亩和沼泽里，又时时送过些新插的秧，少壮的麦，和成荫的柳树的清新的蒸气。这些虽非甜美，却能强烈地刺激我的鼻观，使我有愉快的倦怠之感。

看啊，那都是歌中所有的：我用耳，也用眼，鼻，舌，身，听着；也用心唱着。我终于被一种健康的麻痹袭取了，于是为歌所有。此后只由歌独自唱着，听着；世界上便只有歌声了。

1921 年 11 月 3 日，上海

---

① 细雨如牛毛，扬州称为"毛雨"。

憎

我生平怕看见干笑，听见敷衍的话；更怕冰搁着的脸和冷淡的言词，看了，听了，心里便会发抖。至于惨酷的俏笑，强烈的揶揄，那简直要我全身都痉挛般掣动了。在一般看惯、听惯、老于世故的前辈们，这些原都是"家常便饭"，很用不着大惊小怪地去张扬；但如我这样一个阅历未深的人，神经自然容易激动些，又痴心渴望着爱与和平，所以便不免有些变态。平常人可以随随便便过去的，我不幸竟是不能；因此增加了好些苦恼，减却了好些"生力"。——这真所谓"自作孽"了！

前月我走过北火车站附近。马路上横躺着一个人：微侧着拳曲的身子。脸被一破芦苇遮了，不曾看见；穿着黑布夹袄，垢腻的淡青的衬里，从一处处不规则地显露，白斜纹的单裤，受了尘秽底沾染，早已变成灰色；双足是赤着，脚底满涂着泥土，脚面满积着尘垢，皮上却绉着网一般的细纹，映在太阳里，闪闪有光。这显然是一个劳动者底尸体了。一个不相干的人死了，原是极平凡的事；况是一个不相干又不相干的劳动者呢？所以围着看的虽有十余人，却都好奇地睁着眼，脸上的筋肉也都冷静而弛缓。我给周遭的冷淡噤住了；但因为我的老脾气，终于茫漠地想着：他的一生是完了；但于他曾有什么价值呢？他的死，自然，不自然呢？上海像他这样人，知道有多少？像他这样死的，知道一日里又有多少？再推到全世界呢？……这不免引起我对于人类运命的一种杞忧了！但是思想忽然转向，何以那些看闲的，于这一个同伴底死如此冷淡呢？倘然死的是他们的兄弟，朋友，或相识者，他们将必哀哭切齿，至少也必惊惶；这个不识者，在他们却是无关得失的，所以便漠然了？但是，果然无关得失么？"叫天子一声叫"，尚能"撕去我一缕神经",一个同伴悲惨的死,果然无关得失么?——人生在世,倘只有极少极少的所谓得失相关者顾念着,岂不是太孤寂又太狭隘了么?狭隘,孤寂的人间,那里有善良的生活!唉!我不愿再往下想了!

这便是遍满现世间的"漠视"了。我有一个中学同班的同学。他在高等学校毕了业;今年恰巧和我同事。我们有四五年不见面,不通信了;相见时我很高兴,滔滔汩汩地向他说知别后的情形;称呼他的号,和在中学时一样。他只支持着同样的微笑听着。听完了,仍旧支持那微笑,只用极简单的话说明他中学毕业后的事,又称了我几声"先生"。我起初不曾留意,陡然发现那干涸的微笑,心里先有些怯了;接着便是那机器榨出来的几句话和"敬而远之"的一声声的"先生",我全身都不自在起来;热烈的想望早冰结在心坎里!可是到底鼓勇说了这一句话:"请不要这样称呼罢;我们是同班的同学哩!"他却笑着不理会,只含糊应了一回;另一个"先生"早又从他嘴里送出了!我再不能开口,只蜷缩在椅子里,眼望着他。他觉得有些奇怪,起身,鞠躬,告辞。我点了头,让他走了。这时羞愧充满在我心里;世界上有什么东西在我身上,使人弃我如敝屣呢!

约莫两星期前,我从大马路搭电车到车站。半路上上来一个魁梧奇伟的华捕。他背着手直挺挺的靠在电车中间的转动机(?)上。穿着青布制服,戴着红缨凉帽,蓝的绑腿,黑的厚重的皮鞋:这都和他别的同伴一样。另有他的一张粗黑的盾形的脸,在那脸上表现出他自己的特色。在那脸,嘴上是抿了,两眼直看着前面,筋肉像浓霜后的大地一般冷重;一切有这样地严肃,我几乎疑惑那是黑的石像哩!从他上车,我端详了好久,总不见那脸上有一丝的颤动;我忽然感到一种压迫的感觉,仿佛有人用一条厚棉被连头夹脑紧紧地捆了我一般,呼吸便渐渐地低迫促了。那时电车停了;再开的时候,从车后匆匆跑来一个贫妇。伊有褴褛的古旧的混沌色的竹布长褂和袴;跑时只是用两只小脚向前挣扎,蓬蓬的黄发纵横地飘拂着;瘦黑多皱襞的脸上,闪烁着两个热望的眼珠,嘴唇不住地开合——自然是喘息了。伊大概有紧要的事,想搭乘电车。来得慢了,捏捉着车上的铁柱,早又被他从伊手里滑去;于是伊只得踉踉跄跄退下了!这时那位华捕忽然出我意外,赫然地笑了;他看着拙笨的伊,叫道:"哦——呵!"他颊上,眼旁,霜浓的筋肉都

171

开始显出匀称的皱纹；两眼细而润泽，不似先前的枯燥；嘴是咧开了，露出两个灿灿的金牙和一色洁白的大齿；他身体的姿势似乎也因此变动了些。他的笑虽然暂时地将我从冷漠里解放；但一刹那间，空虚之感又使我几乎要被身份的大气压扁！因为从那笑底貌和声里，我锋利地感着一切的骄傲，狡猾，侮辱，残忍；只要有"爱底心"，"和平底光芒"的，谁底全部神经都不被痉挛般掣动着呢？

这便是遍满现世间的"蔑视"了。我今年春间，不自量力，去任某校教务主任。同事们多是我的熟人，但我于他们，却几乎是个完全的生人；我遍尝漠视和膜视底滋味，感到莫名的孤寂！那时第一难事是拟订日课表。因了师生们关系底复杂，校长交来三十余条件；经验缺乏、脑筋简单的我，真是无所措手足！挣揣了五六天工夫，好容易勉强凑成了。却有一位在别校兼课的，资望深重的先生，因为有几天午后的第一课和别校午前的第四课衔接，两校相距太远，又要回家吃饭，有些赶不及，便大不满意。他这兼课情形，我本不知，校长先生底条件里，也未开入；课表中不能顾到，似乎也"情有可原"。但这位先生向来是面若冰霜，气如虹盛；他的字典里大约是没有"恕"字的，于是挑战底信来了，说什么"既难枵腹，又无汽车；如何设法，还希见告"！我当时受了这意外的，滥发的，冷酷的讽刺，极为难受；

正是满肚皮冤枉,没申诉处,我并未曾有一些开罪于他,他却为何待我如仇敌呢?我便写一信复他,自己略略辩解;对于他的态度,表示十分的遗憾:我说若以他的失当的谴责,便该不理这事,可是因为向学校的责任,我终于给他设法了。他接信后,"上诉"于校长先生。校长先生请我去和他对质。狡黠的复仇的微笑在他脸上,正和有毒的菌类显着光怪陆离的彩色一般。他极力说得慢些,说低些:"为什么说'便该不理'呢?课表岂是'钦定'的么?——若说态度,该怎样啊!许要用'请愿'罢?"这里每一个字便像一把利剑,缓缓地,但是深深地,刺入我心里!——他完全胜利,脸上换了愉快的微笑,侮蔑地看着默了的我,我不能再支持,立刻辞了职回去。

这便是遍满现世间的"敌视"了。

1921 年 11 月 4 日作

看 花

　　生长在大江北岸一个城市里,那儿的园林本是著名的,但近来却很少;似乎自幼就不曾听见过"我们今天看花去"一类话,可见花事是不盛的。有些爱花的人,大都只是将花栽在盆里,一盆盆搁在架上;架子横放在院子里。院子照例是小小的,只够放下一个架子;架上至多搁二十多盆花罢了。有时院子里依墙筑起一座"花台",台上种一株开花的树;也有在院子里地上种的。但这只是普通的点缀,不算是爱花。

　　家里人似乎都不甚爱花;父亲只在领我们上街时,偶然和我们到"花房"里去过一两回。但我们住过一所房子,有一座小花园,是房东家的。那里有树,有花架(大约是紫藤花架之类),但我当时还小,不知道那些花木的名字;只记得爬在墙上的是蔷薇而已。园中还有一座太湖石堆成的洞门;现在想来,似乎也还好的。在那时由一个顽皮的少年仆人领了我去,却只知道跑来跑去捉蝴蝶;有时掐下几朵花,也只是随意揉弄着,随意丢弃了。至于领略花的趣味,那是以后的事:夏天的造成,我们那地方有乡下的姑娘在各处街巷,沿门叫着,"卖栀子花来。"栀子花不是什么品高,但我喜欢那白而晕黄的颜色和那肥肥的个儿,正和那些卖花的姑娘有着相似的韵味。栀子花的香,浓而不烈,清而不淡,也是我乐意的。我这样

便爱起花来了。也许有人会问,"你爱的不是花吧?"这个我自己其实也已不大弄得清楚,只好存而不论了。

在高小的一个春天,有人提议到城外 F 寺里吃桃子去,而且预备白吃;不让吃就闹一场,甚至打一架也不在乎。那时虽远在五四运动以前,但我们那里的中学生却常有打进戏园看白戏的事。中学生能白看戏,小学生为什么不能白吃桃子呢?我们都这样想,便由那提议人纠合了十几个同学,浩浩荡荡地向城外而去。到了 F 寺,气势不凡地呵叱着道人们(我们称寺里的工人为道人),立刻领我们向桃园里去。道人们踌躇着说:"现在桃树刚才开花呢。"但是谁信道人们的话?我们终于到了桃园里。大家都丧了气,原来花是真开着呢!这时提议人 P 君便去折花。道人们是一直步步跟着的,立刻上前劝阻,而且用起手来。但 P 君是我们中最不好惹的;"说时迟,那时快",一眨眼,花在他的手里,道人已踉跄在一旁了。那一园子的桃花,想来总该有些可看;我们却谁也没有想着去看。只嚷着,"没有桃子,得沏茶喝!"道人们满肚子委屈地引我们到"方丈"里,大家各喝一大杯茶。这才平了气,谈谈笑笑地进城去。大概我那时还只懂得爱一朵朵的栀子花,对于开在树上的桃花,是并不了然的;所以眼前的机会,便从眼前错过了。

以后渐渐念了些看花的诗,觉得看花颇有些意思。但到北平读了几年书,却只到过崇效寺一次;而去得又嫌早些,那有名的一株绿牡丹还未开呢。北平看花的事很盛,看花的地方也很多;但那时热闹的似乎也只有一班诗人名士,其余还是不相干的。那正是新文学运动的起头,我们这些少年,对于旧诗和那一班诗人名士,实在有些不敬;而看花的地方又都远不可言,我是一个懒人,便干脆地断了那条心了。后来到杭州做事,遇见了 Y 君,他是新诗人兼旧诗人,看花的兴致很好。我和他常到孤山去看梅花。孤山的梅花是古今有名的,但太少;又没有临水的,人也太多。有一回坐在放鹤亭上喝茶,来了一个方面有须,穿着花缎马褂的人,用湖南口音和人打招呼道,"梅花盛开嗒!""盛"字说得特别重,使我吃了一惊;但我吃惊的也只是说在他嘴里"盛"这个声音罢了,花的盛不盛,在我倒并没有什么的。

有一回,Y 来说,灵峰寺有三百株梅花;寺在山里,去的人也少。我和 Y,还有 N 君,从西湖边雇船到岳坟,从岳坟入山。曲曲折折走了好一会,又上了许多石级,才到山上寺里。寺甚小,梅花便在大殿西边园中。园也不大,东墙下有三间净室,最宜喝茶看花;北边有座小山,山上有亭,大约叫"望海亭"吧,望海是未必,但钱塘江与西湖是看得见的。梅树确是不少,密密地低低地整列着。那时已是黄昏,寺里只我们三个游人;梅花并没有开,但那珍珠似的繁星似的骨都儿,已经够可爱了;我们都觉得比孤山上盛开时有味。大殿上正做晚课,送来梵呗的声音,和着梅林中的暗香,真叫我们舍不得回去。在园里徘徊了一会,又在屋里坐了一会,天是黑定了,又没有月色,我们向庙里要了一个旧灯笼,照着下山。路上几乎迷了道,又两次三番地狗咬;我们的Y诗人确有些窘了,但终于到了岳坟。船夫远远迎上来道:"你们来了,我想你们不会冤我呢!"在船上,我们还不离口地说着灵峰的梅花,直到湖边电灯光照到我们的眼。

　　Y回北平去了,我也到了白马湖。那边是乡下,只有沿湖与杨柳相间着种了一行小桃树,春天花发时,在风里娇媚地笑着。还有山里的杜鹃花也不少。这些日日在我们眼前,从没有人像煞有介事地提议,"我们看花去。"但有一位S君,却特别爱养花;他家里几乎是终年不离花的。我们上他家去,总看他在那里不是拿着剪刀修理枝叶,便是提着壶浇水。我们常乐意看着。他院子里一株紫薇花很好,我们在花旁喝酒,不知多少次。白马湖住了不过一年,我却传染了他那花的嗜好。但重到北平时,住在花事很盛的清华园里,接连过了三个春,却从未想到去看一回。只在第二年秋天,曾经和孙三先生在园里看过几次菊花。"清华园之菊"是著名的，孙三先生还特地写了一篇文，画了好些画。但那种一盆一干一花的养法，花是好了，总觉没有天然的风趣。直到去年春天，有了些余闲，在花开前，先向人问了些花的名字。一个好朋友是从知道姓名起的，我想看花也正是如此。恰好Y君也常来园中，我们一天三四趟地到那些花下去徘徊。今年Y君忙些，我便一个人去。我爱繁花老干的杏，临风婀娜的小红桃，贴梗累累如珠的紫荆；但最恋恋的是西府海棠。海棠的花繁得好，也淡得好；艳极了，却没有一丝荡意。疏疏的高干子，英气隐隐逼人。可惜没有趁着月色看过；王鹏运有两句词道："只愁淡月朦胧影，难验微波上下潮。"我想月下的海棠花，大约便是这种光景吧。为了海棠，前两天在城里特地冒了大风到中山公园去，看花的人倒也不少；但不知怎的，却忘了畿辅先哲祠。Y告我那里的一株，遮住了大半个院子；别处的都向上长，这一株却是横里伸张的。花的繁没有法说；海棠本无香，昔人常以为恨，这里花太繁了，却酝酿出一种淡淡的香气，使人久闻不倦。Y告我，正是刮了一日还不息的狂风的晚上；他是前一天去的。他说他去时地上已有落花了，这一日一夜的风，准完了。他说北平看花，是要赶着看的：春光太短了，又晴的日子多；今年算是有阴的日子了，但狂风还是逃不了的。我说北平看花，比别处有意思，也正在此。这时候，我似乎不甚菲薄那一班诗人名士了。

1930年4月

扬州的夏日

扬州从隋炀帝以来，是诗人文士所称道的地方；称道的多了，称道得久了，一般人便也随声附和起来。直到现在，你若向人提起扬州这个名字，他会点头或摇头说："好地方！好地方！"特别是没去过扬州而念过些唐诗的人，在他心里，扬州真像蜃楼海市一般美丽；他若念过《扬州画舫录》一类书，那更了不得了。但在一个久住扬州像我的人，他却没有那么多美丽的幻想，他的憎恶也许掩住了他的爱好；他也许离开了三四年并不去想它。若是想呢，——你说他想什么？女人；不错，这似乎也有名，但怕不是现在的女人吧？——他也只会想着扬州的夏日，虽然与女人仍然不无关系的。

北方和南方一个大不同，在我看，就是北方无水而南方有。诚然，北方今年大雨，永定河，大清河甚至决了堤防，但这并不能算是有水；北平的三海和颐和园虽然有点儿水，但太平衍了，一览而尽，船又那么笨头笨脑的。有水的仍然是南方。扬州的夏日，好处大半便在水上——有人称为"瘦西湖"，这个名字真是太"瘦"了，假西湖之名以行，"雅得这样俗"，老实说，我是不喜欢的。下船的地方便是护城河，曼衍开去，曲曲折折，直到平山堂，——这是你们熟悉的名字——有七八里河道，还有许多杈杈桠桠的支流。这条河其实也没有顶大的好处，只是曲折而有些幽静，和别处不同。

沿河最著名的风景是小金山，法海寺，五亭桥；最远的便是平山堂了。金山你们是知道的，小金山却在水中央。在那里望水最好，看月自然也不错——可是我还不曾有过那样福气。"下河"的人十之九是到这儿的，人不免太多些。法海寺有一个塔，和北海的一样，据说是乾隆皇帝下江南，盐商们连夜督促匠人造成的。法海寺著名的自然是这个塔；但还有一桩，你们猜不着，是红烧猪头。夏天吃红烧猪头，在理论上也许不甚相宜；可是在实际上，挥汗吃着，倒也不坏的。五亭桥如名字所示，是五个亭子的桥。桥是拱形，中一亭最高，两边四亭，参差相称；最宜远看，或看影子，也好。桥洞颇多，乘小船穿来穿去，另有风味。平山堂在蜀冈上。登堂可见江南诸山淡淡的轮廓；"山色有无中"一句话，我看是恰到好处，并不算错。这里游人较少，闲坐在堂上，可以永日。沿路光景，也以闲寂胜。从天宁门或北门下船，蜿蜒的城墙，在水里倒映着苍黝的影子，小船悠然地撑过去，岸上的喧扰像没有似的。

船有三种：大船专供宴游之用，可以挟妓或打牌。小时候常跟了父亲去，在船里听着谋得利洋行的唱片。现在这样乘船的大概少了吧？其次是"小划子"，真像一瓣西瓜，由一个男人或女人用竹篙撑着。乘的人多了，便可雇两只，前后用小凳子跨着：这也可算得"方舟"了。后来又有一种"洋划"，比大船小，比"小划子"大，上支布篷，可以遮日遮雨。"洋划"渐渐地多，大船渐渐地少，然而"小划子"总是有人要的。这不独因为价钱最

贱,也因为它的伶俐。一个人坐在船中,让一个人站在船尾上用竹篙一下一下地撑着,简直是一首唐诗,或一幅山水画。而有些好事的少年,愿意自己撑船,也非"小划子"不行。"小划子"虽然便宜,却也有些分别。譬如说,你们也可想到的,女人撑船总要贵些;姑娘撑的自然更要贵罗。这些撑船的女子,便是有人说过的"瘦西湖上的船娘"。船娘们的故事大概不少,但我不很知道。据说以乱头粗服,风趣天然为胜;中年而有风趣,也仍然算好。可是起初原是逢场作戏,或尚不伤廉惠;以后居然有了价格,便觉意味索然了。

北门外一带,叫做下街,"茶馆"最多,往往一面临河。船行过时,茶客与乘客可以随便招呼说话。船上人若高兴时,也可以向茶馆中要一壶茶,或一两种"小笼点心",在河中喝着,吃着,谈着。回来时再将茶壶和所谓小笼,连价款一并交给茶馆中人。撑船的都与茶馆相熟,他们不怕你白吃。扬州的小笼点心实在不错:我离开扬州,也走过七八处大大小小的地方,还没有吃过那样好的点心;这其实是值得惦记的。茶馆的地方大致总好,名字也颇有好的。如香影廊,绿杨村,红叶山庄,都是到现在还记得的。绿杨村的幌子,挂在绿杨树上,随风飘展,使人想起"绿杨城郭是扬州"的名句。里面还有小池,丛竹,茅亭,景物最幽。这一带的茶馆布置都历落有致,迥非上海,北平方方正正的茶楼可比。

"下河"总是下午。傍晚回来,在暮霭朦胧中上了岸,将大褂折好搭在腕上,一手微微摇着扇子;这样进了北门或天宁门走回家中。这时候可以念"又得浮生半日闲"那一句诗了。

原载1929年12月11日《白华旬刊》第4期

论气节

气节是我国固有的道德标准,现代还用着这个标准来衡量人们的行为,主要的是所谓读书人或士人的立身处世之道。但这似乎只在中年一代如此,青年代倒像不大理会这种传统的标准,他们在用着正在建立的新的标准,也可以叫做新的

冯雪峰雕像

尺度。中年代一般的接受这传统,青年代却不理会它,这种脱节的现象是这种变的时代或动乱时代常有的。因此就引不起什么讨论。直到近年,冯雪峰先生才将这标准这传统作为问题提出,加以分析和批判:这是在他的《乡风与市风》那本杂文集里。

冯先生指出"士节"的两种典型:一是忠臣,一是清高之士。他说后者往往因为脱离了现实,成为"为节而节"的虚无主义者,结果往往会变了节。他却又说"士节"是对人生的一种坚定的态度,是个人意志独立的表现。因此也可以成就接近人民的叛逆者或革命家,但是这种人物的造就或完成,只有在后来的时代,例如我们的时代。冯先生的分析,笔者大体同意;对这个问题笔者近来也常常加以思索,现在写出自己的一些意见,也许可以补充冯先生所没有说到的。

气和节似乎原是两个各自独立的意念。《左传》上有"一鼓作气"的话,是说战斗的。后来所谓"士气"就是这个气,也就是"斗志";这个"士"指的是武士。孟子提倡的"浩然之气",似乎就是这个气的转变与扩充。他说"至大至刚",说"养勇",都是带有战斗性的。"浩然之气"是

"集义所生"，"义"就是"有理"或"公道"。后来所谓"义气"，意思要狭隘些，可也算是"浩然之气"的分支。现在我们常说的"正义感"，虽然特别强调现实，似乎也还可以算是跟"浩然之气"联系着的。至于文天祥所歌咏的"正气"，更显然跟"浩然之气"一脉相承。不过在笔者看来两者却并不完全相同，文氏似乎在强调那消极的节。

节的意念也在先秦时代就有了，《左传》里有"圣达节，次守节，下失节"的话。古代注重礼乐，乐的精神是"和"，礼的精神是"节"。礼乐是贵族生活的手段，也可以说是目的。他们要定等级，明分际，要有稳固的社会秩序，所以要"节"，但是他们要统治，要上统下，所以也要"和"。礼以"节"为主，可也得跟"和"配合着；乐以"和"为主，可也得跟"节"配合着。节跟和是相反相成的。明白了这个道理，我们可以说所谓"圣达节"等等的"节"，是从礼乐里引申出来成了行为的标准或做人的标准；而这个节其实也就是传统的"中道"。按说"和"也是中道，不同的是"和"重在合，"节"重在分；重在分所以重在不犯不乱，这就带上消极性了。

向来论气节的，大概总从东汉末年的党祸起头。那是所谓处士横议的时代。在野的士人纷纷的批评和攻击宦官们的贪污政治，中心似乎在太学。这些在野的士人虽然没有严密的组织，却已经在联合起来，并且博得了人民的同情。宦官们害怕了，于是乎逮捕拘禁那些领导人。这就是所谓"党锢"或"钩党"，"钩"是"钩连"的意思。从这两个名称上可以见出这是一种群众的力量。那时逃亡的党人，家家愿意收容着，所谓"望门投止"，也可以见出人民的态度，这种党人，大家尊为气节之士。气是敢作敢为，节是有所不为——有所不为也就是不合作。这敢作敢为是以集体的力量为基础的，跟孟子的"浩然之气"与世俗所谓"义气"只注重领导者的个人不一样。后来宋朝几千太学生请愿罢免奸臣，以及明朝东林党的攻击宦官，都是集体行动，也都是气节的表现。但是这种表现里似乎积极的"气"更重于消极的"节"。

在专制时代的种种社会条件之下，集体的行动是不容易表现的，于是士人的立身处世就偏向了"节"这个标准。在朝的要做忠臣。这种忠节或是表现在冒犯君主尊严的直谏上，有时因此牺牲性命；或是表现在不做新朝的官甚至以身殉国上。忠而至于死，那是忠而又烈了。在野的要做清高之士，这种人表示不愿和在朝的人合作，因而游离于现实之外；或者更逃避到山林之中，那就是隐逸之士了。这两种节，忠节与高节，都是个人的消极的表现。忠节至多造就一些失败的英雄，高节更只能造就一些明哲保身的自了汉，甚至于一些虚无主义者。原来气是动的，可以变化。我们常说志气，志是心之所向，可以在四方，可以在千里，志和气是配合着的。节却是静的，不变的；所以要"守节"，要不"失节"。有时候节甚至于是死的，死的节跟活的现实脱了榫，于是乎自命清高的人结果变了节，冯雪峰先生论到周作人，就是眼前的例子。从统治阶级的立场看，"忠言逆耳利于行"，忠臣到底是卫护着这个阶级的，而清高之士消纳了叛逆者，也是有利于这个阶级的。所以宋朝人说"饿死事小，失节事大"，原先说的是女人，后来也用来说士人，这正是统治阶级代言人的口气，但是也表示着到了那时代士的个人地位的增高和责任的加重。

"士"或称为"读书人"，是统治阶级最下层的单位，并非"帮闲"。他们的利害跟君相是共同的，在朝固然如此，在野也未尝不如此。固然在野的处士可以不受君臣名分的束缚，可以"不事王侯，高尚其事"，但是他们得吃饭，这饭恐怕还得靠农民耕给他们吃，而这些农民大概是属于他们做官的祖宗的遗产的。"躬耕"往往是一句门面话，就是偶然有个把真正躬耕的如陶渊明，精神上或意识形态上也还是在负着天下兴亡之责的士，陶的《述酒》等诗就是证据。可见处士虽然有时横议，那只是自家人吵嘴闹架，他们生活的基础一般的主要的还是在农民的劳动上，跟君主与在朝的大夫并无两样，而一般的主要的意识形态，彼此也是一致的。

然而士终于变质了，这可以说是到了民国时代才显著。从清朝末年开设学校，教员和学生渐渐加多，他们渐渐各自形成一个集团；其中有不少的人参加革新运动或革命运动，而大多数也倾向着这两种运动。这已是气重于节了。等到民国成立，理论上人民是主人，事实上是军阀争权。这时代的教员和学生意识着自己的主人身分，游离了统治的军阀；他们是在野，可是由于军阀政治的腐败，却渐渐获得了一种领导的地位。他们虽然还不能和民众打成一片，但是已经在渐渐的接近民众。五四运动划出了一个新时代。自由主义建筑在自由职业和社会分工的基础上。教员是自由职业者，不是官，也

漉酒图　丁云鹏（明）

不是候补的官。学生也可以选择多元的职业，不是只有做官一路。他们于是从统治阶级独立，不再是"士"或所谓"读书人"，而变成了"知识分子"，集体的就是"知识阶级"。残余的"士"或"读书人"自然也还有，不过只是些残馀罢了。这种变质是中国现代化的过程的一段，而中国的知识阶级在这过程中也曾尽了并且还在想尽他们的任务，跟这时代世界上别处的知识阶级一样，也分享着他们一般的运命。若用气节的标准来衡量，这些知识分子或这个知识阶级开头是气重于节，到了现在却又似乎是节重于气了。

知识阶级开头凭着集团的力量勇猛直前，打倒种种传统，那时候是敢作敢为一股气。可是这个集团并不大，在中国尤其如此，力量到底有限，而与民众打成一片又不容易，于是碰到集中的武力，甚至加上外来的压力，就抵挡不住。而一方面广大的民众抬头要饭吃，他们也没法满足这些饥饿的民众。他们于是失去了领导的地位，逗留在这夹缝中间，渐渐感觉着不自由，闹了个"四大金刚悬空八只脚"。他们于是只能保守着自己，这也算是节罢；也想缓缓的落下地去，可是气不足，得等着瞧。可是这里的是偏于中年一代。青年代的知识分子却不如此，他们无视传统的"气节"，特别是那种消极的"节"，替代的是"正义感"，接着"正义感"的是"行动"，其实"正义感"是合并了"气"和"节"，"行动"还是"气"。这是他们的新的做人的尺度。等到这个尺度成为标准，知识阶级大概是还要变质的罢？

1947 年 4 月 13、14 日作

冬 天

说起冬天,忽然想到豆腐。是一"小洋锅"(铝锅)白煮豆腐,热腾腾的。水滚着,像好些鱼眼睛,一小块一小块豆腐养在里面,嫩而滑,仿佛反穿的白狐大衣。锅在"洋炉子"(煤油不打气炉)上,和炉子都熏得乌黑乌黑,越显出豆腐的白。这是晚上,屋子老了,虽点着"洋灯",也还是阴暗。围着桌子坐的是父亲跟我们哥儿三个。"洋炉子"太高了,父亲得常常站起来,微微地仰着脸,觑着眼睛,从氤氲的热气里伸进筷子,夹起豆腐,一一地放在我们的酱油碟里。我们有时也自己动手,但炉子实在太高了,总还是坐享其成的多。这并不是吃饭,只是玩儿。父亲说晚上冷,吃了大家暖和些。我们都喜欢这种白水豆腐;一上桌就眼巴巴望着那锅,等着那热气,等着热气里从父亲筷子上掉下来的豆腐。

又是冬天,记得是阴历十一月十六晚上,跟S君P君在西湖里坐小划子。S君刚到杭州教书,事先来信说:"我们要游西湖,不管它是冬天。"那晚月色真好,现在想起来还像照在身上。本来前一晚是"月当头";也许十一月的月亮真有些特别吧。那时九点多了,湖上似乎只有我们一只划子。有点风,月光照着软软的水波;当间那一溜儿反光,像新砑的银子。湖上的山只剩了淡淡的影子。山下偶尔有一两星灯火。S君口占两句诗道:"数星灯火认渔村,淡墨轻描远黛痕。"我们都不大说话,只有均匀的桨声。我渐渐地快睡着了。P君"喂"了一下,才抬起眼皮,看见他在微笑。船夫问要不要上净寺去;是阿弥陀佛生日,那边蛮热闹的。到了寺里,殿上灯烛辉煌,满是佛婆念佛的声音,好像醒了一场梦。这已是十多年前的事了。S君还常常通着信,P君听说转变了好几次,前年是在一个特税局里收特税了,以后便没有消息。

　　在台州过了一个冬天,一家四口子。台州是个山城,可以说在一个大谷里。只有一条二里长的大街。别的路上白天简直不大见人;晚上一片漆黑。偶尔人家窗户里透出一点灯光,还有走路的拿着的火把;但那是少极了。我们住在山脚下。有的是山上松林里的风声,跟天上一只两只的鸟影。夏末到那里,春初便走,却好像老在过着冬天似的;可是即便真冬天也并不冷。我们住在楼上,书房临着大路;路上有人说话,可以清清楚楚地听见。但因为走路的人太少了,间或有点说话的声音,听起来还只当远风送来的,想不到就在窗外。我们是外路人,除上学校去之外,常只在家里坐着。妻也惯了那寂寞,只和我们爷儿们守着。外边虽老是冬天,家里却老是春天。有一回我上街去,回来的时候,楼下厨房的大方窗开着,并排地挨着她们母子三个;三张脸都带着天真微笑地向着我。似乎台州空空的,只有我们四人;天地空空的,也只有我们四人。那时是民国十年,妻刚从家里出来,满自在。现在她死了快四年了,我却还老记着她那微笑的影子。

　　无论怎么冷,大风大雪,想到这些,我心上总是温暖的。

　　　　　　　　　　　　原载1933年12月1日《中学生》第40号

谈抽烟

有人说，"抽烟有什么好处？还不如吃点口香糖，甜甜的，倒不错。"不用说，你知道这准是外行。口香糖也许不错，可是喜欢的怕是女人孩子居多；男人很少赏识这种玩意儿的；除非在美国，那儿怕有些个例外。一块口香糖得咀嚼老半天，还是嚼不完。这其实不像抽烟，倒像衔橄榄。你见过衔着橄榄的人？腮帮子上凸出一块，嘴里不时地嗞儿嗞儿的。抽烟可用不着这么费劲；烟卷儿尤其省事，随便一叼上，悠然的就吸起来，谁也不来注意你。抽烟说不上是什么味道；勉强说，也许有点儿苦吧。但抽烟的不稀罕那"苦"而稀罕那"有点儿"。他的嘴太闷了，或者太闲了，就要这么点儿来凑热闹，让他觉得嘴还是他的。嚼一块口香糖可就太多，甜甜的，够多腻味；而且有了糖也许便忘记了"我"。

抽烟其实是个玩意儿。就说制抽卷烟吧，你打开匣子或罐子，抽出烟来，在桌上顿几下，衔上，擦洋火，点上。这其间每一个动作都带股劲儿，像做戏一般。自己也许不觉得，但到没有烟抽的时候，便觉得了。那时候你必然闲得无聊；特别是两只手，简直没放处。再说那吐出的烟，袅袅地缭绕着，也够你一回两回地捉摸；它可以领你走到顶远的地方去。——即便在百忙当中，也可以让你轻松一忽儿。所以老于抽烟的人，一叼上烟，真能悠然遐想。他霎时间是个自由自在的身子，无论他是靠在沙发上的绅士，还是蹲在台阶上的瓦匠。有时候他还能够叼着烟和人说闲话；自然有些含含糊糊的，但是可喜的是那满不在乎的神气。这些大概也算是游戏三昧吧。

好些人抽烟，为的有个伴儿。譬如说一个人单身住在北平，和朋友在一块儿，倒是有说有笑的，回家来，空屋子像水一样。这时候他可以摸出一支烟抽起来，借点儿暖气。黄昏来了，屋子里的东西只剩些轮廓，暂时懒得开灯,也可以点上一支烟,看烟头上的火一闪一闪的,像亲密的低语,只有自己听得出。要是生气,也不妨迁怒一下,使劲儿吸他十来口。客来了,若你倦了说不得话,或者找不出可说的,干坐着岂不着急?这时候最好拈起一支烟将嘴堵上等你对面的人。若是他也这么办,便尽时间在烟子里爬过去。各人抓着一个新伴儿,大可以盘桓一会的。

从前抽水烟旱烟,不过一种不伤大雅的嗜好,现在抽烟却成了派头。抽烟卷儿指头黄了,由它去。用烟嘴不独麻烦,也小气,又跟烟隔得那么老远的。今儿大褂上一个窟窿,明儿坎肩上一个,由他去。一支烟里的尼古丁可以毒死一个小麻雀,也由它去。总之,蹩蹩扭扭的,其实也还是个"满不在乎"罢了。烟有好有坏,味有浓有淡,能够辨味的是内行,不择烟而抽的是大方之家。

1933 年 10 月 11 日作

南　京

　　南京是值得留连的地方，虽然我只是来来去去，而且又都在夏天。也想夸说夸说，可惜知道的太少；现在所写的，只是一个旅行人的印象罢了。

　　逛南京像逛古董铺子，到处都有些时代侵蚀的遗痕。你可以摩挲，可以凭吊，可以悠然遐想；想到六朝的兴废，王谢的风流，秦淮的艳迹。这些也许只是老调子，不过经过自家一番体贴，便不同了。所以我劝你上鸡鸣寺去，最好选一个微雨天或月夜。在朦胧里，才酝酿着那一缕幽幽的古味。你坐在一排明窗的豁蒙楼上，吃一碗茶，看面前苍然蜿蜒着的台城。台城外明净荒寒的玄武湖就像大涤子的画。豁蒙楼一排窗子安排得最有心思，让你看的一点不多，一点不少。寺后有一口灌园的井，可不是那陈后主和张丽华躲在一堆儿的"胭脂井"。那口胭脂井并不在路边，得破费点工夫寻觅。井栏也不在井上；要看，得老远地上明故宫遗址的古物保存所去。

　　从寺后的园地，拣着路上台城；没有垛子，真像平台一样。踏在茸茸的草上，说不出的静。夏天白昼有成群的黑蝴蝶，在微风里飞；这些黑蝴蝶上下旋转地飞，远看像一根粗的圆柱子。城上可以望南京的每一角。这时候若有个熟悉历代形势的人，给你指点，隋兵是从这角进来的，湘军是从那角进来的，你可以想像异样装束的队伍，打着异样的旗帜，拿着异样的武器，汹汹涌涌地进来，远远仿佛还有哭喊之声。假如你记得一些金陵怀古的诗词，趁这时候暗诵几回，也可印证印证，许更能领略作者当日的情思。

　　从前可以从台城爬出去，在玄武湖边；若是月夜，两三个人，两三个零落的影子，歪歪斜斜地挪移下去，够多好。现在可不成了，得出寺，下山，绕着大弯儿出城。七八年前，湖里几乎长满了苇子，一味地荒寒，虽有好月光，也不大能照到水上；船又窄，又小，又漏，教人逛着愁着。这几年大不同了,一出城,看见湖,就有烟水苍茫之意;船也大多了,有藤椅子可以躺着。水中岸上都光光的;亏得湖里有五个洲子点缀着,不然便一览无余了。这里的水是白的,又有波澜,俨然长江大河的气势,与西湖的静绿不同,最宜于看月,一片空蒙,无边无界。若在微醺之后,迎着小风,似睡非睡地躺在藤椅上,听着船底汩汩的波响与不知何方来的箫声,真会教你忘却身在那里。五个洲子似乎都局促无可看,但长堤宛转相通,却值得走走。

湖上的樱桃最出名。据说樱桃熟时,游人在树下现买,现摘,现吃,谈着笑着,多热闹的。

清凉山在一个角落里,似乎人迹不多。扫叶楼的安排与豁蒙楼相仿佛,但窗外的景象不同。这里是滴绿的山环抱着,山下一片滴绿的树;那绿色真是扑到人

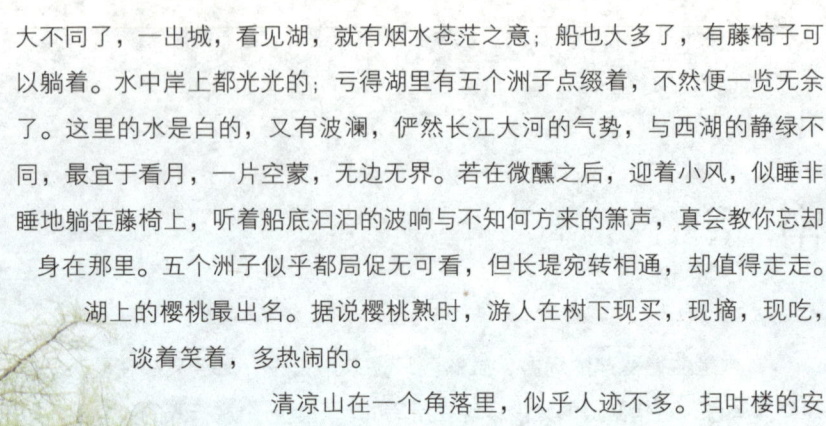

眉宇上来。若许我再用画来比，这怕像王石谷的手笔了。在豁蒙楼上不容易坐得久，你至少要上台城去看看。在扫叶楼上却不想走；窗外的光景好像满为这座楼而设，一上楼便什么都有了。夏天去确有一股"清凉"味。这里与豁蒙楼全有素面吃，又可口，又贱。

莫愁湖在华严庵里。湖不大，又不能泛舟，夏天却有荷花荷叶。临湖一带屋子，凭栏眺望，也颇有远情。莫愁小像，在胜棋楼下，不知谁画的，大约不很古吧；但脸子开得秀逸之至，衣褶也柔活之至，大有"挥袖凌虚翔"的意思；若让我题，我将毫不踌躇地写上"仙乎仙乎"四字。另有石刻的画像，也在这里，想来许是那一幅画所从出；但生气反而差得多。这里虽也临湖，因为屋子深，显得阴暗些；可是古色古香，阴暗得好。诗文联语当然多，只记得王湘绮的半联云："莫轻他北地胭脂，看艇子初来，江南儿女无颜色。"气概很不错。所谓胜棋楼，相传是明太祖与徐达下棋，徐达胜了，太祖便赐给他这一所屋子。太祖那样人，居然也会做出这种雅事来了。左手临湖的小阁却敞亮得多，也敞亮得好。有曾国藩画像，忘记是谁横题着"江天小阁坐人豪"一句。我喜欢这个题句，"江天"与"坐人豪"，景象阔大，使得这屋子更加开朗起来。

秦淮河我已另有记。但那文里所说的情形，现在已大变了。从前读《桃花扇》《板桥杂记》一类书，颇有沧桑之感；现在想到自己十多年前身历的情形，怕也会有沧桑之感了。前年看见夫子庙前旧日的画舫，那样狼狈的样子，又在老万全酒栈看秦淮河水，差不多全黑了，加上巴掌大，透不出气的所谓秦淮小公园，简直有些厌恶，再别提做什么梦了。贡院原也在秦淮河上，现在早拆得只剩一点儿了。民国五年父亲带我去看过，已经荒凉不堪，号舍里草都长满了。父亲曾经办过江南闱差，熟悉考场的情形，说来头头是道。他说考生入场时，都有送场的，人很多，门口闹嚷嚷的。天不亮就点名，搜夹带。大家都归号。似乎直到晚上，头场题才出来，写在灯牌上，由号军扛着在各号里走。所谓"号"，就是一条狭长的胡同，两旁排列着号舍，口儿上写着什么天字号，地字号等等的。每一号舍之大，恰好容一个人坐着；从前人说是像轿子，真不错。几天里吃饭，睡觉，做文章，都在这轿子里；坐的伏的各有一块硬板，如是而已。官号稍好一些，是给达官贵人的子弟预备的，但得补褂朝珠地入场，那时是夏秋之交，天还热，也够受的。父亲又说，乡试时场外有兵巡逻，防备通关节。场内也竖起黑幡，叫鬼魂们有冤报冤，有仇报仇；我听到这里，有点毛骨悚然。现在贡院已变成碎石路；在路上走的人，怕很少想起这些事情的了吧？

明故宫只是一片瓦砾场，在斜阳里看，只感到李太白《忆秦娥》的"西风残照，汉家陵阙"二语的妙。午门还残存着，遥遥直对洪武门的城楼，有万千气象。古物保存所便在这里，可惜规模太小，陈列得也无甚次序。明孝陵道上的石人石马，虽然残缺零乱，还可见泱泱大风；享殿并不巍峨，只陵下的隧道，阴森袭人，夏天在里面待着，凉风沁人肌骨。这陵大概是开国时草创的规模，所以简朴得很；比起长陵，差得真太远了。然而简朴得好。

雨花台的石子，人人皆知；但现在怕也捡不着什么了。那地方毫无可看。记得刘后村的诗云："昔年讲师何处在，高台犹以'雨花'名。有时宝向泥寻得，一片山无草敢生。"我所感的至多也只如此。还有，前些年南京枪决囚人都在雨花台下，所以洋车夫遇见别的车夫和他争先时，常说，"忙什么！赶雨花台去！"这和从前北京车夫说"赶菜市口儿"一样。现在时移势异，这种话渐渐听不见了。

燕子矶在长江里看，一片绝壁，危亭翼然，的确惊心动魄。但到了上边，逼窄污秽，毫无可以盘桓之处。燕山十二洞，去过三个。只三台洞层层折折，由幽入明，别有匠心，可是也年久失修了。

南京的新名胜，不用说，首推中山陵。中山陵全用青白两色，以象征青天白日，与帝王陵寝用红墙黄瓦的不同。假如红墙黄瓦有富贵气，那青琉璃瓦的享堂，青琉璃瓦的碑亭却有名贵气。从陵门上享堂，白石台阶不知多少级，但爬得够累的；然而你远看，决想不到会有这么多的台阶儿。这是设计的妙处。德国波慈达姆无愁宫前的石阶，也同此妙。享堂进去也不小；可是远处看，简直小得可以，和那白石的飞阶不相称，一点儿压不住，仿佛高个儿戴着小尖帽。近处山角里一座阵亡将士纪念塔，粗粗的，矮矮的，正当着一个青青的小山峰，让两边儿的山紧紧抱着，静极，稳极。——谭墓没去过，听说颇有点丘壑。中央运动场也在中山陵近处，全仿外洋的样子。全国运动会时，也不知有多少照相与描写登在报上；现在是时髦的游泳的地方。

　　若要看旧书，可以上江苏省立图书馆去。这在汉西门龙蟠里，也是一个角落里。这原是江南图书馆，以丁丙的善本书室藏书为底子；词曲的书特别多。此外中央大学图书馆近年来也颇有不少书。中央大学是个散步的好地方。宽大，干净，有树木；黄昏时去兜一个或大或小的圈儿，最有意思。后面有个梅庵，是那会写字的清道人的遗迹。这里只是随宜地用树枝搭成的小小的屋子。庵前有一株六朝松，但据说实在是六朝桧；桧荫遮住了小院子，真是不染一尘。

　　南京茶馆里干丝很为人所称道。但这些人必没有到过镇江，扬州，那儿的干丝比南京细得多，又从来不那么甜。我倒是觉得芝麻烧饼好，一种长圆的，刚出炉，既香，且酥，又白，大概各茶馆都有。咸板鸭才是南京的名产，要热吃，也是香得好；肉要肥要厚，才有咬嚼。但南京人都说盐水鸭更好，大约取其嫩，其鲜；那是冷吃的，我可不知怎样，老觉得不大得劲儿。

1934 年 8 月 12 日作

重庆一瞥

重庆的大，我这两年才知道。从前只知重庆是一个岛，而岛似乎总大不到那儿去的。两年前听得一个朋友谈起，才知道不然。他一向也没有把重庆放在心上。但抗战前二年走进夔门一看，重庆简直跟上海差不多；那时他确实吃了一惊。我去年七月到重庆时，这一惊倒是幸而免了。却是，住了一礼拜，跑的地方不算少，并且带了地图在手里，而离开的时候，重庆在我心上还是一座丈八金身，摸不着头脑。重庆到底好大，我现在还是说不出。

从前许多人，连一些四川人在内，都说重庆热闹，俗气，我一向信为定论。然而不尽然。热闹，不错，这两年更其是的；俗气，可并不然。我在南岸一座山头上住了几天。朋友家有一个小廊子，和重庆市面对面儿。清早江上雾濛濛的，雾中隐约着重庆市的影子。重庆市南北够狭的，东西却够长的，展开来像一幅扇面上淡墨轻描的山水画。雾渐渐消了，轮廓渐渐显了，扇上面着了颜色，但也只淡淡儿的，而且阴天晴天差不了多少似的。一般所说的俗陋的洋房，隔了一衣带水却出落得这般素雅，谁知道！再说在市内，傍晚的时候我跟朋友在枣子岚垭，观音岩一带散步，电灯亮了，上上下下，一片一片的是星的海，光的海。一盏灯一个眼睛，传递着密语，像旁边没有一个人。没有人，还那儿来的俗气？

　　从昆明来，一路上想，重庆经过那么多回轰炸，景象该很惨罢。报上虽不说起，可是想得到的。可是，想不到的！我坐轿子，坐洋车，坐公共汽车，看了不少的街，炸痕是有的，瓦砾场是有的，可是，我不得不吃惊了，整个的重庆市还是堂皇伟丽的！街上还是川流不息的车子和步行人，挤着挨着，一个垂头丧气的也没有。有一早上坐在黄家垭口那家宽敞的豆乳店里，街上开过几辆炮车。店里的人都起身看，沿街也聚着不少的人。这些人的眼里都充满了安慰和希望。只要有安慰和希望，怎么轰炸重庆市的景象也不会惨的，我恍然大悟了。——只看去年秋天那回大轰炸以后，曾几何时，我们的陪都不是又建设起来了吗！

1941 年 3 月 14 日作

说 梦

伪《列子》里有一段梦话,说得甚好:

"周之尹氏大治产,其下趣役者,侵晨昏而不息。有老役夫筋力竭矣,而使之弥勤。昼则呻呼而即事,夜则昏惫而熟寐。精神荒散,昔昔梦为国君:居人民之上,总一国之事;游燕宫观,恣意所欲,其乐无比。觉则复役人。……尹氏心营世事,虑钟家业,心形俱疲,夜亦昏惫而寐。昔昔梦为人仆:趋走作役,无不为也;数骂杖挞,无不至也。眠中吃啽呻呼,彻旦息焉。……"

此文原意是要说出"苦逸之复,数之常也;若欲觉梦兼之,岂可得邪?"这其间大有玄味,我是领略不着的;我只是断章取义地赏识这件故事的自身,所以才老远地引了来。我只觉得梦不是一件坏东西。即真如这件故事所说,也还是很有意思的。因为人生有限,我们若能夜夜有这样清楚的梦,则过了一日,足抵两日,过了五十岁,足抵一百岁;如此便宜的事,真是落得的。至于梦中的"苦乐",则照我素人的见解,毕竟是"梦中的"苦乐,不必斤斤计较的。若必欲斤斤计较,我要大胆地说一句:他和那些在墙上贴红纸条儿,写着"夜梦不祥,书破大吉"的,同样地不懂得梦!

但庄子说道,"至人无梦。"伪《列子》里也说道,"古之真人,其觉自忘,其寝不梦。"——张湛注曰,"真人无往不忘,乃当不眠,何梦之有?"可知我们这几位先哲不甚以做梦为然,至少也总以为梦是不大高明的东西。但孔子就与他们不同,他深以"不复梦见周公"为憾;他自然是爱做梦的,至少也是不反对做梦的。——殆所谓时乎做梦则做梦者欤?我觉得"至人",

"真人"，毕竟没有我们的份儿，我们大可不必妄想；只看"乃当不眠"一个条件，你我能做到么？唉，你若主张或实行"八小时睡眠"，就别想做"至人"，"真人"了！但是，也不用担心，还有为我们掮木梢的：我们知道，愚人也无梦！他们是一枕黑甜，哼呵到晓，一些儿梦的影子也找不着的！我们徼幸还会做几个梦，虽因此失了"至人"，"真人"的资格，却也因此而得免于愚人，未尝不是运气。至于"至人"，"真人"之无梦和愚人之无梦，究竟有何分别？却是一个难题。我想偷懒，还是摭拾上文说过的话来答吧："真人……乃当不眠，……"而愚人是"一枕黑甜，哼呵到晓"的！再加一句，此即孔子所谓"上智与下愚不移"也。说到孔子，孔子不反对做梦，难道也做不了"至人"，"真人"？我说，"唯唯，否否！"孔子是"圣人"，自有他的特殊的地位，用不着再来争"至人"，"真人"的名号了。但得知道，做梦而能梦周公，才能成其所以为圣人；我们也还是够不上格儿的。

我们终于只能做第二流人物。但这中间也还有个高低。高的如我的朋友P君：他梦见花，梦见诗，梦见绮丽的衣裳，……真可算得有梦皆甜了。低的如我：我在江南时，本忝在愚人之列，照例是漆黑一团地睡到天光；不过得声明，哼呵是没有的。北来以后，不知怎样，陡然聪明起来，夜夜有梦，而且不一其梦。但我究竟是新升格的，梦尽管做，却做不着一个清清楚

梦蝶图　刘贯道（元）

楚的梦！成夜地乱梦颠倒，醒来不知所云，恍然若失。最难堪的是每早将醒未醒之际，残梦依人，腻腻不去；忽然双眼一睁，如坠深谷，万象寂然——只有一角日光在墙上痴痴地等着！我此时决不起来，必凝神细想，欲追回梦中滋味于万一；但照例是想不出，只惘惘然茫茫然似乎怀念着些什么而已。虽然如此，有一点是知道的：梦中的天地是自由的，任你徜徉，任你翱翔；一睁眼却就给密密的麻绳绑上了，就大大地不同了！我现在确乎有些精神恍惚，这里所写的就够教你知道。但我不因此诅咒梦；我只怪我做梦的艺术不佳，做不着清楚的梦。若做着清楚的梦，若夜夜做着清楚的梦，我想精神恍惚也无妨。照现在这样一大串儿糊里糊涂的梦，直是要将这个"我"化成漆黑一团，却有些儿不便。是的，我得学些本事，今夜做他几个好好的梦。我是彻头彻尾赞美梦的，因为我是素人，而且将永远是素人。

原载 1925 年 10 月《清华周刊》第 24 卷第 8 号

沉 默

　　沉默是一种处世哲学，用得好时，又是一种艺术。

　　谁都知道口是用来吃饭的，有人却说是用来接吻的。我说满没有错儿；但是若统计起来，口的最多的（也许不是最大的）用处，还应该是说话，我相信。按照时下流行的议论，说话大约也算是一种"宣传"，自我的宣传。所以说话彻头彻尾是为自己的事。若有人一口咬定是为别人，凭了种种神圣的名字；我却也愿意让步，请许我这样说：说话有时的确只是间接地为自己，而直接的算是为别人！

　　自己以外有别人，所以要说话；别人也有别人的自己，所以又要少说话或不说话。于是乎我们要懂得沉默。你若念过鲁迅先生的《祝福》，一定会立刻明白我的意思。

　　一般人见生人时，大抵会沉默的，但也有不少例外。常在火车轮船里，看见有些人迫不及待似地到处向人问讯，攀谈，无论那是搭客或茶房，我只有羡慕这些人的健康；因为在中国这样旅行中，竟会不感觉一点儿疲倦！见生人的沉默，大约由于原始的恐惧，但是似乎也还有别的。假如这个生人的名字，你全然不熟悉，你所能做的工作，自然只是有意或无意的防御——像防御一个敌人。沉默便是最安全的防御战略。你不一定要他知道你，更不想让他发现你的可笑的地方——一个人总有些可笑的地方不是？——；你只让他尽量说他所要说的，若他是个爱说的人。末了你恭恭敬敬和他分别。假如这个生人，你愿意和他做朋友，你也还是得沉默。但是得留心听他的话，选出几处，加以简短的，相当的赞词；至少也得表示相当的同意。这就是知己的开场，或说起码的知己也可。假如这个生人是你所敬仰的或未必敬仰的"大人物"，你记住，更不可不沉默！大人物的言语，乃至脸色眼光，都有异样的地方；你最好远远地坐着，让那些勇敢的同伴上前线去。——自然，我说的只是你偶然地遇着或随众访问大人物的时候。若你愿意专诚拜谒，你得另想办法；在我，那却是一件可怕的事。——你看看大人物与非大人物或大人物与大人物间谈话的情形，准可以满足，而不用从牙缝里迸出一个字。说话是一件费神的事，能少说或不说以及应少说或不说的时候，沉默实在是长寿之一道。至于自我宣传，诚哉重要——谁能不承认这是重要呢？——，但对于生人，这是白费的；他不会领略你宣传的旨趣，只暗笑你的宣传热；他会忘记得干干净净，在和你一鞠躬或一握手以后。

　　朋友和生人不同，就在他们能听也肯听你的说话——宣传。这不用说是交换的，但是就是交换的也好。他们在不同的程度下了解你，谅解你；他们对于你有了相当的趣味和礼貌。你的话满足他们的好奇心，他们就趣味地听着；你的话严重或悲哀，他们因为礼貌的缘故，也能暂时跟着你严重或悲哀。在后一种情形里，满足的是你；他们所真感到的怕倒是矜持的气氛。他们知道"应该"怎样做；这其实是一种牺牲，"应该"也"值得"感谢的。但是即使在知己的朋友面前，你的话也还不应该说得太多；同样的故事，情感，和警句，隽语，也不宜重复地说。《祝福》就是一个好榜样。你应该相当地节制自己，不可妄想你的话占领朋友们整个的心——你自己的心，也不

会让别人完全占领呀。你更应该知道怎样藏匿你自己。只有不可知,不可得的,才有人去追求;你若将所有的尽给了别人,你对于别人,对于世界,将没有丝毫意义,正和医学生实习解剖时用过的尸体一样。那时是不可思议的孤独,你将不能支持自己,而倾仆到无底的黑暗里去。一个情人常喜欢说:"我愿意将所有的都献给你!"谁真知道他或她所有的是些什么呢? 第一个说这句话的人,只是表示自己的慷慨,至多也只是表示一种理想;以后跟着说的,更只是"口头禅"而已。所以朋友间,甚至恋人间,沉默还是不可少的。你的话应该像黑夜的星星,不应该像除夕的爆竹——谁稀罕那彻宵的爆竹呢? 而沉默有时更有诗意。譬如在下午,在黄昏,在深夜,在大而静的屋子里,短时的沉默,也许远胜于连续不断的倦怠了的谈话。有人称这种境界为"无言之美",你瞧,多漂亮的名字!——至于所谓"拈花微笑",那更了不起了!

可是沉默也有不行的时候。人多时你容易沉默下去,一主一客时,就不准行。你的过分沉默,也许把你的生客惹恼了,赶跑了! 倘使你愿意赶他,当然很好;倘使你不愿意呢,你就得不时的让他喝茶,抽烟,看画片,读报,听话匣子,偶然也和他谈谈天气,时局——只是复述报纸的记载,加上几个不能解决的疑问——,总以引他说话为度。于是你点点头,哼哼鼻子,时而叹叹气,听着。他说完了,你再给起个头,照样的听着。但是我的朋友遇见过一个生客,他是一位准大人物,因某种礼貌关系去看我的朋友。他坐下时,将两手笼起,搁在桌上。说了几句话,就止住了,两眼炯炯地直看着我的朋友。我的朋友窘极,好容易陆陆续续地找出一句半句话来敷衍。这自然也是沉默的一种用法,是上司对属僚保持威严用的。用在一般交际里,未免太露骨了;而在上述的情形中,不为主人留一些馀地,更属无礼。大人物以及准大人物之可怕,正在此等处。至于应付的方法,其实倒也有,那还是沉默;只消照样笼了手,和他对看起来,他大约也就无可奈何了罢?

原载 1932 年 11 月 7 日《清华周刊》第 38 卷第 6 期

潭柘寺 戒坛寺

早就知道潭柘寺，戒坛寺。在商务印书馆的《北平指南》上，见过潭柘的铜图，小小的一块，模模糊糊的，看了一点没有想去的意思。后来不断地听人说起这两座庙；有时候说路上不平静，有时候说路上红叶好。说红叶好的劝我秋天去；但也有人劝我夏天去。有一回骑驴上八大处，赶驴的问逛过潭柘没有，我说没有。他说潭柘风景好，那儿满是老道，他去过，离八大处七八十里地，坐轿骑驴都成。我不大喜欢老道的装束，尤其是那满蓄着的长头发，看上去罗里罗唆，龌里龌龊的。更不想骑驴走七八十里地，因为我知道驴子与我都受不了。真打动我的倒是"潭柘寺"这个名字。不懂不是？就是不懂的妙。躲懒的人念成"潭拓寺"，那更莫名其妙了。这怕是中国文法的花样；要是来个欧化，说是"潭和柘的寺"，那就用不着咬嚼或吟味了。还有在一部诗话里看见近人咏戒坛松的七古，诗腾挪夭矫，想来松也如此。所以去。但是在夏秋之前的春天，而且是早春；北平的早春是没有花的。

这才认真打听去过的人。有的说住潭柘好，有的说住戒坛好。有的人说路太难走，走到了筋疲力尽，再没兴致玩儿；有人说走路有意思。又有人说，去时坐了轿子，半路上前后两个轿夫吵起来，把轿子搁下，直说不抬了。于是心中暗自决定，不坐轿，也不走路；取中道，骑驴子。又按普通说法，总是潭柘寺在前，戒坛寺在后，想着戒坛寺一定远些；于是决定住潭柘，因为一天回不来，必得住。门头沟下车时，想着人多，怕雇不着许多驴，但是并不然——雇驴的时候，才知道戒坛去便宜一半，那就是说近一半。这时候自己忽然逞起能来，要走路。走吧。

这一段路可够瞧的。像是河床，怎么也挑不出没有石子的地方，脚底下老是绊来绊去的，教人心烦。又没有树木，甚至于没有一根草。这一带原有煤窑，拉煤的大车往来不绝，尘土里饱和着煤屑。变成黯淡的深灰色，教人看了透不出气来。走一点钟光景。自己觉得已经有点办不了，怕没有走到便筋疲力尽；幸而山上下来一条驴，如获至宝似地雇下，骑上去。这一天东风特别大。平常骑驴就不稳，风一大真是祸不单行。山上东西都有路，很窄，下面是斜坡；本来从西边走，驴夫看风势太猛，将驴拉上东路。就这么着，有一回还几乎让风将驴吹倒；若走西边，没有准儿会驴我同归哪。想起从前人画风雪骑驴图，极是雅事；大概那不是上潭柘寺去的。驴背上照例该有些诗意，但是我，下有驴子，上有帽子眼镜，都要照管；又有迎风下泪的毛病，常要掏手巾擦干。当其时真恨不得生出第三只手来才好。

东边山峰渐起，风是过不来了；可是驴也骑不得了，说是坎儿多。坎儿可真多。这时候精神倒好起来了：崎岖的路正可以练腰脚，处处要眼到心到脚到，不像平地上。人多更有点竞赛的心理，总想走上最前头去，再则这儿的山势虽然说不上险，可是突兀，丑怪，巉刻的地方有的是。我们说这才有点儿山的意思；老像八大处那样，真教人气闷闷的。于是一直走到潭柘寺后门；这段坎儿路比风里走过的长一半，小驴毫无用处，驴夫说："咳，这不过给您做个伴儿！"

墙外先看见竹子，且不想进去。又密，又粗，虽然不够绿。北平看竹子，真不易。又想到八大处了，大悲庵殿前那一溜儿，薄得可怜，细得也可怜，比起这儿，真是小巫见大巫了。进去过一道角门，门旁突然亭亭地矗立着两竿粗竹子，在墙上紧紧地挨著；要用批文章的成语，这两竿竹子足称得起"天外飞来之笔"。

正殿屋角上两座琉璃瓦的鸱吻，在台阶下看，值得徘徊一下。神话说殿基本是青龙潭，一夕风雨，顿成平地，涌出两鸱吻。只可惜现在的两座太新鲜，与神话的朦胧幽秘的境界不相称。但是还值得看，为的是大得好，在太阳里嫩黄得好，闪亮得好；那拴着的四条黄铜链子也映衬得好。寺里殿很多，层层折折高上去，走起来已经不平凡，每殿大小又不一样，塑像摆设也各出心裁。看完了，还觉得无穷无尽似的。正殿下延清阁是待客的地方，远处群山像屏障似的。屋子结构甚巧，穿来穿去，不知有多少间，好像一所大宅子。可惜尘封不扫，我们住不着。话说回来，这种屋子原也不是预备给我们这末多人挤着住的。寺门前一道深沟，上有石桥；那时没有水，若是现在去，倚在桥上听潺潺的水声，倒也可以忘我忘世。过桥四株马尾松，枝枝覆盖，叶叶交通，另成一个境界。西边小山上有个古观音洞。洞无可看，但上去时在山坡上看潭柘的侧面，宛如仇十洲的《仙山楼阁图》；往下看是陡峭的沟岸，越显得深深无极，潭柘简直有海上蓬莱的意味了。寺以泉水著名，到处有石槽引水长流，倒也涓涓可爱。只是流觞亭雅得那样俗，在石地上楞刻着蚯蚓般的槽；那样流觞，怕只有孩子们愿意干。现在兰亭的"流觞曲水"也和这儿的一鼻孔出气，不过规模大些。晚上因为带的铺盖薄，冻得睁着眼，却听了一夜的泉声；心里想要不冻着，这泉声够多清雅啊！寺里并无一个老道，但那几个和尚，满身铜臭，满眼势利，教人老不能忘记，倒也麻烦的。

第二天清早，二十多人满雇了牲口，向戒坛而去，颇有浩浩荡荡之势。我的是一匹骡子，据说稳得多。这是第一回，高高兴兴骑上去。这一路要翻罗喉岭。只是土山，可是道儿窄，又曲折；虽不高，老那么凸凸凹凹的。许多处只容得一匹牲口过去。平心说，是险点儿。想起古来用兵，从间道袭敌人，许也是这种光景吧。

戒坛在半山上，山门是向东的。一进去就觉得平旷；南面只有一道低低的砖栏，下边是一片平原，平原尽处才是山，与众山屏蔽的潭柘气象便不

北京潭柘寺

同。进二门，更觉得空阔疏朗，仰看正殿前的平台，仿佛汪洋千顷。这平台东西很长，是戒坛最胜处，眼界最宽，教人想起"振衣千仞冈"的诗句。三株名松都在这里。"卧龙松"与"抱塔松"同是偃仆的姿势，身躯奇伟，鳞甲苍然，有飞动之意。"九龙松"老干槎枒，如张牙舞爪一般。若在月光底下，森森然的松影当更有可看。此地最宜低徊流连，不是匆匆一览所可领略。潭柘以层折胜，戒坛以开朗胜；但潭柘似乎更幽静些。戒坛的和尚，春风满面，却远胜于潭柘的；我们之中颇有悔不该住潭柘的。戒坛后山上也有个观音洞。洞宽大而深，大家点了火把嚷嚷闹闹地下去；半里光景的洞满是油烟，满是声音。洞里有石虎，石龟，上天梯，海眼等等，无非是凑凑人的热闹而已。

还是骑骡子。回到长辛店的时候，两条腿几乎不是我的了。

1934 年 8 月 3 日作

新年底故事

　　昨天家里来了些人到厨房里煮出些肉包子，糖馒头，和三大块风糖糕来；他们倒是好人哩！娘和姊姊嫂嫂裹得好粽子；娘只许我吃一个，嫂嫂又给我一个，叫我别告诉娘；我又跟姊姊要，姊姊说我再吃不得了；——好笑，伊吃得，我吃不得！——后来郭妈妈偷给我一个，拿在手里给我看了，说替我收着，饿了好吃。

　　肉包子，糖馒头，风糖糕，我都吃了些，又趁娘他们不见，每样拿了几个，将袍子兜了，想藏在床里去；不想间壁一只狗跑来，尽向我身上闻，我又怕又急，只得紧紧抱着袍角儿跑；狗也跟着，我便叫起来。娘在厨房里骂我"又作死了"，又叫姊姊。一会大姊姊来了，将狗打走；夺开我的兜儿一看，说"你拿这些，还吃死了呢！"伊每样留下一个，别的都拿去了；伊收到自己床里去呢！晚间郭妈妈又和我要去一块风糖糕；我只吃了一个肉包子和糖馒头罢了。

　　今晚上家里桌子、椅子都披上红的、花的衫儿，好看呢！到处点着红的蜡烛；他们磕起头来，我跟着磕了一会；爸爸、娘又给他俩磕头，我也磕了。他们问我墙上挂着，画的两个人儿是谁？我说"一个男人一个女人"。娘笑说，"这是祖爷爷和祖奶奶哩！"我想他们只有这样大的！——呀！桌子摆好了！我先爬上凳子跪得高高地，筷子紧紧捏在手里；他们也都坐拢来。李二拿了好些盘菜放在桌上，又端一碗东西放在盘子中间，热气腾腾地直冒；我赶紧拿着筷子先向了几向，才伸出去，菜还没有夹着，早见娘两只眼正看着我呢，伊鼻子眼里哼了一声，我只得赸赸地将筷子缩回来，放在嘴里咂着。姊姊望着我笑，用指头括着脸羞我；我别转脸来，咕嘟着嘴不睬伊。后来娘他们都动筷子了，他们一筷一筷地夹了许多菜给我；我不管好岁，眼里只顾看着面前的一只碗，嘴里不住地嚼着。嚼到后来，忽然不要嚼了；眼里看着，心里爱着，只是菜不知怎么，都不好吃了。——我只得让他们剩在碗里，独自一个攀着桌子爬下来了。

娘房里，哥哥嫂嫂房里，姊姊房里都点着一对通红的大蜡烛；郭妈妈也将我们房里的点了，叫我去看。我要爬到桌上去看，郭妈妈不许，我便跳起来嚷着。伊大声叫道，"太太，你看，宝宝要玩蜡烛哩！"娘在伊房里说，"好儿子，别闹，你娘给好东西你吃！"伊果然拿着一盘茶果进来；又有一个红纸包儿，说是一块钱，给我"压岁"的，娘交给郭妈妈收着，说不许我瞎用。我只顾抓茶果吃，又在小箱子里拿出些我的泥宝宝来：这一个是小娘娘八月节买给我的，这一个是施伟仁送我的，这些是爸爸在上海买来的。我教他们都站在桌上，每人面前，放些茶果，叫他们吃。——呀！他们怎么不吃！我看见娘放好几碗菜在画的人儿面前，给他们吃；我的宝宝们为什么不吃呢？呵！只怕我没有磕头罢，赶快磕头罢！

郭妈妈说话了；伊抱着我说，"明天过年了，多有趣呢！"粽子，包子，都听我吃。衣服，鞋子，帽子都穿新的——要"斯文"些。舅舅家的阿龙、阿虎，娘娘家的毛头、三宝都来和我玩耍。伊说有许多地方要把戏的，只要我们不闹，便带我们去。我忙答应说，"好妈妈，宝宝是不闹的，你带了他去罢！"伊点点头，我便放心了。伊又说要买些花炮给我家来放，伊说去年我也放过；好有趣哩！伊一头说，一头拍着我，我两个眼皮儿渐渐地合拢了。

我果然同着阿龙、阿虎他们在附近一个大操场上；我抱在郭妈妈怀里，看着耍猴把戏的。那猴儿一上一下爬着杆儿，我只笑着用手不住地指着叫"咦！咦！"忽然旁边有一个人说，"他看你呢！"我仔细一看，猴儿果然在看我，便吓得要哭；那人忽然笑了一个可怕的笑，说，"看着我罢！"我又安了心。忽然一声锣响，我回头一看，我已在一个不识的人的怀里了！我哭着，叫着，挣着；耳边忽然郭妈妈说，"宝宝怎么了，妈妈在这里。不怕的！"我才晓得还在郭妈妈怀里；只不知怎么便回来了？

太阳在地板上了，郭妈妈起来。我也揉着眼睛；开眼一看，桌上我的宝宝们都睡着了——他们也要睡觉呢。青梅呢？我的小青梅呢？宝宝顶顶喜

欢的青梅呢？怎么没了？我哭了。郭妈妈忙跑来问什么事，我哭着全告诉了伊。伊在桌上找了一阵；在地板上太阳里找着一片核子，说被"绿尾巴"吃了。我忙说，"唔！宝宝怕！"将头躲在伊怀里；伊说，"不怕，日里他不来的，你只要不哭好了！"我要起来，伊叫我等着，拿衣服给我穿；伊拿了一件花棉袄，棉裤，一件红而亮的袍子，一件有毛的背心，是黑的，还有双花鞋，一个有许多金宝宝的风帽；伊帮我穿了衣和鞋，手里拿着风帽，说洗了脸才许戴呢。我真喜欢那个帽，赶忙地央着郭妈妈拿水来给我洗了脸，拍了粉，又用筷子给点胭脂在我眉毛里，和鼻子上，又给我戴了风帽；说今天会有人要我做小女婿呢。我欢天喜地跑到厨房里，赶着人叫"恭喜"——这是郭妈妈教我的。一会郭妈妈端了一碗白圆子和一个粽子给我吃了；叫我跟着伊到菩萨前，点起香烛磕头，又给爸爸娘他们磕头。郭妈妈说有事去，叫我好好玩，不要弄污了衣服，毛头、三宝就要来了。

　　好多时，毛头、三宝和小娘娘都来了。我和他们忙着办菜给我的泥宝宝吃；正拿着些点心果子，切呀剥的，郭妈妈走来，说带我们上街去。我们立刻丢下那些跟着他走。街上门都关着；我们常买落花生的小店也关了。一处处有"斯奉斯奉昌……镗镗镗镗鞳"底声音。我问郭妈妈，伊说是打锣鼓呢。又看见一家门口一个人一只手拿着一挂红红白白的东西，一搭一搭的，那只手拿着一根"煤头"要烧；郭妈妈忙说，"放爆竹了。"叫我们站住，用手闭了耳朵，伊说"不要怕，有我呢"。我见那爆竹一个个地跳了开去，仿佛有些响，右手这一松，只听见"劈！拍！"我一只耳朵几乎震聋了，赶紧地将他闭好，将身子紧紧挨着郭妈妈，一动也不敢动。爆竹只怕不放了，郭妈妈叫我们放下手，我只是指着不肯放；郭妈妈气着说，"你看这孩子！……"伊将我的手硬拖下来了。走了不远，有一个摊儿；我们近前一看，花花绿绿的，好东西多着呢！我央着郭妈妈买。伊给我买了一副黑眼镜,一个鬼脸,一个胡须,一把木刀,又给毛头买了一个胡须,给三宝买了一个胡须。我戴了眼镜,叫郭妈妈给我安了胡须;又趁三宝看着我,将伊手里的胡须夺了就跑,三宝哭了,毛头走来追我。我一个不留意,将右脚踏在水潭里,心里着急,想娘又要骂了。毛头已将胡须拿给三宝;他们和郭妈妈走来。伊说我一顿,我只有哭了;伊又抱起我说,"好宝宝,别哭,郭妈妈回来给你换一双,包不叫娘晓得;只下次再不许这样了。"我答应我们就回来了。

今晚是初五了。郭妈妈和我说,明天新衣服要脱下来,椅子桌子红的,花的衫儿也不许穿了,粽子,肉包子,糖馒头,风糖糕,只有明天一早好吃了;阿龙、阿虎他们都不来了;叫我安稳些,好等后天上学堂念书罢!他们真动手将桌子,椅子底衫儿脱下,墙上画的人儿也卷起来。我一毫不想玩耍,只睡在床上哭着。郭妈妈拿了一枝快点完的红蜡烛,到床边问道,"你又怎么了?谁给气宝宝受;妈妈是不依的!"我说"现在年不过了!"伊说,"痴孩子,为这个么!我是骗骗你的;明天我们正要到舅舅家过年去呢!起来罢,别哭了。"我听了伊的话,笑着坐起来,问道,"妈妈,是真的么?别哄你宝宝哩。"

1921年1月1日,浙江省立第一师范《十日刊》新年

父母的责任

在很古的时候，做父母的对于子女，是不知道有什么责任的。那时的父母以为生育这件事是一种魔术，由于精灵的作用；而不知却是他们自己的力量。所以那时实是连"父母"的观念也很模糊的；更不用说什么责任了！（哈蒲浩司曾说过这样的话）他们待遇子女的态度和方法，推想起来，不外根据于天然的爱和传统的迷信这两种基础；没有自觉的标准，是可以断言的。后来人知进步，精灵崇拜的思想，慢慢的消除了；一班做父母的便明白子女只是性交的结果，并无神怪可言。但子女对父母的关系如何呢？父母对子女的责任如何呢？那些当仁不让的父母便渐渐的有了种种主张了。且只就中国论，从孟子时候直到现在，所谓正统的思想，大概是这样说的：儿子是延续宗祀的，便是儿子为父母，父母的父母，……而生存。父母要教养儿子成人，成为肖子——小之要能挣钱养家，大之要能荣宗耀祖。但在现在，第二个条件似乎更加重要了。另有给儿子娶妻，也是父母重大的责任——不是对于儿子的责任，是对于他们的先人和他们自己的责任；因为娶媳妇的第一目的，便是延续宗祀！至于女儿，大家都不重视，甚至厌恶的也有。卖她为妓，为妾，为婢，寄养她于别人家，作为别人家的女儿；送她到育婴堂里，都是寻常而不要紧的事；至于看她作"赔钱货"，那是更普通了！在这样情势之下，父母对于女儿，几无责任可言！普通只是生了便养着；大了跟着母亲学些针黹，家事，等着嫁人。这些都没有一定的责任，都只由父母"随意为之"。只有嫁人，父母却要负些责任，但也颇轻微的。在这些时候，父母对儿子总算有了显明的责任，对女儿也算有了些责任。但都是从子女出生后起算的。至于出生前的责任，却是没有，大家似乎也不曾想到——向他们说起，只怕还要吃惊哩！在他们模糊的心里，大约只有"生儿子""多生儿子"

两件，是在子女出生前希望的——却不是责任。虽然那些已过三十岁而没有生儿子的人，便去纳妾，吃补药，千方百计的想生儿子，但究竟也不能算是责任。所以这些做父母的生育子女，只是糊里糊涂给了他们一条生命！因此，无论何人，都有任意生育子女的权利。

近代生物科学及人生科学的发展，使"人的研究"日益精进。"人的责任"的见解，因而起了多少的变化，对于"父母的责任"的见解，更有重大的改正。从

民国时期的小家庭

生物科学里，我们知道子女非为父母而生存；反之，父母却大部分是为子女而生存！与其说"延续宗祀"，不如说"延续生命"和"延续生命"的天然的要求相关联的，又有"扩大或发展生命"的要求，这却从前被习俗或礼教埋没了的，于今又抬起头来了。所以，现在的父母不应再将子女硬安在自己的型里，叫他们做"肖子"，应该让他们有充足的力量，去自由发展，成功超越自己的人！至于子与女的应受平等待遇，由性的研究的人生科学所说明，以及现实生活所昭示，更其是显然了。这时的父母负了新科学所指定的责任，便不能像从前的随便。他们得知生育子女一面虽是个人的权利，一面更为重要的，却又是社会的服务，因而对于生育的事，以及相随的教养的事，便当负着社会的责任；不应该将子女只看作自己的后嗣而教养他们，应该将他们看作社会的后一代而教养他们！这样，女儿随意怎样待遇都可，和为家族与自己的利益而教养儿子的事，都该被抗议了。这种见解成为风气以后，将形成一种新道德："做父母是'人的'最高尚、最神圣的义务和权利，

又是最重大的服务社会的机会！"因此，做父母便不是一件轻率的、容易的事；人们在做父母以前，便不得不将自己的能力忖量一番了。——那些没有父母的能力而贸然做了父母，以致生出或养成身体上或心思上不健全的子女的，便将受社会与良心的制裁了。在这样社会里，子女们便都有福了。只是，惭愧说的，现在这种新道德还只是理想的境界！

依我们的标准看，在目下的社会里——特别注重中国的社会里，几乎没有负责任的父母！或者说，父母几乎没有责任！花柳病者，酒精中毒者，疯人，白痴都可公然结婚，生育子女！虽然也有人慨叹于他们的子女从他们接受的遗传的缺陷，但却从没有人抗议他们的生育的权利！因之，残疾的、变态的人便无减少的希望了！穷到衣食不能自用的人，却可生出许多子女；宁可让他们忍冻挨饿，甚至将他们送给人，卖给人，却从不怀疑自己的权利！也没有别人怀疑他们的权利！因之，流离失所的，和无教无养的儿童多了！这便决定了我们后一代的悲惨的命运！这正是一般作父母的不曾负着生育之社会的责任的结果。也便是社会对于生育这件事放任的结果。所以我们以为了社会，生育是不应该自由的；至少这种自由是应该加以限制的！不独精神，身体上有缺陷的，和无养育子女的经济的能力的应该受限制；便是那些不能教育子女，乃至不能按着子女自己所需要和后一代社会所需要而教育他们的，也当受一种道德的制裁。——教他们自己制裁，自觉的不生育，或节制生育。现在有许多富家和小资产阶级的孩子，或因父母溺爱，或因

父母事务忙碌，不能有充分的受良好教育的机会，致不能养成适应将来的健全的人格；有些还要受些祖传老店"子曰铺"里的印板教育，那就格外不会有新鲜活泼的进取精神了！在子女

多的家庭里，父母照料更不能周全，便更易有这些倾向！这种生育的流弊，虽没有前面两种的厉害，但足以为"进步"的重大的阻力，则是同的！并且这种流弊很通行，——试看你的朋友，你的亲戚，你的家族里的孩子，乃至你自己的孩子之中，有那个真能"自遂其生"的！你将也为他们的——也可说我们的——运命担忧着吧。——所以更值得注意。

现在生活程度渐渐高了，在小资产阶级里，教养一个子女的费用，足以使家庭的安乐缩小，子女的数和安乐的量恰成反比例这件事，是很显然了。那些贫穷的人也觉得子女是一种重大的压迫了。其实这些情形从前也都存在，只没有现在这样叫人感着吧。在小资产阶级里，新兴的知识阶级最能锐敏的感到这种痛苦。可是大家虽然感着，却又觉得生育的事是"自然"所支配，非人力所能及，便只有让命运去决定了。直到近两年，生物学的知识，尤其是优生学的知识，渐渐普及于一般知识阶级，于是他们知道不健全的生育是人力可以限制的了。去年山顺夫人来华，传播节育的理论与方法，影响特别的大；从此便知道不独不健全的生育可以限制，便是健全的生育，只要当事人不愿意，也可自由限制的了。于是对于子女的事，比较出生后，更其注重出生前了；于是父母在子女的出生前，也有显明的责任了。父母对于生育的事，既有自由权力，则生出不健全的子女，或生出子女而不能教养，便是他们的过失。他们应该受良心的责备，受社会的非难！而且看"做父母"为重大的社会服务，从社会的立场估计时，父母在子女出生前的责任，似乎比子女出生后的责任反要大哩！以上这些见解，目下虽还不能成为风气，但确已有了肥嫩的萌芽至少在知识阶级里。我希望知识阶级的努力，一面实行示范，一面尽量将这些理论和方法宣传，到最僻远的地方里，到最下层的社会里；等到父母们不但"知道"自己背上"有"这些责任，并且"愿意"自己背上"负"这些责任，那时基于优生学和节育论的新道德便成立了。这是我们子孙的福音！

在最近的将来里，我希望社会对于生育的事有两种自觉的制裁：一，道德的制裁；二，法律的制裁。身心有缺陷者，如前举花柳病者等，该用法律去禁止他们生育的权利，便是法律的制裁。这在美国已有八州实行了。但施行这种制裁，必须具备几个条件，才能有效。一要医术发达，并且能得社会的信赖；二要户籍登记的详确（如遗传性等，都该载入）；三要举行公众卫生的检查；四要有公正有力的政府；五要社会的宽容。这五种在现在的中国，一时都还不能做到，所以法律的制裁便暂难实现；我们只好从各方面努力罢了。但禁止"做父母"的事，虽然还不可能，劝止"做父母"的事，却是随时，随地可以作的。教人知道父母的责任，教人知道现在的做父母应该是自由选择的结果，——就是人们于生育的事，可以自由去取——教人知道不负责及不能负责的父母是怎样不合理，怎样损害社会，怎样可耻！这都是爱作就可以作的。这样给人一种新道德的标准去自己制裁，便是社会的道德的制裁的出发点了。

所以道德的制裁，在现在便可直接去着手建设的。并且在这方面努力的效果，也容易见些。况不适当的生育当中，除那不健全的生育一项，将来可以用法律制裁外，其余几种似也非法律之力所能及，便非全靠道德去制裁不可。因为，道德的制裁的事，不但容易着手，见效，而且是更为重要；我们的努力自然便该特别注重这一方向了！

不健全的生育，在将来虽可用法律制裁，但法律之力，有时而穷，仍非靠道德辅助不可；况法律的施行，有赖于社会的宽容，而社会宽容的基础，仍必筑于道德之上。所以不健全的生育，也需着道德的制裁；在现在法律的制裁未实现的时候，尤其是这样！花柳病者，酒精中毒者，……我们希望他们自己觉得身体的缺陷，自己忏悔自己的罪孽；便借着忏悔的力量，决定不将罪孽传及子孙，以加重自己的过恶！这便自己剥夺或停止了自己做父母的权利。但这种自觉是很难的。所以我们更希望他们的家族，亲友，时时提醒他们，监视他们，使他们警觉！关于疯人、白痴，则简直全无自觉可言；那是只有靠着他们保护人，家族，亲友的处置了。在这种情形里，我们希望这些保护人等能明白生育之社会的责任及他们对于后一代应有的责任，而知所戒惧，断然剥夺或停止那有缺陷的被保护者的做父母的权利！这几类人最好是不结婚或和异性隔离；至少也当用节育的方法使他们不育！至于说到那些穷到连"养育"子女也不能的，我们教他们不滥育，是很容易得他们的同情。只需教给他们最简便省钱的节育的方法，并常常向他们恳切的说明和劝导，他们便会渐渐的相信，奉行的。但在这种情形里，教他们相信我们的方法这过程，要比较难些；因为这与他们信自然与命运的思想冲突，又与传统的多子孙的思想冲突——他们将觉得这是一种罪恶，如旧日的打胎一样；并将疑惑这或者是洋人的诡计，要从他们的身体里取出什么的！但是传统的思想，在他们究竟还不是固执的，魔术的怀疑因了宣传方法的巧妙和时日的长久，也可望减缩的；而经济的压迫究竟是眼前不可避免的实际的压迫，他们难以抵抗的！所以只要宣传的得法，他们是容易渐渐的相信，奉行的。只有那些富家——官僚或商人——和有些小资产阶级，这道德的制裁的思想是极难侵入的！他们有相当的经济的能力，有固执的传统的思想，他们是不会也不愿知道生育是该受限制的；他们不知道什么是不适当的生育！他们只在自然的生育子女，以传统的态度与方法待遇他们，结果是将他们装在自己的型里，作自己的牺牲！这样尽量摧残了儿童的个性与精神生命的发展，却反以为尽了父母的责任！这种误解责任较不明责任实在还要坏；因为不明的还容易纳入忠告，而误解的则往往自以为是，拘执不肯更变。这种人实在也不配做父母！因为他们并不能负真正的责任。我们对于这些人，虽觉得很不容易使他们相信我们，但总得尽我们的力量使他们能知道些生物进化和社会进化的道理，使他能以儿童为本位，能"理解他们，指导他们，解放他们"；这样改良从前一切不适当的教养方法。并且要使他们能有这样决心：在他们觉得不能负这种适当的教养的责任，或者不愿负这种责任时，更应该断然采取节育的办法，不再因循，致误人误己。这种宣传的事业，自然当由新兴的知识阶级担负；新兴的知识阶级虽可说也属于小资产阶级里，但关于生育这件事，他们特别感到重大的压迫，因有了彻底的了解，觉醒的态度，便与同阶级的其余部分不同了。

但是还有一个问题留着：现存的由各种不适当的生育而来的子女们，他们的父母将怎样为他们负责呢？我以为花柳病者等一类人的子女，只好任凭自然先生去下辣手，只不许谬种再得流传便了。贫家子女父母无力教养的，由社会设法尽量收容他们，如多设贫儿院等。但社会收容之力究竟有限的，大部分只怕还是要任凭自然先生去处置的！这是很悲惨的事，但经济组织一时既还不能改变，又有什么法儿呢？我们只好"尽其在人"罢了。至于那些以长者为本位而教养儿童的，我们希望他们能够改良，前节已说过了。

还有新兴的知识阶级里现在有一种不愿生育子女们的倾向；他们对于从前不留意而生育的子女，常觉得冷淡，甚至厌恶，因而不愿为他们尽力。在这里，我要明白指出，生物进化，生命发展的最重要的原则，是前一代牺牲于后一代，牺牲是进步的一个阶梯！愿他们——其实我也在内——为了后一代的发展，而牺牲相当的精力于子女的教养；愿他们以极大的忍耐，为子女们将来的生命筑坚实的基础，愿他们牢记自己的幸福，同时也不要忘了子女们的幸福！这是很要些涵养工夫的。总之，父母的责任在使子女们得着好的生活，并且比自己的生活好的生活；一面也使社会上得着些健全的、优良的、适于生存的分子；是不能随意的。

为使社会上适于生存的日多，不适于生存的日少，我们便重估了父母的责任：

父母不是无责任的。

父母的责任不应以长者为本位，以家族为本位；应以幼者为本位，社会为本位。

我们希望社会上父母都负责任；没有不负责任的父母！

"做父母是人的最高尚、最神圣的义务和权利，又是最重大的服务社会的机会"，这是生物学、社会学所指给的新道德。

既然父母的责任由不明了到明了是可能的，则由不正确到正确也未必是不可能的；新道德的成立，总在我们的努力，比较父母对子女的责任尤其重大的，这是我们对一切幼者的责任！努力努力！

1923 年 2 月 3 日作

笑的历史

你问我现在为什么不爱笑了，我现在怎样笑得起来呢？

我幼小时候是很会笑的。娘说我很早就会笑了。她说不论有人引逗，无人引逗，我总常要笑的。她只有我一个女儿，很宠爱我，最喜欢看我笑；她说笑像一朵小白花，开在我的脸上；看了真是受用。她甚至只听了我的格格……的笑声，也就受用了。她生性怕雷电。但只要我笑了，她便不怕了。她有时受了爸爸的委屈，气得哭了。我笑了，她却就罢了。她在担心着缺柴米的日子，她真急得要寻死了。但她说看了我的笑，又怎样忍心死呢？那些时我每笑总必前仰后合的，好一会才得止住。娘说我是有福的孩子，便因为我笑得容易而且长久。但是，但是爸爸的意见如何呢？你该要问了。他自然不能和母亲一样，然而无论如何，也有些儿和她同好的。不然，她每回和他拌嘴以后，为什么总叫我去和他说笑，使他消消气呢？还有，小五那日在厨房里花琅琅打碎两只红花碗的时候，她忙忙的叫郭妈妈带我到爸爸面前说笑。她说，"小姐在那里，我就可以不挨骂了。"这又为什么呢？那时我家好像严寒的冬天，我便像一个太阳。所以虽是十分艰窘，大家还能够快快活活的过日子。这样直到十三岁。那年上，娘可怜，死了！郭妈妈却来管家了！我常常想起娘在的时候，暗中难过；便不像往日起劲的笑了。又过了三四年，她们告诉我，姑娘人家要斯文些，笑是没规矩的。小户人家的女儿才到处哈哈哈哈的笑呢！我晓得了这番道理，不由的又要小心，因此忍了许多笑。可是忍不住的时候，究竟有的；那时我便不免前仰后合的大笑一番。她们说这是改不掉的老毛病了！我初到你家，你们不也说我爱笑么？那正是"老毛病"了。

初到你家的时候，满眼都是生人！便是你，也是个生人！我孤鬼似的，只有陪房的小王、老王，是我的人。我时时觉得害怕，怕说错了话，行错了事。他们也再三教我留意。这颗心总是不安的，那里还会像在家时那样笑呢？便是有时和他们两个微笑着，听见人声，也就得马上放下面孔，做出庄重的样子。——因为这原是偷着笑的。那时真是气闷死了。我一个爱说爱笑的人，怎经得住这样拘束呢？更教我要命的，回门那一天，我原想家里去舒散舒散的；那知道他们都将我作客人看待，毫不和我玩笑。我自己到家里，也觉得不好意思似的，没有从前那样自在！——这都因为你的缘故吧？我想你家里既都是些生人，我家里的，也都变了些生人，似乎再没有和我亲热的！——便更觉是孤鬼了！幸而七八天后，你家人渐渐有些熟了，不必仔细提防了，——不然，真要闷死呢！在家天天要笑的，倒也不觉得怎样快乐。可是这七八天里不曾大笑一回，再想从前，便觉得十分有滋味！这以后，我渐渐的忍不住了，我的老毛病发作了，你们便常常听见我的笑了。不上一个月，你家里和孙家、张家，都知道我爱笑了；我竟在笑上出了名了。我自己是不觉得，我真比别人会笑些么？我的笑真和别人不同么？可是你家究竟不是我家，满了月之后，我的笑就有人很不高兴了。第一便是你！那天大家偶然谈起筷子。你问："在哪里买？"我觉得奇怪，故意反问你："你说在哪里买？"你想了想，说："在南货店里。"大家都笑了，我更大笑不止！你那时大概很难为情，只板着脸咕嘟着嘴不响。好久，才冷冷的向我说："笑完了罢？"等到了房里，你却又说："真的，我劝你少笑些好不好？有什么叫你这样好笑呢？而且笑也何必这样惊天动地呢？"——这些话你总该还记得；我不冤枉你罢？——这是我第一回受人的言语；爸爸和娘一口大气也不曾呵过我。那时我颇不舒服，但却不愿多说什么；只冷笑了一声，低低的说："你管我呢？"说完，我就走出去了。那句话却不知你听见了没有？但我到底还是孩子气，过了一两日，又常常的笑了。有一回，却又恼了姨娘；也在大家谈话的时候。她大概疑惑我有心笑她，所以狠狠的瞪了我一眼。其实我的笑是随便不过的，那里会用心呢？我只顾笑得快活，那里知道别人的难为情呢？我在她瞪眼的时候，心里真是悔恨不迭；想起前回因笑恼了你，今天怎么又忍不住了呢！我立时便收了笑容，痴痴的坐着。大家都诧异说："怎么忽然不响了？"我低头微笑，答不出什么。过了一会，便趄趄的起来走了。走到房里,听见姨娘说:"少奶奶太爱笑,也不大好;教人家说太太没规矩似的!我们要劝劝她才好。"这自然是对婆婆说的!我听了,更觉不安了!第二天,婆婆到我房里闲谈,渐渐说起我的笑。她说:"也难怪你,你娘死得早,爸爸又不管事,便让你没规没矩的了。但出了门和在家做姑娘时不同,你得学做人,懂得做人的道理,不能再小孩子似的。你在我家,我将你和自己女儿一般看待;所以我特地指点你。——以后要忍住些笑;就是笑,也要文气些,而且还要看人!你说我的话是么?"婆婆那时说得很和气,一点没有严厉的样子;比你那冷言冷语好得多了。我自然是很感激的。我说:"婆婆说的都是好话,我也晓得的。只因为在家笑惯了,所以不容易改。以后自然要留意的。"那几日里,佣人们也常在厨房里议论我的笑;这真教我难为情的!我想笑原来不是一件好东西!——不,不,小孩子的笑是好的,大人的笑是不好的。但你在客厅里和你那些朋友常常哈哈哈哈的笑,他们也不曾议论你!——晓得了!男人笑是不妨的,女人笑是没规矩的。我经过两回劝戒,不能不提防着了,我的笑便渐渐的少了。他们都说我才有些成人气了。但我心里老不明白,女人的笑为什么这样不行呢?

　　满月后二十天,那是阴历正月十二,你动身到北京上学去了。我送你到门口,但并没有什么难过。你也很平常的,头也不回走了。那天我虽觉有些和往日不同,却也颇轻微的。第二天便照常快活了。那时公公正在榷运局差事上,家里钱是不缺的;大家都欢欢喜喜的过着。婆婆们因为我是新娘,待我还算客气的。虽然也有时劝戒我,有时向我发怒,有时向我冷笑,但总不常有的。我呢,究竟还是孩子,也不长久记着这些事。所以虽没有在家里自在,我也算是无忧无虑的过着了。这些日子,我还是常常要笑的,只不大像从前那样前仰后合,那样长久罢了。他们还是说我爱笑的。但婆婆劝过我两回，我到底不曾都改了；他们见惯不惊，也就只好由我了。所以我的笑说不自由，却也自由的。到暑假时，你回来了，住了五十天。你又走了，这一回的走可不同了。你还记得吧？——那夜里我哭了一点多钟，你后来也陪我哭。我们哭得眼睛都红了；你不是还怕他们笑么？走的时候，我不敢送你，并且也不敢看你；因为怕忍不住眼泪，更要让他们笑了！但是到底忍不住！你才走，我便溜到房里哭了。四弟、五妹都来偷看我，我也顾不得了。自从娘死后，我不曾哭过，因为我是爱笑不爱哭的。在你家里，这要算第一回了。从那日起，我常觉失掉一件什么东西似的，心里老是不安了。我这才尝着别离的滋味了！你们男人家在外面有三朋四友的说笑，又有许多游散的地方，想家的心自然渐渐的会淡下去。我们终日在家里闷着：碰来碰去，是这些人；转来转去，是这些地方！没得打岔儿的，教我怎不想呢？越想便越想了，真真有些痴了。这一来我的笑可不容易了。好笑的事情，都觉淡淡的味儿，仿佛酒里搀了水。——我的笑的兴致也是这样。况且做了一年的媳妇，规矩晓得的多了，渐渐的脱了孩子气了；我也自然的不像从前爱笑了。这些时候笑是很文气的。微笑多了，大笑少了。他们都说老毛病居然改掉了。

  第二年冬天，公公从差事上交卸了，亏空好几百元——是五百元罢？凑巧祖婆婆又死了；真是祸不单行！公公教婆婆和姨娘将金银首饰都拿出来兑钱去。我看她们委委屈屈的将首饰匣交给公公，心里好凄惨的！首饰兑了回来，又当了一件狐皮袍，才凑足了亏空的数目，寄到省里去了。第二天，婆婆便和公公大吵一回。为何起因，我已忘记；——你记得么？——只知道实在是为首饰的缘故罢了。那一次吵得真是利害！我到你家还是第一次看见呢。我觉得害怕，并且觉得这是一个恶兆；因为家里的光景真是大不同了！那回丧事是借的钱办的。在丧事里，我只哭了两回；要真伤心，我才会哭，我不会像她们那样哼哼儿。我的伤心，一半因为祖婆婆待我好，一半也愁着以后家里怎样过日子！我晓得愁，也是从前没有的；年纪大了，到底不同了。丧事过后，家里日用，分文没有；便只得或当或借的支持着。这也像严寒的冬天了。而且你家的人还要呕气。只说婆婆那样嫌着公公，说他只一味浪用，不知攒几个钱儿！又和姨娘吵闹，说她只晓得巴结公公，讨他的好！这样情形，还能和和气气的过日子么？我也常给他们解劝，但毫没有用的。这样过了一年多，我眼看着这乱糟糟的家，一天天的衰败下去，不由得不时时担心。婆婆发脾气的时候，又喜欢东拉西扯的牵连着别人。我更加要留意。你又在北京；连一个诉说的人也没有！我心里怎样不郁郁的呢？我的心本来是最宽的；到你家后便渐渐的窄了；仿佛有一块石头压着似的。你说北京有甜井、苦井，我从前的心是甜的，后来便是苦的。那些日子，真没有什么叫我笑了，我连微笑也少了。有一天我回到家里，爸和娘娘①他们说："小招真可怜！从前那样爱笑的，现在脸上简直不大看见笑了！"那时我家人待我的情形也渐渐不同了，这叫我最难过的！——谁想自家人也会势利呢？我起初还不觉得；等到他们很冷淡了，我方才明白。你看我这个人糊涂不糊涂？——娘娘他们不用说，便是郭妈妈和小五等人，也有些看不起我似的。只除了爸爸一个人！他们都晓得我们家穷了，所以如此。其实我们穷我们的，与他们何干呢！本来还家去和他们说说笑笑，还可以散散心的。这一来，我还家去做什么呢？这样又过了半年。这一年半里，公公虽曾有过两回短差事，但剩不了钱，也是无用的。好差事又图谋不到！家里便一天亏似一天了！起初人家不知就里，还愿意借钱给我们。后来见公公长久无好差事，家里连利钱也不能够按期付了，大家便都不肯借了；而且都来讨利钱、讨本

---

① 娘娘：姑母之称。

钱了。他们来的时候,神气了不得!你得先听他讨厌的话,再去用好话敷衍他。敷衍得好的,便快快的走了;不好的,便狠狠的发话一场。你那时不在家,我们就成天过这种日子!你想这是人过的日子么?你想我还有一毫快乐的心思么?你想我眼泪直向肚里滚,还有心肠笑么?好容易到了七月里,你毕业了,而且在上海有了事。那时大家欢喜,我更不用说了,——娘娘他们都说我从此可以出头了!我暗中着实快活了好几日,不由的笑了好几回,——我本想忍住的,但是忍不住,只好让他们去说吧。这样的光景,谁知道后来的情形却全然相反呢?

  自从公公那回交卸以后,家里各人的样子,便大不同了。——我刚才不是和你说过么?婆婆已经不像从前客气。她不知听了谁的话,总防着我爬到她头上去。所以常常和我讲究做媳妇的规矩,又一心一意的要向我摆出婆婆的架子。更加家境不好,她成天的没好心思,便要寻是生非的发脾气。碰着谁就是谁。我这下辈人,又是外姓人,自然更倒霉了!她那时常要挑剔我。她虽不明明的骂我,但摆着冷脸子给你看,冷言冷语的讥嘲你,又背地里和佣人们议论你,就尽够你受了!姨娘呢,虽不曾和我怎样,但暗中挑拨着婆婆,也甚是利害!你想,我怎能不郁郁的!——只有公公还好,算不曾变了样子。我刚才不说过那时简直不大会笑么?你想,愁都愁不过来,又怎样会笑呢?况且到了后来,便是要笑也不敢。记得有一回,不知谁说了什么,引得我开口大笑。这其实是偶然又偶然的事。但婆婆却发话了。她说,"少奶奶真爱笑!家里到这地步,怎么一点不晓得愁呢!怎么还能这样嘻嘻哈哈呢!"她的神气严厉极了,叫我害怕,更叫我难堪!——当着众人面前,受这样的责备,真是我平生第一回!我还有什么脸面呢?我气得发抖,只有回房去暗哭!你想,从此以后,我还敢笑么?我还去自讨没趣么?况且家里又是这个样子!一直等到你上海有事的时候,我才高兴起来,才又笑了几回。但是后来更不敢笑了!为什么呢?你有了事以后,虽统共只拿了七十块钱一月,他们却指望你很大。他们恨不得你将这七十块钱全给家里!你自然不能够。你虽然曾寄给他们一半的钱,他们那里会满意!况你的寄钱,又没有定期,家里等着用,又是焦急!婆婆便只向我罗唆,说你怎样不懂事,怎样不顾家,怎样只管自己用。她又说:"'养儿防老,积谷防饥。'他想不问吗,怎能够哩!"她说这些话,虽不曾怪我,但她既不高兴你,自然更不高兴我了!从前她对我虽然也存着心眼儿,但却不恨我,所以还容易相处。现在她似乎渐渐有些恨我了!这全是因为你!她恨我,更要挑剔我了。我就更难了!家里是这样艰窘,你又终年在外面,婆婆又有心和我作对。这真真逼死我了!那知后来还要不行!前年暑假你回来了,身边只剩两个角子。婆婆第一个不高兴。她不是尽着问你钱到那里去了么?你在家三天,她便唠叨了三天。你本来不响的,后来大约忍不住了,也说了几句。她却和你大吵!第二天,你赌气走了。——我何尝不劝你,但怎么劝得住呢?午饭的时候,他们才问起你。我只好直说。婆婆听了,立刻变脸大骂,又硬说是我挑唆你的!她饭不吃了,跳到厨房里向佣人们数说。接着又和左右邻舍说了一回。晚上公公回来,她一五一十告诉他。她说:"这总是少奶奶的鬼!我们家真晦气,媳妇也娶不到一个好的!自从她进门,你就不曾有过好差事,家境是一天坏似一天!现在又给大金出主意,想教他不寄钱回家;又挑唆他和我吵,使你们一家不和,真真八败命!"——她在对面房里,故意的高声说,教我听得清楚。——后来公公接着道:"不寄钱?——哼!他敢!让我写信问他去。我不能给他白养活女人、孩子!——现在才晓得,少奶奶真不是东西!"……以后声音渐低,我也再不能听下去了!那天我不曾吃饭。我又是害怕,又是寒心!我和他们仿佛是敌国了,但是我只有一个人!知道他们怎样来呢?我在床上哭了半夜,只恨自己命苦!从第二天起,我处处提防着。果然第四天的下午,公公便指着一件不相干的事,向我大发脾气。他骂我:"不要发昏!"这是四年来不曾有过的!他的骂比婆婆那回更是凶恶。但是我,除了忍受,有什么法子呢?我那晚又哭了半夜。现在是哭比笑多了。世间婆婆骂媳妇是常事;公公骂,却是你家特别的!你看你家的媳妇可是人做的!从那回起,我竟变了罪人!婆婆的明讥暗讽,不用说了。姨娘看见公公不高兴我,本来只是暗中弄松我的,现在却明明的来挑拨我了!四弟、五妹也常说我的坏话了!婆婆和姨娘向我发话的时候,他们也要帮衬几句了!佣人们也呼唤不灵了!总之,"墙倒众人推"了。那时候,他们的眼睛都看着我,他们的耳朵都听着我,谁都要在我身上找出些错处,嘲弄一番。你想我怎样当得住呢?我的脸色、话语、举动,几乎都不中他们的意,几乎都要受他们的挑剔。——真成了"眼中钉"了!我成日躲在房里,不敢出来。出来时也不敢多说,不敢多动,只如泥塑木雕的一般!这时那里还想到笑?笑早已到爪哇国里去了。连影子也不见了!本来我到家里住住,也可暂避一时。凑巧那年春天,爸爸过生日,郭妈妈要穿红裙,和他大闹。我帮着爸爸,骂了她一顿。她从此恨我切骨!本就不甚看得起我,这一来,索性不理睬我了!我因此就不能常回去了!到这时候,更不愿回去仰面求她,给她嗤笑了!我真是走投无路。要不是为了你和孩子,我早已死了。那时我差不多每夜要哭,仿佛从前要笑一样。思前想后,十分难过,觉得那样的活着,还是死了的好。等到后来你来信答应照常寄钱,这才稍微好些。但也只是"稍微"好些罢了,和从前总不相同了!直到现在,都是如此。

自从大前年生了狗儿,去年又生了玉儿。这两个孩子可也真累坏了

我!你看我初到你家时是怎样壮的,现在怎么样了?人也老了,身子瘦得像一只蝗螂——尽是皮包着骨头!多劳碌了,就会头晕眼花;那里还像二十几岁的人?这一半也因为心境不好,一半也实在是给孩子们磨折的!我从前身体虽然不好,那里像现在呢?我自己很晓得,我是一日不如一日了,将来一定活不长的!——你不信么?以后总会看见的。说起来我的命只怕真不好!不然,公公在榷运局老不交卸,家里总可以雇两个奶娘。我又何至吃这样的辛苦呢?呀!领孩子的辛苦,真是你们想不到的!我又比别人格外辛苦,所以更伤人!记得狗儿生的时候,我没有满月,就起来帮他们做事,一面还要领孩子。才生的孩子,最难照管。穿衣服怕折了胳膊,盖被又怕捂死了他。我是第一胎,更得提心吊胆的。那时日里夜里,总是悬悬不安!吃饭是匆匆的,睡觉也只管惊醒!婆婆们虽也欢喜狗儿,但却不大能领他。一天到晚,孩子总是在我手里的多!还得给家里做事,所以便很累了。那时我这个人六神无主,失张失智。没有从前唧溜,也没有从前勤快了。婆婆常常向我唠叨,说我没规矩,一半也因为此。等到孩子大起来了,哭呀,吵呀,总是有的。你们却又讨厌了,说孩子不乖巧,又说我太宠他了!还要打他。我拦住了,你便向我生气。其实这一点大的孩子,晓得什么?怎忍心怪他、打他!但你在家的时候,既然常为了孩子和我啰唆,婆婆后来和我吵,也常常借了孩子起因。我真气极了,孩子不是我一个人私生的,怎么你也怪我,他也怪我呢?我真倒霉,一面要代你受气,一面又要代孩子受气!整整三个年头,我不曾吃过一餐好饭,睡过一夜好觉,到底为了什么呢?狗儿的罪,还没有受完,又来了玉儿!你又老是这个光景,不能带我们出去。我今生今世是莫想抬头的了!——唉,我这几年兴致真过完了!我也不爱干净了,我也不想

穿戴了，我也不想出去逛了。终日在家里闷着；闷惯了，倒也罢了。我为了两个孩子，时时觉着有千斤的重担子在我身上。又加上你家里人，都将我看作仇人。我仿佛上了手铐脚镣，被囚在一间牢狱里！你想我还能高兴么？我这样冷冰冰的，真还要死哩！你在家时还好，你不在家时，我寂寞透了！只好逗着孩子们笑着玩儿，但心思总是不能舒舒贴贴的。我此刻哭是哭不出，笑可也不会笑了；你教我笑，也笑不来了。而且看见别人笑，听到别人笑，心中说不出的不愿意。便是有时敷衍人，勉强笑笑，也只觉得苦，觉得很费力！我真是有些反常哩！

　　好人，好人，几时让我再能像"娘在时"那样随随便便、痛痛快快的笑一回呢？

　　1923年4月28日作完，载《小说月报》第14卷第6号

文艺的真实性

我们所要求的文艺，是作者真实的话，但怎样才是真实的话呢？我以为不能笼统的回答；因为文艺的真实性是有种别的，有等级的。

从"再现"的立场说，文艺没有完全真实的，因为感觉与感情都不能久存，而文艺的抒写，又必在感觉消失了，感情冷静着的时候，所以便难把捉了。感觉是极快的，感觉当时，只是感觉，不容作别的事。到了抒写的时候，只能凭着记忆，叙述那早已过去的感觉。感情也是极快的。在它热烈的时候，感者的全人格都没入了，那里有从容抒写之暇？——有了抒写的动机，感情早已冷却大半，只剩虚虚的轮廓了。所以正经抒写的时候，也只能凭着记忆。从记忆里抄下的感觉与感情，只是生活的意思，而非当时的生活；与当时的感觉感情，自然不能一致的。不能一致，就不是完全真实了——虽然有大部分是真实的。

在大部分真实的文艺里，又可分为数等。自叙传性质的作品，比较的最是真实，是第一等。虽然自古哲人说自知是最难的，虽然现在的心理学家说内省是靠不住的，研究自己的行为和研究别人的行为同其困难，但那是寻

根究底的话；在普通的意义上，一个人知道自己，总比知道别人多些，叙述自己的经验，总容易切实而详密些。近代文学里，自叙传性质的作品一日一日的兴盛，主观的倾向一日一日的浓厚；法朗士甚至说，一切文艺都是些自叙传。这些大约就因为力求逼近真实的缘故。作者唯恐说得不能入微，故只拣取自己的经验为题材，读者也觉作者为别人说话，到底隔膜一层，不如说自己的话亲切有味，这可叫做求诚之心，欣赏力发达了，求诚之心也便更觉坚强了。

叙述别人的事不能如叙述自己的事之确实，是显然的，为第二等。所谓叙述别人的事，与第三身的叙述稍有不同。叙别人的事，有时也可用第一身；而用第三身叙自己的事，更是常例。这正和自叙传性质的作品与第一身的叙述不同一样。在叙述别人的事的时候，我们所得而凭借的，只有记忆中的感觉，与当事人自己的话，与别人关于当事人的叙述或解释。——这所谓当事人，自然只是些"榜样"Model。将这些材料加以整理，仔仔细细下一番推勘的工夫，体贴的工夫，才能写出种种心情和关系；至于显明性格或脚色，更需要塑造的工夫。这些心情，关系和性格，都是推论所得的意思；而推论或体贴与塑造，是以自己为标准的。人性虽有大齐，细端末节，却是千差万殊的，这叫做个性。人生的丰富的趣味，正在这细端末节的千差万殊里。能显明这千差万殊的个性的文艺，才是活泼的，真实的文艺。自叙传性质的作品，确能做到一大部分；叙述别人的事，却就难了。因为我们的叙述，无论如何，是以自己为标准的；离不了自己，那里会有别人呢？以自己为标准所叙别人的心情，关系，性格，至多只能得其轮廓，得其形似而已。自叙凭着记忆，已是间接；这里又加上了推论，便间接而又间接了；愈间接，去当时当事者的生活便愈远了，真实性便愈减少了。但是因为人性究竟是有大齐的，甲所知于别人的固然是浮面的，乙丙丁……所知于别人的也不见得有多大的差异；因此大家相忘于无形，对于"别人"的叙述之真实性的减少，并不觉有空虚之感。我们在文人叙述别人的文字里，往往能觉着真实的别人，而且觉着相当的满足，就为此故。——这实是我们的自骗罢了。

相像的抒写，从"再现"的立场看，只有第三等的真实性。相像的再现力是很微薄的。它只是些凌杂的端绪 Fringe，凌杂的影子。它是许多模糊的影子，依着人们随意饾起的骨架，构成的一团云雾似的东西。和普通所谓实际，相差自然极远极远了。影子已经靠不住了，何况又是模糊的，凌杂的呢？何况又是照着人意重行结构的呢？虽然想像的程度也有不同，但性质总是类似的。无论是想像的实事，无论想像的奇迹，总只是些云雾，不过有浓有淡罢了。无论这些想像是从事实来的，是从别人的文字来的，也正是一样。它们的真实性，总是很薄弱的。我们若要剥头发一样的做去，也还能将这种真实性再分为几等；但这种剖析，极难"铢两悉称"非我的力量所能及。所以只好在此笼统地说，想像的抒写，只有第三等的真实性。

从"再现"的立场所见的文艺的真实性，不是充足的真实性；这令我们不能满意。我们且再从"表现"的立场看。我们说，创作的文艺全是真实的。感觉与感情是创作的材料；而想像却是创作的骨髓。这和前面所说大异了。"创作"的意义决不是再现一种生活于文字里，而是另造一种新的生活。因为说生活的再现，则再现的生活决不能与当时的生活等值，必是低一等或薄一层的。况说生活再现于文字里，将文字与生活分开，则主要的是文字，不是生活；这实是再现生活的"文字"，而非再现的"生活"了。这里文艺之于生活，价值何其小呢？说创作便不如此。我前面解释创作，说是另造新生活；这所谓"另造"，骤然看来，似乎有能造与所造，又有方造与既造。但在当事的创作者，却毫不起这种了别。说能造是作者，所造是表现生活的文字，或文字里表现的生活；说方造是历程，既造是成就：这都是旁观者事后的分析，创作者是不觉得的。这种分析另有它的价值，但决不是创作的价

值。创作者的创作，只觉是一段生活，只觉是"生活着"。"我"固然是这段生活的一部，文字也是这段生活的一部；"我"与文字合一，便有了这一段生活。这一段生活继续进行，有它自然的结束；这便是一个历程。在历程当中，生活的激动性很大；剧烈的不安引起创作者不歇的努力。历程终结了，那激动性暂时归于平衡的状态；于是创作者如释了重负，得到一种舒服。但这段生活之价值却不仅在它的结束。创作者并不急急地盼望结束的到临；他在继续的不安中，也欣赏着一步步的成功——一步步实现他的生活。这样，历程中的每一点，都于他有价值了。所以方造与既造的辨别，在他是不必要的；他自然不会感着了。总之，创作只是浑然的一段生活，这其间不容任何别的了。至于创作的材料则因生活是连续的，而创作也是一段生活，所以仍免不了取给于记忆中所留着的过去生活的影像。但这种影像在创作者的眼中，并不是过去的生活之模糊的副本，而是现在的生活之一部——记忆也是现在的生活；所以是十分真实的。这样，便将记忆的价值增高了。再则，创作既是另造新生活，则运用现有的材料，自然有自由改变之权，不必保持原状；现有的材料，存于记忆中的，对于创作，只是些媒介罢了。这和再现便不同了。创作的主要材料，便是，创作者唯一的向导——这是想像。想像就现有的记忆材料，加以删汰，补充，联络，使新的生活得以完满地实现。所以宽一些说，创作的历程里，实只有想像一件事；其余感觉，感情等，已都融冶于其中了。想像在创作中第一重要，和在再现中居末位的大不相同。这样，创作中虽含有现在生活的一部，即记忆中过去生活的影像，而它的价值却不在此；它的价值在于向未来的生活开展的力量，即想像的力量。开展就是生活；生活的真实性，是不必怀疑的。所以创作的真实性，也不必怀疑的。所以我说，从表现的立场看，创作的文艺全是真实的。

　　至于自叙或叙别人，在创作里似乎不觉有这样分别。因为创作既不分"能""所"，当然也不分"人""我"了。"我"的过去生活的影像与"人"的过去生活的影像，同存于记忆之内，同为创作的材料；价值是相等的。在创作时，只觉由一个中心而扩大，其间更无界划。这个中心或者可说是"我"；但这个"我"实无显明的封域，与平常人所执着的我广狭不同。凭着这个意义的"我"，我们说一切文艺都是自叙传，也未尝不可。而所谓近代自叙传性质的作品增多，或有一大部分指着这一意义的自叙传，也未可知。——我想，至少十九世纪末期及二十世纪的文艺是如此。在创作时，只觉得扩大一件事。扩大的历程是不能预料的；惟其不能预料，才成其为创造，才成其为生活。我们写第一句诗，断不知第二句之为何——谁能知道"满城风雨近重阳"的下一句是什么呢？就是潘大临自己，也必不晓得的。这时何暇且何能，斤斤斟酌于"人""我"之间，而细为剖辨呢？只任情而动罢了。事后你说它自叙也好，说它叙别人也好，总无伤于它完全的真实性。胡适的《应该》，俞平伯的《在鹧鸪声里的》，事后看来，都是叙别人的。从"再现"方面看，诚然或有不完全真实的地方。但从"创作"方面看，则浑然一如，有如满月；那有丝毫罅隙，容得不真实的性质溜进去呢？总之，创作实在是另辟一世界，一个不关心的安息的世界。便是血与泪的文学，所辟的也仍是这个世界。（此层不能在此评论）在这个世界里，物我交融，但有窈然的向往，但有沛然的流转；暂脱人寰，遂得安息。至于创作的因缘，则或由事实，或由文字。但一经创作的心的熔铸，就当等量齐观，不宜妄生分别。俗见以为由文字而生之情力弱，由事实而生之情力强，我以为不然。这就因为事实与文字同是人生之故。即如前举俞平伯《在鹧鸪声里的》一诗，就是读了康白情的《天亮了》，触动宿怀，有感而作。那首诗谁能说是弱呢？这可见文字感人之力，又可见文字与事实之易相牵引了。上来所说，都足证创作只是浑然的真实的生活；所以我说，创造的文艺全是真实的。

从"表现"的立场看，没有所谓"再现"；"再现"是不可能的。创作只是一现而已。就是号称如实描写客观事象的作品，也是一现的创作，而不是再现；因所描写的是"描写当时"新生的心境（记忆），而不是"描写以前"旧有的事实。这层意思，前已说明。所以"再现"不是与"创作"相对待的。在"表现"的立场里，和"创作"相对待的，

是"模拟"及"撒谎"。模拟是照别人的样子去制作。"拟古","拟陶","拟谢","拟某某篇","效某某体","拟陆士衡拟古","学韩","学欧",……都是模拟,都是将自己揿在他人的型里。模拟的动机,或由好古,或由趋时,这是一方面;或由钦慕,或由爱好,这是另一方面。钦慕是钦慕其人,爱好是爱好其文。虽然从程度上论,爱好比钦慕较为真实,好古与趋时更是浮泛;但就性质说,总是学人生活,而非自营生活。他们悬了一些标准,或选了一些定型,竭力以求似,竭力以求合。他们的制作,自然不能自由扩展了。撒谎也可叫做"捏造",指在实事的叙述中间,插入一些不谐和的虚构的叙述;这些叙述与前后情节是不一致的,或者相冲突的。从"再现"的立场说,文艺里有许多可以说是撒谎的;甚至说,文艺都是撒谎的。因为文艺总不能完全与事实相合。在这里,浪漫的作品,大部分可以说完全是谎话了。历史小说,虽大体无背于事实,但在详细的节目上,也是撒谎了。便是写实的作品,谎话诚然是极少极少,但也还免不了的。不过这些谎话全体是很谐和的,成为一个有机体,使人不觉其谎。而作者也并无故意撒谎之心。假使他们说的真是谎话,这个谎话是自由的,无所为的。因此,在"表现"的立场里,我们宁愿承认这些是真实的。然则我们现在所谓"撒谎"的,是些什么呢?这种撒谎是狭义的,专指在实事的叙述里,不谐和的,故意的撒谎而言。这种撒谎是有所为的;为了求合于某种标准而撒谎。这种标准或者是道德的,或者是文学的。章实斋《文史通义古文十弊》篇里有三个例,可以说明这一种撒谎的意义。我现在抄两个给诸君看:

(一)"有名士投其母行述,……叙其母之节孝:则谓乃祖衰年病废,卧床,溲便无时;家无次丁,乃母不避秽亵,躬亲熏濯。其事既已美矣,又述乃祖于时戁然不安,乃母肃然对曰,'妇年五十,今事八十老翁,何嫌何疑?'节母既明大义,定知无是言也!此公无故自生嫌疑,特添注以斡旋其事;方自以谓得体,而不知适如冰雪肌肤,剜成疮痏,不免愈濯愈痕瘢矣。"

(二)"尝见名士为人撰志。其人盖有朋友气谊;志文乃仿韩昌黎之志柳州也。——一步一趋,惟恐其或失也。中间感叹世情反复,已觉无病费呻吟矣;未叙丧费出于贵人,及内亲竭劳其事。询之其家,则贵人赠赙稍厚,

非能任丧费也；而内亲则仅一临穴而已，亦并未任其事也。且其子俱长成。非若柳州之幼子孤露，必待人为经理者也。诘其何为失实至此？则曰，仿韩志终篇有云，……今志欲似之耳。……临文摹古，迁就轻重，又往往似之矣。"

　　第一例是因求合于某种道德标准（所谓"得体"）而捏造事实，第二例是因求似于韩文而附会事实；虽然作者都系"名士"，撒谎却都现了狐狸尾巴！这两文的漏洞（即冲突之处）及作者的有意撒谎，章实斋都很痛快的揭出来了。看了这种文字，我想谁也要觉着多少不舒服的。这种作者，全然牺牲了自己的自由，以求合于别人的定型。他们的作品虽然也是他们生活的一部，但这种生活是怎样的局促而空虚哟！

　　上面第一例只是撒谎；第二例是模拟而撒谎，撒谎是模拟的果。为什么只将它作为撒谎的例呢？这里也有缘故。我所谓模拟，只指意境，情调，风格，词句四项而言；模拟而至于模拟实事，我以为便不是模拟了。因为实事不能模拟，只能捏造或附会；模拟事实，实在是不通的话。所以说模拟实事，不如说撒谎。上面第二例，形式虽是模拟而实质却全是撒谎；我说模拟而撒谎，原是兼就形质两方而论。再明白些说，我所谓模拟有两种：第一种，里面的事实，必是虚构的，且谐和的，以求生出所模拟之作品的意境，情调。第二种，事实是实有的，只仿效别人的风格与字句。至于在应该叙实事的作品里，因为模拟的缘故，故意将原有事实变更或附会，这便不在模拟的范围之内，而变成撒谎了。因为实事是无所谓模拟的。至于不因模拟，而于叙实事的作品里插入一些捏造的事实，那当然更是撒谎，不成问题的。这是模拟与撒谎的分别。一般人说模拟也是撒谎。但我觉得模拟只是自动的"从人"，撒谎却兼且被动的"背己"。因为模拟时多少总有些向往之诚，所以说是自动的；因为向往的结果是"依样葫芦"，而非"任性自表"，所以说是"从人"。但这种"从人"，不至"背己"。何以故？从人的意境，字句，可以自圆其说，成功独立的一段生活，而无冲突之处。这是无所谓"背己"的；因为虽是学人生活，但究竟是自己的一段完成的生活。——却不是充足的，自由的生活。至于从人的风格，情调，似乎会"背己"了，其实也不然。因为风格与情调本是多方面的，易变化的。况且一切文艺里的情调，风格，总有其大齐的。所以设身处地去体会他人的情调而发抒之，是可能的。并且所模仿的，虽不尽与"我"合，但总是性之所近的。因此，在这种作品里，虽不能自由发抒，但要谐和而无冲突，是甚容易的。至于撒谎，如前第一例，求合于某种道德标准，只是根于一种畏惧，掩饰之心；毫无什么诚意。——连模拟时所具的一种倾慕心，也没有了。因此，便被动的背了自己的心瞎说了。明明记着某人或自己是没有这些事的，但偏偏不顾是非的说有；这如何能谐和呢？这只将矛盾显示于人罢了。第二例自然不同，那是以某一篇文的作法为标准的。在这里，作者虽有向往之诚，可惜取径太笨了，竟至全然牺牲了自己；因为他悍然的违背了他的记忆，关于那个死者的。因此，弄巧成拙，成了不诚的话了。总之，模拟与撒谎，性质上没有多大的不同，只是程度相差却甚远了。我在这里将捏造实事的所谓模拟不算作模拟，而列入撒谎之内，是与普通的见解不同的；但我相信如此较合理些。由以上的看法，我们可以说，在表现的立场里，模拟只有低等的真实性，而撒谎全然没有真实性——撒谎是不真实的，虚伪的。

我们要有真实而自由的生活，要有真实而自由的文艺，须得创作去；只有创作是真实的，不过创作兼包精粗而言，并非凡创作的都是好的。这已涉及另一问题，非本篇所能详了。

附注：本篇内容的完成，颇承俞平伯君的启示，在这里谢谢他。

1923 年 11 月 17 日作

正 义

人间的正义是在那里呢？

正义是在我们的心里！从明哲的教训和见闻的意义中，我们不是得着大批的正义么？但白白的搁在心里，谁也不去取用，却至少是可惜的事。两石白米堆在屋里，总要吃它干净，两箱衣服堆在屋里，总要轮流穿换，一大堆正义却扔在一旁，满不理会，我们真大方，真舍得！看来正义这东西也真贱，竟抵不上白米的一个尖儿，衣服的一个扣儿。——爽性用它不着，倒也罢了，谁都又装出一副发急的样子，张张皇皇的寻觅着。这个葫芦里卖的什么药？我的聪明的同伴呀，我真想不通了！

我不曾见过正义的面，只见过它的弯曲的影儿——在"自我"的唇边，在"威权"的面前，在"他人"的背后。

正义可以做幌子，一个漂亮的幌子，所以谁都愿意念着它的名字。"我是正经人，我要做正经事"，谁都向他的同伴这样隐隐的自诩着。但是除了用以"自诩"之外，正义对于他还有什么作用呢？他独自一个时，在生人中间时，早忘了它的名字，而去创造"自己的正义"了！他所给予正义的，只是让它的影儿在他的唇边闪烁一番而已。但是，这毕竟不算十分孤负正义，比那凭着正义的名字以行罪恶的，还胜一筹。可怕的正是这种假名行恶的人。他嘴里唱着正义的名字,手里却满满的握着罪恶;他将这些罪恶送给社会,粘上金碧辉煌的正义的签条送了去。社会凭着他所唱的名字和所粘的签条,欣然受了这份礼;就是明知道是罪恶,也还是欣然受了这份礼!易卜生"社会栋梁"一出戏,就是这种情形。这种人的唇边,虽更频繁的闪烁着正义的弯曲的影儿,但是深藏在他们心底的正义,只怕早已霉了,烂了,且将毁灭了。在这些人里,我见不着正义!

在亲子之间,师傅学徒之间,军官兵士之间,上司属僚之间,似乎有正义可见了,但是也不然。卑幼大抵顺从他们长上的,长上要施行正义于他们,他们诚然是不"能"违抗的——甚至"父教子死,子不得不死"一类话也说出来了。他们发现有形的扑鞭和无形的赏罚在长上们的背后,怎敢去违抗呢?长上们凭着威权的名字施行正义,他们怎敢不遵呢?但是你私下问他们,"信么?服么?"他们必摇摇他们的头,甚至还奋起他们的双拳呢!这正是因为长上们不凭着正义的名字而施行正义的缘故了。这种正义只能由长上行于卑幼,卑幼是不能行于长上的,所以是偏颇的;这种正义只能施于卑幼,而不能施于他人,所以是破碎的;这种正义受着威权的鼓弄,有时不免要扩大到它的应有的轮廓之外,那时它又是肥大的。这些仍旧只是正义的弯曲的影儿。不凭着正义的名字而施行正义,我在这等人里,仍旧见不着它!

在没有威权的地方,正义的影儿更弯曲了。名位与金钱的面前,正义只剩淡如水的微痕了。你瞧现在一班大人先生见了所谓督军等人的劲儿!他们未必愿意如此的,但是一当了面,估量着对手的名位,就不免心里一软,自然要给他一些面子——于是不知不觉的就敷衍起来了。至于平常的人,偶然见了所谓名流,也不免要吃一惊,那时就是心里有一百二十个不以为然,也只好姑且放下,另做出一番"足恭"的样子,以表倾慕之诚。所以一班达官通人,差不多是正义的化外之民,他们所做的都是合于正义的,乃至他们所做的就是正义了!——在他们实在无所谓正义与否了。呀!这样,正义岂不已经沦亡了?却又不然。须知我只说"面前"是无正义的,"背后"的正义却幸而还保留着。社会的维持,大部分或者就靠着这背后的正义罢。但是背后的正义,力量究竟是有限的,因为隔开一层,不由的就单弱了。一个为富不仁的人,背后虽然免不了人们的指摘,面前却只有恭敬。一个华服翩翩的人，犯了违警律，就是警察也要让他五分。这就是我们的正义了！我们的正义百分之九十九是在背后的，而在极亲近的人间，有时连这个背后的正义也没有！因为太亲近了，什么也可以原谅了，什么也可以马虎了，正义就任怎么弯曲也可以了。背后的正义只有在生疏的人们间。生疏的人们间，没有什么密切的关系，自然可以用上正义这个幌子。至于一定要到背后才叫出正义来，那全是为了情面的缘故。情面的根柢大概也是一种同情，一种廉价的同情。现在的人们只喜欢廉价的东西，在正义与情面两者中，就尽先取了情面，而将正义放在背后。在极亲近的人间，情面的优先权到了最大限度，正义就几乎等于零，就是在背后也没有了。背后的正义虽也有相当的力量，但是比起面前的正义就大大的不同，启发与戒惧的功能都如搀了水的薄薄的牛乳似的——于是仍旧只算是一个弯曲的影儿。在这些人里，我更见不着正义！

人间的正义究竟是在那里呢？满藏在我们心里！为什么不取出来呢？它没有优先权！在我们心里，第一个尖儿是自私，其余就是威权，势力，亲疏，情面等等；等到这些角色一一演毕，才轮得到我们可怜的正义。你想，时候已经晚了，它还有出台的机会么？没有！所以你要正义出台，你就得排除一切，让它做第一个尖儿。你得凭着它自己的名字叫它出台。你还得抖擞精神，准备一副好身手，因为它是初出台的角儿，捣乱的人必多，你得准备着打——不打不成相识呀！打得站住了脚携住了手，那时我们就能从容的瞻仰正义的面目了。

《我们的七月》，1924 年 5 月 14 日作

航船中的文明

第一次乘夜航船,从绍兴府桥到西兴渡口。

绍兴到西兴本有汽油船。我因急于来杭,又因年来逐逐于火车轮船之中,也想"回到"航船里,领略先代生活的异样的趣味;所以不顾亲戚们的坚留和劝说(他们说航船里是很苦的),毅然决然的于下午六时左右下了船。有了"物质文明"的汽油船,却又有"精神文明"的航船,使我们徘徊其间,左右顾而乐之,真是二十世纪中国人的幸福了!

航船中的乘客大都是小商人;两个军弁是例外。满船没有一个士大夫;我区区或者可充个数儿,——因为我曾读过几年书,又忝为大夫之后——但也是例外之例外!真的,那班士大夫到那里去了呢?这不消说得,都到了轮船里去了!士大夫虽也搴着大旗拥护精神文明,但千虑不免一失,竟为那物质文明的孙儿,满身洋油气的小顽意儿骗得定定的,忍心害理的撒了那老相好。于是航船虽然照常行驶,而光彩已减少许多!这确是一件可以慨叹的事;而"国粹将亡"的呼声,似也不是徒然的了。呜呼,是谁之咎欤?

既然来到这"精神文明"的航船里,正可将船里的精神文明考察一番,才不虚此一行。但从那里下手呢?这可有些为难。踌躇之间,恰好来了一个女人。——我说"来了",仿佛亲眼看见,而孰知不然;我知道她"来了",是在听见她尖锐的语音的时候。至于她的面貌,我至今还没有看见呢。这第一要怪我的近视眼,第二要怪那袭人的暮色,第三要怪——哼——要怪那"男女分坐"的精神文明了。女人坐在前面,男人坐在后面;那女人离我至少有两丈远,所以便不可见其脸了。且慢,这样左怪右怪,"其词若有憾焉",你们或者猜想那女人怎样美呢。而孰知又大大的不然!我也曾"约略的"看来,都是乡下的黄面婆而已。至于尖锐的语音,那是少年的妇女所常有的,倒也不足为奇。然而这一次,那来了的女人的尖锐的语音竟致劳动区区的执笔者,却又另有缘故。在那语音里,表示出对于航船里精神文明的抗议;她说,"男人女人都是人!"她要坐到后面来,(因前面太挤,实无他故,合并声明,)而航船里的"规矩"是不许的。船家拦住她,她仗着她不是姑娘了,便老了脸皮,大着胆子,慢慢的说了那句话。她随即坐在原处,而"批评家"的议论繁然了。一个船家在船沿上走着,随便的说,"男人女人都是人,是的,不错。做秤钩的也是铁,做秤锤的也是铁,做铁锚的也是铁,都是铁呀!"这一段批评大约十分巧妙,说出诸位"批评家"所要说的,于是众喙都息,这便成了定论。至于那女人,事实上早已坐下了;"孤掌难鸣",或者她饱饫了诸位"批评家"的宏论,也不要鸣了罢。"是非之心",虽然"人皆有之",而撑船经商者流,对于名教之大防,竟能剖辨得这样"详明",也着实亏他们了。中国毕竟是礼义之邦,文明之古国呀!——我悔不该乱怪那"男女分坐"的精神文明了!

"祸不单行",凑巧又来了一个女人。她是带着男人来的。——呀,带着男人!正是;所以才"祸不单行"呀!——说得满口好绍兴的杭州话,在黑暗里隐隐露着一张白脸;带着五六分城市气。船家照他们的"规矩",要将这一对儿生剌剌的分开;男人不好意思做声,女的却抢着说,"我们是'一堆生'①的!"太亲热的字眼,竟在"规规矩矩的"航船里说了!于是船

---

① 一块儿。

家命令的嚷道:"我们有我们的规矩,不管你'一堆生'不'一堆生'的!"大家都微笑了。有的沉吟的说:"一堆生的?"有的惊奇的说:"一'堆'生的!"有的嘲讽的说:"哼,一堆生的!"在这四面楚歌里,凭你怎样伶牙俐齿,也只得服从了!"妇者,服也",这原是她的本行呀。只看她毫不置辩,毫不懊恼,还是若无其事的和人攀谈,便知她确乎是"服也"了。这不能不感谢船家和乘客诸公"卫道"之功;而论功行赏,船家尤当首屈一指。呜呼,可以风矣!

在黑暗里征服了两个女人,这正是我们的光荣;而航船中的精神文明,也粲然可见了——于是乎书。

1924 年 5 月 3 日

儿 女

我现在已是五个儿女的父亲了。想起圣陶喜欢用的"蜗牛背了壳"的比喻，便觉得不自在。新近一位亲戚嘲笑我说，"要剥层皮呢！"更有些悚然了。十年前刚结婚的时候，在胡适之先生的《藏晖室札记》里，见过一条，说世界上有许多伟大的人物是不结婚的；文中并引培根的话，"有妻子者，其命定矣。"当时确吃了一惊，仿佛梦醒一般；但是家里已是不由分说给娶了媳妇，又有甚么可说？现在是一个媳妇，跟着来了五个孩子；两个肩头上，加上这么重一副担子，真不知怎样走才好。"命定"是不用说了；从孩子们那一面说，他们该怎样长大，也正是可以忧虑的事。我是个彻头彻尾自私的人，做丈夫已是勉强，做父亲更是不成。自然，"子孙崇拜"，"儿童本位"的哲理或伦理，我也有些知道；既做着父亲，闭了眼抹杀孩子们的权利，知道是不行的。可惜这只是理论，实际上我是仍旧按照古老的传统，在野蛮地对付着，和普通的父亲一样。近来差不多是中年的人了，才渐渐觉得自己的残酷；想着孩子们受过的体罚和叱责，始终不能辩解——像抚摩着旧创痕那样，我的心酸溜溜的。有一回，读了有岛武郎《与幼小者》的译文，对了那种伟大的，沉挚的态度，我竟流下泪来了。去年父亲来信，问起阿九，那时阿九还在白马湖呢；信上说，"我没有耽误你，你也不要耽误他才好。"我为这句话哭了一场；我为什么不像父亲的仁慈？我不该忘记，父亲怎样待我们来着！人性许真是二元的，我是这样地矛盾；我的心像

钟摆似的来去。

你读过鲁迅先生的《幸福的家庭》么？我的便是那一类的"幸福的家庭"！每天午饭和晚饭，就如两次潮水一般。先是孩子们你来他去地在厨房与饭间里查看，一面催我或妻发"开饭"的命令。急促繁碎的脚步，夹着笑和嚷，一阵阵袭来，直到命令发出为止。他们一递一个地跑着喊着，将命令传给厨房里用人；便立刻抢着回来搬凳子。于是这个说，"我坐这儿！"那个说，"大哥不让我！"大哥却说，"小妹打我！"我给他们调解，说好话。但是他们有时候很固执，我有时候也不耐烦，这便用着叱责；叱责还不行，不由自主地，我的沉重的手掌便到他们身上了。于是哭的哭，坐的坐，局面才算定了。接着可又你要大碗，他要小碗，你说红筷子好，他说黑筷子好；这个要干饭，那个要稀饭，要茶要汤，要鱼要肉，要豆腐，要萝卜；你说他菜多，他说你菜好。妻是照例安慰着他们，但这显然是太迂缓了。我是个暴躁的人，怎么等得及？不用说，用老法子将他们立刻征服了；虽然有哭的，不久也就抹着泪捧起碗了。吃完了，纷纷爬下凳子，桌上是饭粒呀，汤汁呀，骨头呀，渣滓呀，加上纵横的筷子，欹斜的匙子，就如一块花花绿绿的地图模型。吃饭而外，他们的大事便是游戏。游戏时，大的有大主意，小的有小主意，各自坚持不下，于是争执起来；或者大的欺负了小的，或者小的竟欺负了大的，被欺负的哭着嚷着，到我或妻的面前诉苦；我大抵仍旧要用老法子来判断的，但不理的时候也有。最为难的，是争夺玩具的时候：这一个与那一个的是同样的东西，却偏要那一个的；而那一个便偏不答应。在这种情形之下，不论如何，终于是非哭了不可的。这些事件自然不至于天天全有，但大致总有好些起。我若坐在家里看书或写什么东西，管保一点钟

242

里要分几回心，或站起来一两次的。若是雨天或礼拜日，孩子们在家的多，那么，摊开书竟看不下一行，提起笔也写不出一个字的事，也有过的。我常和妻说，"我们家真是成日的千军万马呀！"有时是不但"成日"，连夜里也有兵马在进行着，在有吃乳或生病的孩子的时候！

　　我结婚那一年，才十九岁。二十一岁，有了阿九；二十三岁，又有了阿菜。那时我正像一匹野马，那能容忍这些累赘的鞍鞯，辔头，和缰绳？摆脱也知是不行的，但不自觉地时时在摆脱着。现在回想起来，那些日子，真苦了这两个孩子；真是难以宽宥的种种暴行呢！阿九才两岁半的样子，我们住在杭州的学校里。不知怎地，这孩子特别爱哭，又特别怕生人。一不见了母亲，或来了客，就哇哇地哭起来了。学校里住着许多人，我不能让他扰着他们，而客人也总是常有的；我懊恼极了，有一回，特地骗出了妻，关了门，将他按在地下打了一顿。这件事，妻到现在说起来，还觉得有些不忍；她说我的手太辣了，到底还是两岁半的孩子！我近年常想着那时的光景，也觉黯然。阿菜在台州，那是更小了；才过了周岁，还不大会走路。也是为了缠着母亲的缘故吧，我将她紧紧地按在墙角里，直哭喊了三四分钟；因此生了好几天病。妻说，那时真寒心呢！但我的苦痛也是真的。我曾给圣陶写信，说孩子们的磨折，实在无法奈何；有时竟觉着还是自杀的好。这虽是气愤的话，但这样的心情，确也有过的。后来孩子是多起来了，磨折也磨折得久了，少年的锋棱渐渐地钝起来了；加以增长的年岁增长了理性的裁制力，我能够忍耐了——觉得从前真是一个"不成材的父亲"，如我给另一个朋友信里所说。但我的孩子们在幼小时，确比别人的特别不安静，我至今还觉如此。我想这大约还是由于我们抚育不得法；从前只一味地责备孩子，让他们代我们负起责任，却未免是可耻的残酷了！

　　正面意义的"幸福"，其实也未尝没有。正如谁所说，小的总是可爱，孩子们的小模样，小心眼儿，确有些教人舍不得的。阿毛现在五个月了，你用手指去拨弄她的下巴，或向她做趣脸，她便会张开没牙的嘴格格地笑，笑得像一朵正开的花。她不愿在屋里待着；待久了，便大声儿嚷。妻常说，"姑娘又要出去溜达了。"她说她像鸟儿般，每天总得到外面溜一些时候。闰儿上个月刚过了三岁，笨得很，话还没有学好呢。他只能说三四个字的短语或句子，文法错误，发音模糊，又得费气力说出；我们老是要笑他的。他说"好"字，总变成"小"字；问他"好不好？"他便说"小"，或"不小"。我们常常逗着他说这个字玩儿；他似乎有些觉得，近来偶然也能说出正确的"好"字了——特别在我们故意说成"小"字的时候。他有一只搪磁碗，是一毛来钱买的；买来时，老妈子教给他，"这是一毛钱。"他便记住"一毛"两个字，管那只碗叫"一毛"，有时竟省称为"毛"。这在新来的老妈子，是必需翻译了才懂的。他不好意思，或见着生客时，便咧着嘴痴笑；我们常用了土话，叫他做"呆瓜"。他是个小胖子，短短的腿，走起路来，蹒跚可笑；若快走或跑，便更"好看"了。他有时学我，将两手叠在背后，一摇一摆的；那是他自己和我们都要乐的。他的大姊便是阿菜，已是七岁多了，在小学校里念着书。在饭桌上，一定得罗罗唆唆地报告些同学或他们父母的事情；气喘喘地说着，不管你爱听不爱听。说完了总问我："爸爸认识么？""爸爸知道么？"妻常禁止她吃饭时说话，所以她总是问我。她的问题真多：看电影便问电影里的是不是人？是不是真人？怎么不说话？看照相也是一样。不知谁告诉她，兵是要打人的。她回来便问，兵是人么？为什么打人？近来大约听了先生的话，回来又问张作霖的兵是帮谁的？蒋介石的兵是不是帮我们的？诸如此类的问题，每天短不了，常常闹得我不知怎样答才行。她和闰儿在一处玩儿，一大一小，不很合式，老是吵着哭着。但合式的时候也有：譬如这个往床底下躲，那个便钻进去追着；这个钻出来，那个也跟着——从这个床到那个床，只听见笑着，嚷着，喘着，真如妻所说，像小狗似的。现在在京的，便只有这三个孩子；阿九和转儿是去年北来时，让母亲暂时带回扬州去了。

阿九是欢喜书的孩子。他爱看《水浒》，《西游记》，《三侠五义》，《小朋友》等；没有事便捧着书坐着或躺着看。只不欢喜《红楼梦》，说是没有味儿。是的,《红楼梦》的味儿,一个十岁的孩子,那里能领略呢?去年我们事实上只能带两个孩子来;因为他大些,而转儿是一直跟着祖母的,便在上海将他俩丢下。我清清楚楚记得那分别的一个早上。我领着阿九从二洋泾桥的旅馆出来,送他到母亲和转儿住着的亲戚家去。妻嘱咐说,"买点吃的给他们吧。"我们走过四马路,到一家茶食铺里。阿九说要熏鱼,我给买了;又买了饼干,是给转儿的。便乘电车到海宁路。下车时,看着他的害怕与累赘,很觉恻然。到亲戚家,因为就要回旅馆收拾上船,只说了一两句话便出来;转儿望望我,没说什么,阿九是和祖母说什么去了。我回头看了他们一眼,硬着头皮走了。后来妻告诉我,阿九背地里向她说:"我知道爸爸欢喜小妹,不带我上北京去。"其实这是冤枉的。他又曾和我们说,"暑假时一定来接我啊!"我们当时答应着;但现在已是第二个暑假了,他们还在迢迢的扬州待着。他们是恨着我们呢?还是悄着我们呢?妻是一年来老放不下这两个,常常独自暗中流泪;但我有什么法子呢!想到"只为家贫成聚散"一句无名的诗,不禁有些凄然。转儿与我较生疏些。但去年离开白马湖时,她也曾用了生硬的扬州话(那时她还没有到过扬州呢),和那特别尖的小嗓子向着我:"我要到北京去。"她晓得什么北京,只跟着大孩子们说罢了;但当时听着,现在想着的我,却真是抱歉呢。这兄妹俩离开我,原是常事,离开母亲,虽也有过一回,这回可是太长了;小小的心儿,知道是怎样忍耐那寂寞来着!

我的朋友大概都是爱孩子的。少谷有一回写信责备我,说儿女的吵闹,也是很有趣的,何至可厌到如我所说;他说他真不解。子恺为他家华瞻写的文章,真是"蔼然仁者之言"。圣陶也常常为孩子操心:小学毕业了,到什么中学好呢?——这样的话,他和我说过两三回了。我对他们只有惭愧!可是近来我也渐渐觉着自己的责任。我想,第一该将孩子们团聚起来,其次便该给他们些力量。我亲眼见过一个爱儿女的人,因为不曾好好地教育他们,便将他们荒废了。他并不是溺爱,只是没有耐心去料理他们,他们便不能成材了。我想我若照现在这样下去,孩子们也便危险了。我得计画着,让他们渐渐知道怎样去做人才行。但是要不要他们像我自己呢?这一层,我在白马湖教初中学生时,也曾从师生的立场上问过丐尊,他毫不踌躇地说,"自然罗。"近来与平伯谈起教子,他却答得妙,"总不希望比自己坏罗。"是的,只要不"比自己坏"就行,"像"不"像"倒是不在乎的。职业,人生观等,还是由他们自己去定的好;自己顶可贵,只要指导,帮助他们去发展自己,便是极贤明的办法。

予同说,"我们得让子女在大学毕了业,才算尽了责任。"SK说,"不然,要看我们的经济,他们的材质与志愿;若是中学毕了业,不能或不愿升学,便去做别的事,譬如做工人吧,那也并非不行的。"自然,人的好坏与成败,也不尽靠学校教育;说是非大学毕业不可,也许只是我们的偏见。在这件事上,我现在毫不能有一定的主意;特别是这个变动不居的时代,知道将来怎样?好在孩子们还小,将来的事且等将来吧。目前所能做的,只是培养他们基本的力量——胸襟与眼光;孩子们还是孩子们,自然说不上高的远的,慢慢从近处小处下手便了。这自然也只能先按照我自己的样子:"神而明之,存乎其人",光辉也罢,倒楣也罢,平凡也罢,让他们各尽各的力去。我只希望如我所想的,从此好好地做一回父亲,便自称心满意。——想到那"狂人""救救孩子"的呼声,我怎敢不悚然自勉呢?

1928年6月24日晚写毕,北京清华园

旅行杂记

这次中华教育改进社在南京开第三届年会,我也想观观光;故"不远千里"的从浙江赶到上海,决于七月二日附赴会诸公的车尾而行。

一　殷勤的招待

七月二日正是浙江与上海的社员乘车赴会的日子。在上海这样大车站里,多了几十个改进社社员,原也不一定能够显出甚么异样;但我却觉得确乎是不同了,"一时之盛"的光景,在车站的一角上,是显然可见的。这是在茶点室的左边;那里丛着一群人,正在向两位特派的招待员接洽。壁上贴着一张黄色的磅纸,写着龙蛇飞舞的字:"二等四元囗,三等二元囗。"两位招待员开始执行职务了;这时已是六点四十分,离开车还有二十分钟了。招待员所应做的第一大事,自然是买车票。买车票是大家都会的,买半票却非由他们二位来"优待"一下不可。"优待"可真不是容易的事!他们实行"优待"的时候,要向每个人取名片,票价,——还得找钱。他们往还于茶点室和售票处之间,少说些,足有二十次!他们手里是拿着一叠名片和钞票洋钱;眼睛总是张望着前面,仿佛遗失了什么,急急寻觅一样;面部筋肉平板地紧张着;手和足的运动都像不是他们自己的。好容易费了二虎之力,居然买了几张

票,凭着名片分发了。每次分发时,各位候补人都一拥而上。等到得不着票子,便不免有了三三两两的怨声了。那两位招待员买票事大,却也顾不得这些。可是钟走得真快,不觉七点还欠五分了。这时票子还有许多人没买着,大家都着急;而招待员竟不出来!有的人急忙寻着他们,情愿取回了钱,自买全票;有的向他们顿足舞手的责备着。他们却只是忙着照名片退钱,一言不发。——真好性儿!于是大家三步并作两步,自己去买票子;这一挤非同小可!我除照付票价外,还出了一身大汗,才弄到一张三等车票。这时候对两位招待员的怨声真载道了:"这样的饭桶!""真饭桶!""早做什么事的?""六点钟就来了,还是自己买票,冤不冤!"我猜想这时候两位招待员的耳朵该有些儿热了。其实我倒能原谅他们,无论招待的成绩如何,他们的眼睛和腿总算忙得可以了,这也总算是殷勤了;他们也可以对得起改进社了,改进社也可以对得起他们的社员了。——上车后,车就开了;有人问,"两个饭桶来了没有?""没有吧!"车是开了。

二 "躬逢其盛"

七月二日的晚上,花了约莫一点钟的时间,才在大会注册组买了一张旁听的标识。这个标识很不漂亮,但颇有实用。七月三日早晨的年会开幕大典,我得躬逢其盛,全靠着它呢。

七月三日的早晨,大雨倾盆而下。这次大典在中正街公共讲演厅举行。该厅离我所住的地方有六七里路远;但我终于冒了狂风暴雨,乘了黄包车赴会。在这一点上,我的热心决不下于社员诸君的。

到了会场门首,早已停着许多汽车,马车;我知道这确乎是大典了。走进会场,坐定细看,一切都很从容,似乎离开会的时间还远得很呢!——虽然规定的时间已经到了。楼上正中是女宾席,似乎很是寥寥;两旁都是军警席——正和楼下的两旁一样。一个黑色的警察,间着一个灰色的兵士,静默的立着。他们大概不是来听讲的,因为既没有赛磁的社员徽章,又没有和我一样的旁听标识,而且也没有真正的"席"——坐位。(我所谓"军警席",是就实际而言,当时场中并无此项名义,合行声明。)听说督军省长都要"驾临"该场;他们原是保卫"两长"来的,他们原是监视我们来的,好一个武装的会场!

　　那时"两长"未到,盛会还未开场;我们忽然要做学生了! 一位教员风的女士走上台来,像一道光闪在听众的眼前;她请大家练习《尽力中华》歌。大家茫然的立起,跟着她唱。但"出其不意,攻其不备,"有些人不敢高唱,有些人竟唱不出。所以唱完的时候,她温和地笑着向大家说:"这回太低了,等等再唱一回。"她轻轻的鞠了躬,走了。等了一等,她果然又来了。说完"一——二——三——四"之后,《尽力中华》的歌声果然很响地起来了。她将左手插在腰间,右手上下的挥着,表示节拍;挥手的时候,腰部以上也随着微微的向左右倾侧,显出极为柔软的曲线;她的头略略偏右仰着,嘴唇轻轻的动着,嘴唇以上,尽是微笑。唱完时,她仍笑着说,"好些了,等等再唱。"再唱的时候,她拍着两手,发出清脆的响,其余和前回一样。唱完,她立刻又"一——二——三——四"的要大家唱。大家似乎很惊愕,似乎她真看得大家和学生一样了;但是半秒钟的惊愕与不耐以后,终于又唱起来了——自然有一部分人,因疲倦而休息。于是大家的临时的学生时代告终。不一会,场中忽然纷扰,大家的视线都集中在东北角上;这是齐督军,韩省长来了,开会的时间真到了!

　　空空的讲坛上,这时竟济济一台了。正中有三张椅子,两旁各有一排椅子。正中的三人是齐燮元,韩国钧,另有一个西装少年;后来他演说,才知是"高督办"——就是讳"恩洪"的了——的代表。这三人端坐在台的正中,使我联想到大雄宝殿上的三尊佛像;他们虽坦然的坐着,我却无端的为他们"惶恐"着。——于是开会了,照着秩序单进行。详细的情形,有各报记述可看,毋庸在下再来饶舌。现在单表齐燮元,韩国钧和东南大学校长郭秉文博士的高论。齐燮元究竟是督军兼巡阅使,他的声音是加倍的宏亮;那时场中也特别肃静——齐燮元究竟与众不同呀!他咬字眼儿真咬得清白;他的话是"字本位",是一个字一个字吐出来的。字与字间的时距,我不能指明,只觉比普通人说话延长罢了;最令我惊异而且焦躁的,是有几句说完之后。那时我总以为第二句应该开始了,岂知一等不来,二等不至,三等不到;他是在唱歌呢,这儿碰着全休止符了! 等到三等等完,四拍拍毕,第二句的第一个字才姗姗的来了。这其间至少有一分钟;要用主观的计时法,简直可说足有五分钟！说来说去，究竟他说的是什么呢？我恭恭敬敬的答道：半篇八股！他用拆字法将"中华教育改进社"一题拆为四段：先做"教育"二字，是为第一股；次做"教育改进"，是为第二股；"中华教育改进"是第三股；加上"社"字，是第四股。层层递进，如他由督军而升巡阅使一样。齐燮元本是廪贡生，这类文章本是他的拿手戏；只因时代维新，不免也要改良一番，才好应世；八股只剩了四股，大约便是为此了。最教我不忘记的，是他说完后的那一鞠躬。那一鞠躬真是与众不同，鞠下去时，上半身全与讲桌平行，我们只看见他一头的黑发；他然后慢慢的立起退下。这其间费了普通人三个一鞠躬的时间，是的的确确的。接着便是韩国钧了。他有一篇改进社开会词，是开会前已分发了的。里面曾有一节，论及现在学风的不良，颇有痛心疾首之概。我很想听听他的高见。但他却不曾照本宣扬，他这时另有一番说话。他也经过了许多时间；但不知是我的精神不济，还是另有原因，我毫没有领会他的意思。只有煞尾的时候，他提高了喉咙，我也竖起了耳朵，这才听见他的警句了。他说："现在政治上南北是不统一的。今天到会诸君，却南北都有，同以研究教育为职志，毫无畛域之见。可见统一是要靠文化的，不能靠武力！"这最后一句话确是漂亮，赢得如雷的掌声和许多轻微的赞叹。他便在掌声里退下。这时我们所注意的，是在他肘腋之旁的齐燮元；可惜我眼睛不佳，不能看到他面部的变化，因而他的心情也不能详说：这是很遗憾的。于是——是我行文的"于是"，不是事实的"于是"，请注意——来了郭秉文博士。他说，我只记得他说，"青年的思想应稳健，正确。"旁边有一位告诉我说："这是齐燮元的话。"但我却发见了，这也是韩国钧的话，便是开会辞里所说的。究竟是谁的话呢？或者是"英雄所见，大略相同"么？这却要请问郭博士自己了。但我不能明白：什么思想才算正确和稳健呢？郭博士的演说里不曾下注脚，我也只好终于莫测高深了。

还有一事，不可不记。在那些点缀会场的警察中，有一个瘦长的，始终笔直的站着，几乎不曾移过一步，真像石像一般，有着可怕的静默。我最佩服他那昂着的头和垂着的手；那天真苦了他们三位了！另有一个警官，也颇可观。他那肥硕的身体，凸出的肚皮，老是背着的双手，和那微微仰起的下巴，高高翘着的仁丹胡子，以及胸前累累挂着的徽章——那天场中，这后两件是他所独有的——都显出他的身分和骄傲。他在楼下左旁往来的徘徊着，似乎在督率着他的部下。我不能忘记他。

三　第三人称

七月□日，正式开会。社员全体大会外，便是许多分组会议。我们知道全体大会不过是那么回事，值得注意的是后者。我因为也悉然的做了国文教师，便决然无疑地投到国语教学组旁听。不幸听了一次，便生了病，不能再去。那一次所议的是"采用他，她，牠案"（大意如此，原文忘记了）；足足议了两个半钟头，才算不解决地解决了。这次讨论，总算详细已极，无微不至；在讨论时，很有几位英雄，舌本翻澜，妙绪环涌，使得我茅塞顿开，摇头佩服。这不可以不记。

其实我第一先应该佩服提案的人！在现在大家已经"采用""他，她，牠"的时候，他才从容不迫地提出了这件议案，真可算得老成持重，"不敢为天下先"，确遵老子遗训的了。在我们礼义之邦，无论何处，时间先生总是要先请一步的；所以这件议案不因为他的从容而被忽视，反因为他的从容而被尊崇，这就是所谓"让德"。且看当日之情形，谁不兴高而采烈？便可见该议案的号召之力了。本来呢，"新文学"里的第三人称代名词也太纷歧了！既"她""伊"之互用，又"牠""它"之不同，更有"佢""彼"之流，窜跳其间；于是乎乌烟瘴气，一塌糊涂！提案人虽只为辨"性"起见，但指定的三字，皆属于也字系统，俨然有正名之意。将来"也"字系统若竟成为正统，那开创之功一定要归于提案人的。提案人有如彼的力量，如此的见解，怎不教人佩服？

讨论的中心点是在女人，就是在"她"字。"人"让他站着，"牛"也让它站着；所饶不过的是"女"人，就是"她"字旁边立着的那"女"人！于是辩论开始了。一位教师说，"据我的'经验'，女学生总不喜欢'她'字——男人的'他'，只标一个'人'字旁，女子的'她'，却特别标一个

'女'字旁,表明是个女人;这是她们所不平的!我发出的讲义,上面的'他'字,她们常常要将'人'字旁改成'男'字旁,可以见她们报复的意思了。"大家听了,都微微笑着,像很有味似的。另一位却起来驳道,"我也在女学堂教书,却没有这种情形!"海格尔的定律不错,调和派来了,他说,"这本来有两派:用文言的欢喜用'伊'字,如周作人先生便是;用白话的欢喜用'她'字,'伊'字用的少些;其实两个字都是一样的。""用文言的欢喜用'伊'字,"这句话却有意思!文言里间或有"伊"字看见,这是真理;但若说那些"伊"都是女人,那却不免委屈了许多男人!周作人先生提倡用"伊"字也是实,但只是用在白话里;我可保证,他决不曾有什么"用文言"的话!而且若是主张"伊"字用于文言,那和主张人有两只手一样,何必周先生来提倡呢?于是又冤枉了周先生!——调和终于无效,一位女教师立起来了。大家都倾耳以待,因为这是她们的切身问题,必有一番精当之论!她说话快极了,我听到的警句只是,"历来加'女'字旁的字都是不好的字;'她'字是用不得的!"一位"他"立刻驳道,"'好'字岂不是'女'字旁么?"大家都大笑了,在这大笑之中。忽有苍老的声音:"我看'他'字譬如我们普通人坐三等车;'她'字加了'女'字旁,是请她们坐二等车,有什么不好呢?"这回真哄堂了,有几个人笑得眼睛亮晶晶的,眼泪几乎要出来;真是所谓"笑中有泪"了。后来的情形可有些模糊,大约便在谈笑中收了场;于是乎一幕喜剧告成。

"二等车","三等车"这一个比喻,真是新鲜,足为修辞学开一崭新的局面,使我有永远的趣味。从前贾宝玉说男人的骨头是泥做的,女人的骨头是水做的,至今传为佳话;现在我们的辩士又发明了这个"二三等车"的比喻,真是媲美前修,启迪来学了。但这个"二三等之别"究竟也有例外;我离开南京那一晚,明明在三等车上看见三个"她!"我想:"她""她""她"何以不坐二等车呢?难道客气不成?——那位辩士的话应该是不错的!

1924年7月14日,温洲

教育的信仰

　　教育并不是一件容易的事,如一般人所想的。一般人以为教育只是技能的事。有了办事才能,便可以做校长,有了教授才能,便可以做教师;至其为人到底如何,却以为无关得失,可以存而不论。在这种情形之下,做校长的至多是办事严明,会计不乱,再请几位长于讲解的教师;便可邀誉一时了。做教师的呢,只要多少有相当的根柢,加以辩论的口才,也便可邀誉一时了。这还是上等教育人材。等而下之,那些蝇营狗苟,谄媚官绅者流,也未尝不可以做校长!那些凭借官绅势力,不学无术的鄙夫,也未尝不可以做教师!——这班人在五四运动以后,迎受"新潮",又加添了一副逢迎学生的手段。于是上下其手,倒也可以固位,以达他们"有饭大家吃"的目的!

清末民初京师女子师范学堂

读者或者觉得我说的太过，其实决不会的；就以文明的浙江而论，内地里尽多这种情形呢！

至于教育行政人员，那就连技能和才干都在可有可无之列了。只要有援引的亲朋，应酬的工夫，乃至钻营的伎俩，那就厅长也行，科长也行，科员也行；懂得教育——更不用说有研究了——与否，原是不必论的！至于提倡士气，以身作则，那更非所论于这班征逐酒食的群公了！他们只知道趋炎附势，送旧迎新罢了！如此而言教育，怎样会有进步？

但教育行政人员多少总是官僚；官僚原是又圆滑又懒惰的东西，我们本不能属望太奢的。教育的责任，十有八九究竟是应该由校长教师们担负的。但现在的校长教师们究竟怎样尽他们的责任呢？让我就浙江说罢，让我就浙江的内地说罢。

那校长一职，实在是一个缺！得了这个缺时，亲戚朋友的致贺，饯行，正和送一个新官上任一般。这是我在杭州常常目睹的。一般人看校长确和教师不同。我有一次偶然做了一个中学的教务主任，家里人写信给我说，你升了级了。照这样算来，校长竟比教员升了两级了；无怪乎一般校长都将校长当"三等县知事"做了！无怪校长公司（是杭州某团体的雅号）诸公千方百计的去谋校长做了！这样的校长，受命之后，先务之急是"串门子"；凡是学校所在地的议员，绅士，在省里的，必得去登门拜访一番，以表示他的敬意；然后才敢上任。上任后第一是安插几个必要的私人和上峰，绅士所荐的人；第二是向什么大学里请一两个毕业生，装装门面，新新耳目；第三是算帐，看看出入如何——一般的校长特别注意这件事！第四才是例行公事，所谓教育了！这是经始的时候如此，至于平常日子，校长除了"教育"以外，也还有他的重大的事，便是应酬官绅和迎送客人！有一个地方的校长，因该地绅士有甲乙两派，互相水火，校长决不能有畸轻畸重之嫌；于是费尽心机，想出一条妙计，每星期请一次客，甲乙派轮流着。这样，两派都不得罪了。这就是他的教育宗旨了！这层办妥贴了，校里的事自然便能为所欲为了！名利双收，全靠这种应酬的本领呢。但五四以后，学生也常会蹈瑕抵隙的和校长捣乱；这也很利害的！校长却也有他的妙法，便是笼络各个首领，优加礼遇，以种种手段诱惑他们，使为己用！也有假手于教师的。各样情形,不实不尽!总之,教育是到"兽之国"里去了!

至于教师们尽他们责任的方法,第一是在于植党。植了党便可把持,操纵了。这种教师大约总有靠山——地方势力;凭了靠山,便可援引同类。有了同类,一面便可挟制校长,一面便可招徕学生;而招徕学生,更为他们的切要之图!他们的手段,说来令人惊叹!在招考的时候,他们便多方请托,多取自己同乡(同县),乃至亲戚故旧之子弟,俾将来可以调动裕如。至于平日呢,或诱学生以酒食,或诱学生以金钱,或诱学生以分数,尤其是无微不至!我知道有一个学校的教师,他每星期必请学生吃一次,香烟,瓜子而外,还有一桌一元钱的和菜,这种惠而不费的办法,竟可收着指挥如意的效果呢!可怜一班心胸坦白的青年只因见识短浅,定力缺乏,遂致为人犬马而不自知,真是怅惋了!金钱诱惑,比较少些;因为究竟太显明了,不敢明目张胆的做去。有用此法的,也只借借贷为名。分数的诱惑行之最易,因为这是教师们高下随心的,而且是不必破费一钱的。但太容易了,诱惑的力量反倒少了。——用了这种种手段,教师们植党的目的完全达到了;他们正如军阀一般,也可拥"学生军"以自卫了!于是威吓校长,排除异己,皆可如意而行;甚至掀起惊人的学潮,给予重大的牺牲于学校与学生!——而他们仍扬扬无羔。他们的教育的全过程,如是如是!

在这种教育现状里,在实施这种教育的学校里,校长与教师间,教职员与学生间,一般的关系又如何呢?这可以一言蔽之,就是"待遇异等"!有操纵的实力的教师与有教授的实力的教师,校长前程有关欲相倚重,自然特别看待;其余却就成了可有可无的东西了!虽是可

20世纪20年代勤工俭学的留法女学生与女教师的合影。

有可无，在校长却也不无有用。别人送十二月薪俸，这类人不妨和他们说明，少送一个月或两个月；别人照关约所定数目送薪，这类人有时不妨打个扣头——若反抗时，下学期可以请他走路！这些油，不用说都是校长来揩了；岂不是"有用"么？至于教师与教师之间，当然也无善状可言。他们决不读书，更无研究，课余之暇，只有嫖嫖，赌赌，吃吃，以遣时日，在内地里，教师们的嫖赌，是没有什么的；他们更可猖狂无忌了。此外还有讨小老婆，也是近来教师们常有的事。再说教师之于学生，往往依年级为宽严，视势力为厚薄。四年级学生，相待最是客气，三年级就差了，二年级一年级更差了！一班之中，会捣乱的，会说话的，常能得教师的青睐，遇事总让他三分！这种种情形，我想可以称为"阶级教育"吧！

　　以上所述的现象，都因一般教育者将教育看作一种手段，而不看作目的，所以一糟至此！校长教师们既将教育看作权势和金钱的阶梯；学生们自然也将教育看作取得资格的阶梯；于是彼此都披了"教育"的皮，在变自己的戏法！戏法变得无论巧妙与笨拙，教育的价值却已丝毫不存！教育的价值是在培养健全的人格，这已成了老生常谈了。但要认真培养起来，那却谈何容易！第一教育者先须有"培养"的心，坦白的，正直的，温热的，忠于后一代的心！有了"培养"的心，才说得到"培养"的方法。像以上所说的校长教师们，他们口头上虽也有健全的人格，但心里绝没有健全的人格的影子！他们所有的，只是政客的纵横捭阖的心！如何利用别人，如何愚弄别人，是他们根本的态度！他们以教育为手段，同时也以别人为手段。以"人"为手段，实在最可恶！无论当做杀人的长刀，无论当做护身的藤牌，总之只是一件"东西"而已！这样，根本上取消了别人与自己对等的人格！而自己的人格，因此也受了损伤；看别人是东西，他的人格便已不健全了！再进一步说，他自己的人格也只作为权势与金钱的手段罢了！所以就"人格"而论，就"健全的人格"而论，利用者与被利用者，结果是两败俱伤！康德说得好，人总须彼此以"目的"相待，不可相视作"手段"；他希望将来的社会是一个"目的国"。我想至少学校是"目的国",才有真教育可言!

　　不足与言教育的,我们内地里有些校长与教师,我们真也不能与言,不必与言了。但前文所谓上等教育人才的,又如何呢?我意现在有许多号称贤明的校长教师,都可列在这一等内。他们心目中的教育,可以三语括之:课功,任法,尚严。课功是指注重事功而言。如设备求其完善,学业成绩求其优良,毕业生愿升学与能升学(能考入大学专门)的,求其多,体育成绩于求优良之外,更求其能胜人:都是所谓课功。事功昭著于社会,教育者之责便已尽了。因为要课功,便须讲效率,便不得不有种种法则以督促之。法则本身是没有力量的,于是必假之以权威。权威有鞭策之功;于是愈用愈爱用,而法则便成了迷信了!在任权信法的环境中,尚严是当然的。因为尚严,所以要求整齐划一;无论求学行事,无论大小,差不多都有一个定格,让学生们钻了进去。江苏有一个学校,乃至连学生剪发的事都加规定;他们只许剪平顶。不许剪他种样子,以表示朴实的校风。抱以上这三种见解而从事于教育的人,我也遇过几个。他们有热心与毅力,的确将教育看作一件正正经经的事去办,的确将教育看作一种目的。他们的功绩,的确也不错。我们邻省的教育者,有许多是这种人。但我总觉他们太重功利了,教育被压在沉重的功利下面,不免有了偏枯的颜色。我总觉得"为学"与"做人",应当并重,如人的两足应当一样长一般。现在一般号称贤明的教育者,却因为求功利的缘故,太重视学业这一面了,便忽略了那一面;于是便成了跛的教育了。跛的教育是不能行远的,正如跛的人不能行远一样。功利是好的,但是我们总该还有超乎功利以上的事,这便是要做一个堂堂的人!学生们入学校,一面固是"求学",一面也是学做人。一般人似未知此义,他们只晓得学生应该"求学"罢了!这实是一个很重要的误会,而在教育者,尤其如是。一般教育者都承认学生的知识是不完足的,但很少的人知道学生的品格也是不完足的。(其实"完人"是没有的;所谓"不完足",指学生尚在"塑造期"Plastic,无一定品格而言;——只是比较的说法。)他们说到学生品性不好的时候,总是特别摇头叹气,仿佛这是不应有的事,而且是无法想的事。其实这与学业上的低能一样,正是教育的题中常有的文章;若低能可以设法辅导,这也可以设法辅导的,何用特别摇头叹气呢?要晓得不完足才需来学，若完足了，又何必来受教育呢？学生们既要学做人，你却单给以知识，变成了"教"而不"育"，这自然觉得偏枯了。为学生个人的与眼前浮面的功利计，这原未尝不可，但为我们后一代的发荣滋长计，这却不行了。机械的得着知识，又机械的运用知识的人，人格上没有深厚的根基，只随着机会和环境的支使的人，他们的人生的理想是很模糊的，他们的努力是盲目的。在人生的进路上，他们只能乱转一回，不能向前进行；发荣滋长，如何说得到呢？"做人"是要逐渐培养的，不是可以按钟点教授的。所谓"不言之教"，"无声之诲"，便是说的这种培养的工夫。要从事于此，教育者先须有健全的人格，而且对于教育，须有坚贞的信仰，如宗教信徒一般。他的人生的理想，不用说，也应该超乎功利以上。所谓超乎功利以上，就是说，不但要做一个能干的，有用的人，并且要做一个正直的，坦白的，敢作敢为的人！——教育者有了这样的信仰，有了这样的人格，自然便能够潜移默化，"如时雨化之"了；其间也并无奥妙，只在日常言动间注意。但这个注意却不容易！比办事严明，讲解详晰要难得许多许多，第一先须有温热的心，能够爱人！须能爱具体的这个那个的人；不是说能爱抽象的"人"。能爱学生，才能真的注意学生，才能得学生的信仰；得了学生的信仰，就是为学生所爱。那时真如父子兄弟一家人，没有说不通的事；感化于是乎可言。但这样的爱是须有大力量，大气度的。正如母亲抚育子女一般，无论怎样琐屑，都要不辞劳苦的去做，无论怎样哭闹，都要能够原谅，这样，才有坚韧的爱；教育者也要能够如此任劳任怨才行！这时教育者与学生共在一个"情之流"中，自然用不着任法与尚严了。法是力量小的人用的；他们不能以全身奉献于教育，所以不能爱——于是乎只能寻着权威，暂资凭借。但权威是冷的，权威所寓的法则也是冷的；它们最容易造成虚伪与呆木的人！操行甲等而常行偷窃的学生，是各校常见的。循规蹈矩，而庸碌无用，但能做好好先生的学生，也是各校常见的。这都是任法尚严的流弊了。更有一件，权威最易造成或增加误会；它不但不能使人相亲相爱，反将使人相忌相恨！我曾见过江苏一个校长，他的热心毅力，我至今仍是佩服。但他任法尚严，却使他的热心毅力一概都埋没了！同事们说他太专，学生们说他太严；没有说他好处的！他于是成了一个孤独的人。后来还起了一次风潮，要驱逐他去职！这

就是权威的破坏力！我以为权威绝对用不得；法则若变成自由的契约，依共同的意志而行，那还可存；总之，最要紧的还是人，是人的心！我对于那些号称贤明的教育者所持的功利见解，不以为不好，而以为不够；我希望他们百尺竿头，更进一步！

　　我的意思，再简单的说一说：教育者须对于教育有信仰心，如宗教徒对于他的上帝一样；教育者须有健全的人格，尤须有深广的爱；教育者须能牺牲自己，任劳任怨。

　　我斥责那班以教育为手段的人！我劝勉那班以教育为功利的人！我愿我们都努力，努力做到那以教育为信仰的人！

1924 年 10 月 16 日，《春晖》第 34 期

女 人

　　白水是个老实人，又是个有趣的人。他能在谈天的时候，滔滔不绝地发出长篇大论。这回听勉子说，日本某杂志上有《女？》一文，是几个文人以"女"为题的桌话的记录。他说，"这倒有趣，我们何不也来一下？"我们说，"你先来！"他搔了搔头发道："好！就是我先来；你们可别临阵脱逃才好。"我们知道他照例是开口不能自休的。果然，一番话费了这多时候，以致别人只有补充的工夫，没有自叙的余裕。那时我被指定为临时书记，曾将桌上所说，拉杂写下。现在整理出来，便是以下一文。因为十之八是白水的意见，便用了第一人称，作为他自述的模样；我想，白水大概不至于不承认吧？

　　老实说，我是个欢喜女人的人；从国民学校时代直到现在，我总一贯地欢喜着女人。虽然不曾受着什么"女难"，而女人的力量，我确是常常领略到的。女人就是磁石，我就是一块软铁；为了一个虚构的或实际的女人，呆呆的想了一两点钟，乃至想了一两个星期，真有不知肉味光景——这种事是屡屡有的。在路上走，远远的有女人来了，我的眼睛便像蜜蜂们嗅着花香一般，直攫过去。但是我很知足，普通的女人，大概看一两眼也就够了，至多再掉一回头。像我的一位同学那样，遇见了异性，就立正——向左或向右转，仔细用他那两只近视眼，从眼镜下面紧紧追出去半日半日，然后看不见，然后开步走——我是用不着的。我们地方有句土话说："乖子望一眼，呆子望到晚；"我大约总在"乖子"一边了。我到无论什么地方，第一总是用我的眼睛去寻找女人。在火车里，我必走遍几辆车去发现女人；在轮船里，我必走遍全船去发现女人。我若找不到女人时，我便逛游戏场去，赶庙会去,——我大胆地加一句——参观女学校去;这些都是女人多的地方。于是我的眼睛更忙了!我拖着两只脚跟着她们走,往往直到疲倦为止。

我所追寻的女人是什么呢?我所发现的女人是什么呢?这是艺术的女人。从前人将女人比做花,比做鸟,比做羔羊;他们只是说,女人是自然手里创造出来的艺术,使人们欢喜赞叹——正如艺术的儿童是自然的创作,使人们欢喜赞叹一样。不独男人欢喜赞叹,女人也欢喜赞叹;而"妒"便是欢喜赞叹的另一面,

正如"爱"是欢喜赞叹的一面一样。受欢喜赞叹的,又不独是女人,男人也有。"此柳风流可爱,似张绪当年,"便是好例;而"美丰仪"一语,尤为"史不绝书"。但男人的艺术气分,似乎总要少些;贾宝玉说得好:男人的骨头是泥做的,女人的骨头是水做的。这是天命呢?还是人事呢?我现在还不得而知;只觉得事实是如此罢了。——你看,目下学绘画的"人体习作"的时候,谁不用了女人做他的模特儿呢?这不是因为女人的曲线更为可爱么?我们说,自有历史以来,女人是比男人更具艺术的;这句话总该不会错吧?所以我说,艺术的女人。所谓艺术的女人,有三种意思:是女人中最为艺术的,是女人的艺术的一面,是我们以艺术的眼去看女人。我说女人比男人更具艺术的,是一般的说法;说女人中最为艺术的,是个别的说法。——而"艺术"一词,我用它的狭义,专指眼睛的艺术而言,与绘画,雕刻,跳舞同其范类。艺术的女人便是有着美好的颜色和轮廓和动作的女人,便是她的容貌,身材,姿态,使我们看了感到"自己圆满"的女人。这里有一块天

然的界碑,我所说的只是处女,少妇,中年妇人,那些老太太们,为她们的年岁所侵蚀,已上了凋零与枯萎的路途,在这一件上,已是落伍者了。女人的圆满相,只是她的"人的诸相"之一;她可以有大才能,大智慧,大仁慈,大勇毅,大贞洁等等,但都无碍于这一相。诸相可以帮助这一相,使其更臻于充实;这一相也可帮助诸相,分其圆满于它们,有时更能遮盖它们的缺处。我们之看女人,若被她的圆满相所吸引,便会不顾自己,不顾她的一切,而只陶醉于其中;这个陶醉是刹那的,无关心的,而且在沉默之中的。

我们之看女人,是欢喜而绝不是恋爱。恋爱是全般的,欢喜是部分的。恋爱是整个"自我"与整个"自我"的融合,故坚深而久长;欢喜是"自我"间断片的融合,故轻浅而飘忽。这两者都是生命的趣味,生命的姿态。但恋爱是对人的,欢喜却兼人与物而言。——此外本还有"仁爱",便是"民胞物与"之怀;再进一步,"天地与我并生,万物与我为一",便是"神爱","大爱"了。这种无分物我的爱,非我所要论;但在此又须立一界碑,凡伟大庄严之像,无论属人属物,足以吸引人心者,必为这种爱;而优美艳丽的光景则始在"欢喜"的阈中。至于恋爱,以人格的吸引为骨子,有极强的占有性,又与二者不同。Y君以人与物平分恋爱与欢喜,以为"喜"仅属物,

春　波提切利　(意大利)

"爱"乃属人;若对人言"喜",便是蔑视他的人格了。现在有许多人也以为将女人比花,比鸟,比羔羊,便是侮辱女人;赞颂女人的体态,也是侮辱女人。所以者何?便是蔑视她们的人格了!但我觉得我们若不能将"体态的美"排斥于人格之外,我们便要慢慢的说这句话!而美若是一种价值,人格若是建筑于价值的基石上,我们又何能排斥那"体态的美"呢?所以我以为只须将女人的艺术的一面作为艺术而鉴赏它,与鉴赏其他优美的自然一样;艺术与自然是"非人格"的,当然便说不上"蔑视"与否。在这样的立场上,将人比物,欢喜赞叹,自与因袭的玩弄的态度相差十万八千里,当可告无罪于天下。——只有将女人看作"玩物",才真是蔑视呢;即使是在所谓的"恋爱"之中。艺术的女人,是的,艺术的女人!我们要用惊异的眼去看她,那是一种奇迹!

我之看女人,十六年于兹了,我发见了一件事,就是将女人作为艺术而鉴赏时,切不可使她知道;无论是生疏的,是较熟悉的。因为这要引起她性的自卫的羞耻心或他种嫌恶心,她的艺术味便要变稀薄了;而我们因她的羞耻或嫌恶而关心,也就不能静观自得了。所以我们只好秘密地鉴赏;艺术原来是秘密的呀,自然的创作原来是秘密的呀。但是我所欢喜的艺术的女人,究竟是怎样的呢?您得问了。让我告诉您:我见过西洋女人,日本女人,江南江北两个女人,城内的女人,名闻浙东西的女人;但我的眼光究竟太狭了,我只见过不到半打的艺术的女人!而且其中只有一个西洋人,没有一个日本人!那西洋的处女是在Y城里一条僻巷的拐角上遇着的,惊鸿一瞥似地便过去了。其余有两个是在两次火车里遇着的,一个看了半天,一个看了两天;还有一个是在乡村里遇着的,足足看了三个月。——我以为艺术的女人第一是有她的温柔的空气;使人如听着箫管的悠扬,如嗅着玫瑰花的芬芳,如躺着在天鹅绒的厚毯上。她是如水的密,如烟的轻,笼罩着我们;我们怎能不欢喜赞叹呢?这是由她的动作而来的;她的一举步,一伸腰,一掠鬓,一转眼,一低头,乃至衣袂的微扬,裙幅的轻舞,都如蜜的流,风的微漾;我们怎能不欢喜赞叹呢?最可爱的是那软软的腰儿;从前人说临风的垂柳,《红楼梦》里说晴雯的"水蛇腰儿",都是说腰肢的细软的;但我所欢喜的腰呀,简直和苏州的牛皮糖一样,使我满舌头的甜,满牙齿的软呀。腰是这般软了，手足自也有飘逸不凡之概。你瞧她的足胫多么丰满呢！从膝关节以下，渐渐的隆起，像新蒸的面包一样；后来又渐渐渐渐地缓下去了。这足胫上正罩着丝袜，淡青的？或者白的？拉得紧紧的，一些儿绉纹没有，更

黛玉葬花

将那丰满的曲线显得丰满了；而那闪闪的鲜嫩的光，简直可以照出人的影子。你再往上瞧，她的两肩又多么亭匀呢！像双生的小羊似的，又像两座玉峰似的；正是秋山那般瘦，秋水那般平呀。肩以上，便到了一般人讴歌颂赞所集的"面目"了。我最不能忘记的，是她那双鸽子般的眼睛，伶俐到像要立刻和人说话。在惺忪微倦的时候，尤其可喜，因为正像一对睡了的褐色小鸽子。和那润泽而微红的双颊，苹果般照耀着的，恰如曙色之与夕阳，巧妙的相映衬着。再加上那覆额的，稠密而蓬松的发，像天空的乱云一般，点缀得更有情趣了。而她那甜蜜的微笑也是可爱的东西；微笑是半开的花朵，里面流溢着诗与画与无声的音乐。是的，我说的已多了；我不必将我所见的，一个人一个人分别说给你，我只将她们融合成一个 Sketch 给你看——这就是我的惊异的型，就是我所谓艺术的女子的型。但我的眼光究竟太狭了！我的眼光究竟太狭了！

在女人的聚会里，有时也有一种温柔的空气；但只是笼统的空气，没有详细的节目。所以这是要由远观而鉴赏的，与个别的看法不同；若近观时，那笼统的空气也许会消失了的。说起这艺术的"女人的聚会"，我却想着数年前的事了，云烟一般，好惹人怅惘的。在 P 城一个礼拜日的早晨，我到一所宏大的教堂里去做礼拜；听说那边女人多，我是礼拜女人去的。那教堂是男女分坐的。我去的时候，女座还空着，似乎颇遥遥的；我的遐想便去

充满了每个空座里。忽然眼睛有些花了,在薄薄的香泽当中,一群白上衣,黑背心,黑裙子的女人,默默的,远远的走进来了。我现在不曾看见上帝,却看见了带着翼子的这些安琪儿了!另一回在傍晚的湖上,暮霭四合的时候,一只插着小红花的游艇里,坐着八九个雪白雪白的白衣的姑娘;湖风舞弄着她们的衣裳,便成一片浑然的白。我想她们是湖之女神,以游戏三昧,暂现色相于人间的呢!第三回在湖中的一座桥上,淡月微云之下,倚着十来个,也是姑娘,朦朦胧胧的与月一齐白着。在抖荡的歌喉里,我又遇着月姊儿的化身了!——这些是我所发现的又一型。

是的,艺术的女人,那是一种奇迹!

1925 年 2 月 15 日,白马湖

海行杂记

这回从北京南归,在天津搭了通州轮船,便是去年曾被盗劫的。盗劫的事,似乎已很渺茫;所怕者船上的肮脏,实在令人不堪耳。这是英国公司的船;这样的肮脏似乎尽够玷污了英国国旗的颜色。但英国人说:这有什么呢?船原是给中国人乘的,肮脏是中国人的自由,英国人管得着!英国人要乘船,会去坐在大菜间里,那边看看是什么样子?那边,官舱以下的中国客人是不许上去的,所以就好了。是的,这不怪同船的几个朋友要骂这只船是"帝国主义"的船了。"帝国主义的船"!我们到底受了些什么"压迫"呢?有的,有的!

我现在且说茶房吧。

我若有常常恨着的人,那一定是宁波的茶房了。他们的地盘,一是轮船,二是旅馆。他们的团结,是宗法社会而兼梁山泊式的;所以未可轻侮,正和别的"宁波帮"一样。他们的职务本是照料旅客;但事实正好相反,旅客从他们得着的只是侮辱,恫吓,与欺骗罢了。中国原有"行路难"之叹,那是因交通不便的缘故;但在现在便利的交通之下,即老于行旅的人,也还时时发出这种叹声,这又为什么呢?茶房与码头工人之艰于应付,我想比仅仅的交通不便,有时更显其"难"吧!所以从前的"行路难"是唯物的;现在的却是唯心的。这固然与社会的一般秩序及道德观念有多少关系,不能全由当事人负责任;但当事人的"性格恶"实也占着一个重要的地位的。

我是乘船既多,受侮不少,所以姑说轮船里的茶房。你去定舱位的时候,若遇着乘客不多,茶房也许会冷脸相迎;若乘客拥挤,你可就倒楣了。他们或者别转脸,不来理你;或者用一两句比刀子还尖的话,打发你走路——譬如说:"等下趟吧。"他说得如此轻松,凭你急死了也不管。大约行旅的人总有些异常，脸上总有一付着急的神气。他们是以逸待劳的，乐得和你开开玩笑，所以一切反应总是懒懒的，冷冷的；你愈急，他们便愈乐了。他们于你也并无仇恨，只想玩弄玩弄，寻寻开心罢了，正和太太们玩弄叭儿狗一样。所以你记着：上船定舱位的时候，千万别先高声呼唤茶房。你不是急于要找他们说话么？但是他们先得训你一顿，虽然只是低低的自言自语："啥事体啦？哇啦哇啦的！"接着才响声说，"噢，来哉，啥事体啦？"你还得记着：你的话说得愈慢愈好，愈低愈好；不要太客气，也不要太不客气。这样你便是门槛里的人，便是内行；他们固然不见得欢迎你，但也不会玩弄你了。——只冷脸和你简单说话；要知道这已算承蒙青眼，应该受宠若惊的了。

　　定好了舱位，你下船是愈迟愈好；自然，不能过了开船的时候。最好开船前两小时或一小时到船上，那便显得你是一个有"涵养工夫"的，非急莘莘的"阿木林"可比了。而且茶房也得上岸去办他自己的事，去早了倒绊住了他；他虽然可托同伴代为招呼，但总之麻烦了。为了客人而麻烦，在他们是不值得，在客人是不必要；所以客人便只好受"阿木林"的待遇了。有时船于明早十时开行，你今晚十点上去，以为晚上总该合式了；但也不然。晚上他们要打牌，你去了足以扰乱他们的清兴；他们必也恨恨不平的。这其间有一种"分"，一种默喻的"规矩"，有一种"门槛经"，你得先做若干次"阿木林"，才能应付得"恰到好处"呢。

　　开船以后，你以为茶房闲了，不妨多呼唤几回。你若真这样做时，又该受教训了。茶房日里要谈天，料理私货；晚上要抽大烟，打牌，那有闲工夫来伺候你！他们早上给你舀一盆脸水，日里给你开饭，饭后给你拧手巾；还有上船时给你摊开铺盖，下船时给你打起铺盖：好了，这已经多了，这已经够了。此外若有特别的事要他们做时，那只算是额外效劳。你得自己走出舱门，慢慢地叫着茶房，慢慢地和他说，他也会照你所说的做，而不加损害于你。最好是预先打听了两个茶房的名字，到这时候悠然叫着，那是更其有效的。但要叫得大方，仿佛很熟悉的样子，不可有一点讷讷。叫名字所以更其有效者，被叫者觉得你有意和他亲近（结果酒资不会少给），而别的茶房或竟以为你与这被叫者本是熟悉的，因而有了相当的敬意；所以你第二次第三次叫时，别人往往会帮着你叫的。但你也只能偶尔叫他们；若常常麻烦，他们将发现，你到底是"阿木林"而冒充内行，他们将立刻改变对你的态度了。至于有些人睡在铺上高声朗诵的叫着"茶房"的，那确似乎搭足了架子；在茶房眼中，其为"阿"字号无疑了。他们于是忽然的答应："啥事体啦？哇啦啦！"但走来倒也会走来的。你若再多叫两声，他们又会说："啥事体啦？茶房当山歌唱！"除非你真麻木，或真生了气，你大概总不愿再叫他们了吧。

"子入太庙，每事问，"至今传为美谈。但你入轮船，最好每事不必问。茶房之怕麻烦，之懒惰，是他们的特征；你问他们，他们或说不晓得，或故意和你开开玩笑，好在他们对客人们，除行李外，一切是不负责任的。大概客人们最普遍的问题，"明天可以到吧？""下午可以到吧？"一类。他们或随便答复，或说，"慢慢来好啰，总会到的。"或简单的说，"早呢！"总是不得要领的居多。他们的话常常变化，使你不能确信；不确信自然不问了。他们所要的正是耳根清净呀。

茶房在轮船里，总是盘踞在所谓"大菜间"的吃饭间里。他们常常围着桌子闲谈，客人也可插进一两个去。但客人若是坐满了，使他们无处可坐，他们便恨恨了；若在晚上，他们老实不客气将电灯灭了，让你们暗中摸索去吧。所以这吃饭间里的桌子竟像他们专利的。当他们围桌而坐，有几个固然有话可谈；有几个却连话也没有，只默默坐着，或者在打牌。我似乎为他们觉着无聊，但他们也就这样过去了。他们的脸上充满了倦怠，嘲讽，麻木的气分，仿佛下工夫练就了似的。最可怕的就是这满脸：所谓"然拒人于千里之外"者，便是这种脸了。晚上映着电灯光，多少遮过了那灰滞的颜色；他们也开始有了些生气。他们搭了铺抽大烟，或者拖开桌子打牌。他们抽了大烟，渐有笑语；他们打牌，往往通宵达旦——牌声，争论声充满那小小的"大菜间"里。客人们，尤其是抱了病，可睡不着了；但于他们有甚么相干呢？活该你们洗耳恭听呀！他们也有不抽大烟，不打牌的，便搬出香烟画片来一张张细细赏玩：这却是"雅人深致"了。

我说过茶房的团结是宗法社会而兼梁山泊式的，但他们中间仍不免时有战氛。浓郁的战氛在船里是见不着的；船里所见，只是轻微淡远的罢了。

"唯口出好兴戎",茶房的口,似乎很值得注意。他们的口,一例是练得极其尖刻的;一面自然也是地方性使然。他们大约是"宁可输在腿上,不肯输在嘴上"。所以即使是同伴之间,往往因为一句有意的或无意的,不相干的话,动了真气,抡眉竖目的恨恨半天而不已。这时脸上全失了平时冷静的颜色,而换上热烈的狰狞了。但也终于只是口头"恨恨"而已,真个拔拳来打,举脚来踢的,倒也似乎没有。语云,"君子动口,小人动手;"茶房们虽有所争乎,殆仍不失为君子之道也。有人说,"这正是南方人之所以为南方人",我想,这话也有理。茶房之于客人,虽也"不肯输在嘴上",但全是玩弄的态度,动真气的似乎很少;而且你愈动真气,他倒愈可以玩弄你。这大约因为对于客人,是以他们的团体为靠山的;客人总是孤单的多,他们"倚众欺"起来,不怕你不就范的:所以用不着动真气。而且万一吃了客人的亏,那也必是许多同伴陪着他同吃的,不是一个人失了面子:又何必动真气呢?헸实说来,客人要他们动真气,还不够资格哪!至于他们同伴间的争执,那才是切身的利害,而且单枪匹马做去,毫无可恃的现成的力量;所以便是小题,也不得不大做了。

    茶房若有向客人微笑的时候,那必是收酒资的几分钟了。酒资的数目照理虽无一定,但却有不成文的谱。你按着谱斟酌给与,虽也不能得着一声"谢谢",但言语的压迫是不会来的了。你若给得太少,离谱太远,他们会始而嘲你,继而骂你,你还得加钱给他们;其实既受了骂,大可以不加的了,但事实上大多数受骂的客人,慑于他们的威势,总是加给他们的。加了以后,还得听许多唠叨才罢。有一回,和我同船的一个学生,本该给一元钱的

酒资的，他只给了小洋四角。茶房狠狠力争，终不得要领，于是说："你好带回去做车钱吧！"将钱向铺上一撂，忿然而去。那学生后来终于添了一些钱重交给他；他这才默然拿走，面孔仍是板板的，若有所不屑然。——付了酒资，便该打铺盖了；这时仍是要慢慢来的，一急还是要受教训，虽然你已给过酒资了。铺盖打好以后，茶房的压迫才算是完了，你再预备受码头工人和旅馆茶房的压迫吧。

　　我原是声明了叙述通州轮船中事的，但却做了一首"诅茶房文"；在这里，我似乎有些自己矛盾。不，"天下老鸦一般黑"，我们若很谨慎的将这句话只用在各轮船里的宁波茶房身上，我想是不会悖谬的。所以我虽就一般立说，通州轮船的茶房却已包括在内；特别指明与否，是无关重要的。

1926 年 7 月，白马湖

那里走

呈萍郢火栗四君

近年来为家人的衣食，为自己的职务，日日地忙着，没有坐下闲想的工夫；心里似乎什么都有，又似乎什么都没有。萍见面时，常叹息于我的沉静；他断定这是退步。是的，我有两三年不大能看新书了，现在的思想界，我竟大大地隔膜了；就如无源的水一样，教它如何能够滔滔地长流呢？幸而我还不断地看报，又住在北京，究竟不至于成为与世隔绝的人。况且鲁迅先生说得好："中国现在是一个进向大时代的时代。"无论你是怎样的小人物，这时代如闪电般，或如游丝般，总不时地让你警着一下。它有这样大的力量，决不从它巨灵般的手掌中放掉一个人；你不能不或多或少感着它的威胁。大约因为我现在住着的北京，离开时代的火焰或漩涡还远的缘故吧，我还不能说清这威胁是怎样；但心上常觉有一点除不去的阴影，这却是真的。我是要找一条自己好走的路；只想找着"自己"好走的路罢了。但那（哪）里走呢？或者，那里走呢！我所彷徨的便是这个。

说"那里走？"是还有路可走；只须选定一条便好。但这也并不容易，和旧来所谓立志不同。立志究竟重在将来，高远些，空泛些，是无妨的。现在我说选路，却是选定了就要举步的。在这时代，将来只是"浪漫"，与过去只是"腐化"一样。它教训我们，靠得住的只是现在，内容丰富的只是现在，值得拚命的只是现在；现在是力，是权威，如钢铁一般。但像我这样一个人，现在果然有路可走么？果然有选路的自由与从容么？我有时怀疑这个"有"，于是乎悚然了：那里走呢！旧小说里写勇将，写侠义，当追逼或围困着他们的对手时，往往断喝一声道，"往那里走！"这是说，没有你走的路，不必走了；快快投降，遭擒或受死吧。投降等也可以说是路，不过不是对手所欲选择的罢了。我有时正感着这种被迫逼，被围困的心情；虽没有身临其境的慌张，但觉得心上的阴影越来越大，颇有些惘惘然。

三个印象

我知道这种心情的起原。春间北来过上海时，便已下了种子；以后逐渐发育，直至今日，正如成荫的大树，根株蟠结，不易除去。那时上海还没有革命呢；我不过遇着一个电车工人罢工的日子。我从宝山路口向天后宫桥走，街沿上挤挤挨挨满是人；这在平常是没有的。我立刻觉着异样；虽然是晴天，却像是过着梅雨季节一般。后来又坐着人力车，由二洋泾桥到海宁路，经过许多热闹的街市。如密云似的，如波浪似的，如火焰似的，到处扰扰攘攘的行人；人力车得委婉曲折地穿过人丛，拉车的与坐车的，不由你不耐着性儿。我坐在车上，自然不要自己挣扎，但看了人群来来往往，前前后后，进进退退地移动着，不禁也暗暗地代他们出着力。这颇像美国式足球战时，许多壮硕的人压在一个人身上，成了肉堆似的；我感着窒息一般的紧张了。就是那天晚上，我遇着郢。我说上海到底和北京不同；从一方面说，似乎有味得多——上海是现代。郢点点头。但在上海的人，那时怕已是见惯了吧；让谛知道，又该说我"少见多怪"了。

第二天是我动身的日子，火来送我。我们在四马路上走着，从上海谈到文学。火是个深思的人。他说给我将着手的一篇批评论文的大意。他将现在的文学，大别为四派。一是反语或冷嘲；二是乡村生活的描写；三是性欲的描写；四是所谓社会文学，如记一个人力车夫挨巡捕打，而加以同情之类。他以为这四种都是 Petty Bourgeoisie① 的文学。一是说说闲话。二是写人的愚痴；自己在圈子外冷眼看着。四虽意在为 Proletariat② 说话，但自己的阶级意识仍脱不去；只算"发政施仁"的一种变相，只算一种廉价的同情而已。三所写的颓废的心情，仍以 Bourgeoisie③ 的物质文明为背景，也是

---

① 英文，小资产阶级。
② 英文，无产阶级。
③ 英文，资产阶级。

Petty Bourgeoisie 的产物。这四派中，除第三外，都除外自己说话。火不赞成我们的文学除外自己说话；他以为最亲切的还是说我们自己的话。至于所谓社会文学，他以为竟毫无意义可言。他说，Bourgeoisie 的灭亡是时间问题，Petty Bourgeoisie 不用说是要随之而去的。一面 Proletariat 已渐萌芽蠢动了；我们还要用那养尊处优，丰衣足食（自然是比较的说法）之余的几滴眼泪，去代他们申诉一些浮面的，似是而非的疾苦，他们的不屑一顾，是当然。而我们自己已在向灭亡的途中，这种不干己的呼吁，也用它不着。所以还是说自己的话好。他说，我们要尽量表现或暴露自己的各方面；为图一个新世界早日实现，我们这样促进自己的灭亡，也未尝没有意义的。"促进自己的灭亡"，这句话使我竦然；但转念到这也是无可奈何的事的时候，我又爽然自失。与火相别一年，不知如何，他还未将这篇文写出；我却时时咀嚼他那末一句话。

到京后的一个晚上，栗君突然来访。那是一个很好的月夜，我们沿着水塘边一条幽僻的小路，往复地走了不知几趟。我们缓缓地走着，快快地谈着。他是劝我入党来的。他说像我这样的人，应该加入他们一伙儿工作。工作的范围并不固定；政治，军事固然是的，学术，文学，艺术，也未尝不是的——尽可随其性之所近，努力做去。他末了说，将来怕离开了党，就不能有生活的发展；就是职业，怕也不容易找着的。他的话是很恳切。当时我告诉他我的踌躇，我的性格与时代的矛盾；我说要和几个熟朋友商量商量。后来萍说可以不必；郢来信说现在这时代，确是教人徘徊的；火的信也说将来必须如此时再说吧。我于是只好告诉栗君，我想还是暂时超然的好。这超然究竟能到何时，我毫无把握。若能长此超然，在我倒是佳事。但是，若不能呢？我因此又迷糊着了。

时代与我

这时代是一个新时代。时代的界限，本是很难画出的；但我有理由，从十年前起算这时代。在我的眼里，这十年中，我们有着三个步骤：从自我的解放到国家的解放，从国家的解放到 Class Struggle①；从另一面看，也可以说是从思想的革命到政治的革命，从政治的革命到经济的革命。我说三个步骤，是说它们先后相承的次序，并不指因果关系而言；论到因果关系，是没有这么简单的。实在，第二，第三两个步骤，只包括近一年来的时间；说以前九年都是酝酿的时期，或是过渡的时期，也未尝不可。在这三个步骤里，我们看出显然不同的两种精神。在第一步骤里，我们要的是解放，有的是自由，做的是学理的研究；在第二，第三步骤里，我们要的是革命，有的是专制的党，做的是军事行动及党纲，主义的宣传。这两种精神的差异，也许就是理想与实际的差异。

在解放的时期，我们所发现的是个人价值。我们咒诅家庭，咒诅社会，要将个人抬在一切的上面，作宇宙的中心。我们说，个人是一切评价的标准；认清了这标准，我们要重新评定一切传统的价值。这时是文学，哲学全盛的日子。虽也有所谓平民思想，但只是偶然的怜悯，适成其为慈善主义而已。社会科学虽也被重视，而与文学，哲学相比，却远不能及。这大约是经济状况剧变的缘故吧，三四年来，社会科学的书籍，特别是关于社会革命的，销场渐渐地增广了，文学，哲学反倒被压下去了；直到革命爆发为止。在这革命的时期，一切的价值都归于实际的行动；军士们的枪，宣传部的笔和舌，做了两个急先锋。只要一些大同小异的传单，小册子，便已足用；社会革命的书籍亦已无须，更不用提什么文学，哲学了。这时期"一切权力属于党"。在理论上，不独政治，军事是党所该管；你一切的生活，也都该党化。党的律是铁律，除遵守与服从外，不能说半个"不"字，个人——自我——是渺小的；在党的范围内发展，是认可的，在党的范围外，便是所谓"浪漫"了。这足以妨碍工作，为党所不能容忍。几年前，"浪漫"是一个好名字，现在它的意义却只剩了讽刺与诅咒。"浪漫"是让自己蓬蓬勃勃的情感尽量发泄，这样扩大了自己。但现在要的是工作，蓬蓬勃勃的情感是无训练的，不能发生实际效用；现在是紧急的时期，用不着这种不紧急的东西。

---

① 英文，阶级斗争。

持续的，强韧的，有组织的工作，在理知的权威领导之下，向前进行：这是今日的教义。党便是这种理知的权威之具体化。党所要求于个人的是牺牲，是无条件的牺牲。一个人得按着党的方式而生活，想自出心裁，是不行的。

现在革命的进行虽是混乱，有时甚至失掉革命的意义；但在暗中的 Class Struggle 似乎是很激烈的。只要我们承认事实，无论你赞成与否，这 Struggle 是不断地在那边进行着的。来的终于要来，无论怎样诅咒，压迫，都不中用。这是一个世界波浪。固然，我丝毫不敢说这 Struggle，便是就中国而言，何时结束，怎样结束；至于全世界，我更无从悬揣了。但这也许是杞忧吧？我总预想着我们阶级的灭亡，如火所说。这灭亡的到来，也许是我所不及见，但昔日的我们的繁荣，渐渐往衰颓的路上走，总可以眼睁睁看着的。这衰颓不能盼望在平和的假装下度了过去；既说 Struggle，到了短兵相接的时候，说不得要露出狰狞的面目，毒辣的手段来。枪与炸弹和血与肉打成一片的时候，总之是要来的。近来广州的事变，杀了那么些人，烧了那么些家屋，也许是大恐怖的开始吧！

自然，我们说，这种破坏是残忍的，只是残忍的而已！我们说，那一些人都是暴徒，他们毁掉了我们最好的东西——文化！"我们诅咒他们！""我们要复仇！"但这是我们的话，用我们的标准来评定的价值；而我们的标准建筑在我们的阶级意识上，是不用说的。他们是，在企图着打倒这阶级的全部，倘何有于区区评价的标准？我们的诅咒与怨毒，只是"我们的"诅咒与怨毒，他们是毫无认识的必要的。他们可以说，这是创造一个新世界的必要的历程！他们

旧上海"十里洋场"

有他们评价的标准，他们的阶级意识反映在里边，也自有其理论上的完成。我们只是诅咒，怨毒，都不相干；要看总 Struggle 如何，才有分晓。不幸我觉得我们 Struggle 的力量，似已微弱；各方面自由的，自私的发展，失了集中的阵势。他们却是初出柙的猛虎，一切不顾忌地拚命上前肉搏；真专制的纪律将他们凝结成铁一般的力量。现在虽还没有充足的经验，屡次败退下去；但在这样社会制度与情形之下，他们的人是只有一天天激增起来，势力愈积愈厚；暂时的挫折与牺牲，他们是未必在意的。而我们的基础，我虽然不愿意说，势所必至，会渐渐空虚起来；正如一座老建筑，虽然时常修葺，到底年代多了，终有被风雨打得坍倒的一日！那时我们的文化怎样？该大大地变形了吧？我们自然觉得可惜；这是多么空虚和野蛮呀！但事实不一定是空虚和野蛮，他们将正欣幸着老朽的打倒呢！正如历史上许多文化现已不存在，我们却看作当然一般，他们也将这样看我们吧？这便是所谓"后之视今，犹今之视昔！"我们看君政的消灭，当作快事，他们看民治的消灭，也当一样当作快事吧？那时我们灭亡，正如君主灭亡一般，在自然的眼里，正是一件稀松大平常的事而已。

我们的阶级，如我所预想的，是在向着灭亡走；但我为什么必得跟着？为什么不革自己的命，而甘于作时代的落伍者？我为这件事想过不止一次。我解剖自己，看清我是一个不配革命的人！这小半由于我的性格，大半由于我的素养；总之，可以说是运命规定的吧。——自然，运命这个名词，革命者是不肯说的。在性格上，我是一个因循的人，永远只能跟着而不能领着；我又是没有定见的人，只是东鳞西爪地渔猎一点儿；我是这样地爱变化，甚至说是学时髦，也可的。这种性格使我在许多情形里感着矛盾；我之所以已到中年而百无一成者，以此。一面我虽不是生在什么富贵人家，也不是生在什么诗礼人家，从来没有阔过是真的；但我总不能不说是生在 Petty Bourgeoisie 里。我不是个突出的人，我不能超乎时代。我在 Petty Bourgeoisie 里活了三十年，我的情调，嗜好，思想，论理，与行为的方式，在在都是 Petty Bourgeoisie 的；我彻头彻尾，沦肌浃髓是 Petty Bourgeoisie 的。离开了 Petty Bourgeoisie，我没有血与肉。我也知道有些年岁比我大的人，本来也在 Petty Bourgeoisie 里的，竟一变到 Proletariat

去了。但我想这许是天才，而我不是的；这许是投机，而我也不能的。在歧路之前，我只有徬徨罢了。

我并非迷信着 Petty Bourgeoisie，只是不由你有些舍不下似的，而且事实上也不能舍下。我是生长在都市里的，没有扶过犁，拿过锄头，没有曝过毒日，淋过暴雨。我也没有锯过木头，打过铁；至于运转机器，我也毫无训练与忍耐。我不能预想这些工作的趣味；即使它们有一种我现在还不知道的趣味，我的体力也太不成，终于是无缘的。况且妻子儿女一大家，都指着我活，也不忍丢下了走自己的路。所以我想换一个生活，是不可能的，就是，想轧入 Proletariat，是不可能的。从一面看，可以说我大半是不能，小半还是不为；但也可以说，因了不能，才不为的。没有新生活，怎能有新的力去破坏，去创造？所以新时代的急先锋，断断没有我的份儿！但是我要活，我不能没有一个依据；于是回过头来，只好"敝帚自珍"。自然，因果的轮子若急转直下，新局面忽然的来，我或者被驱迫着去做那些不能做的工作，也未可知。那时怎样？我想会累死的！若反抗着不做，许就会饿死的。但那时一个阶级已在灭亡，一个人又何足轻重？我也大可不必蝎蝎螯螯地去顾虑了罢。

Proletariat 在革命的进行中，容许所谓 Petty Bourgeoisie 同行者；这是我也有资格参加的。但我又是个十二分自私的人；老实说，我对于自己以外的人，竟是不大有兴味顾虑的。便是妻子，儿女，也大半因了"生米已成熟饭"，才不得不用了廉价的同情，来维持着彼此的关系的。对于 Proletariat，我所能有的，至多也不过这种廉价的同情罢了，于他们丝毫不能有所帮助。火说得好：同情是非革命；严格论之，非革命简直可以说与反革命同科！至于比同情进一步，去参加一些轻而易举的行动，在我却颇为难。一个连妻子，儿女都无心照料的人，那能有闲情，余力去顾到别的在他觉着不相干的人呢？况且同行者也只是摇旗呐喊，领着的另有其人。他们只是跟着，远远地跟着；一面自己的阶级性还保留着。这结果仍然不免随着全阶级的灭亡而灭亡，不过可以晚一些罢了。而我懒惰地躲在自己的阶级里，以懒惰的同情自足，至多也只是灭亡。以自私的我看来，同一灭亡，我也就不必拗着自己的性儿去同行什么了。但为了自己的阶级，挺身与

Proletariat 去 Struggle 的事,自然也决不会有的。我若可以说是反革命,那是在消极的意义上。我是走着衰弱向灭亡的路;即使及身不至灭亡,我也是个落伍者。随你怎样批评,我就是这样的人。

我们的路

活在这时代的中国里的,总该比四万万还多——Bourgeoisie 与 Petty Bourgeoisie 的人数,总该也不少。他们这些人怎么活着?他们走的是那些路呢?我想那些不自觉的,暂时还在跟着老路走。他们或是迷信着老路,如遗老,绅士等;或是还没有发现新路,只盲目地照传统做着,如穷乡僻壤的农工等——时代的波浪还没有猛烈地向他们冲去,他们是不会意识着什么新的需要的。但遗老,绅士等的日子不多,而时代的洪流终于要泛滥到淹没了地上每一个细孔;所以这两种在我看都只是暂时的。我现在所要提出的,却是除此以外的人;这些人大半是住在都市里的。他们的第一种生活是政治,革命的或反革命的。这相反的两面实以阶级为背景,我想不用讳言。以现在的形势论:一方面虽还只在零碎 Struggle,却有一个整齐的战线;另一方面呢,虽说是总动员,却是分裂了旗帜各自拿着一块走,多少仍带着封建的精神的。他们战线的散漫参差,已渐渐显现出来了。暂时的成败,我固然不敢说;但最后的运命,似乎是已经决定了的,如上文所论。

我所要申述的,是这些人的另一种生活——文化。这文化不用说是都市的。说到现在中国的都市,我觉得最热闹的,最重要的,是广州,汉口,上海,北京四处,南京虽是新都,却是直到现在,似乎还单调得很;上海实在比南京重要得多,即以政治论,也是如此,看几月来的南方政局可知。若容我粗枝大叶地区分,我想说广州,汉口是这时代的政治都市;上海,北京虽也是政治都市,但同时却代着这时代的文化,便与广州,汉口不同。她们是这时代的两个文化中心。我不想论政治,故也不想论广州,汉口;况且我也不熟悉这两个都市,足迹都还不曾一到呢。北京是我两年来住居的地方,见闻自然较近些。上海的新气象,我虽还没有看见,但从报纸,杂志上,从南来的友人的口中,也零零碎碎知道了一点儿。我便想就这两处,指出我说的那些人在走着那些路。我并不是板起脸来裁判,只申述自己的感想而已；所知的虽然简陋，或者也还不妨的。

在旧时代正在崩坏，新局面尚未到来的时候，衰颓与骚动使得大家惶惶然。革命者是无意或有意造成这惶惶然的人，自然是例外。只有参加革命或反革命，才能解决这惶惶然。不能或不愿参加这种实际行动时，便只有暂时逃避的一法。这是要了平和的假装，遮掩住那惶惶然，使自己麻醉着忘记了去。享乐是最有效的麻醉剂；学术，文学，艺术，也是足以消灭精力的场所。所以那些没

胡适像

法奈何的人，我想都将向这三条路里躲了进去。这样，对于实际政治，便好落得个不闻理乱。虽然这只是暂时的，到了究竟，理乱总有使你不能不闻的一天；但总结账的日子既还没有到来，徒然地惶惶然，白白地耽搁着，又算什么呢？乐得暂时忘记，做些自己爱做的事业；就是将来轮着灭亡，也总算有过称心的日子，不白活了一生。这种情形是历史的事实；我想我们现在多少是在给这件历史的事实，提供一个新例子。不过我得指出，学术，文学，艺术，在一个兴盛的时代，也有长足的发展的，那是个顺势，不足为奇；在现在这样一个衰颓或交替的时代，我们却有这样畸形的发展，是值得想一想的。

上海本是享乐的地方；所谓"十里洋场"，常为人所艳称。她因商业繁盛，成了资本集中的所在，可以说是 Bourgeoisie 的中国本部；一面因国际交通的关系，输入西方的物质文明也最多。所以享乐的要求比别处都迫切，而享乐的方法也日新月异。这是向来的情形。可是在这号为兵连祸结，民穷财尽的今日，上海又如何？据我所知，革命似乎还不曾革掉了什么；只有踵事增华，较前更甚罢了。如大华饭店和云裳公司等处的生涯鼎盛，可见 Bourgeoisie 与 Petty Bourgeoisie 的疯狂；而且，假使我所闻的不错，云裳公司还是由几个 Petty Bourgeoisie 的名士主持着，在这回革命后才开起

来的。他们似乎在提倡着这种享乐的风气。假使衣食住可以说是文化的一部分，大华饭店与云裳公司等，足可代表上海文化的一面。你说这是美化的人生。但懂得这道理的，能有几人？还不是及时行乐，得过且过的多！况且如此的美化人生，是不是带着阶级味？然而无论如何，在最近的将来，这种情形怕只有蒸蒸日上的。我想，这也许是我们的时代的回光返照吧？北京没有上海的经济环境，自然也没有她的繁华。但近年来南化与欧化——南化其实就是上海化，上海化又多半是欧化；总之，可说是 Bourgeoisie 化——一天比一天流行。虽还只跟着上海走，究竟也跟着了；将来的运命在，这一点上，怕与上海多少相同。

但上海的文化，还有另外重要的一面，那是文学。新文学的作家，有许多住在上海；重要的文学集团，也多在上海——现在更如此。近年又开了几家书店，北新，开明，光华，新月等——出的文学书真不少，可称一时之盛。北京呢，算是新文学的策源地，作家原也很多；两三年来，有现代评论，语丝，可作重要的代表。而北新总局本在北京；她又介绍了不少的新作家。所以颇有兴旺之象。不料去年现代评论，语丝先后南迁，北新被封闭，作家们也纷纷南下观光，一时顿觉寂寞起来。现在只剩未名，古城等几种刊物及古城书店，暂时支撑这个场面。我想，北京这样一个"古城"，这样一个大都会，在这样的时代，断不会长远寂寞下去的。

新文学的诞生，引起了思想的革命；这是近十年来这新时代的起头——所以特别有着广大长远的势力。直到两三年前，社会革命的火焰渐渐燃烧起来，一般青年都预想着革命的趣味；这时候所有的是忙碌和紧张，欣赏的闲情，只好暂时搁起。他们要的是实行的参考书；社会革命的书籍的流行，一时超过了文学；直到这时候，文学的风起云涌的声势，才被盖了下去。记得前年夏天在上海，《我们的六月》刚在亚东出版。郢有一天问我销得如何？他接着说，现在怕没有多少人要看这种东西了吧？这可见当时风气的一斑了。但是很奇怪，在革命后的这一年间，文学却不但没有更加衰落下去，反像有了复兴的样子。只看一看北新，开明等几书店新出版的书籍目录，你就知道我的话不是无稽之谈。更奇怪的，社会革命烧起了火焰以后，文学因为是非革命的，是不急之务，所以被搁置着；但一面便有人提倡革命文学。革命文学的呼声一天比一天高,同着热情与切望。直到现在,算已是革命的时代,这种文学在理在势,都该出现了;而我们何以还没有看见呢?我的见闻浅陋,是不用说的;但有熟悉近年文坛的朋友与我说起,也以千呼万唤的革命文学还不出来为奇。一面文学的复兴却已成了事实;这复兴后的文学又如何呢?据说还是跟着从前 Petty Bourgeoisie 的系统,一贯地发展着的。直到最近,才有了描写,分析这时代革命生活的小说;但似乎也只能算是所谓同行者的情调罢了。真正的革命文学是,还没有一些影儿,不,还没有一些信儿呢!

这自然也有辩解。真正革命的阶级是只知道革命的:他们的眼,见的是革命,他们的手,做的是革命;他们忙碌着,紧张着,革命是他们的全世界。文学在现在的他们,还只是不相干的东西。再则,他们将来虽势所必至地需要一种文学——许是一种宣传的文学——,但现在的他们的趣味还浮浅得很,他们的喉舌也还笨拙得很,他们是不能创作出什么来的。因此,在这上面暂时留下了一段空白。而 Petty Bourgeoisie,在革命的前夜,原有很多人甘心丢了他们的学术,文学,艺术,想去一试身手的;但到了革命开始以后,真正去的是那些有充足的力量,有浓厚的兴趣的。此外的大概观望一些时,感到自己的缺乏,便废然而返了。他们的精神既无所依据,自然只有回到学术,文学,艺术的老路上去,以避免那惶惶然的袭来。所以文学的复兴,也是一种当然。一面革命的书籍似乎已不如前几年的流行;这大约因为革命的已去革命,不革命的也已不革命了的缘故吧。因而文学书的需要的增加,也正是意中事。但时代潮流所激荡,加以文坛上革命文学的绝叫,描写革命气氛的作品,现在虽然才有端倪,此后总该渐渐地多起来的吧。至于真正的革命文学,怕不到革命成功时,不会成为风气。在相反的方向,因期待过切,忍耐过久而失望,绝望,因而诅咒革命的文学,我想也不免会有的,虽然不至于太多。总之,无论怎样发展,这时代的文学里以惶惶然的心情做骨子的,Petty Bourgeoisie 的气氛,是将愈过愈显然的。

胡适之先生真是个开风气的人;他提倡了新文学,又提倡新国学。陈西滢先生在他的《闲话》里,深以他正向前走着,忽又走了回去为可惜。但我以为这不过是思想解放的两面,都是疑古与贵我的精神的表现。国学成为一个新运动,是在文学后一两年。但这原是我们这爿老店里最富裕的货色,而且一向就有许多人捧着;现在虽加入些西法,但国学到底是国法,所以极合一般人的脾胃。我说"一般人",因为从前的国学还只是一部分人的专业,这一来却成为普遍的风气,青年们也纷纷加入,算是时髦的东西了。这一层胡先生后来似颇不以为然。他前年在北大研究所国学门恳亲会的席上,曾说研究国学,只是要知道"此路不通",并不是要找出新路;而一般青年丢了要紧的工夫不做,都来拥挤在这条死路上,真是很可惜的。但直到现在,我们知道,研究学术原不必计较什么死活的;所以胡先生虽是不以为然,风气还是一直推移下去。这种新国学运动的方向,我想可以胡先生的"历史癖与考据癖"一语括之。不过现在这种"历史癖与考据癖"要用在一切国故上,决不容许前人尊经重史的偏见。顾颉刚先生在北京大学研究所国学门周刊的《一九二六始刊词》里,说这个意思最是明白。这是一个大解放,大扩展。参加者之多,这怕也是一个重要原因。这运动盛于北京,但在上海也有不小的势力。它虽然比新文学运动起来得晚些,而因了固有的优势与新增的范围,不久也就赶上前去,骎骎乎与后者并驾齐驱了。新文学销沉的时候,它也以相同的理由销沉着;但现在似乎又同样地复兴起来了——看年来新出版的书目,也就可以知道的。国学比文学更远于现实;担心着政治风的袭来的,这是个更安全的逃避所。所以我猜,此后的参加者或者还要多起来的。

　　此外还有一件比较小的事,这两年住在北京的人,不论留心与否,总该觉着的。这就是绘画展览会,特别是国画展览会。你只要常看报,或常走过中山公园,就会一次两次地看见这种展览会的记载或广告的。由一而再,再而三的展览,我推想高兴去看的人大约很多。而国画的售值不断地增高,也是另一面的证据。上海虽不及北京热闹,但似乎也常有这种展览会,不过不偏重国画罢了。最近我知道,就有陶元庆先生,刘海粟先生两个展览会,可以作例。艺术与文学,可以说同是象牙塔中的货色;而艺术对于政治,经济的影响,是更为间接些,因之,更为安静些。所以这条路将来也不会冷落的。但是艺术中的绘画何以独盛?国画又何以比洋画盛?我想,国画与国学一样,在社会里是有根柢的,是合于一般人脾胃。可是洋画经多年的提倡与传习,现在也渐能引起人的注意。所以这回"海粟画展",竟有人买他的洋画去收藏的（见北京《晨报·星期画报》）。至于同是艺术的音乐，戏剧，则因人才，设备都欠缺，故无甚进展可言。国乐，国剧虽有多大的势力，但当作艺术而加以研究的，直到现在，也还极少。这或者等待着比较的研究，也未可知。

这是我所知的，上海，北京的 Bourgeoisie，与 Petty Bourgeoisie 里的非革命者——特别是这种人——现在所走的路。自然，学术，艺术的范围极广，将来的路也许会多起来。不过在这样扰攘的时代，那些在我们社会里根柢较浅，又需要浩大的设备的，如自然科学，戏剧等，怕暂时总还难成为风气吧？——我说的虽是上海，北京，但相信可以代表这时代精神的一面——文化。我们若可以说广州，汉口是偏在革命的一面，上海，北京便偏在非革命的一面了。这种大都市的生活样式，正如高屋建瓴水，它的影响会迅速地伸张到各处。你若承认从前京式的靴鞋，现在上海式装束的势力，你就明白现在上海，北京的风气，将会并且已经怎样弥漫到别的地方了。

在这三条路里，我将选择那一条呢？我惭愧自己是个"爱博而情不专"的人；虽老想着只选定一条路，却总丢不下别的。我从前本是学哲学的，而同时舍不下文学。后来因为自己的科学根柢太差，索性丢开了哲学，走向文学方面来。但是文学的范围又怎样大！我是一直随随便便，零零碎碎地读些，写些，不曾认真做过什么工夫。结果是只有一点儿——一点儿都没有！驳杂与因循是我的大敌人。现在年龄是加长了，又遇着这样"动摇"的时代，我既不能参加革命或反革命，总得找一个依据，才可姑作安心地过日子。我是想找一件事，钻了进去，消磨了这一生。我终于在国学里找着了一个题目，开始像小儿的学步。这正是望"死路"上走；但我乐意这么走，也就没有法子。不过我又是个乐意弄弄笔头的人；虽是当此危局，还不能认真地严格地专走一条路——我还得要写些，写些我自己的阶级，我自己的过，现，未三时代。一劲儿闷着，我是活不了的。胡适之先生在《我的歧路》里说，"哲学是我的职业，文学是我的娱乐"；我想套着他的调子说："国学是我的职业，文学是我的娱乐。"这便是现在我走着的路。至于究竟能够走到何处，是全然不知道，全然没有把握的。我的才力短，那不过走得近些罢了；但革命期的破坏若积极进行，报纸所载的远方可怕的事实，若由运命的指挥，渐渐地逼到我住的所在，那么，我的身家性命还不知是谁的，还说什么路不路！即使身家性命保全了，而因生计窘迫的关系，也许让你不得不把全部的精力专用在衣食住上，那却是真的"死路"，实在也说不上什么路不路！此外，革命若出乎意表地迅速地成了功，我们全阶级的没落就将开始，那是更用不着说什么路的！但这一层究竟还是"出乎意表"的事，暂可不论；以上两层却并不是渺茫不可把捉的，浪漫的将来，是从现在的事实看，说来就"来了"的。所以我虽定下了自己好走的路，却依旧要虑到"那里走？""那里走！"两个问题上去！我也知道这种忧虑没有一点用，但禁不住它时时地袭来；只要有些馀暇，它就来盘据心头，挥也挥不去。若许我用一个过了时的名字，这大约就是所谓"烦闷"吧。不过前几年的烦闷是理想的，浪漫的，多少可以温馨着的；这时代的是，加以我的年龄，更为实际的，纠纷的。我说过阴影，这也就是我的阴影。我想，便是这个，也该是向着灭亡走的我们的运命吧？

1928年2月7日作

白马湖

今天是个下雨的日子。这使我想起了白马湖；因为我第一回到白马湖，正是微风飘萧的春日。

白马湖在甬绍铁道的驿亭站，是个极小极小的乡下地方。在北方说起这个名字，管保一百个人一百个人不知道。但那却是一个不坏的地方。这名字先就是一个不坏的名字。据说从前（宋时？）有个姓周的骑白马入湖仙去，所以有这个名字。这个故事也是一个不坏的故事。假使你乐意搜集，或也可编成一本小书，交北新书局印去。

白马湖并非圆圆的或方方的一个湖，如你所想到的，这是曲曲折折大大小小许多湖的总名。湖水清极了，如你所能想到的，一点儿不含糊像镜子。沿铁路的水，再没有比这里清的，这是公论。遇到旱年的夏季，别处湖里都长了草，这里却还是一清如故。白马湖最大的，也是最好的一个，便是我们住过的屋的门前那一个。那个湖不算小，但湖口让两面的山包抄住了。外面只见微微的碧波而已，想不到有那么大的一片。湖的尽里头，有一个三四十户人家的村落，叫做西徐岙，因为姓徐的多。这村落与外面本是不相通的，村里人要出来得撑船。后来春晖中学在湖边造了房子，这才造了两座玲珑的小木桥，筑起一道煤屑路，直通到驿亭车站。那是窄窄的一条人行路，蜿蜒曲折的，路上虽常不见人，走起来却不见寂寞——。尤其在微雨的春天，一个初到的来客，他左顾右盼，是只有觉得热闹的。

春晖中学在湖的最胜处，我们住过的屋也相去不远，是半西式。湖光山色从门里从墙头进来，到我们窗前、桌上。我们几家接连着；丏翁的家最讲究。屋里有名人字画，有古瓷，有铜佛，院子里满种着花。屋子里的陈设又常常变换，给人新鲜的受用。他有这样好的屋子，又是好客如命，我们便不时地上他家里喝老酒。丐翁夫人的烹调也极好,每回总是满满的盘碗拿出来,空空的收回去。白马湖最好的时候是黄昏。湖上的山笼着一层青色的薄雾,在水里映着参差的模糊的影子。水光微微地暗淡,像是一面古铜镜。轻风吹来,有一两缕波纹,但随即平静了。天上偶见几只归鸟,我们看着它们越飞越远,直到不见为止。这个时候便是我们喝酒的时候。我们说话很少;上了灯话才多些,但大家都已微有醉意,是该回家的时候了。若有月光也许还得徘徊一会;若是黑夜,便在暗里摸索醉着回去。

　　白马湖的春日自然最好。山是青得要滴下来,水是满满的、软软的。小马路的两边,一株间一株地种着小桃与杨柳。小桃上各缀着几朵重瓣的红花,像夜空的疏星。杨柳在暖风里不住地摇曳。在这路上走着,时而听见锐而长的火车的笛声是别有风味的。在春天,不论是晴是雨,是月夜是黑夜,白马湖都好。——雨中田里菜花的颜色最早鲜艳;黑夜虽什么不见,但可静静地受用春天的力量。夏夜也有好处,有月时可以在湖里划小船,四面满是青霭。船上望别的村庄,像是蜃楼海市,浮在水上,迷离惝恍的;有时听见人声或犬吠,大有世外之感。若没有月呢,便在田野里看萤火。那萤火不是一星半点的,如你们在城中所见;那是成千成百的萤火。一片儿飞出来,像金线网似的,又像耍着许多火绳似的。只有一层使我愤恨。那里水田多,蚊子太多,而且几乎全闪闪烁烁是疟蚊子。我们一家都染了疟疾,至今三四年了,还有未断根的。蚊子多足以减少露坐夜谈或划船夜游的兴致,这未免是美中不足了。

　　离开白马湖是三年前的一个冬日。前一晚"别筵"上,有丐翁与云君。我不能忘记丐翁,那是一个真挚豪爽的朋友。但我也不能忘记云君,我应该这样说,那是一个可爱的——孩子。

七月十四日,北平
原载 1929 年 11 月 1 日《清华周刊》第 468 期

春晖的一月

去年在温州，常常看到本刊，觉得很是欢喜。本刊印刷的形式，也颇别致，更使我有一种美感。今年到宁波时，听许多朋友说，白马湖的风景怎样怎样好，更加向往。虽然于什么艺术都是门外汉，我却怀抱着爱"美"的热诚。三月二日，我到这儿上课来了。在车上看见"春晖中学校"的路牌，白地黑字的，小秋千架似的路牌，我便高兴。出了车站，山光水色，扑面而来，若许我抄前人的话，我真是"应接不暇"了。于是我便开始了春晖的第一日。

走向春晖，有一条狭狭的煤屑路。那黑黑的细小的颗粒，脚踏上去，便发出一种摩擦的骚音，给我多少轻新的趣味。而最系我心的，是那小小的木桥。桥黑色，由这边慢慢地隆起，到那边又慢慢的低下去，故看去似乎很长。我最爱桥上的阑干，那变形的纹的阑干；我在车站门口早就看见了，我爱它的玲珑！桥之所以可爱，或者便因为这阑干哩。我在桥上逗留了好些时。这是一个阴天。山的容光，被云雾遮了一半，仿佛淡妆的姑娘。但三面映照起来，也就青得可以了，映在湖里，白马湖里，接着水光，却另有一番妙景。我右手是个小湖，左手是个大湖。湖有这样大，使我自己觉得小了。湖水有这样满，仿佛要漫到我的脚下。湖在山的趾边，山在湖的唇边；他俩这样亲密，湖将山全吞下去了。吞的是青的，吐的是绿的，那软软的绿呀，绿的是一片，绿的却不安于一片；它无端的皱起来了。如絮的微痕，界出无数片的绿；闪闪闪闪的，像好看的眼睛。湖边系着一只小船，四面却没有一个人，我听见自己的呼吸。想起"野渡无人舟自横"的诗，真觉物我双忘了。

好了，我也该下桥去了；春晖中学校还没有看见呢。弯了两个弯儿，又过了一重桥。当面有山挡住去路；山旁只留着极狭极狭的小径。挨着小径，抹过山角，豁然开朗；春晖的校舍和历落的几处人家，都已在望了。远远看去，房屋的布置颇疏散有致，决无拥挤、局促之感。我缓缓走到校前，白马湖的水也跟我缓缓的流着。我碰着丏尊先生。他引我过了一座水门汀的桥，便到了校里。校里最多的是湖，三面潆潆的流着；其次是草地，看过去芊芊的一片。我是常住城市的人，到了这种空旷的地方，有莫名的喜悦！乡下人初进城，往往有许多的惊异，供给笑话的材料；我这城里人下乡，却也有许多的惊异——我的可笑，或者竟不下于初进城的乡下人。闲言少叙，且说校里的房屋、格式、布置固然疏落有味，便是里面的用具，也无一不显出巧妙的匠意；决无笨伯的手泽。晚上我到几位同事家去看，壁上有书有画，布置井井，令人耐坐。这种情形正与学校的布置，自然界的布置是一致的。美的一致，一致的美，是春晖给我的第一件礼物。

有话即长，无话即短，我到春晖教书，不觉已一个月了。在这一个月里，我虽然只在春晖登了十五日（我在宁波四中兼课），但觉甚是亲密。因为在这里，真能够无町畦。我看不出什么界线，因而也用不着什么防备，什么顾忌，我只照我所喜欢的做就是了。这就是自由了。从前我到别处教书时，总要做几个月的"生客"，然后才能坦然。对于"生客"的猜疑，本是原始社会的遗形物，其故在于不相知。这在现社会，也不能免的。但在这里，因为没有层迭的历史，又结合比较的单纯，故没有这种习染。这是我所深愿的！这里的教师与学生，也没有什么界限。在一般学校里，师生之间往往隔开一无形界限，这是最足减少教育效力的事！学生对于教师，"敬鬼神而远之"；教师对于学生，尔为尔，我为我，休戚不关，理乱不闻！这样两橛的形势，如何说得到人格感化？如何说得到"造成健全人格"？这里的师生却没有这样情形。无论何时，都可自由说话；一切事务，常常通力合作。

校里只有协治会而没有自治会。感情既无隔阂，事务自然都开诚布公，无所用其躲闪。学生因无须矫情饰伪，故甚活泼有意思。又因能顺全天性，不遭压抑；加以自然界的陶冶：故趣味比较纯正。——也有太随便的地方，如有几个人上课时喜欢谈闲天，有几个人喜欢吐痰在地板上，但这些总容易矫正的。——春晖给我的第二件礼物是真诚，一致的真诚。

春晖是在极幽静的乡村地方，往往终日看不见一个外人！寂寞是小事；在学生的修养上却有了问题。现在的生活中心，是城市而非乡村。乡村生活的修养能否适应城市的生活，这是一个问题。此地所说适应，只指两种意思：一是抵抗诱惑，二是应付环境——明白些说，就是应付人，应付物。乡村诱惑少，不能养成定力；在乡村是好人的，将来一入城市做事，或者竟抵挡不住。从前某禅师在山中修道，道行甚高；一旦入闹市，"看见粉白黛绿，心便动了"。这话看来有理，但我以为其实无妨。就一般人而论，抵抗诱惑的力量大抵和性格、年龄、学识、经济力等有"相当"的关系。除经济力与年龄外，性格、学识，都可用教育的力量提高它，这样增加抵抗诱惑的力量。提高的意思，说得明白些，便是以高等的趣味替代低等的趣味；养成优良的习惯，使不良的动机不容易有效。用了这种方法，学生达到高中毕业的年龄，也总该有相当的抵抗力了；入城市生活又何妨？（不及初中毕业时者，因初中毕业，仍须续入高中，不必自己挣扎，故不成问题。）有了这种抵抗力，虽还有经济力可以作祟，但也不能有大效。前面那禅师所以不行，一因他过的是孤独的生活，故反动力甚大，一因他只知克制，不知替代；故外力一强，便"虎兕出于柙"了！这岂可与现在这里学生的乡村生活相提并论呢？至于应付环境，我以为应付物是小问题，可以随时指导；而且这与乡村，城市无大关系。我是城市的人，但初到上海，也曾因不会乘电车而跌了一交，跌得皮破血流；这与乡下诸公又差得几何呢？若说应付人，无非是机心！什么"逢人只说三分话，未可全抛一片心"，便是代表的教训。教育有改善人心的使命；这种机心，有无养成的必要，是一个问题。姑不论这个，要养成这种机心，也非到上海这种地方去不成；普通城市正和乡村一样，是没有什么帮助的。凡以上所说，无非要使大家相信，这里的乡村生活的修养，并不一定不能适应将来城市的生活。况且我们还可以举行旅行，以资调剂呢。况且城市生活的修养,虽自有它的好处;但也有流弊。如诱惑太多,年龄太小或性格未佳的学生,或者转易陷溺——那就不但不能磨炼定力,反早早的将定力丧失了!所以城市生活的修养不一定比乡村生活的修养有效。——只有一层,乡村生活足以减少少年人的进取心,这却是真的!

　　说到我自己,却甚喜欢乡村的生活,更喜欢这里的乡村的生活。我是在狭的笼的城市里生长的人,我要补救这个单调的生活,我现在住在繁嚣的都市里,我要以闲适的境界调和它。我爱春晖的闲适!闲适的生活可说是春晖给我的第三件礼物!

　　我已说了我的"春晖的一月";我说的都是我要说的话。或者有人说,赞美多而劝勉少,近乎"戏台里喝彩"!假使这句话是真的,我要切实声明:我的多赞美,必是情不自禁之故,我的少劝勉,或是观察时期太短之故。

　　1924年4月12日夜作,载1924年4月16日《春晖》第27期

我所见的叶圣陶

叶圣陶像

我第一次与圣陶见面是在民国十年的秋天。那时刘延陵兄介绍我到吴淞炮台湾中国公学教书。到了那边,他就和我说:"叶圣陶也在这儿。"我们都念过圣陶的小说,所以他这样告我。我好奇地问道:"怎样一个人?"出乎我的意外,他回答我:"一位老先生哩。"但是延陵和我去访问圣陶的时候,我觉得他的年纪并不老,只那朴实的服色和沉默的风度与我们平日所想像的苏州少年文人叶圣陶不甚符合罢了。

记得见面的那一天是一个阴天。我见了生人照例说不出话;圣陶似乎也如此。我们只谈了几句关于作品的泛泛的意见,便告辞了。延陵告诉我每星期六圣陶总回角直去;他很爱他的家。他在校时常邀延陵出去散步;我因与他不熟,只独自坐在屋里。不久,中国公学忽然起了风潮。我向延陵说起一个强硬的办法;——实在是一个笨而无聊的办法!——我说只怕叶圣陶未必赞成。但是出乎我的意外,他居然赞成了!后来细想他许是有意优容我们吧;这真是老大哥的态度呢。我们的办法天然是失败了,风潮延宕下去;于是大家都住到上海来。我和圣陶差不多天天见面;同时又认识了西谛,予同诸兄。这样经过了一个月;这一个月实在是我的很好的日子。

我看出圣陶始终是个寡言的人。大家聚谈的时候,他总是坐在那里听着。他却并不是喜欢孤独,他似乎老是那么有味地听着。至于与人独对的时候,自然多少要说些话;但辩论是不来的。他觉得辩论要开始了,往往微笑着说:"这个弄不大清楚了。"这样就过去了。他又是个极和易的人,轻易看不见他的怒色。他辛辛苦苦保存着的《晨报》副张,上面有他自己的文字的，特地从家里捎来给我看；让我随便放在一个书架上，给散失了。当他和我同时发见这件事时，他只略露惋惜的颜色，随即说："由他去末哉，由他去末哉！"我是至今惭愧着，因为我知道他作文是不留稿的。他的和易出于天性，并非阅历世故，矫揉造作而成。他对于世间妥协的精神是极厌恨的。在这一月中，我看见他发过一次怒；——始终我只看见他发过这一次怒——那便是对于风潮的妥协论者的蔑视。

风潮结束了，我到杭州教书。那边学校当局要我约圣陶去。圣陶来信说："我们要痛痛快快游西湖，不管这是冬天。"他来了，教我上车站去接。我知道他到了车站这一类地方，是会觉得寂寞的。他的家实在太好了，他的衣着，一向都是家里管。我常想，他好像一个小孩子；像小孩子的天真，也像小孩子的离不开家里人。必须离开家里人时，他也得找些熟朋友伴着；孤独在他简直是有些可怕的。所以他到校时，本来是独住一屋的，却愿意将那间屋做我们两人的卧室，而将我那间做书室。这样可以常常相伴；我自然也乐意。我们不时到西湖边去；有时下湖，有时只喝喝酒。在校时各据一桌，我只预备功课，他却老是写小说和童话。初到时，学校当局来看过他。第二天，我问他，"要不要去看看他们？"他皱眉道："一定要去么？等一天吧。"后来始终没有去。他是最反对形式主义的。

那时他小说的材料，是旧日的储积；童话的材料有时却是片刻的感兴。如《稻草人》中《大喉咙》一篇便是。那天早上，我们都醒在床上，听见工厂的汽笛；他便说："今天又有一篇了，我已经想好了，来的真快呵。"那篇的艺术很巧，谁想他只是片刻的构思呢！他写文字时，往往拈笔伸纸，便手不停挥地写下去；开始及中间，停笔踌躇时绝少。他的稿子极清楚，每页至多只有三五个涂改的字。他说他从来是这样的。每篇写毕，我自然先睹为快；他往往称述结尾的适宜，他说对于结尾是有些把握的。看完，他立即封寄《小说月报》；照例用平信寄。我总劝他挂号；但他说："我老是这样的。"他在杭州不过两个月，写的真不少，教人羡慕不已。《火灾》里从《饭》起到《风潮》这七篇，还有《稻草人》中一部分，都是那时我亲眼看他写的。

在杭州待了两个月，放寒假前，他便匆匆地回去了；他实在离不开家，临去时让我告诉学校当局，无论如何不回来了。但他却到北平住了半年，也是朋友拉去的。我前些日子偶翻十一年的《晨报副刊》，看见他那时途中思家的小诗，重念了两遍，觉得怪有意思。北平回去不久，便入了商务印书馆编译部，家也搬到上海。从此在上海待下去，直到现在——中间又被朋友拉到福州一次，有一篇《将离》抒写那回的别恨，是缠绵悱恻的文字。这些日子，我在浙江乱跑，有时到上海小住，他常请了假和我各处玩儿或喝酒。有一回，我便住在他家，但我到上海，总爱出门，因此他老说没有能畅谈；他写信给我，老说这回来要畅谈几天才行。

十六年一月，我接眷北来，路过上海，许多熟朋友和我饯行，圣陶也在。那晚我们痛快地喝酒，发议论；他是照例地默着。酒喝完了，又去乱走，他也跟着。到了一处，朋友们和他开了个小玩笑；他脸上略露窘意，但仍微笑地默着。圣陶不是个浪漫的人；在一种意义上，他正是延陵所说的"老先生"。但他能了解别人，能谅解别人，他自己也能"作达"，所以仍然——也许格外——是可亲的。那晚快夜半了，走过爱多亚路，他向我诵周美成的词，"酒已都醒，如何消夜永！"我没有说什么；那时的心情，大约也不能说什么的。我们到一品香又消磨了半夜。这一回特别对不起圣陶；他是不能少睡觉的人。他家虽住在上海，而起居还依着乡居的日子；早七点起，晚九点睡。有一回我九点十分去，他家已熄了灯，关好门了。这种自然的，有秩序的生活是对的。那晚上伯祥说："圣兄明天要不舒服了。"想起来真是不知要怎样感谢才好。

第二天我便上船走了，一眨眼三年半，没有上南方去。信也很少，却全是我的懒。我只能从圣陶的小说里看出他心境的迁变；这个我要留在另一文中说。圣陶这几年里似乎到十字街头走过一趟，但现在怎么样呢？我却不甚了然。他从前晚饭时总喝点酒，"以半酣为度"；近来不大能喝酒了，却学了吹笛——前些日子说已会一出《八阳》，现在该又会了别的了吧。他本来喜欢看看电影，现在又喜欢听听昆曲了。但这些都不是"厌世"，如或人所说的；圣陶是不会厌世的，我知道。又，他虽会喝酒，加上吹笛，却不曾抽什么"上等的纸烟"，也不曾住过什么"小小别墅"，如或人所想的，这个我也知道。

1930年7月，北平清华园

文艺之力

我们读了《桃花源记》,《红楼梦》,《虬髯客传》,《灰色马》,《现代日本小说集》,《茵梦湖》,《卢森堡之一夜》……觉得新辟了许多世界。有的开着烂漫的花,绵连着芊芊的碧草。在青的山味,白的泉声中,上下啁啾着玲珑的小鸟。太阳微微的笑着;天风不时掠过小鸟的背上。有的展着一片广漠的战场,黑压压的人都冻在冰里,或烧在火里。却有三两个战士,在层冰上,在烈焰中奔驰着。那里也有风,冷到刺骨,热便灼人肌肤。那些战士披着发,红着脸,用了铁石一般的声音叫喊。在这个世界里,没有困倦,没有寂寞;只有百度上的热,零度下的冷,只有热和冷!有的是白发的老人和红衣的幼女,乃至少壮的男人,妇人,手牵着手,挽成一个无限大的圈儿,在地上环行。他们都踏着脚,唱着温暖的歌,笑容可掬的向着;太阳在他们头上。有的全是黑暗和阴影,仿佛夜之国一般。大家摸索着,挨挤着,以嫉恨的眼互视着。这些闪闪的眼波,在暗地里仿佛是幕上演着的活动影戏,有十足的机械风。又像舞着的剑锋,说不定会落在谁的颈上或胸前的。这世界如此的深而莫测,真有如"盲人骑瞎马,夜半临深池"了。有的却又不同。将眼前的世界剥去了一层壳,只留下她的裸体,显示美和丑的曲线。世界在我们前面索索的抖着,便不复初时那样的仪态万方了。有时更像用了 X 光似的,显示出她的骨骼和筋络等等,我们见其肺肝了,我们看见她的血是怎样流的了。这或者太不留余地。但我们却能接触着现世界的别面,将一个胰皂泡幻成三个胰皂泡似的,得着新国土了。

另有词句与韵律,虽常被认为末事,却也酝酿着多样的空气,传给我们种种新鲜的印象。这种印象确乎是简单些；而引人入胜，有催眠之功用，正和前节所述关于意境情调的一样——只是程度不同吧了。从前人形容痛快的文句，说是如啖哀家梨，如用并州剪。这可见词句能够引起人的新鲜的筋肉感觉。我们读晋人文章和《世说新语》一类的书遇着许多"隽语"，往往悠然有出尘之感，真像不食人间烟火似的，也正是词句的力。又如《红楼梦》中的自然而漂亮的对话，使人觉得轻松，觉得积伶。《点滴》中深曲而活泼的描写，多用拟人的字眼和句子，更易引起人神经的颤动。《诱惑》中的：

忽然全世界似乎打了一个寒噤。
仿佛地正颤动着，正如伊的心脏一般的跳将起来了。

便足显示这种力量。此外"句式"也有些关系。短句使人敛；长句使人宛转；锁句（ periodical sentence ）使人精细；散句使人平易；偶句使人凝整，峭拔。说到"句式"，便会联想到韵律，因为这两者是相关甚密的。普通说韵律，但就诗歌而论；我所谓韵律却是广义的，散文里也有的。这韵律其实就是声音的自然的调节，凡是语言文字里都有的。韵律的性质，一部分随着字音的性质而变，大部分随着句的组织而变。字音的性质是很复杂的。我于音韵学没有什么研究，不能详论。约略说来，有刚音，有柔音，有粗涩的音，有甜软的音。清楚而平滑的韵（如"先"韵）轻快与美妙的感觉；开张而广阔的韵（如"阳"韵）可以引起赐举与展扩的感觉。浊声（如ㄅ，ㄉ，ㄍ）使人有努力，冲撞，粗暴，艰难，沉重等印象；清声（如ㄆ，ㄊ，ㄋ）则显示安易，平滑，流动，稳静，轻妙，温良与娴雅。浊声如重担在肩上；清声如蜜在舌上。这些分别，大概由于发音机关的变化；旧韵书里所谓开齐合撮，阴声，阳声，拿声，侈声，当能说明这种缘故。我却不能做这种工作；我只总说一句，因发音机关的作用不同，引起各种相当而不同的筋肉感觉，于是各字的声音才有不同的力量了。但这种力量也并非一定，因字在句中的位置而有增减。在句子里，因为意思与文法的关系，各字的排列可以有种种的不同。其间轻重疾徐，自然互异。轻而疾则力减,重而徐则力增。这轻重疾徐的调节便是韵律。调节除字音外,更当注重音"节"与句式;音节的长短,句式的长短,曲直,都是可以决定韵律的。现在只说句式,音节可以类推。短句促而严,如斩钉截铁,如一柄晶莹的匕首。长句舒缓而流利,如风前的马尾,如拂水的垂杨。锁句宛转腾挪,如天矫的游龙,如回环的舞女。散句曼衍而平实,如战场上的散兵线,如依山临水的错落的楼台。偶句停匀而凝炼,如西湖上南北两峰,如处女的双乳。这只论其大凡,不可拘执;但已可见韵律的力量之一斑了。——所论的在诗歌里,尤为显然。

由上所说,可见文艺的内容与形式都能移人情;两者相依为用,可以引人入胜,引人到"世界外之世界"。在这些境界里,没有种种计较利害的复杂的动机,也没有那个能分别的我。只有浑然的沉思,只有物我一如的情感(fellowfeeling)。这便是所谓"忘我"。这时虽也有喜,怒,哀,乐,爱,恶,欲等的波动,但是无所附的,无所为的,无所执的。固然不是为"我自己"而喜怒哀乐,也不是为"我的"亲戚朋友而喜怒哀乐,喜怒哀乐只是喜怒哀乐自己,更不能说是为了谁的。既不能说是为了谁的,当然也分不出是"谁的"了。所以,这种喜怒哀乐是人类所共同的。因为是共同的,无所执的,所以是平静的,中和的。有人说文艺里的情绪不是真的情绪,纵然能逼紧人的喉头,燃烧人的眼睛。我们阅读文艺,只能得着许多鲜活的意象(idea)吧了;这些意象是如此鲜活,将相联的情绪也微微的带起在读者的心中了。正如我们忆起一个恶梦一样,虽时过境迁,仍不免震悚;但这个震悚的力量究竟是微薄的。所以文艺里的情绪的力量也是微薄的;说它不是真的情绪,便是为此。真的情绪只在真的冲动,真的反应里才有[①]。但我的解说,有些不同。文艺里既然有着情绪,如何又说是不真?至多只能加上"强","弱","直接","间接"等限制词吧了。你能说文艺里情绪是从文字里来的,不是从事实里来的,所以是间接的,微弱的;但你如何能说它不是真的呢?至于我,认表现为生活的一部,文字与事实同是生活的过程;我不承认文艺里的情绪是间接的,因而也不能承认它是微弱的。我宁愿说它是平

---

① 此说见 puffer《美之心理学》中《论文学的美》一章内。

静的，中和的。这中和与平静正是文艺的效用，文艺的价值。为什么中和而平静呢？我说是无"我执"之故。人生的狂喜与剧哀，都是"我"在那里串戏。利害，得失，聚散……之念，萦于人心，以"我"为其枢纽。"我"于是纠缠、颠倒，不能已已。这原是生活意志的表现；生活的趣味就在于此。但人既执着了"我"，自然就生出"我爱"，"我慢"，"我见"，"我痴"；情之所发，便有偏畸，不能得其平了。与"我"亲的，哀乐之情独厚；渐疏渐薄，至于没有为止。这是争竞状态中的情绪，力量甚强而范围甚狭。至于文艺里的情绪，则是无利害的，泯人我的；无利害便无争竞，泯人我便无亲疏。因而纯净，平和，普遍，像汪汪千顷，一碧如镜的湖水。湖水的恬静，虽然没有涛澜的汹涌，但又何能说是微薄或不充实呢？我的意思，人在这种境界里，能够免去种种不调和与冲突，使他的心明净无纤尘，以大智慧普照一切；无论悲乐，皆能生趣。——日常生活中的悲哀是受苦，文艺中的悲哀是享乐。愈易使我们流泪的文艺，我们愈愿意去亲近它。有人说文艺的悲哀是"奢华的悲哀"（luxurious sadness）正是这个意思。"奢华的"就是"无计较的享乐"的意思。我曾说这是"忘我"的境界；但从别一面说，也可说是"自我无限的扩大"。我们天天关闭在自己的身分里，如关闭在牢狱里；我们都渴望脱离了自己，如幽囚的人之渴望自由。我们为此而忧愁，扫兴，阴郁。文艺却能解放我们，从层层的束缚里。文艺如一个侠士，半夜里将我们从牢狱里背了出来，飞檐走壁的在大黑暗里行着；又如一个少女，偷偷开了狭的鸟笼，将我们放了出来，任我们向海阔天空中翱翔。我们的"我"，融化于沉思的世界中，如醉如痴的浑不觉了。在这不觉中，却开辟着，创造着新的自由的世界，在广大的同情与纯净的趣味的基础上。前面所说各种境界，便可见一斑了。这种解放与自由只是暂时的，或者竟是顷刻的。但那中和与平静的光景，给我们以安息，给我们以滋养，使我们"焕然一新"；文艺的效用与价值惟其是暂而不常的，所以才有意义呀。普通的娱乐如打球，跳舞等，虽能以游戏的目的代替实利的目的，使人忘却一部分的计较，但决不能使人完全忘却了自我，如文艺一样。故解放与自由实是文艺的特殊的力量。

文艺既然有解放与扩大的力量，它毁灭了"我"界，毁灭了人与人之间重重的障壁。它继续的以"别人"调换我们"自己"，使我们联合起来。现在世界上固然有爱，而疑忌，轻蔑，嫉妒等等或者更多于爱。这决不是可以满足的现象。其原因在于人为一己之私所蔽，有了种种成见与偏见，便不能了解他人，照顾他人了。各人有各人的世界；真的，各人独有一个世界。大世界分割成散沙似的碎片，便不成个气候；灾祸便纷纷而起了。灾祸总要避除。有心人于是着手打倒种种障壁；使人们得以推诚相见，携手同行。他们的能力表现在各种形式里，而文艺亦其一种。文艺在隐隐中实在负着联合人类的使命。从前俄国托尔斯泰论艺术，也说艺术的任务在借着情绪的感染以联合人类而增进人生之幸福。他的全部的见解，我觉得太严了，也可以说太狭了。但在"联合人类"这一层上，我佩服他的说话。他说只有他所谓真正的艺术，才有联合的力量，我却觉得他那斥为虚伪的艺术的，也未尝没有这种力量；这是和他不同的地方。单就文艺而论，自然也事同一例。在文艺里，我们感染着全人类的悲乐，乃至人类以外的悲乐（任举一例，如叶圣陶《小蚬的回家》中所表现的）。这时候人天平等，一视同仁；"我即在人中"，人即在自然中。"全世界联合了哟！"我们可以这样绝叫了。便是自然派的作品，以描写丑与恶著名，给我们以夜之国的，看了究竟也只会发生联合的要求；所以我们不妨一概论的。这时候，即便是一刹那，爱在我们心中膨胀，如月满时的潮汛一般。爱充塞了我们的心，妖魅魍魉似的疑忌轻蔑等心思，便躲避得无影无踪了。这种联合力。是文艺的力量的又一方面。

有人说文艺并不能使人忘我，它却使人活泼泼的实现自我（ self-realization），这就是说，文艺给人以一种新的刺激，足以引起人格的变化。照他们说，文艺能教导人，能鼓舞人；有时更要激动人的感情，引起人的动作。革命的呼声可以唤起睡梦中的人，使他们努力前驱，这是的确的。俄国便是一个好例。而"靡靡之音"使人"缠绵歌泣于春花秋月，销磨其少壮活泼之气"，使人"儿女情多，风云气少"，却也是真的。这因环境的变迁固可影响人的情思及他种行为，情思的变迁也未尝不能影响他种行为及环境；而文艺正是情思变迁的一个重要因子，其得着功利的效果，也是当然的。文艺如何影响人的情思，引起他人格的变化呢？梁任公先生说得最明白，我且引他的话：

抑小说之支配人道也，复有四种力：一曰熏。熏也者，如入云烟中而为其所烘，如近墨朱处而为其所染。……人之读一小说也，不知不觉之间，而眼识为之迷漾，而脑筋为之摇飏，而神经为之营注；今日变一二焉，明日变一二焉，刹那刹那，相断相续；久之，而此小说之境界遂入其灵台而据之，成一特别原质之种子。有此种子故，他日又更有所触所受者，旦旦而熏之，种子愈盛。而又以之熏他人。……（《论小说与群治之关系》）

此节措辞虽间有不正确之处，但议论是极透辟的。他虽只就小说立论，但别种文艺也都可作如是观。此节的主旨只是说小说（文艺）能够渐渐的，不知不觉的改变读者的旧习惯，造成新习惯在他们的情思及别种行为里。这个概念是很重要的；所谓"实现自我"，也便是这个意思。近年文坛上"血与泪的文学"，爱与美的文学之争，就是从这个见解而来的。但精细的说，"实现自我"并不是文艺之直接的，即时的效用，文艺之直接的效用，只是解放自我，只是以作品的自我调换了读者的自我；这都是阅读当时顷刻间的事。至于新刺激的给予，新变化的引起，那是片刻间的扩大，自由，安息之结果，是稍后的事了。因为阅读当时没有实际的刺激，便没有实际的冲动与反应，所以也没有实现自我可言。阅读之后，凭着记忆的力量，将当时所感与实际所受对比，才生出振作，颓废等样的新力量。这所谓对比，自然是不自觉的。阅读当时所感，虽同是扩大，自由与安息，但其间的色调却是千差万殊的；所以所实现的自我，也就万有不同。至于实现的效用，也难一概而论。大约一次两次的实现是没有多大影响的；文艺接触得多了，实现的机会频频了，才可以造成新的习惯，新的人格。所以是很慢的。原来自我的解放只是暂时的，而自我的实现又不过是这暂时解放的结果；间接的力量，自然不能十分强盛了。故从自我实现的立场说，文艺的力量的确没有一般人所想像的那样大。周启明先生说得好：

我以为文学的感化力并不是极大无限的，所以无论善之华恶之华都未必有什么大影响于后人的行为，因此除了真不道德的思想以外（资本主义及名分等）可以放任。（《诗》一卷四号通信）

他承认文艺有影响行为的力量，但这个力量是有限度的。这是最公平的话。但无论如何，这种"实现自我"的力量也是文艺的力量的一面，虽然是间接的。它是与解放、联合的力量先后并存的，却不是文艺的唯一的力量。

说文艺的力量不是极大无限的，或许有人不满足。但这绝不足为文艺病。文艺的直接效用虽只是"片刻间"的解放，而这"片刻间"已经多少可以安慰人们忙碌与平凡的生活了。我们如奔驰的马。在接触文艺的时候，暂时松了缰绊，解了鞍辔，让嚼那青青的细草，饮那凛冽的清泉。这短短的舒散之后，我们仍须奔驰向我们的前路。我们固愿长逗留于清泉嫩草之间，但是怎能够呢？我们有我们的责任，怎能够脱卸呢？我们固然要求无忧无虑的解放，我们也要求继续不断的努力与实现。生活的趣味就在这两者的对比与调和里。在对比的光景下，文艺的解放力因稀有而可贵；它便成了人生的适量的调和剂了。这样说来，我们也可不满足的满足了。至于实现自我，本非文艺的专责，只是余力而已；其不能十分盛大，也是当然。又文艺的效用是"自然的效用"，非可以人力强求；你若故意费力去找，那是钻入牛角湾里去了。而文艺的享受，也只是自然的。或取或舍，由人自便；它决不含有传统的权威如《圣经》一样，勉强人去亲近它。它的精神如飘忽来往的轻风，如不能捕捉的逃人；在空闲的甜蜜的时候来访问我们的心。它来时我们决不十分明白，而它已去了。我们欢迎它的，它给我们最小到最大的力量，照着我们所能受的。我们若拒绝它或漠然的看待它，它便什么也不丢下。我们有时在伟大的作品之前，完全不能失了自己，或者不能完全失了自己，便是为此了。文艺的精神，文艺的力，是不死的；它变化万端而与人生相应。它本是"人生底"呀。看第一第二两节所写，便可明白了。

以上所说大致依据高斯威赛（Galsworthy）之论艺术（art）[1]；所举原理可以与他种艺术相通。但文艺之力就没有特殊的彩色么？我说有的，在于丰富而明了的意象（idea）。他种艺术都有特别的，复杂的外质，——绘画有形，线，色彩，音乐有声音，节奏——足以掀起深广的情澜在人们心里；而文艺的外质大都只是极简单的无变化的字形，与情潮的涨落无关的。文艺所恃以引起浓厚的情绪的，却全在那些文字里所含的意象与联想（association）（但在诗歌里，还有韵律）。文艺的主力自然仍在情绪，但情绪是伴意象而起的。——在这一点上，我赞成前面所引的Puffer的话了。他种艺术里也有意象，但没有文艺里的多而明白；情绪非由意象所引起，意象便易为情绪所蔽了。他种艺术里的世界虽也有种种分别，但总是混沌不明晰的；文艺里的世界，则大部分是很精细的。以"忘我"论，他种艺术或者较深广些，"以创造新世界"论，文艺则较精切了；以"解放联合"论，他种艺术的力量或者更强些，"以实现自我"论，文艺又较易见功了。——文艺的实际的影响，我们可以找出历史的例子，他种艺术就不能了。总之，文艺之力与他种艺术异的，不在性质而在程度；这就是浅学的我所能说出的文艺之力的特殊的调子了。

1924年1月28日作

---

[1] 见 Lewisohn 所编《近代批评丛话》。

说 话

谁能不说话，除了哑子？有人这个时候说，那个时候不说。有人这个地方说，那个地方不说。有人跟这些人说，不跟那些人说。有人多说，有人少说。有人爱说，有人不爱说。哑子虽然不说，却也有那伊伊呀呀的声音，指指点点的手势。

说话并不是一件容易事。天天说话，不见得就会说话；许多人说了一辈子话，没有说好过几句话。所谓"辩士的舌锋"、"三寸不烂之舌"等赞词，正是物稀为贵的证据；文人们讲究"吐属"，也是同样的道理。我们并不想做辩士，说客，文人，但是人生不外言动，除了动就只有言，所谓人情世故，一半儿是在说话里。古文《尚书》里说，"唯口，出好兴戎"，一句话的影响有时是你料不到的，历史和小说上有的是例子。

说话即使不比作文难，也绝不比作文容易。有些人会说话不会作文，但也有些人会作文不会说话。说话像行云流水，不能够一个字一个字推敲，因而不免有疏漏散漫的地方，不如作文的谨严。但那些行云流水般的自然，却决非一般文章所及。——文章有能到这样境界的，简直当以说话论，不再是文章了。但是这是怎样一个不易到的境界！我们的文章，哲学里虽有"用笔如舌"一个标准，古今有几个人真能"用笔如舌"呢？不过文章不甚自然，还可成为功力一派，说话是不行的；说话者也有功力派，你想，那怕真够瞧的！

说话到底有多少种，我说不上。约略分别：向大家演说，讲解，乃至说书等是一种，会议是一种，公私谈判是一种，法庭受审是一种，向新闻记者谈话是一种；——这些可称为正式的。朋友们的闲谈也是一种，可称为非正式的。正式的并不一定全要拉长了面孔，但是拉长了的时候多。这种话都是成片断的，有时竟是先期预备好的。只有闲谈，可以上下古今，来一个杂拌儿；说是杂拌儿，自然零零碎碎，成片段的是例外。闲谈说不上预备，满是将话搭话，随机应变。说预备好了再去"闲"谈，那岂不是个大笑话？这种种说话，大约都有一些公式，就是闲谈也有——"天气"常是闲谈的发端，就是一例。但是公式是死的，不够用的，神而明之还在乎人。会说的教你眉飞色舞，不会说的教你昏头搭脑，即使是同一个意思，甚至同一句话。

中国人很早就讲究说话。《左传》，《国策》，《世说》是我们的三部说话的经典。一是外交辞令，一是纵横家言，一是清谈。你看他们的话多么婉转如意，句句字字打进人心坎里。还有一部《红楼梦》，里面的对话也极轻松，漂亮。此外汉代贾君房号为"语妙天下"，可惜留给我们的只有这一句赞词；明代柳敬亭的说书极有大名，可惜我们也无从领略。近年来的新文学，将白话文欧化，从外国文中借用了许多活泼的，精细的表现，同时暗示我们将旧来有些表现重新咬嚼一番。这却给我们的语言一种新风味，新力量。加以这些年说话的艰难，使一般报纸都变乖巧了，他们知道用侧面的，反面的，夹缝里的表现了。这对于读者是一种不容避免的好训练；他们渐渐敏感起来了，只有敏感的人，才能体会那微妙的咬嚼的味儿。这时期说话的艺术确有了相当的进步。论说话艺术的文字，从前著名的似乎只有韩非的《说难》，那是一篇剖析入微的文字。现在我们却已有了不少的精警之作，鲁迅先生的《立论》就是的。这可以证明我所说的相当的进步了。

中国人对于说话的态度，最高的是忘言，但如禅宗"教"人"将嘴挂在墙上"，也还是免不了说话。其次是慎言，寡言，讷于言。这三样又有分别：慎言是小心说话，小心说话自然就少说话，少说话少出错儿。寡言是说话少，是一种深沉或贞静的性格或品德。讷于言是说不出话，是一种浑厚诚实的性格或品德。这两种多半是生成的。第三是修辞或辞令。至诚的君子，人格的力量照彻一切的阴暗，用不着多说话，说话也无须乎修饰。只知讲究修饰，嘴边天花乱坠，腹中矛戟森然，那是所谓小人；他太会修饰了，倒教人不信了。他的戏法总有让人揭穿的一日。我们是介在两者之间的平凡的人，没有那伟大的魄力，可也不至于忘掉自己。只是不能无视世故人情，我们看时候，看地方，看人，在礼貌与趣味两个条件之下，修饰我们的说话。这儿没有力，只有机智；真正的力不是修饰所可得的。我们所能希望的只是：说得少，说得好。

原载 1929 年 6 月 10 日《小说月报》

论无话可说

十年前我写过诗；后来不写诗了，写散文；入中年以后，散文也不大写得出了——现在是，比散文还要"散"的无话可说！许多人苦于有话说不出，另有许多人苦于有话无处说；他们的苦还在话中，我这无话可说的苦却在话外。我觉得自己是一张枯叶，一张烂纸，在这个大时代里。

在别处说过，我的"忆的路"是"平如砥""直如矢"的；我永远不曾有过惊心动魄的生活，即使在别人想来最风华的少年时代。我的颜色永远是灰的。我的职业是三个教书；我的朋友永远是那么几个，我的女人永远是那么一个。有些人生活太丰富了，太复杂了，会忘记自己，看不清楚自己，我是什么时候都"了了玲玲地"知道，记住，自己是怎样简单的一个人。

但是为什么还会写出诗文呢？——虽然都是些废话。这是时代为之！十年前正是五四运动的时期，大伙儿蓬蓬勃勃的朝气，紧逼着我这个年轻的学生；于是乎跟着人家的脚印，也说说什么自然，什么人生。但这只是些范畴而已。我是个懒人，平心而论，又不曾遭过怎样了不得的逆境；既不深思力索，又未亲自体验，范畴终于只是范畴，此外也只是廉价的，新瓶里装旧酒的感伤。当时芝麻黄豆大的事，都不惜郑重地写出来，现在看看，苦笑而已。

先驱者告诉我们说自己的话。不幸这些自己往往是简单的，说来说去是那一套；终于说的听的都腻了。——我便是其中的一个。这些人自己其实并没有什么话，只是说些中外贤哲说过的和并世少年将说的话。真正有自己的话要说的是不多的几个人；因为真正一面生活一面吟味那生活的只有不多的几个人。一般人只是生活，按着不同的程度照例生活。

这点简单的意思也还是到中年才觉出的；少年时多少有些热气，想不到这里。中年人无论怎样不好,但看事看得清楚,看得开,却是可取的。这时候眼前没有雾,顶上没有云彩,有的只是自己的路。他负着经验的担子,一步步踏上这条无尽的然而实在的路。他回看少年人那些情感的玩意,觉得一种轻松的意味。他乐意分析他背上的经验,不止是少年时的那些;他不愿远远地捉摸,而愿剥开来细细地看。也知道剥开后便没了那跳跃着的力量,但他不在乎这个,他明白在冷静中有他所需要的。这时候他若偶然说话,决不会是感伤的或印象的,他要告诉你怎样走着他的路,不然就是,所剥开的是些什么玩意。但中年人是很胆小的;他听别人的话渐渐多了,说了的他不说,说得好的他不说。所以终于往往无话可说——特别是一个寻常的人像我。但沉默又是寻常的人所难堪的,我说苦在话外,以此。

中年人若还打着少年人的调子,——姑不论调子的好坏——原也未尝不可,只总觉"像煞有介事"。他要用很大的力量去写出那冒着热气或流着眼泪的话;一个神经敏锐的人对于这个是不容易忍耐的,无论在自己在别人。这好比上了年纪的太太小姐们还涂脂抹粉地到大庭广众里去卖弄一般,是殊可不必的了。

其实这些都可以说是废话,只要想一想咱们这年头。这年头要的是"代言人",而且将一切说话的都看作"代言人";压根儿就无所谓自己的话。这样一来,如我辈者,倒可以将从前狂妄之罪减轻,而现在是更无话可说了。

但近来在戴译《唯物史观的文学论》里看到,法国俗语"无话可说"竟与"一切皆好"同意。呜呼,这是多么损的一句话,对于我,对于我的时代!

1931 年 3 月

给亡妇

谦，日子真快，一眨眼你已经死了三个年头了。这三年里世事不知变化了多少回，但你未必注意这些个，我知道。你第一惦记的是你几个孩子，第二便轮着我。孩子和我平分你的世界，你在日如此；你死后若还有知，想来还如此的。告诉你，我夏天回家来着：迈儿长得结实极了，比我高一个头。闰儿父亲说是最乖，可是没有先前胖了。采芷和转子都好。五儿全家夸她长得好看；却在腿上生了湿疮，整天坐在竹床上不能下来，看了怪可怜的。六儿，我怎么说好，你明白，你临终时也和母亲谈过，这孩子是只可以养着玩儿的，他左挨右挨去年春天，到底没有挨过去。这孩子生了几个月，你的肺病就重起来了。我劝你少亲近他，只监督着老妈子照管就行。你总是忍不住，一会儿提，一会儿抱的。可是你病中为他操的那一份儿心也够瞧的。那一个夏天他病的时候多，你成天儿忙着，汤呀，药呀，冷呀，暖呀，连觉也没有好好儿睡过。那里有一分一毫想着你自己。瞧着他硬朗点儿你就乐，干枯的笑容在黄蜡般的脸上，我只有暗中叹气而已。

从来想不到做母亲的要像你这样。从迈儿起，你总是自己喂乳，一连四个都这样。你起初不知道按钟点儿喂，后来知道了，却又弄不惯；孩子们每夜里几次将你哭醒了，特别是闷热的夏季。我瞧你的觉老没睡足。白天里还得做菜，照料孩子，很少得空儿。你的身子本来坏，四个孩子就累你七八年。到了第五个,你自己实在不成了,又没乳,只好自己喂奶粉,另雇老妈子专管她。但孩子跟老妈子睡,你就没有放过心;夜里一听见哭,就竖起耳朵听,工夫一大就得过去看。十六年初,和你到北京来,将迈儿,转子留在家里;三年多还不能去接他们,可真把你惦记苦了。你并不常提,我却明白。你后来说你的病就是惦记出来的;那个自然也有份儿,不过大半还是养育孩子累的。你的短短的十二年结婚生活,有十一年耗费在孩子们身上;而你一点不厌倦,有多少力量用多少,一直到自己毁灭为止。你对孩子一般儿爱,不问男的女的,大的小的。也不想到什么"养儿防老,积谷防饥",只拼命的爱去。你对于教育老实说有些外行,孩子们只要吃得好玩得好就成了。这也难怪你,你自己便是这样长大的。况且孩子们原都还小,吃和玩本来也要紧的。你病重的时候最放不下的还是孩子。病的只剩皮包着骨头了,总不信自己不会好;老说:"我死了,这一大群孩子可苦了。"后来说送你回家,你想着可以看见迈儿和转子,也愿意;你万不想到会一走不返的。我送车的时候,你忍不住哭了,说:"还不知能不能再见?"可怜,你的心我知道,你满想着好好儿带着六个孩子回来见我的。谦,你那时一定这样想,一定的。

　　除了孩子,你心里只有我。不错,那时你父亲还在;可是你母亲死了,他另有个女人,你老早就觉得隔了一层似的。出嫁后第一年你虽还一心一意依恋着他老人家,到第二年上我和孩子可就将你的心占住,你再没有多少工夫惦记他了。你还记得第一年我在北京,你在家里。家里来信说你待不住,常回娘家去。我动气了,马上写信责备你。你教人写了一封复信,说家里有事,不能不回去。这是你第一次也可以说第末次的抗议,我从此就没给你写信。暑假时带了一肚子主意回去,但见了面,看你一脸笑,也就拉倒了。打这时候起,你渐渐从你父亲的怀里跑到我这儿。你换了金镯子帮助我的学费,叫我以后还你;但直到你死,我没有还你。你在我家受了许多气,又因为我家的缘故受你家里的气,你都忍着。这全为的是我,我知道。那回我从家乡一个中学半途辞职出走。家里人讽你也走。那里走!只得硬着头皮往你家去。那时你家像个冰窖子,你们在窖里足足住了三个月。好容易我才将你们领出来了,一同上外省去。小家庭这样组织起来了。你虽不是什么阔小姐,可也是自小娇生惯养的,做起主妇来,什么都得干一两手;你居然做下去了,而且高高兴兴地做下去了。菜照例满是你做,可是吃的都是我们;你至多夹上两三筷子就算了。你的菜做得不坏,有一位老在行大大地夸奖过你。你洗衣服也不错,夏天我的绸大褂大概总是你亲自动手。你在家老不乐意闲着;坐前几个"月子",老是四五天就起床,说是躺着家里事没条没理的。其实你起来也还不是没条理;咱们家那么多孩子,那儿来条理?在浙江住的时候,逃过两回兵难,我都在北平。真亏你领着母亲和一群孩子东藏西躲的;末一回还要走多少里路,翻一道大岭。这两回差不多只靠你一个人。你不但带了母亲和孩子们,还带了我一箱箱的书;你知道我是最爱书的。在短短的十二年里,你操的心比人家一辈子还多;谦,你那样身子怎么经得住!你将我的责任一股脑儿担负了去,压死了你;我如何对得起你!

你为我的捞什子书也费了不少神;第一回让你父亲的男佣人从家乡捎到上海去。他说了几句闲话,你气得在你父亲面前哭了。第二回是带着逃难,别人都说你傻子。你有你的想头:"没有书怎么教书?况且他又爱这个玩意儿。"其实你没有晓得,那些书丢了也并不可惜;不过教你怎么晓得,我平常从来没和你谈过这些个!总而言之,你的心是可感谢的。这十二年里你为我吃的苦真不少,可是没有过几天好日子。我们在一起住,算来也还不到五个年头。无论日子怎么坏,无论是离是合,你从来没对我发过脾气,连一句怨言也没有。——别说怨我,就是怨命也没有过。老实说,我的脾气可不大好,迁怒的事儿有的是。那些时候你往往抽噎着流眼泪,从不回嘴,也不号啕。不过我也只信得过你一个人,有些话我只和你一个人说,因为世界上只你一个人真关心我,真同情我。你不但为我吃苦,更为我分苦;我之有我现在的精神,大半是你给我培养着的。这些年来我很少生病。但我最不耐烦生病,生了病就呻吟不绝,闹那伺候病的人。你是领教过一回的,那回只一两点钟,可是也够麻烦了。你常生病,却总不开口,挣扎着起来;一来怕搅我,二来怕没人做你那份儿事。我有一个坏脾气,怕听人生病,也是真的。后来你天天发烧,自己还以为南方带来的疟疾,一直瞒着我。明明躺着,听见我的脚步,一骨碌就坐起来。我渐渐有些奇怪,让大夫一瞧,这可糟了,你的一个肺已烂了一个大窟窿了!大夫劝你到西山去静养,你丢不下孩子，又舍不得钱；劝你在家里躺着，你也丢不下那份儿家务。越看越不行了，这才送你回去。明知凶多吉少，想不到只一个月工夫你就完了！本来盼望还见得着你，这一来可拉倒了。你也何尝想到这个？父亲告诉我，你回家独住着一所小住宅，还嫌没有客厅，怕我回去不便哪。

  前年夏天回家，上你坟上去了。你睡在祖父母的下首，想来还不孤单的。只是当年祖父母的坟太小了，你正睡在圹底下。这叫做"抗圹"，在生人看来是不安心的；等着想办法吧。那时圹上圹下密密地长着青草，朝露浸湿了我的布鞋。你刚埋了半年多，只有圹下多出一块土，别的全然看不出新坟的样子。我和隐今夏回去，本想到你的坟上来；因为她病了，没来成。我们想告诉你，五个孩子都好，我们一定尽心教养他们，让他们对得起死了的母亲——你！谦，好好儿放心安睡吧，你。

1932 年 10 月 11 日作

择偶记

自己是长子长孙，所以不到十一岁就说起媳妇来了。那时对于媳妇这件事简直茫然，不知怎么一来，就已经说上了。是曾祖母娘家人，在江苏北部一个小县分的乡下住着。家里人都在那里住过很久，大概也带着我；只是太笨了，记忆里没有留下一点影子。祖母常常躺在烟榻上讲那边的事，提着这个那个乡下人的名字。起初一切都像只在那白腾腾的烟气里。日子久了，不知不觉熟悉起来了，亲昵起来了。除了住的地方，当时觉得那叫做"花园庄"的乡下实在是最有趣的地方了。因此听说媳妇就定在那里，倒也仿佛理所当然，毫无意见。每年那边田上有人来，蓝布短打扮，衔着旱烟管，带好些大麦粉，白薯干儿之类。他们偶然也和家里人提到那位小姐，大概比我大四岁，个儿高，小脚；但是那时我热心的其实还是那些大麦粉和白薯干儿。

记得是十二岁上，那边捎信来，说小姐痨病死了。家里并没有人叹惜；大约他们看见她时她还小，年代一多，也就想不清是怎样一个人了。父亲其时在外省做官，母亲颇为我亲事着急，便托了常来做衣服的裁缝做媒。为的是裁缝走的人家多，而且可以看见太太小姐。主意并没有错，裁缝来说一家人家，有钱，两位小姐，一位是姨太太生的；他给说的是正太太生的大小姐。他说那边要相亲。母亲答应了，定下日子，由裁缝带我上茶馆。记得那是冬天，到日子母亲让我穿上枣红宁绸袍子，黑宁绸马褂，戴上红帽结儿的黑缎瓜皮小帽，又叮嘱自己留心些。茶馆里遇见那位相亲的先生，方面大耳，同我现在年纪差不多，布袍布马褂，像是给谁穿着孝。这个人倒是慈祥的样子，不住地打量我，也问了些念什么书一类的话。回来裁缝说人家看得很细：说我的"人中"长，不是短寿的样子，又看我走路，怕脚上有毛病。总算让人家看中了，该我们看人家了。母亲派亲信的老妈子去。老妈子的报告是,大小姐个儿比我大得多,坐下去满满一圈椅;二小姐倒苗苗条条的。母亲说胖了不能生育,像亲戚里谁谁谁;教裁缝说二小姐。那边似乎生了气,不答应,事情就摧了。

母亲在牌桌上遇见一位太太,她有个女儿,透着聪明伶俐。母亲有了心,回家说那姑娘和我同年,跳来跳去的,还是个孩子。隔了些日子,便托人探探那边口气。那边做的官似乎比父亲的更小,那时正是光复的前年,还讲究这些,所以他们乐意做这门亲。事情已到九成九,忽然出了岔子。本家叔祖母用的一个寡妇老妈子熟悉这家子的事,不知怎么教母亲打听着了。叫她来问,她的话遮遮掩掩的。到底问出来了,原来那小姑娘是抱来的,可是她一家很宠她,和亲生的一样。母亲心冷了。过了两年,听说她已生了痨病,吸上鸦片烟了。母亲说,幸亏当时没有定下来。我已懂得一些事了,也这末想着。

光复那年,父亲生伤寒病,请了许多医生看。最后请着一位武先生,那便是我后来的岳父。有一天,常去请医生的听差回来说,医生家有位小姐。父亲既然病着,母亲自然更该担心我的事。一听这话,便追问下去。听差原只顺口谈天,也说不出个所以然。母亲便在医生来时,教人问他轿夫,那位小姐是不是他家的。轿夫说是的。母亲便和父亲商量,托舅舅问医生的意思。那天我正在父亲病榻旁,听见他们的对话。舅舅问明了小姐还没有人家,便说,像×翁这样人家怎末样?医生说,很好呀。话到此为止,接着便是相亲;还是母亲那个亲信的老妈子去。这回报告不坏,说就是脚大些。事情这样定局,母亲教轿夫回去说,让小姐裹上点儿脚。妻嫁过来后,说相亲的时候早躲开了,看见的是另一个人。至于轿夫捎的信儿,却引起了一段小小风波。岳父对岳母说,早教你给她裹脚,你不信;瞧,人家怎末说来着!岳母说,偏偏不裹,看他家怎末样!可是到底采取了折衷的办法,直到妻嫁过来的时候。

1934年3月作

论说话的多少

圣经贤传都教我们少说话，怕的是惹祸，你记得金人铭开头就是"古之慎言人也。戒之哉！戒之哉！无多言！多言多败"。岂不森森然有点可怕的样子。再说，多言即使不惹祸，也不过颠倒是非，决非好事。所以孔子称"仁者其言也讱"，又说"恶夫佞者"。苏秦张仪之流以及后世小说里所谓"掉三寸不烂之舌"的辩士，在正统派看来，也许比佞者更下一等。所以"沉默寡言""寡言笑"，简直就成了我们的美德。

圣贤的话自然有道理，但也不可一概而论。假如你身居高位，一个字一句话都可影响大局，那自然以少说话，多点头为是。可是反过来，你如去见身居高位的人，那可就没有准儿。前几年南京有一位著名会说话的和一位著名不说话的都做了不小的官。许多人踌躇起来，还是说话好呢？还是不说话好呢？这是要看情形的：有些人喜欢说话的人，有些人不。有些事必得会说话的人去干，譬如宣传员；有些事必得少说话的人去干，譬如机要秘书。

至于我们这些平人，在访问，见客，聚会的时候，若只是死心眼儿，一个劲儿少说话，虽合于圣贤之道，却未见得就顺非圣贤人的眼。要是熟人，处得久了，彼此心照，倒也可以原谅的；要是生人或半生半熟的人，那就有种种看法。他也许觉得你神秘，仿佛天上眨眼的星星；也许觉得你老实，所谓"仁者其言也讱"；也许觉得你懒，不愿意卖力气；也许觉得你利害，专等着别人的话（我们家乡称这种人为"等口"）；也许觉得你冷淡，不容易亲近；也许觉得你骄傲，看不起他，甚至讨厌他。这自然也看你和他的关系，以及你的相貌神气而定，不全在少说话；不过少说话是个大原因。这么着，他对你当然敬而远之，或不敬而远之。若是你真如他所想，那倒是"求仁得仁"；若是不然，就未免有点冤哉枉也。民国十六年的时候，北平有人到汉口去回来,一个同事问他汉口怎么样。他说,"很好哇,没有什么。"话是完了,那位同事只好点点头走开。他满想知道一点汉口的实在情形,但是什么也没有得着;失望之余,很觉得人家是瞧不起他哪。但是女人少说话,却当别论;因为一般女人总比男人害臊,一害臊自然说不出什么了。再说,传统的压迫也太利害;你想男人好说话,还不算好男人,女人好说话还了得!(王熙凤算是会说话的,可是在《红楼梦》里,她并不算是个好女人)可是——现在若有会说话的女人,特别是压倒男人的会说话的女人,恭维的人就一定多;因为西方动的文明已经取东方静的文明而代之,"沉默寡言"虽有时还用得着,但是究竟不如"议论风生"的难能可贵了。

说起"议论风生",在传统里原来也是褒辞。不过只是美才,而不是美德;若是以德论,这个怕也不足重轻罢。现在人也还是看作美才,只不过看得重些罢了。

"议论风生"并不只是口才好;得有材料,有见识,有机智才成——口才不过机智,那是不够的。这个并不容易办到;我们平人所能做的只是在普通情形之下,多说几句话,不要太冷落场面就是。——许多人喝下酒时生气时爱说话,但那是往往多谬误的。说话也有两路,一是游击式,一是包围式。有一回去看新从欧洲归国的两位先生,他们都说了许多话。甲先生从客人的话里选择题目,每个题目说不上几句话就牵引到别的上去。当时觉得也还有趣,过后却什么也想不出。乙先生也从客人的话里选题目,可是他却粘在一个题目上,只叙说在欧洲的情形。他并不用什么机智,可是说得很切实,让客人觉着有所得而去。他的殷勤,客人在口头在心上,都表示着谢意。

普通说话大概都用游击式;包围式组织最难,多人不能够,也不愿意去尝试。再说游击式可发可收,爱听就多说些,不爱听就少说些;我们这些人许犯贫嘴到底还不至于的。要说像"哑妻"那样,不过是法朗士的牢骚,事实上大致不会有。倒是有像老太太的,一句话重三倒四地说,也不管人家耳朵里长茧不长。这一层最难,你得记住那些话在那些人面前说过,才不至于说重了。有时候最难为情的是,你刚开头儿,人家就客客气气地问,"啊,后来是不是怎样怎样的?"包围式可麻烦得多。最麻烦的是人多的时

候,说得半半拉拉的,大家或者交头接耳说他们自己的私话,或者打盹儿,或者东看看西看看,轻轻敲着指头想别的,或者勉强打起精神对付着你。这时候你一个人霸占着全场,说下去太无聊,不说呢,又收不住,真是骑虎之势。大概这种说话,人越多,时候越不宜长;各人的趣味不同,决不能老听你的——换题目另说倒成。说得也不宜太慢,太慢了怎么也显得长。曾经听过两位著名会说话的人说故事,大约因为唤起注意的缘故罢,加了好些个助词,慢慢地叙过去,足有十多分钟,算是完了;大家虽不至疲倦,却已暗中着急。声音也不宜太平,太平了就单调;但又丝毫不能做作。这种说话只宜叙说或申说,不能掺一些教导气或劝导气。长于演说的人往往免不了这两种气味。有个朋友说某先生口才太好,教人有戒心,就是这个意思。所以包围式说话要靠天才,我们平人只能学学游击式,至多规模较大而已。——我们在普通情形之下,只不要像林之孝家两口子"一锥子扎不出话来",也就行了。

原载 1934 年 8 月 8 日天津《大公报·文艺副刊》第 91 期

买　书

买书也是我的嗜好，和抽烟一样。但这两件事我其实都不在行，尤其是买书。在北平这地方，像我那样买，像我买的那些书，说出来真寒尘死人；不过本文所要说的既非诀窍，也算不得经验，只是些小小的故事，想来也无妨的。

在家乡中学时候，家里每月给零用一元。大部分都报效了一家广益书局，取回些杂志及新书。那老板姓张，有点儿抽肩膀，老是捧着水烟袋；可是人好，我们不觉得他有市侩气。他肯给我们这班孩子记账。每到节下，我总欠他一元多钱。他催得并不怎么紧；向家里商量商量，先还个一元也就成了。那时候最爱读的一本《佛学易解》（贾丰臻著，中华书局印行）就是从张手里买的。那时候不买旧书，因为家里有。只有一回，不知那儿捡来《文心雕龙》的名字，急着想看，便去旧书铺访求：有一家拿出一部广州套版的，要一元钱，买不起；后来另买到一部，书品也还好，纸墨差些，却只花了小洋三角。这部书还在，两三年前给换上了磁青纸的皮儿，却显得配不上。

到北平来上学入了哲学系，还是喜欢找佛学书看。那时候佛经流通处在西城卧佛寺街鹫峰寺。在街口下了车，一直走，快到城根儿了，才看见那个寺。那是个阴沉沉的秋天下午，街上只有我一个人。到寺里买了《因明入正理论疏》《百法明门论疏》《翻译名义集》等。这股傻劲儿回味起来颇有意思；正像那回从天坛出来，挨着城根，独自个儿，探险似地穿过许多没人走的碱地去访陶然亭一样。在毕业的那年，到琉璃厂华洋书庄去，看见新版韦

伯斯特大字典，定价才十四元。可是十四元并不容易找。想来想去，只好硬了心肠将结婚时候父亲给做的一件紫毛（猫皮）水獭领大氅亲手拿着，走到后门一家当铺里去，说当十四元钱。柜上人似乎没有什么留难就答应了。这件大氅是布面子，土式样，领子小而毛杂——原是用了两副"马蹄袖"拼凑起来的。父亲给做这件衣服，可很费了点张罗。拿去当的时候，也踌躇了一下，却终于舍不得那本字典。想着将来准赎出来就是了。想不到竟不能赎出来，这是直到现在翻那本字典时常引为遗憾的。

重来北平之后，有一年忽然想搜集一些杜诗。一家小书铺叫文雅堂的给找了不少，都不算贵；那伙计是个麻子，一脸笑，是铺子里少掌柜的。铺子靠他父亲支持，并没有什么好书；去年他父亲死了，他本人不大内行，让伙计吃了，现在长远不来了，他不知怎么样。说起杜诗，有一回，一家书铺送来高丽本《杜律分韵》，两本书，索价三百元。书极不相干而索价如此之高，荒谬之至，况且书面上原购者明明写着"以银二两得之"。第二天另一家送来一样的书，只要二元钱，我立刻买下。北平的书价，离奇有如此者。

旧历正月里厂甸的书摊值得看；有些人天天巡礼去。我住的远，每年只去一个下午——上午摊儿少。土地祠内外人山人海摩肩接踵地来往。也买过些零碎东西；其中有一本是《伦敦竹枝词》，花了三毛钱。买来以后，恰好《论语》要稿子，选抄了些寄去，加上一点说明，居然得着五元稿费。这是仅有的一次，买的书赚了钱。

在伦敦的时候，从寓所出来，走过近旁小街。有一家小书店门口摆着一架旧书。上前去徘徊了一下，看见一本《牛津书话选》(The Book Lovers' Anthology)，烫花布面，装订不马虎，四百多面，本子也不小，准有七八成新，才一先令六便士，那时合中国一元三毛钱，比东安市场旧洋书还贱些。这选本节录许多名家诗文，说到书的各方面的；性质有点像叶德辉氏《书林清话》，但不像《清话》有系统；他们旨趣原是两样的。因为买这本书，结识了那掌柜的；他以后给我找了不少便宜的旧书。有一种书，他找不到旧的，便和我说，他们批购新书按七五扣，他愿意少赚一扣，按九扣卖给我。我没有要他这么办，但是很感谢他的好意。

原载 1935 年 1 月 10 日《水星》第 1 卷第 4 期

松堂游记

去年夏天,我们和S君夫妇在松堂住了三日。难得这三日的闲,我们约好了什么事不管,只玩儿,也带了两本书,却只是预备闲得真没办法时消消遣的。

出发的前夜,忽然雷雨大作。枕上颇为怅怅,难道天公这么不做美吗!第二天清早,一看却是个大晴天。上了车,一路树木带着宿雨,绿得发亮,地下只有一些水塘,没有一点尘土,行人也不多。又静,又干净。

想着到还早呢,过了红山头不远,车却停下了。两扇大红门紧闭着,门额是国立清华大学西山牧场。拍了一会门,没人出来,我们正在没奈何,一个过路的孩子说这门上了锁,得走旁门。旁门上挂着牌子,"内有恶犬"。小时候最怕狗,有点赸赸。门里有人出来,保护着进去,一面吆喝着汪汪的群犬,一面只是说,"不碍不碍"。

过了两道小门,真是豁然开朗,别有天地。一眼先是亭亭直上,又刚健又婀娜的白皮松。白皮松不算奇,多得好,你挤着我我挤着你也不算奇,疏得好,要像住宅的院子里,四角上各来上一棵,疏不是?谁爱看?这儿就是院子大得好,就是四方八面都来得好。中间便是松堂,原是一座石亭子改造的,这座亭子高大轩敞,对得起那四围的松树,大理石柱,大理石栏杆,都还好好的,白,滑,冷。白皮松没有多少影子,堂中明窗净几,坐下来清清楚楚觉得自己真太小,在这样高的屋顶下。树影子少,可不热,廊下端详那些松树灵秀的姿态,洁白的皮肤,隐隐的一丝儿凉意便袭上心头。

堂后一座假山,石头并不好,堆叠得还不算傻瓜。里头藏着个小洞,有神龛,石桌,石凳之类。可是外边看,不仔细看不出。得费点心去发现。假山上满可以爬过去,不顶容易,也不顶难。后山有座无梁殿,红墙,各色

317

琉璃砖瓦，屋脊上三个瓶子，太阳里古艳照人。殿在半山，峭然独立，有俯视八极气象。天坛的无梁殿太小，南京灵谷寺的太黯淡，又都在平地上。山上还残留着些旧碉堡，是乾隆打金川时在西山练健锐云梯营用的，在阴雨天或斜阳中看最有味。又有座白玉石牌坊，和碧云寺塔院前那一座一般，不知怎样，前年春天倒下了，看着怪不好过的。

可惜我们来的还不是时候，晚饭后在廊下黑暗里等月亮，月亮老不上，我们什么都谈，又赌背诗词，有时也沉默一会儿。黑暗也有黑暗的好处，松树的长影子阴森森的有点像鬼物拿土。但是这么看的话，松堂的院子还差得远，白皮松也太秀气，我想起郭沫若君《夜步十里松原》那首诗，那才够阴森森的味儿——而且得独自一个人。好了，月亮上来了，却又让云遮去了一半，老远的躲在树缝里，像个乡下姑娘，羞答答的。从前人说："千呼万唤始出来，犹抱琵琶半遮面。"真有点儿！云越来越厚，由他罢，懒得去管了。可是想，若是一个秋夜，刮点西风也好。虽不是真松树，但那奔腾澎湃的"涛"声也该得听吧。

西风自然是不会来的。临睡时，我们在堂中点上了两三支洋蜡。怯怯的焰子让大屋顶压着，喘不出气来。我们隔着烛光彼此相看，也像蒙着一层烟雾。外面是连天漫地一片黑，海似的。只有远近几声犬吠，教我们知道还在人间世里。

原载 1935 年 5 月 15 日《清华周刊》第 43 卷第 1 期

初到清华记

从前在北平读书的时候，老在城圈儿里呆着。四年中虽也游过三五回西山，却从没来过清华；说起清华，只觉得很远很远而已。那时也不认识清华人，有一回北大和清华学生在青年会举行英语辩论，我也去听。清华的英语确是流利得多，他们胜了。那回的题目和内容，已忘记干净；只记得复辩时，清华那位领袖很神气，引着孔子的什么话。北大答辩时，开头就用了furiously一个字叙述这位领袖的态度。这个字也许太过，但也道着一点儿。那天清华学生是坐大汽车进城的，车便停在青年会前头；那时大汽车还很少。那是冬末春初，天很冷。一位清华学生在屋里只穿单大褂，将出门却套上厚厚的皮大氅。这种"行"和"衣"的路数，在当时却透着一股标劲儿。

初来清华，在十四年夏天。刚从南方来北平，住在朝阳门边一个朋友家。那时教务长是张仲述先生，我们没见面。我写信给他，约定第三天上午去看他。写信时也和那位朋友商量过，十点赶得到清华么，从朝阳门那儿？他那时已经来过一次，但似乎只记得"长林碧草"，——他写到南方给我的信这么说——说不出路上究竟要多少时候。他劝我八点动身，雇洋车直到西直门换车，免得老等电车，又换来换去的，耽误事。那时西直门到清华只有洋车直达；后来知道也可以搭香山汽车到海甸再乘洋车，但那是后来的事了。

第三天到了，不知是起得晚了些还是别的，跨出朋友家，已经九点挂零。心里不免有点儿急，车夫走的也特别慢似的。到西直门换了车。据车夫说本有条小路，雨后积水，不通了；那只得由正道了。刚出城一段儿还认识，因为也是去万生园的路；以后就茫然。到黄庄的时候，瞧着些屋子，以为一定是海甸（淀）了；心里想清华也就快到了吧，自己安慰着。快到真的海甸时，问车夫，"到了吧？""没哪。这是海——甸。"这一下更茫然了。海甸这么难到，清华要何年何月呢？而车夫说饿了，非得买点儿吃的。吃吧，反正豁出去了。这一吃又是十来分钟。说还有三里多路呢。那时没有燕京大学，路上没什么看的，只有远处淡淡的西山——那天没有太阳——略略可解闷儿。好容易过了红桥，喇嘛庙，渐渐看见两行高柳，像穹门一般。什(什)刹海的垂杨虽好，但没有这么多这么深，那时路上只有我一辆车，大有长驱直入的神气。柳树前一面牌子，写着"入校车马缓行"；这才真到了，心里想，可是大门还够远的，不用说西院门又骗了我一次，又是六七分钟，才真真到了。坐在张先生客厅里一看钟，十二点还欠十五分。

张先生住在乙所，得走过那"长林碧草"，那浓绿真可醉人。张先生客厅里挂着一副有正书局印的邓完白隶书长联。我有一个会写字的同学，他喜欢邓完白，他也有这一副对联；所以我这时如见故人一般。张先生出来了。他比我高得多，脸也比我长得多，一眼看出是个顶能干的人。我向他道歉来得太晚，他也向我道歉，说刚好有个约会，不能留我吃饭。谈了不大工夫，十二点过了，我告辞。到门口，原车还在，坐着回北平吃饭去。过了一两天，我就搬行李来了。这回却坐了火车，是从环城铁路朝阳门站上车的。

以后城内城外来往的多了，得着一个诀窍；就是在西直门一上洋车，且别想"到"清华，不想着不想着也就到了。——香山汽车也搭过一两次，可真够瞧的，两条腿有时候简直无放处，恨不得不是自己的。有一回，在海甸下了汽车，在现在"西园"后面那个小饭馆里，拣了临街一张四方桌，坐在长凳上，要一碟苜蓿肉，两张家常饼，二两白玫瑰，吃着喝着，也怪有意思；而且还在那桌上写了《我的南方》一首歪诗。那时海甸到清华一路常有穷女人或孩子跟着车要钱。他们除"您修好"等等常用语句外，有时会说"您将来做校长"，这是别处听不见的。

1936 年 4 月 18 日作

很 好

"很好"这两个字真是挂在我们嘴边儿上的。我们说,"你这个主意很好。""你这篇文章很好。""张三这个人很好。""这东西很好。"人家问,"这件事如此这般的办,你看怎么样?"我们也常常答道,"很好。"有时顺口再加一个,说"很好很好"。或者不说"很好",却说"真好",语气还是一样,这么说,我们不都变成了"好好先生"了么?我们知道"好好先生"不是无辨别的蠢才,便是有城府的乡愿。乡愿和蠢才尽管多,但是谁也不能相信常说"很好","真好"的都是蠢才或乡愿。平常人口头禅的"很好"或"真好",不但不一定"很"好或"真"好,而且不一定"好";这两个语其实只表示所谓"相当的敬意,起码的同情"罢了。

在平常谈话里,敬意和同情似乎比真理重要得多。一个人处处讲真理,事事讲真理,不但知识和能力不许可,而且得成天儿和别人闹别扭;这不是活得不耐烦,简直是没法活下去。自然一个人总该有认真的时候,但在不必认真的时候,大可不必认真;让人家从你嘴边儿上得着一点点敬意和同情,保持彼此间或浓或淡的睦谊,似乎也是在世为人的道理。说"很好"或"真好",所着重的其实不是客观的好评而是主观的好感。用你给听话的一点点好感,换取听话的对你的一点点好感,就是这么回事而已。

你若是专家或者要人,一言九鼎,那自当别论;你不是专家或者要人,说好说坏,一般儿无足重轻,说坏只多数人家背地里议论你嘴坏或脾气坏而已,那又何苦来?就算你是专家或者要人,你也只能认真的批评在你门槛儿里的,世界上没有万能的专家或者要人,那么,你在说门槛儿外的话的时候,还不是和别人一般的无足重轻?还不是得在敬意和同情上着眼?我们成天听着自己的和别人的轻轻儿的快快儿的"很好"或"真好"的声音,大家肚子里反正明白这两个语的分量。若有人希图别人就将自己的这种话当作确切的评语,或者简直将别人的这种话当作自己的确切的评语,那才真是乡愿或蠢才呢。

我说"轻轻儿的","快快儿的",这就是所谓语气。只要那么轻轻儿的快快儿的,你说"好得很","好极了","太好了",都一样,反正不痛不痒的,不过"很好","真好"说着更轻快一些就是了。可是"很"字,"真"字,"好"字,要有一个说得重些慢些,或者整个儿说得重些慢些,分量就不同了。至少你是在表示你喜欢那个主意,那篇文章,那个人,那东西,那办法,等等,即使你还不敢自信你的话就是确切的评语。有时并不说得重些慢些,可是前后加上些字儿,如"很好,咳!""可真好。""我相信张三这个人很好。""你瞧,这东西真好。"也是喜欢的语气。"好极了"等语,都可以如法炮制。

可是你虽然"很"喜欢或者"真"喜欢这个那个,这个那个还未必就"很"好,"真"好,甚至于压根儿就未必"好"。你虽然加重的说了,所给予听话人的,还只是多一些的敬意和同情,并不能阐发这个那个的客观的价值。你若是个平常人,这样表示也尽够教听话的满意了。你若是个专家,要人,或者准专家,准要人,你要教听话的满意,还得指点出"好"在那里,或者怎样怎样的"好"。这才是听话的所希望于你们的客观的好评,确切的评语呢。

说"不错","不坏",和"很好","真好"一样;说"很不错","很不坏"或者"真不错","真不坏",却就是加字儿的"很好","真好"了。"好"只一个字,"不错","不坏"都是两个字;我们说话,有时长些比短些多带情感,这里正是个例子。"好"加上"很"或"真"才能和"不错","不坏"等量,"不错","不坏"再加上"很"或"真",自然就比"很好","真好"重了。可是说"不好",却干脆的是不好,没有这么多阴影。像旧小说里常见到的"说声'不好'"和旧戏里常听到的"大事不好了",可为代表。这里的"不"字还保持着它的独立的价值和否定的全量，不像"不错"，"不坏"的"不"字已经融化在成语里，没有多少劲儿。本来呢，既然有胆量在"好"上来个"不"字，也就无需乎再躲躲闪闪的；至多你在中间夹上一个字儿，说"不很好"，"不大好"，但是听起来还是差不多的。

话说回来，既然不一定"很"好或"真"好，甚至于压根儿就不一定"好"，为什么不沉默呢？不沉默，却偏要说点儿什么，不是无聊的敷衍吗？但是沉默并不是件容易事，你得有那种忍耐的功夫才成。沉默可以是"无意见"，可以是"无所谓"，也可以是"不好"，听话的却顶容易将你的沉默解作"不好"，至少也会觉着你这个人太冷，连嘴边儿上一点点敬意和同情都吝惜不给人家。在这种情景之下，你要不是生就的或炼就的冷人，你忍得住不说点儿什么才怪！要说，也无非"很好"，"真好"这一套儿。人生于世，遇着不必认真的时候，乐得多爱点儿，少恨点儿，似乎说不上无聊；敷衍得别有用心才是的，随口说两句无足重轻的好听的话，似乎也还说不上。

我屡次说到听话的。听话的人的情感的反应，说话的当然是关心的。谁也不乐意看尴尬的脸是不是？廉价的敬意和同情却可以遮住人家尴尬的脸，利他的原来也是利己的；一石头打两鸟儿，在平常的情形之下，又何乐而不为呢？世上固然有些事是当面的容易，可也有些事儿是当面的难。就说评论好坏，背后就比当面自由些。这不是说背后就可以放冷箭说人家坏话。一个人自己有身分，旁边有听话的，自爱的人那能干这个！这只是说在人家背后，顾忌可以少些，敬意和同情也许有用不着的时候。虽然这时候听话的中间也许还有那个人的亲戚朋友，但是究竟隔了一层；你说声"不很好"或"不大好"，大约还不至于见着尴尬的脸的。当了面就不成。当本人的面说他这个那个"不好"，固然不成，当许多人的面说他这个那个"不好"，更不成。当许多人的面说他们都"不好"，那简直是以寡敌众；只有当许多人的面泛指其中一些人这点那点"不好"，也许还马虎得过去。所以平常的评论，当了面大概总是用"很好"，"真好"的多。——背后也说"很好"，"真好"，那一定说得重些慢些。

可是既然未必"很"好或者"真"好，甚至于压根儿就未必"好"，说一个"好"还不成么？为什么必得加上"很"或"真"呢？本来我们回答

"好不好？"或者"你看怎么样？"等问题，也常常只说个"好"就行了。但是只在答话里能够这么办，别的句子里可不成。一个原因是我国语言的惯例。单独的形容词或形容语用作句子的述语，往往是比较级的。如说"这朵花红"，"这花朵素净"，"这朵花好看"，实在是"这朵花比别的花红"，"这朵花比别的花素净"，"这朵花比别的花好看"的意思。说"你这个主意好"，"你这篇文章好"，"张三这个人好"，"这东西好"，也是"比别的好"的意思。另一个原因是"好"这个词的惯例。句里单用一个"好"字，有时实在是"不好"。如厉声指点着说"你好！"或者摇头笑着说，"张三好，现在竟不理我了。""他们这帮人好，竟不理这个碴儿了。"因为这些，要表示那一点点敬意和同情的时候，就不得不重话轻说，借用到"很好"或"真好"两个语了。

1939年10月15-16日作

蒙自杂记

我在蒙自住过五个月，我的家也在那里住过两个月。我现在常常想起这个地方，特别是在人事繁忙的时候。

蒙自小得好，人少得好。看惯了大城的人，见了蒙自的城圈儿会觉得像玩具似的，正像坐惯了普通火车的人，乍踏上个碧石小火车，会觉得像玩具似的一样。但是住下来，就渐渐觉得有意思。城里只有一条大街，不消几趟就走熟了。书店，文具店，点心店，电筒店，差不多闭了眼可以找到门儿。城外的名胜去处，南湖，湖里的崧岛，军山，三山公园，一下午便可走遍，怪省力的。不论城里城外，在路上走，有时候会看不见一个人。整个儿天地仿佛是自己的；自我扩展到无穷远，无穷大。这教我想起了台州和白马湖，在那两处住的时候，也有这种静味。

大街上有一家卖糖粥的，带着卖煎粑粑。桌子凳子乃至碗匙等都很干净，又便宜，我们联大师生照顾的特别多。掌柜是个四川人，姓雷，白发苍苍的。他脸上常挂着微笑，却并不是巴结顾客的样儿。他爱点古玩什么的，每张桌子上，竹器瓷器占着一半儿；糖粥和粑粑便摆在这些桌子上吃。他家里还藏着些"精品"，高兴的时候，会特地去拿来请顾客赏玩一番。老头儿有个老伴儿，带一个伙计，就这么活着，倒也自得其乐。我们管这个铺子叫"雷稀饭"，管那掌柜的也叫这名儿；他的人缘儿是很好的。

城里最可注意的是人家的门对儿。这里许多门对儿都切合着人家的姓。别地方固然也有这么办的，但没有这里的多。散步的时候边看边猜，倒很有意思。但是最多的是抗战的门对儿。昆明也有，不过按比例说，怕不及蒙自的多；多了，就造成一种氛围气，叫在街上走的人不忘记这个时代的这个国家。这似乎也算利用旧形式宣传抗战建国，是值得鼓励的。眼前旧历年就到了，这种抗战春联，大可提倡一下。

　　蒙自的正式宣传工作，除党部的标语外，教育局的努力，也值得记载。他们将一座旧戏台改为演讲台，又每天张贴油印的广播消息。这都是有益民众的。他们的经费不多，能够逐步做去，是很有希望的。他们又帮忙北大的学生办了一所民众夜校。报名的非常踊跃，但因为教师和座位的关系，只收了二百人。夜校办了两三个月，学生颇认真，成绩相当可观。那时蒙自的联大要搬到昆明来，便只得停了。教育局长向我表示很可惜；看他的态度，他说的是真心话。蒙自的民众相当的乐意接受宣传。联大的学生曾经来过一次灭蝇运动。四五月间蒙自苍蝇真多。有一位朋友在街上笑了一下，一张口便飞进一个去。灭蝇运动之后，街上许多食物铺子，备了冷布罩子，虽然简陋，不能不说是进步。铺子的人常和我们说，"这是你们来了之后才有的呀"。可见他们是很虚心的。

　　蒙自有个火把节，四乡是在阴历六月二十四晚上，城里是二十五晚上。那晚上城里人家都在门口烧着芦秆或树枝，一处处一堆堆熊熊的火光，围着些男男女女大人小孩；孩子们手里更提着烂布浸油的火球儿晃来晃去的，跳着叫着，冷静的城顿然热闹起来。这火是光，是热，是力量，是青年。四乡地方空阔，都用一棵棵小树烧；想像着一片茫茫的大黑暗里涌起一团团的热火，光景够雄伟的。四乡那些夷人，该更享受这个节，他们该更热烈的跳着叫着罢。这也许是个祓除节，但暗示着生活力的伟大，是个有意义的风俗；在这抗战时期，需要鼓舞精神的时期，它的意义更是深厚。

　　南湖在冬春两季水很少，有一半简直干得不剩一点二滴儿。但到了夏季，涨得溶溶滟滟的，真是返老还童一般。湖堤上种了成行的由加利树；高而直的干子，不差什么也有"参天"之势，细而长的叶子，像惯于拂水的垂杨，我一站到堤上禁不住想到北平的十（什）刹海。再加上崧岛那一带田田的荷叶，亭亭的荷花，更像十刹海了。崧岛是个好地方，但我看还不如三山公园曲折幽静。这里只有三个小土堆儿，几个朴素小亭儿。可是回旋起伏，树木掩映，这儿那儿更点缀着一些石桌石墩之类；看上去也罢，走起来也罢，都让人有点余味可以咀嚼似的。这不能不感谢那位李崧军长。南湖上的路都是他的军士筑的，崧岛和军山也是他重新修整的；而这个小小的公园，更见出他的匠心。这一带他写的匾额很多。他自然不是书家，不过笔势瘦硬，颇有些英气。

联大租借了海关和东方汇理银行旧址，是蒙自最好的地方。海关里高大的由加利树，和一片软软的绿草是主要的调子，进了门不但心胸一宽，而且周身觉得润润的。树头上好些白鹭，和北平太庙里的"灰鹤"是一类，北方叫做"老等"。那洁白的羽毛，那伶俐的姿态，耐人看，一清早看尤好。在一个角落里有一条灌木林的甬道，夜里月光从叶缝里筛下来，该是顶有趣的。另一个角落长着些芒果树和木瓜树，可惜太阳力量不够，果实结得不肥，但沾着点热带味，也叫人高兴。银行里花多，遍地的颜色，随时都有，不寂寞。最艳丽的要数叶子花。花是浊浓的紫，脉络分明活像叶，一丛丛的，一片片的，真是"浓得化不开"。花开的时候真久。我们四月里去，它就开了，八月里走，它还没谢呢。

原载 1939 年 4 月 30 日，《新云南》第三期

论东西

中国读书人向来不大在乎东西。"家徒四壁"不失为书生本色,做了官得"两袖清风"才算好官;爱积聚东西的只是俗人和贪吏,大家是看不起的。这种不在乎东西可以叫做清德。至于像《世说新语》里记的:

王恭从会稽还,王大看之,见其坐六尺簟,因语恭,"卿东来,故应有此物。可以一领及我。"恭无言。大去后,即举所坐者送之。既无余席,便坐荐上。后大闻之,甚惊曰,"吾本谓卿多,故求耳。"对曰,"丈人不悉恭,恭作人无长物。"

"作人无长物"也是不在乎东西,不过这却是达观了。后来人常说"身外之物,何足计较!"一类话,也是这种达观的表现,只是在另一角度下。不为物累,才是自由人,"清"是从道德方面看,"达"是从哲学方面看,清是不浊,达是不俗,是雅。

读书人也有在乎东西的时候,他们有的有收藏癖。收藏的可只是书籍,字画,古玩,邮票之类。这些人爱逛逛书店,逛逛旧货铺,地摊儿,积少也可成多,但是不能成为大收藏家。大收藏家总得沾点官气或商气才成。大收藏家可认真的在乎东西,书生的爱美的收藏家多少带点儿游戏三昧。——他们随时将收藏的东西公诸同好,有时也送给知音的人,并不严封密裹,留着"子孙永宝用"。这些东西都不是实用品,这些爱美的收藏家也还不失为雅癖。日常的实用品,读书人是向来不在乎也不屑在乎的。事实上他们倒也短不了什么,一般的说,吃的穿的总有的。吃的穿的有了,别的短点儿也就没什么了。这些人可老是舍不得添置日用品,因此常跟太太们闹别扭。而在搬家或上路的时候,太太们老是要多带东西,他们老是要多丢东西,更会大费唇舌——虽然事实上是太太胜利的多。

现在读书人可也认真的在乎东西了,而且连实用品都一视同仁了。这两年东西实在涨得太快,电兔儿都追不上,一般读书人吃的穿的渐渐没把握;他们虽然还在勉力保持清德,但是那种达观却只好暂时搁在一边儿了。于是乎谈烟,谈酒,更开始谈柴米油盐布。这儿是第一回,先生们和太太们谈到一路上去了。酒不喝了,烟越抽越坏,越抽越少,而且在打主意戒了——将来收藏起烟斗烟嘴儿当古玩看。柴米油盐布老在想法子多收藏点儿,少消费点儿。什么都爱惜着,真做到了"一粥一饭当思来处不易"。这些人不但不再是痴聋的阿家翁,而且简直变成克家的令子了。那爱美的雅癖,不用说也得暂时的搁在一边儿。这些人除了职业的努力以外,就只在柴米油盐布里兜圈子,好像可怜见儿的。其实倒也不然。他们有那一把清骨头,够自己骄傲的。再说柴米油盐布里也未尝没趣味,特别是在现在这时候。例如今天忽然知道了油盐有公卖处,便宜那么多;今天知道了王老板家的花生油比张老板的每斤少五毛钱;今天知道柴涨了,幸而昨天买了三百斤收藏着。这些消息都可以教人带着胜利的微笑回家。这是挣扎,可也是消遣不是?能够在柴米油盐布里找着消遣的是有福的。在另一角度下,这也是达观或雅癖哪。

读书人大概不乐意也没本事改行,他们很少会摇身一变成为囤积居奇的买卖人的。他们现在虽然也爱惜东西,可是更爱惜自己;他们爱惜东西,其实也只能爱惜自己的。他们不用说爱惜自己需要的柴米油盐布,还有就只是自己箱儿笼儿里一些旧东西,书籍呀,衣服呀,什么的。这些东西跟着他们在自己的中国里流转了好多地方,几个年头,可是他们本人一向也许并不怎样在意这些旧东西,更不会跟它们亲热过一下子。可是东西越来越贵了,而且有的越来越少了,他们这才打开自己的箱笼细看,嘿!多么可爱呀,还存着这么多东西哪!于是乎一样样拿起来端详,越端详越有意思,越有劲儿,像多年不见的老朋友似的,不知道怎样亲热才好。有了这些,得闲儿就去摩挲一番,尽抵得上逛旧货铺,地摊儿,也尽抵得上喝一回好酒,抽几支好烟的。再说自己看自己原也跟别人看自己一般,压根儿是穷光蛋一个;这一来且不管别人如何，自己确是觉得富有了。瞧，寄售所，拍卖行，有的是，暴发户的买主有的是，今天拿去卖点儿，明天拿去卖点儿，总该可以贴补点儿吃的穿的。等卖光了，抗战胜利的日子也就到了，那时候这些读书人该是老脾气了，那时候他们会这样想，"一些身外之物算什么哪，又都是破烂儿！咱们还是等着逛书店，旧货铺，地摊儿罢。"

原载1942年《抗战文艺》

不知道

世间有的是以不知为知的人。孔子老早就教人"知之为知之,不知为不知,是知也"。这是知识的诚实。知道自己的不知道,已经难,承认自己的不知道,更是难。一般人在知识上总爱表示自己知道,至少不愿意教人家知道自己不知道。苏格拉底也早看出这个毛病,他可总是盘问人家,直到那些人承认不知道而止。他是为真理。那些受他盘问的人,让他一层层逼下去,到了儿无可奈何,才只得承认自己不知道;但凡有一点儿躲闪的地步,这班人一定还要强词夺理,不肯轻易吐出"不知道"那句话的。在知识上肯坦白的承认自己不知道的,是个了不得的人,即使不是圣人,也该是君子人。知道自己的不知道,并且让人家知道自己的不知道,这是诚实,是勇敢。孔子说"是知也",这个不知道其实是真知道——至少真知道自己,所谓自知之明。

世间可也有以不知为妙的人。《庄子·齐物论》记着:

啮缺问乎王倪曰,"子知物之所同是乎?"曰,"吾恶乎知之!""子知子之所不知邪?"曰,"吾恶乎知之!""然则物无知邪?"曰,"吾恶乎知之!虽然,尝试言之,庸讵知吾所谓知之非不知邪?庸讵知吾所谓不知之非知邪?……"

三问而三不知。最后啮缺问道,"子不知利害,则至人固不知利害乎?"王倪的回答是,至人神妙不测,还有什么利害呢!他虽然似乎知道至人,可是并不知道至人知道不知道利害,所以还是一个不知。所以《应帝王》里说,"啮缺问于王倪,四问而四不知,啮缺因跃而大喜。"庄学反对知识，王倪才会说知也许是不知，不知也许是知——再进一层说，那神妙不测的境界简直是个不可知。王倪的四个不知道使啮缺恍然悟到了那境界，所以他"跃而大喜"。这是不知道的妙处，知道了妙处就没有了。《桃花源》里人"不知有汉，无论魏晋"。太上隐者"山中无历日，寒尽不知年"，人与自然为一，也是个不知道的妙。

人情上也有以不知道为妙的。章回小说叙到一位英雄落难，正在难解难分的生死关头，突然打住道，"不知英雄性命如何，且听下回分解。"这叫做"卖关子"。作书的或"说话的"明知道那英雄的性命如何，"看官"或听书的也明知道他知道。他却卖痴卖呆的装作不知道，愣说不知道。他知道大家关心，急着要知道，却偏偏且不说出，让大家更担心，更着急，这才更不能不去听他的看他的。妙就妙在这儿。再说少男少女未结婚的已结婚的提到他们的爱人或伴儿，往往只秃头说一个"他"或"她"字。你若问他或她是谁，那说话的会赌气似的答你，"不知道！"赌气似的是为你明知故问，害羞带撒娇可是一大半儿。孩子在赌气的时候，你问什么，他往往会给你一个"不知道！"专心的时候也会如此。就是不赌气不专心的时候，你若问到他忌讳或瞒人的话，他还会给你那个"不知道！"而且会赌起气来，至少也会赌气似的。孩子们总还是天真，他的不知道就是天真的妙。这些个不知道其实是"不告诉你！"或"不理你！"或"我管不着！"

有些脾气不好的成人，在脾气发作的时候也会像孩子似的，问什么都不知道。特别是你弄坏了他的东西或事情向他商量怎么办的时候，他的第一句答话往往是重重的或冷冷的一个"不知道！"这儿说的还是和你平等的人，若是他高一等，那自然更够受的。——孩子遇见这种情形，大概会哭闹一场，可是哭了闹了就完事，倒不像成人会放在心里的。——这个"不知道！"其实是"不高兴说给你！"成人也有在专心的时候问什么都不知道的，那是所谓忘性儿大的人，不太多，而且往往是一半儿忘，一半儿装。忌讳或瞒人的话，成人的比孩子的多而复杂，不过临到人家问着，他大概会用轻轻的一个"不知道"遮掩过去；他不至于动声色，为的是动了声色反露出马脚。至于像"你这个人真是，不知道利害！"还有，"咳，不知道得多少钱才够我花的！"这儿的不知道却一半儿认真，一半闹着玩儿。认真是真不知道，因为谁能知道呢？你可以说："天知道你这个人多利害！""鬼知道得多少钱才够我花的！"还是一样的语气。"天知道"，"鬼知道"，明明没有人知道。既然明明没有人知道，还要说"不知道"，不是废话？闹着玩儿？闹着玩可并非没有意义，这个不知道其实是为了加重语气，为了强调"你这个人多利害"，"得多少钱才够我花的"那两句话。

　　世间可也有成心以知为不知的，这是世故或策略。俗语道，"一问三不知"，就指的这种世故人。他事事怕惹是非，担责任，所以老是给你一个不知道。他不知道，他没有说什么，闹出了大小错儿是你们的，牵不到他身上去。这个可以说是"明哲保身"的不知道。老师在教室里问学生的书，学生回答"不知道"。也许他懒，没有看书，答不出；也许他看了书，还弄不清楚，想着答错了还不如回一个不知道，老师倒可以多原谅些。后一个不知道便是策略。五四运动的时候，北平有些学生被警察厅逮去送到法院。学生会请刘崇佑律师作辩护人。刘先生教那些学生到法院受讯的时候，对于审判官的问话如果不知道怎样回答才好，或者怕出了岔儿，就干脆说一个"不知道"。真的，你说"不知道"，人家抓不着你的把柄，派不着你的错处。从前用刑讯，即使真不知道，也可以逼得你说"知道"，现在的审判官却只能盘问你，用话套你，逼你，或诱你，说出你知道的。你如果小心提防着，多说些个"不知道"，审判官也没法奈何你。这个不知道更显然是策略。不过这策略的运用还在乎人。老辣的审判官在一大堆废话里夹带上一两句要紧话，让你提防不着，也许你会漏出一两个知道来，就定了案，那时候你所有的不知道就都变成废物了。

　　最需要"不知道"这策略的，是政府人员在回答新闻记者的问话的时候。记者若是提出不能发表或不便发表的内政外交问题来，政府发言人在平常的情形之下总得答话，可是又着不得一点儿边际，所以有些左右为难。固然他有时也可以"默不作声"，有时也可以老实答道，"不能奉告"或"不便奉告"；但是这么办得发言人的身分高或问题的性质特别严重才成，不然便不免得罪人。在平常的情形之下，发言人可以只说"不知道"，既得体，又比较婉转。

　　这个不知道其实是"无可奉告"，比"不能奉告"或"不便奉告"语气略觉轻些。至于发言人究竟是知道,是不知道,那是另一回事儿,可以不论。现代需用这一个不知道的机会很多,每回的局面却不完全一样。发言人斟酌当下的局面,有时将这句话略加变化,说得更婉转些,也更有趣些,教那些记者不至于窘着走开去。这也可以说是新的人情世故,这种新的人情世故也许比老的还要来得微妙些。

这个"不知道"的变化,有时只看得出一个"不"字。例如说,"未获得续到报告之前,不能讨论此事",其实就是"现在无可奉告"的意思。前年九月二十日,美国赫尔国务卿接见记者时,"某记者问,外传美国远东战队已奉令集中菲律宾之加维特之说是否属实。赫尔答称,'微君言,余固不知此事。'"从现在看,赫尔的话大概是真的,不过在当时似乎只是一句幽默的辞令,他的"不知"似乎只是策略而已。去年八月罗斯福总统和邱吉尔首相在大西洋上会晤,华盛顿六日国际社电——"海军当局宣称:当局接得总统所发波多马克号游艇来电,内称游艇现正沿海岸缓缓前进;电讯中并未提及总统将赴海上某地与英首相会晤。"这是一般的宣告,因为当时全世界都在关心这件事。但是宣告里只说了些闲话,紧要关头却用"电讯中并未提及"一句遮掩过去,跟没有说一样。还有,威尔基去年从英国回去,参议员克拉克问他,"威尔基先生,你在周游英伦时,英国希望美国派舰护送军备,你有些知道吗?"威尔基答道,"我想不起有人表示过这样的愿望。""想不起"比"不知道"活动得多;参议员不是新闻记者,威尔基不能不更婉转些,更谨慎些——,可是结果也还是一个"无可奉告"。

这个不知道有时甚至会变成知道,不过知道的都是些似相干又似不相干的事儿,你摸不着头脑,还是一般无二。前年十月八日华盛顿国际社电,说罗斯福总统"恐亚洲局势因滇缅路重开而将发生突变","日来屡与空军作战部长史塔克,海军舰队总司令李却逊,及前海军作战部长现充国防顾问李海等三巨头会商。总统并于接见记者时称,彼等会谈时仅研究地图而已云云。""仅研究地图而已"是答应了"知道",但是这样轻描淡写的,还是"不知道"的比"知道"的多。去年五月,澳总理孟席尔到美国去,谒见罗斯福总统,"会谈一小时之久。后孟氏对记者称:吾人仅对数项事件,加以讨论,吾人实已经行地球一周,结果极令人振奋云。澳驻美公使加赛旋亦

对记者称,澳总理与总统所商谈者为古今与将来之事件。""经行地球一周",
"古今与将来之事件","知道"的圈儿越大,圈儿里"不知道"的就越多。

这个不知道还会变成"他知道"。去年八月二十七日华盛顿合众社电,
说记者"问总统对于野村大使所谓日美政策之睽隔必须弥缝,有何感想。总
统避不作答,仅谓现已有人以此事询诸赫尔国务卿矣。"已经有人去问赫尔
国务卿,国务卿知道,总统就不必作答了。去年五月十六日华盛顿合众社
电,说罗斯福总统今日接见记者,说"美国过去曾两次不宣而战,第一次
系北非巴巴拉之海盗,曾于一八八三年企图封锁地中海上美国之航行。第
二次美将派海军至印度,以保护美国商业,打击英、法、西之海盗。""记
者询以'今日亦有巴巴拉海盗式之人物乎?'总统称,'请诸君自己判断可
也。'""诸君自己判断",你们自己知道,总统也就不必作答了。"他知道"
或"你知道",还用发言人的"我"说什么呢?——这种种的变形,有些虽
面目全非,细心吟味,却都从那一个不知道脱胎换骨,不过很微妙就是了。
发言人临机应变,尽可层出不穷,但是百变不离其宗;这个不知道也算是神
而明之的了。

1942年1月5日作

人 话

在北平呆过的人总该懂得"人话"这个词儿。小商人和洋车夫等等彼此动了气，往往破口问这么句话：

你懂人话不懂？——要不就说：

你会说人话不会？

这是一句很重的话，意思并不是问对面的人懂不懂人话，会不会说人话，意思是骂他不懂人话，不会说人话。不懂人话，不会说人话，干脆就是畜生！这叫拐着弯儿骂人，又叫骂人不带脏字儿。不带脏字儿是不带脏字儿，可到底是"骂街"，所以高尚人士不用这个词儿。他们生气的时候也会说"不通人性"，"不像人"，"不是人"，还有"不像话"，"不成话"等等，可就是不肯用"人话"这个词儿。"不像话"，"不成话"是没道理的意思；"不通人性"，"不像人"，"不是人"还不就是畜生？比起"不懂人话"，"不说人话"来，还少拐了一个弯儿呢。可是高尚人士要在人背后才说那些话，当着面大概他们是不说的。这就听着火气小，口气轻似的，听惯了这就觉得"不通人性"，"不像人"，"不是人"那几句来得斯文点儿，不像"人话"那么野。其实，按字面儿说，"人话"倒是个含蓄的词儿。

北平人讲究规矩，他们说规矩，就是客气。我们走进一家大点儿的铺子，总有个伙计出来招待，哈哈腰说，"您来啦！"出来的时候，又是个伙计送客，哈哈腰说，"您走啦，不坐会儿啦？"这就是规矩。洋车夫看同伙的问好儿，总说，"您老爷子好？老太太好？""您少爷在那儿上学？"从不说"你爸爸","你妈妈","你儿子",可也不会说"令尊","令堂","令郎"那些个,这也是规矩。有的人觉得这些都是假仁假义,假声假气,不天真,不自然。他们说北平人有官气,说这些就是凭据。不过天真不容易表现,有时也不便表现。只有在最亲近的人面前,天真才有流露的机会,再说天真有时就是任性,也不一定是可爱的。所以得讲规矩。规矩是调节天真的,也就是"礼",四维之首的"礼"。礼须要调节,得有点儿做作是真的,可不能说是假。调节和做作是为了求中和,求平衡,求自然——这儿是所谓"习惯成自然"。规矩也罢,礼也罢,无非教给人做人的道理。我们现在到过许多大城市,回想北平,似乎讲究规矩并不坏,至少我们少碰了许多硬钉子。讲究规矩是客气,也是人气,北平人爱说的那套话都是他们所谓"人话"。

别处人不用"人话"这个词儿,只说讲理不讲理,雅俗通用。讲理是讲理性,讲道理。所谓"理性"(这是老名词,重读"理"字,翻译的名词"理性",重读"性"字)自然是人的理性,所谓道理也就是做人的道理。现在人爱说"合理",那个"理"的意思比"讲理"的"理"宽得多。"讲理"当然"合理",这是常识,似乎用不着检出西哲亚里士多德的大帽子,说"人是理性的动物"。可是这句话还是用得着,"讲理"是"理性的动物"的话,可不就是"人话"?不过不讲理的人还是不讲理的人,并不明白的包含着"不懂人话","不会说人话"所包含着的意思。讲理不一定和平,上海的"讲茶"就常教人触目惊心的。可是看字面儿,"你讲理不讲理?"的确比"你懂人话不懂?""你会说人话不会?"和平点儿。"不讲理"比"不懂人话","不会说人话"多拐了个弯儿,就不至于影响人格了。所谓做人的道理大概指的恕道,就是孔子所说的"己所不欲,勿施于人"。而"人话"要的也就是恕道。按说"理"这个词儿其实有点儿灰色,赶不上"人话"那个词儿鲜明,现在也许有人觉得还用得着这么个鲜明的词儿。不过向来的小商人洋车夫等等把它用得太鲜明了,鲜明得露了骨,反而糟蹋了它,这直是怪可惜的。

1943年5月25日作

论做作

做作就是"佯",就是"乔",也就是"装"。苏北方言有"装佯"的话,"乔装"更是人人皆知。旧小说里女扮男装是乔装,那需要许多做作。难在装得像。只看坤角儿扮须生的,像的有几个?何况做戏还只在戏台上装,一到后台就可以照自己的样儿,而女扮男装却得成天儿到处那么看!侦探小说里的侦探也常在乔装,装得像也不易,可是自在得多。不过——难也罢,易也罢,人反正有时候得装。其实你细看,不但"有时候",人简直就爱点儿装。"三分模样七分装"是说女人,男人也短不了装,不过不大在模样上罢了。装得像难,装得可爱更难;一番努力往往只落得个"矫揉造作"!所以"装"常常不是一个好名儿。

"一个做好,一个做歹",小呢逼你出些码头钱,大呢就得让你去做那些不体面的尴尬事儿。这已成了老套子,随处可以看见。那做好的是装做好,那做歹的也装得格外歹些;一松一紧的拉住你,会弄得你啼笑皆非。这一套儿做作够受的。贫和富也可以装。贫寒人怕人小看他,家里尽管有一顿没一顿的,还得穿起好衣服在街上走,说话也满装着阔气,什么都不在乎似的。——所谓"苏空头"。其实"空头"也不止苏州有。——有钱人却又怕人家打他的主意,开口闭口说穷,他能特地去当点儿什么,拿当票给人家看。这都怪可怜见的。还有一些人,人面前老爱论诗文,谈学问,仿佛天生他一副雅骨头。装斯文其实不能算坏,只是未免"雅得这样俗"罢了。

有能耐的人,有权位的人有时不免"装模做样","装腔作势"。马上可以答应的,却得"考虑考虑";直接可以答应的,却让你绕上几个大弯儿。论地位也只是"上不在天,下不在田",而见客就不起身,只点点头儿,答话只喉咙里哼一两声儿。谁教你求他,他就是这么着!——"笑骂由他笑骂,好官儿什么的我自为之!"话说回来,拿身分,摆架子有时也并非全无道理。老爷太太在仆人面前打情骂俏,总不大像样,可不是得装着点儿?可是,得恰到分际,"过犹不及"。总之别忘了自己是谁!别尽拣高枝爬,一

失脚会摔下来的。老想着些自己,谁都装着点儿,也就不觉得谁在装。所谓"装模做样","装腔作势",却是特别在装别人的模样,别人的腔和势!为了抬举自己,装别人;装不像别人,又不成其为自己,也怪可怜见的。

"不痴不聋,不作阿姑阿翁",有些事大概还是装聋作哑的好。倒不是怕担责任,更不是存着什么坏心眼儿。有些事是阿姑阿翁该问的,值得问的,自然得问;有些是无需他们问的,或值不得他们问的,若不痴不聋,事必躬亲,阿姑阿翁会做不成,至少也会不成其为阿姑阿翁。记得那儿说过美国一家大公司经理,面前八个电话,每天忙累不堪,另一家经理,室内没有电话,倒是从容不迫的。这后一位经理该是能够装聋作哑的人。"不闻不问",有时候该是一句好话;"充耳不闻","闭目无睹",也许可以作"无为而治"的一个注脚。其实无为多半也是装出来的。至于装作不知,那更是现代政治家外交家的惯技,报纸上随时看得见。——他们却还得钩心斗角的"做姿态",大概不装不成其为政治家外交家罢?

装欢笑,装悲泣,装嗔,装恨,装惊慌,装镇静,都很难;固然难在像,有时还难在不像而不失自然。"小心陪笑"也许能得当局的青睐,但是旁观者在恶心。可是"强颜为欢",有心人却领会那欢颜里的一丝苦味。假意虚情的哭泣,像旧小说里妓女向客人那样,尽管一把眼泪一把鼻涕的,也只能引起读者的微笑。——倒是那"忍泪佯低面",教人老大不忍。佯嗔薄怒是女人的"作态",作得恰好是爱娇,所以《乔醋》是一折好戏。爱极翻成恨,尽管"恨得人牙痒痒的",可是还不失为爱到极处。"假意惊慌"似乎是旧小说的常语,事实上那"假意"往往露出马脚。镇静更不易,秦舞阳心

上有气脸就铁青，怎么也装不成，荆轲的事，一半儿败在他的脸上。淝水之战谢安装得够镇静的，可是不觉得意忘形摔折了屐齿。所以一个人喜怒不形于色，真够一辈子半辈子装的。

《乔醋》是戏，其实凡装，凡做作，多少都带点儿戏味——有喜剧，有悲剧。孩子们爱说"假装"这个，"假装"那个，戏味儿最厚。他们认真"假装"，可是悲喜一场，到头儿无所为。成人也都认真的装，戏味儿却淡薄得多；戏是无所为的，至少扮戏中人的可以说是无所为，而人们的做作常常是有所为的。所以戏台上装得像的多，人世间装得像的少。戏台上装得像就有叫好儿的，人世间即使装得像，逗人爱也难。逗人爱的大概是比较的少有所为或只消极的有所为的。前面那些例子，值得我们吟味，而装痴装傻也许是值得重提的一个例子。

作阿姑阿翁得装几分痴，这装是消极的有所为；"金殿装疯"也有所为，就是积极的。历来才人名士和学者，往往带几分傻气。那傻气多少有点儿装，而从一方面看，那装似乎不大有所为，至多也只是消极的有所为。陶渊明的"我醉欲眠卿且去"说是率真，是自然；可是看魏晋人的行径，能说他不带着几分装？不过装得像，装得自然罢了。阮嗣宗大醉六十日，逃脱了和司马昭做亲家，可不也一半儿醉一半儿装？他正是"喜怒不形于色"的人，而有一向当时人多说他痴，他大概是颇能做作的罢？

装睡装醉都只是装糊涂。睡了自然不说话，醉了也多半不说话——就是说话，也尽可以装疯装傻的，给他个驴头不对马嘴。郑板桥最能懂得装糊涂，他那"难得糊涂"一个警句，真喝破了千古聪明人的秘密。还有善忘也往往是装傻，装糊涂；省麻烦最好自然是多忘记，而"忘怀"又正是一件雅事儿。到此为止，装傻，装糊涂似乎是能以逗人爱的；才人名士和学者之所以成为才人名士和学者，至少有几分就仗着他们那不大在乎的装劲儿能以逗人爱好。可是这些人也良莠不齐，魏晋名士颇有仗着装糊涂自私自利的。这就"在乎"了，有所为了，这就不再可爱了。在四川话里装糊涂称为"装疯迷窍"，北平话却带笑带骂的说"装蒜"，"装孙子"，可见民众是不大赏识这一套的——他们倒是下的稳着儿。

1942 年 10 月 31 日 –11 月 2 日作

重庆行记

这回暑假到成都看看家里人和一些朋友,路过陪都,停留了四日。每天真是东游西走,几乎车不停轮,脚不停步。重庆真忙,像我这个无事的过客,在那大热天里,也不由自主的好比在旋风里转,可见那忙的程度。这倒是现代生活现代都市该有的快拍子。忙中所见,自然有限,并且模糊而不真切。但是换了地方,换了眼界,自然总觉得新鲜些,这就乘兴记下了一点儿。

飞

我从昆明到重庆是飞的。人们总羡慕海阔天空,以为一片茫茫,无边无界,必然大有可观。因此以为坐海船坐飞机是"不亦快哉!"其实也未必然。晕船晕机之苦且不谈,就是不晕的人或不晕的时候,所见虽大,也未必可观。海洋上见的往往是一片汪洋,水,水,水。当然有浪,但是浪小了无可看,大了无法看——那时得躲进舱里去。船上看浪,远不如岸上,更不如高处。海洋里看浪,也不如江湖里,海洋里只是水,只是浪,显不出那大气力。江湖里有的是遮遮碍碍的,山哪,城哪,什么的,倒容易见出一股劲儿。"江间波浪兼天涌"为的是巫峡勒住了江水;"波撼岳阳城",得有那岳阳城,并且得在那岳阳城楼上看。

不错,海洋里可以看日出和日落,但是得有运气。日出和日落全靠云霞烘托才有意思。不然,一轮呆呆的日头简直是个大傻瓜!云霞烘托虽也常有,但往往淡淡的,懒懒的,那还是没意思。得浓,得变,一眨眼一个花样,层出不穷,才有看头。这是可遇而不可求的。平生只见过两回的落日,都在陆上,不在水里。水里看见的,日出也罢,日落也罢,只是些傻瓜而已。这种奇观若是有意为之,大概白费气力居多。有一次大家在衡山上看日出,起了个大清早等着。出来了,出来了,有些人跳着嚷着。那时一丝云彩没有,日光直射,教人睁不开眼,不知那些人看到了些什么,那么跳跳嚷嚷的。许是在自己催眠吧。自然,海洋上也有美丽的日落和日出,见于记载的也有。但是得有运气,而有运气的并不多。

赞叹海的文学,描摹海的艺术,创作者似乎是在船里的少,在岸上的多。海太大太单调,真正伟大的作家也许可以单刀直入,一般离了岸却掉不出枪花来,像变戏法的离开了道具一样。这些文学和艺术引起未曾航海的人许多幻想,也给予已经航海的人许多失望。天空跟海一样,也大也单调。日月星的,云霞的文学和艺术似乎不少,都是下之视上,说到整个儿天空的却不多。星空,夜空还见点儿,昼空除了"青天""明蓝的晴天"或"阴沉沉的天"一类词儿之外,好像再没有什么说的。但是初次坐飞机的人虽无多少文学艺术的背景帮助他的想像,却总还有那"天宽任鸟飞"的想像;加上别人的经验,上之视下,似乎不只是苍苍而已,也有那翻腾的云海,也有那平铺的锦绣。这就够揣摩的。

但是坐过飞机的人觉得也不过如此,云海飘飘拂拂的弥漫了上下四方,的确奇。可是高山上就可以看见;那可以是云海外看云海,似乎比飞机上云海中看云海还清切些。苏东坡说得好:"不识庐山真面目,只缘身在此山中。"飞机上看云,有时却只像一堆堆破碎的石头,虽也算得天上人间,可是我们还是愿看流云和停云,不愿看那死云,那荒原上的乱石堆。至于锦绣平铺,大概是有的,我却还未眼见。我只见那"亚洲第一大水扬子江"可怜得像条臭水沟似的。城市像地图模型,房屋像儿童玩具,也多少给人滑稽感。自己倒并不觉得怎样藐小,却只不明白自己是什么玩意儿。假如在海船里有时会觉得自己是傻子,在飞机上有时便会觉得自己是丑角吧。然而飞机快是真的,两点半钟,到重庆了,这倒真是个"不亦快哉!"

热

昆明虽然不见得四时皆春,可的确没有一般所谓夏天。今年直到七月初,晚上我还随时穿上衬绒袍。飞机在空中走,一直不觉得热,下了机过渡到岸上，太阳晒着，也还不觉得怎样热。在昆明听到重庆已经很热。记起两年前端午节在重庆一间屋里坐着，什么也不做，直出汗，那是一个时雨时晴的日子。想着一下机必然汗流浃背，可是过渡花了半点钟，满晒在太阳里，汗珠儿也没有沁出一个。后来知道前两天刚下了雨，天气的确清凉些，而感觉既远不如想像之甚，心里也的确清凉些。

滑竿沿着水边一线的泥路走，似乎随时可以滑下江去，然而毕竟上了坡。有一个坡很长，很宽，铺着大石板。来往的人很多，他们穿着各样的短衣，摇着各样的扇子，真够热闹的。片段的颜色和片段的动作混成一幅斑驳陆离的画面，像出于后期印象派之手。我赏识这幅画，可是好笑那些人，尤其是那些扇子。那些扇子似乎只是无所谓的机械的摇着，好像一些无事忙的人。当时我和那些人隔着一层扇子，和重庆也隔着一层扇子，也许是在滑竿儿上坐着，有人代为出力出汗，会那样心地清凉罢。

第二天上街一走，感觉果然不同，我分到了重庆的热了。扇子也买在手里了。穿着成套的西服在大太阳里等大汽车，等到了车，在车里挤着，实在受不住，只好脱了上装，折起挂在膀子上。有一两回勉强穿起上装站在车里，头上脸上直流汗，手帕子简直揩抹不及，眉毛上，眼镜架上常有汗偷偷的滴下。这偷偷滴下的汗最教人担心，担心它会滴在面前坐着的太太小姐的衣服上，头脸上，就不是太太小姐，而是绅士先生，也够那个的。再说若碰到那脾气躁的人，更是吃不了兜着走。曾在北平一家戏园里见某甲无意中碰翻了一碗茶，泼些在某乙的竹布长衫上，某甲直说好话，某乙却一声不响的拿起茶壶向某甲身上倒下去。碰到这种人，怕会大闹街车，而且是越闹越热，越热越闹，非到宪兵出面不止。

话虽如此，幸而倒没有出什么岔儿，不过为什么偏要白白的将上装挂在膀子上，甚至还要勉强穿上呢？大概是为的绷一手儿罢。在重庆人看来，这一手其实可笑，他们的夏威夷短裤儿照样绷得起，何必要多出汗呢？这儿重庆人和我到底还隔着一个心眼儿。再就说防空洞罢，重庆的防空洞，真是大大有名，死心眼儿的以为防空洞只能防空，想不到也能防热的。我看沿街的防空洞大半开着，洞口横七竖八的安些床铺、马扎子、椅子、凳子，横七竖八的坐着、躺着各样衣着的男人、女人。在街心里走过，瞧着那懒散的样子，未免有点儿烦气。这自然是死心眼儿，但是多出汗又好烦气，我似乎倒比重庆人更感到重庆的热了。

行

衣食住行，为什么却从行说起呢？我是行客，写的是行记，自然以为行第一。到了重庆，得办事，得看人，非行不可，若是老在屋里坐着，压根儿我就不会上重庆来了。再说昆明市区小，可以走路；反正住在那儿，这回办不完的事，还可以留着下回办，不妨从从容容的，十分忙或十分懒的时候，才偶尔坐回黄包车、马车或公共汽车。来到重庆可不能这么办，路远、天热、日子少、事情多，只靠两腿怎么也办不了。况这儿的车又相应、又方便，又何乐而不坐坐呢？

前几年到重庆，似乎坐滑竿最多，其次黄包车，其次才是公共汽车。那时重庆的朋友常劝我坐滑竿，因为重庆东到西长，有一圈儿马路；南到北短，中间却隔着无数层坡儿。滑竿可以爬坡，黄包车只能走马路，往往要兜大圈子。至于公共汽车，常常挤得水泄不通，半路要上下，得费出九牛二虎之力，所以那时我总是起点上终点下的多，回数自然就少。坐滑竿上下坡，一是脚朝天，一是头冲地，有些惊人，但不要紧，滑竿夫倒把得稳。从前黄包车下打铜街那个坡，却真有惊人的着儿，车夫身子向后微仰，两手紧压着车把，不拉车而让车子推着走，脚底下不由自主的忽紧忽慢，看去有时好像不点地似的，但是一个不小心，压不住车把，车子会翻过去，那时真的是脚不点地了，这够险的。所以后来黄包车禁止走那条街，滑竿现在也限制了，只准上坡时坐。可是公共汽车却大进步了。

这回坐公共汽车最多，滑竿最少。重庆的公用汽车分三类，一是特别快车，只停几个大站，一律廿五元，从那儿坐到那儿都一样，有些人常拣那候车人少的站口上车，兜个圈子回到原处，再向目的地坐；这样还比走路省时省力，比雇车省时省力省钱。二是专车，只来往政府区的上清寺和商业区的都邮街之间，也只停大站，廿五元。三是公共汽车，站口多，这回没有坐，好像一律十五元，这种车比较慢，行客要的是快，所以我没有坐。慢固然因停的多，更因为等的久。重庆汽车，现在很有秩序了，大家自动的排成单行，依次而进，座位满人，卖票人便宣布还可以挤几个，意思是还可以"站"几个。这时愿意站的可以上前去，不妨越次，但是还得一个跟一个"挤"满了，卖票宣布停止，叫等下次车，便关门吹哨子走了。公共汽车站多价贱，排班老是很长，在腰站上，一次车又往往上不了几个，因此一等就是二三十分钟，行客自然不能那么耐着性儿。

衣

二十七年春初过桂林，看见满街都是穿灰布制服的，长衫极少，女子也只穿灰衣和裙子。那种整齐，利落，朴素的精神，叫人肃然起敬；这是有训练的公众。后来听说外面人去得多了，长衫又多起来了。国民革命以来，中山服渐渐流行，短衣日见其多，抗战后更其盛行。从前看不起军人，看不惯洋人，短衣不愿穿，只有女人才穿两截衣，那有堂堂男子汉去穿两截衣的。可是时世不同了，男子倒以短装为主，女子反而穿一截衣了。桂林长衫增多，增多的大概是些旧长衫，只算是回光返照。可是这两三年各处却有不少的新长衫出现，这是因为公家发的平价布不能做短服，只能做长衫，是个将就局儿。相信战后材料方便，还要回到短装的，这也是一种现代化。

四川民众苦于多年的省内混战，对于兵字深恶痛绝，特别称为"二尺

五"和"棒客",列为一等人。我们向来有"短衣帮"的名目,是泛指,"二尺五"却是特指,可都是看不起短衣。四川似乎特别看重长衫,乡下人赶场或入市,往往头缠白布,脚登草鞋,身上却穿着青布长衫。是粗布,有时很长,又常东补一块,西补一块的,可不含糊是长衫。也许向来是天府之国,衣食足而后知礼义,便特别讲究仪表,至今还留着些流风余韵罢?然而城市中人却早就在赶时髦改短装了。短装原是洋派,但是不必遗憾,赵武灵王不是改了短装强兵强国吗?短装至少有好些方便的地方:夏天穿个衬衫短裤就可以大模大样的在街上走,长衫就似乎不成。只有广东天热,又不像四川在意小节,短衫裤可以行街。可是所谓短衫裤原是长裤短衫,广东的短衫又很长,所以还行得通,不过好像不及衬衫短裤的派头。

不过衬衫短裤似乎到底是便装,记得北平有个大学开教授会,有一位教授穿衬衫出入,居然就有人提出风纪问题来。三年前的夏季,在重庆我就见到有穿衬衫赴宴的了,这是一位中年的中级公务员,而那宴会是很正式的,座中还有位老年的参政员。可是那晚的确热,主人自己脱了上装,又请客人宽衣,于是短衫和衬衫围着圆桌子,大家也就一样了。西服的客人大概搭着上装来,到门口穿上,到屋里经主人一声"宽衣",便又脱下,告辞时还是搭着走。其实真是多此一举,那么热还绷个什么呢?不如衬衫入座倒干脆些。可是中装的却得穿着长衫来去,只在室内才能脱下。西服客人累累赘赘带着上装,倒可以陪他们受点儿小罪,叫他们不至于因为这点不平而对于世道人心长吁短叹。

战时一切从简,衬衫赴宴正是"从简"。"从简"提高了便装的地位,于是乎造成了短便装的风气。先有皮茄克,春秋冬三季(在昆明是四季),大街上到处都见,黄的、黑的、拉练的、扣钮的、收底的、不收底边的,花样繁多。穿的人青年中年不分彼此,只除了六十以上的老头儿。从前穿的人多少带些个"洋"关系,现在不然,我曾在昆明乡下见过一个种地的,穿的正是这皮茄克,虽然旧些。不过还是司机穿的最早,这成个司机文化一个重要项目。皮茄克更是那儿都可去,昆明我的一位教授朋友,就穿着一件老皮茄克教书、演讲、赴宴、参加典礼,到重庆开会,差不多是皮茄克为记。这位教授穿皮茄克,似乎在学晏子穿狐裘,三十年就靠那一件衣服,他是不是赶时髦，我不能冤枉人，然而皮茄克上了运是真的。

　　再就是我要说的这两年至少在重庆风行的夏威夷衬衫，简称夏威夷衫，最简称夏威衣。这种衬衫创自夏威夷，就是檀香山，原是一种土风。夏威夷岛在热带，译名虽从音，似乎也兼义。夏威夷衣自然只宜于热天，只宜于有"夏威"的地方，如中国的重庆等。重庆流行夏威衣却似乎只是近一两年的事。去年夏天一位朋友从重庆回到昆明，说是曾看见某首长穿着这种衣服在别墅的路上散步，虽然在黄昏时分，我的这位书生朋友总觉得不大像样子。今年我却看见满街都是的，这就是所谓上行下效罢？

　　夏威衣翻领像西服的上装，对襟面袖，前后等长，不收底边，还开岔儿，比衬衫短些。除了翻领，简直跟中国的短衫或小衫一般无二。但短衫穿不上街，夏威衣即可堂哉皇哉在重庆市中走来走去。那翻领是具体而微的西服，不缺少洋味，至于凉快，也是有的。夏威衣的确比衬衫通风；而看起来飘飘然，心上也爽利。重庆的夏威衣五光十色，好像白绸子黄卡机居多，土布也有，绸的便更见其飘飘然，配长裤的好像比配短裤的多一些。在人行道上有时通过持续来了三五件夏威衣，一阵飘过去似的，倒也别有风味，参差零落就差点劲儿。夏威衣在重庆似乎比皮茄克还普遍些，因为便宜得多，但不知也会像皮茄克那样上品否。到了成都时，宴会上遇见一位上海新来的青年衬衫短裤入门，却不喜欢夏威衣（他说上海也有），说是无礼貌。这可是在成都、重庆人大概不会这样想吧？

1944 年 9 月 7 日作

古文学的欣赏

新文学运动开始的时候，胡适之先生宣布"古文"是"死文学"，给它撞丧钟，发讣闻。所谓"古文"，包括正宗的古文学。他是教人不必再做古文，却显然没有教人不必阅读和欣赏古文学。可是那时提倡新文化运动的人如吴稚晖、钱玄同两位先生，却教人将线装书丢在茅厕里。后来有过一回"骸骨的迷恋"的讨论也是反对做旧诗，不是反对读旧诗。但是两回反对读经运动却是反对"读"的。反对读经，其实是反对礼教，反对封建思想；因为主张读经的人是主张传道给青年人，而他们心目中的道大概不离乎礼教，不离乎封建思想。强迫中小学生读经没有成为事实，却改了选读古书，为的了解"固有文化"。为了解固有文化而选读古书，似乎是国民分内的事，所以大家没有说话。可是后来有了"本位文化"论，引起许多人的反感；本位文化论跟早年的保存国粹论同而不同，这不是残余的而是新兴的反动势力。这激起许多人，特别是青年人，反对读古书。

可是另一方面，在本位文化论之前有过一段关于"文学遗产"的讨论。讨论的主旨是如何接受文学遗产，倒不是扬弃它；自然，讨论到"如何"接受，也不免有所分别扬弃的。讨论似乎没有多少具体的结果，但是"批判的接受"这个广泛的原则，大家好像都承认。接着还有一回范围较小，性质相近的讨论。那是关于《庄子》和《文选》的。说《庄子》和《文选》的词汇可以帮助语体文的写作，的确有些不切实际。接受文学遗产若从"做"的一面看，似乎只有写作的态度可以直接供我们参考，至于篇章字句，文言语体各有标准，我们尽可以比较研究，却不能直接学习。因此许多大中学生厌弃教本里的文言，认为无益于写作；他们反对读古书，这也是主要的原因之一。但是流行的作文法，修辞学，文学概论这些书，举例说明，往往古今中外兼容并包；青年人对这些书里的"古文今解"倒是津津有味的读着，并不厌弃似的。从这里可以看出青年人虽然不愿信古，不愿学古，可是给予适当的帮助，他们却愿意也能够欣赏古文学，这也就是接受文学遗产了。

说到古今中外，我们自然想到翻译的外国文学。从新文学运动以来，语体翻译的外国作品数目不少，其中近代作品占多数；这几年更集中于现代作品，尤其是苏联的。但是希腊、罗马的古典，也有人译，有人读，直到最近都如此。莎士比亚至少也有两种译本。可见一般读者（自然是青年人多），对外国的古典也在爱好着。可见只要能够让他们接近，他们似乎是愿意接受文学遗产的，不论中外。而事实上外国的古典倒容易接近些。有些青年人以为古书古文学里的生活跟现代隔得太远，远得渺渺茫茫的，所以他们不能也不愿接受那些。但是外国古典该隔得更远了，怎么事实上倒反容易接受些呢？我想从头来说起，古人所谓"人情不相远"是有道理的。尽管社会组织不一样，尽管意识形态不一样，人情总还有不相远的地方。喜怒哀乐爱恶欲总还是喜怒哀乐爱恶欲，虽然对象不尽同，表现也不尽同。对象和表现的不同，由于风俗习惯的不同；风俗习惯的不同，由于地理环境和社会组织的不同。使我们跟古代跟外国隔得远的，就是这种种风俗习惯；而使我们跟古文学跟外国文学隔得远的尤其是可以算做风俗习惯的一环的语言文字。语体翻译的外国文学打通了这一关，所以倒比古文学容易接受些。

人情或人性不相远，而历史是连续的，这才说得上接受古文学。但是这是现代，我们有我们的立场。得弄清楚自己的立场，再弄清楚古文学的立场，所谓"知己知彼"，然后才能分别出那些是该扬弃的，那些是该保留的。弄清楚立场就是清算，也就是批判；"批判的接受"就是一面接受着，一面批判着。自己有立场，却并不妨碍了解或认识古文学，因为一面可以设身地为古人着想，一面还是可以回到自己立场上批判的。这"设身处地"是欣赏的重要的关键，也就是所谓"感情移入"。个人生活在群体中，多少能够体会别人，多少能够为别人着想。关心朋友，关心大众，恕道和同情，都由于设身处地为别人着想；甚至"替古人担忧"也由于此。演戏，看戏，一是设身处地的演出，一是设身处地的看人。做人不要做坏人，做戏有时候却得做坏人。看戏恨坏人，有的人竟会丢石子甚至动手去打那戏台上的坏人。打起来确是过了分，然而不能不算是欣赏那坏人做得好，好得教这种看戏的忘了"我"。这种忘了"我"的人显然没有在批判着。有批判力的就不至如此，他们欣赏着，一面常常回到自己，自己的立场。欣赏跟行动分得开，欣赏有时可以影响行动，有时可以不影响，自己有分寸，做得主，就不至于糊涂了。读了武侠小说就结伴上峨眉山，的确是糊涂。所以培养欣赏力同时得培养批判力；不然，"有毒的"东西就太多了。然而青年人不愿意接受有些古书和古文学，倒不一定是怕那"毒"，他们的第一难关还是语言文字。

打通了语言文字这一关，欣赏古文学的就不会少，虽然不会赶上欣赏现代文学的多。语体翻译的外国古典可以为证。语体的旧小说如《水浒传》《西游记》《红楼梦》《儒林外史》，现在的读者大概比二三十年前要减少了，但是还拥有相当广大的读众。这些人欣赏打虎的武松，焚稿的林黛玉，却一般的未必崇拜武松，尤其未必崇拜林黛玉。他们欣赏武松的勇气和林黛玉的痴情，却嫌武松无知识，林黛玉不健康。欣赏跟崇拜也是分得开的。欣赏是情感的操练，可以增加情感的广度、深度，也可以增加高度。欣赏的对象或古或今，或中或外，影响行动或浅或深，但是那影响总是间接的，直接的影响是在情感上。有些行动固然可以直接影响情感，但是欣赏的机会似乎更容易得到些。要培养情感，欣赏的机会越多越好；就文学而论，古今中外越多能欣赏越好。这其间古文和外国文学都有一道难关，语言文字。外国文学可用语体翻译，古文学的难关该也不难打通的。

我们得承认古文确是"死文字"，死语言，跟现在的语体或白话不是一种语言。这样看，打通这一关也可以用语体翻译。这办法早就有人用过，现代也还有人用着。记得清末有一部《古文析义》，每篇古文后边有一篇白话

的解释，其实就是逐句的翻译。那些翻译够清楚的，虽然啰唆些。但是那只是一部不登大雅之堂的启蒙书，不曾引起人们注意。五四运动以后，整理国故引起了古书今译。顾颉刚先生的《盘庚篇今译》（见《古史辨》），最先引起我们的注意。他是要打破古书奥妙的气氛，所以将《尚书》里诘屈聱牙的这《盘庚》三篇用语体译出来，让大家看出那"鬼治主义"的把戏。他的翻译很谨严，也够确切；最难得的，又是三篇简洁明畅的白话散文，独立起来看，也有意思。近来郭沫若先生在《由周代农事诗论到周代社会》一文（见《青铜时代》）里翻译了《诗经》的十篇诗，风雅颂都有。他是用来论周代社会的，译文可也都是明畅的素朴的白话散文诗。此外还有将《诗经》《楚辞》和《论语》作为文学来今译的，都是有意义的尝试。这种翻译的难处在乎译者的修养；他要能够了解古文学，批判古文学，还要能够照他所了解与批判的译成艺术性的或有风格的白话。

　　翻译之外，还有讲解，当然也是用白话。讲解是分析原文的意义并加以批判，跟翻译不同的是以原文为主。笔者在《国文月刊》里写的《古诗十九首集释》，叶绍钧先生和笔者合作的《精读指导举隅》（其中也有语体文的讲解），浦江清先生在《国文月刊》里写的《词的讲解》，都是这种尝试。有些读者嫌讲得太琐碎，有些却愿意细心读下去。还有就是白话注释，更是以读原文为主。这虽然有人试过，如《论语》白话注之类，可只是敷衍旧注，毫无新义，那注文又啰里啰唆的。现在得从头做起，最难的是注文用的白话，现行的语体文里没有这一体，得创作，要简明朴实。选出该注释的词句也不易，有新义更不易。此外还有一条路，可以叫做拟作。谢灵运有《拟魏太子邺中集》，综合的拟写建安诗人，用他们的口气作诗。江淹有《杂拟诗》三十首，也是综合而扼要的分别拟写历代无名的五言诗人，也用他们自己的口气。这是用诗来拟诗。英国麦克士·比罗姆著《圣诞花环》，却以圣诞节为题用散文来综合的扼要的拟写当代各个作家。他写照了各个作家，也写照了自己。我们不妨如法炮制，用白话来尝试。以上四条路都通到古文学的欣赏；我们要接受古代作家文学遗产，就可以从这些路子走近去。

朱自清年谱

【1898】
11月22日：生于江苏北部小城东海县（古时称海州）。

【1902】
随父母定居扬州。

【1912】
祖父朱则余逝世，终年66岁。
与武钟谦订婚。

【1916】
以优异成绩从江苏省立第八中学毕业。
秋，考上北京大学预科。
12月15日：与武钟谦成亲。

【1917】
考入北大哲学系。
冬天：父亲受姨太太牵累，亏空公款500元，祖母因此辞世，享年71岁。

【1918】
长子迈出生，即《儿女》中的阿九。
参加了邓中夏发起组织的"平民教育讲演团"。

【1919】
2月29日：作新诗《睡罢，小小的人》，开始新文学创作。

【1920】
参加新潮社。
在北大校长蒋梦麟推荐下，回到扬州，并到杭州第一师范学校任国文教员。这是他一生服务于教育界的开始。

【1923】
2月：由北大同学周予同介绍，到浙江省立第十中学（温州中学的前身）任国文教员。后又在省立第十师范学校兼教公民和科学概论。
10月11日：夜晚，完成散文《桨声灯影里的秦淮河》。

【1924】
　　1月25日：《东方杂志》第21卷第2号20周年纪念号发表《桨声灯影里的秦淮河》。
　　6月1日：《春晖》校刊第30期登载朱自清《白马湖书录》《刹那》二文。
　　12月：上海亚东图书馆出版《踪迹》（诗与散文）。

【1925】
　　6月：主编的《我们的六月》出版。
　　8月：因俞平伯推荐到清华大学任教授。
　　10月：作散文《背影》。

【1927】
　　1月：自白马湖接眷北上清华，路过上海，叶圣陶先生等为先生饯行。
　　7月：完成散文《荷塘月色》。
　　7月10日：《小说月报》第18卷第7期发表《荷塘月色》。

【1928】
　　8月：散文集《背影》出版。
　　11月26日：妻子武钟谦去世，留下6个孩子。

【1930】
　　9月：因系主任杨振声出任青岛大学校长，朱自清代理中国文学系主任工作。
　　秋，结识陈竹隐。

【1931】
　　8月：前往英国伦敦学习语言学和英国文学，后又游历欧洲大陆。
　　11月15日：作《西行通讯》。
　　与陈竹隐订婚，并往欧洲游历。

【1932】
　　7月：从欧洲返国。
　　8月：与陈竹隐结婚。
　　9月：任清华大学中国文学系主任。

【1933】
　　7月：作散文《春》，系特约撰述之作品，编入上海中华书局1933年7月版朱文叔编《初中语文读本》第1册。

【1934】

9月：游记散文集《欧游杂记》由开明书店出版。

【1935】

阿英编《现代十六家小品》，"朱自清小品"收散文5篇。

【1936】

3月：散文集《你我》出版。

11月26日：《国立清华大学校刊》第792号发表《绥行纪略》。

《十日杂志》发表歌词《维我中华歌》。

【1937】

9月：南下。

10月：到达长沙临时大学。

11月：自长沙至南岳。

作歌词：《清华大学第九级级歌》。

【1938】

3月：抵达昆明。

7月7日：参加七七抗战二周年纪念会，并发表短文《这一天》。

【1940】

8月4日：1940年夏至1941年夏，按西南联合大学规定的教师"轮休"制度，在此校任教的朱自清可以带薪离校休假一年。朱自清可以有一段完整的时间，从事早已酝酿成熟的对中国经典文献的学术研究。但昆明物价高得惊人，身为知名教授，亦难养家糊口。计议再三，终于决定迁家到夫人陈竹隐的故乡成都。1940年上学期，一放暑假，朱自清就离开了学校临时校址所在地的云南昆明，于这年的8月4日到达在四川成都租得的、夫人及孩子已搬至此处的家——成都市东门外宋公桥报恩寺内的旁院三间没有地板的小瓦房。

【1941】

4月26日：叶圣陶访朱寓。朱自清以长篇五言《近怀示圣陶》相赠。叶圣陶以《采桑子·偕佩弦登望江楼》回赠。

4月30日：四川省教育厅教育科学馆办《文史教学》，朱自清、叶圣陶、顾颉刚、钱穆担任编委。

10月19日：晚，到达西南联大叙永分校所在地——叙永古城。

【1942】

3月：与叶圣陶合著《精读指导举隅》出版。

4月：在联大师范学院讲演，题目《了解与欣赏——这里讨论的是关于了解与欣赏能力的训练》。

【1943】

2月4、5日：作诗论《诗的趋势》，指出现代诗的趋势在于"不爱'晦涩'，不迷恋文字和技巧，而要求无修饰的平淡的实在感，要求明确的直截的诗"。

2月：《国文月刊》第20期发表《了解与欣赏——这里讨论的是关于了解与欣赏能力的训练》

4月：《伦敦杂记》出版。

【1945】

4月：与叶圣陶合著《国文教学》出版。

6月：作《始终如一的茅盾先生》。

8月24日：作《校正＜经典常谈＞》（日记）。

【1946】

5月3日：参加五四文艺晚会，并演讲。

5月：上海文光书店出版《经典常谈》（论文集）。

8月24日：《新华日报》发表朱自清先生对该报记者的谈话《谈闻一多教授生平》。

【1947】

年初，上了国民党的黑名单。

2月23日：参加签名抗议当局任意逮捕人民的宣言。

5月26日：签名呼吁和平的宣言，并亲访各院教授征求签名。

8月：上海开明书店出版《诗言志辨》。

12月：写作《论不满现状》。

拒绝救济粮，拒绝为中间道路的刊物写稿。

【1948】

5月22日：签名抗议美帝扶日并拒领美援面粉的宣言。

8月6日：胃部剧痛，入北大医院开刀。

8月10日：转为肾脏炎，犹谆谆嘱托家人，说他已签名拒绝美援，不要买政府的配售美粉。

8月12日：11时40分逝世，享年51岁。

朱自清轶闻趣事

·买书轶事·

朱自清在上中学时，就极喜欢读书。当时家里每月给他一元零花钱，他大部分都交给家乡一家广益书局了，而且还常常欠账。引发他对哲学兴趣的一部《佛学易解》，就是从这家书局得到的。

后来到北京大学读书，专业就是哲学，朱自清就更喜欢佛学书了。当时佛经一类书多在西城卧佛寺鹫峰寺一带，他曾到寺里面买了《因明入正理论疏》《百法明门论疏》《翻译名义集》等书。当时是一个阴沉的秋天的下午，街上就朱自清一人，后来他在文章中回忆时还说："这股傻劲回味起来颇有意思。"

·为书当衣·

1920年，是朱自清在大学的最后一年。一次，他到琉璃厂去逛书店，在华洋书庄见到一部新版的《韦伯斯特大字典》，定价要14元。这钱对这部大书说来虽不算太贵，可对一个念书的学生却实在不是个小数目。自己手头没这么多钱，可书又实在舍不得，思来想去，就自己的一件皮大氅还值点钱了。

这件大氅，是父亲在朱自清结婚时为他做的，水獭领，紫貂皮。大氅虽是布面，样式有点土气，领子还是用两副"马蹄袖"拼凑起来，可毕竟是皮衣，在制作的时候，父亲还很费了些心力。可当时实在舍不得那本"大字典"，又想到将来准能将大氅赎出，便在踌躇许久后，毅然将它拿到了当铺。

当铺在学校后门，转身就到。朱自清并没有过多考虑。因为想到将来赎回，便以书价作当价：14块。大氅当然不止这个价，所以当铺柜上的人一点不为难，即刻付款。

拿上钱，朱自清马上去把那本《韦伯斯特大字典》抱了回来。不料那件费了父亲许多心力的大氅，却终于没有赎回来。

· 函请接济老父 ·

芦沟桥事变发生之后，朱自清先生转往大后方，他写信给当时在上海教书的李健吾，请他就近接济自己住在扬州的老父亲，李健吾自然不会让老师失望。那么，朱自清先生何以有信心如此重托他人呢？原来，这二人之间早已建立了深厚的师生情谊。——1925年暑假过后，朱自清先生应聘来到清华大学担任了中国文学系的教授。李健吾这时刚好从北京师范大学附属中学毕业，考取了清华大学中文系。上第一堂课，朱自清先生点名，点到李健吾时，问道："李健吾，这个名字怪熟的，是不是常在报纸上写文章的那个李健吾？"李健吾回答："不敢瞒老师，是我。"确实是在师大附中读书时，李健吾就和蹇先艾等组织了爝火社，从事新文学活动了。"那我早认识你啦！"朱先生高兴地说。下课后，朱自清先生劝李健吾："你是要学创作的，念中文系不相宜，还是转到外文系去吧。"当时中文系只念古书，所以朱自清先生这么说。李健吾听了朱自清先生的话，第二年就转到外文系去了。师生虽不在一个系，但李健吾写了作品，都先送给朱先生看，始终把朱自清先生当作导师。朱自清先生也每次都字斟句酌地帮李健吾定稿。多年互动，使他们真挚的师生情笃定终生。

· 一件毡披风 ·

大学毕业后，朱自清在江浙一带中学教书，后来被聘为清华大学中文系教授。有一年冬天特别冷，朱自清没有力量缝制棉袍，便到街上去买了一件马夫用的毡披风。这种披风有两种，一种式样较好且细毛柔软，但价贵，朱自清买不起，便买了一种粗糙但便宜点的。

这件毡披风由于太过显眼，成了教授生活清贫的标志，以致后来多次出现在回忆朱自清的朋友的笔下。但它却为朱自清进城上课拦挡了风寒，晚间又铺下当褥子，虽然说起来颇叫人心酸。此时，再想想那件当出而不能赎回的皮大氅，叫人更感到读书人痴迷于书的程度。

梦里丢"饭碗"

根据20世纪30年代清华的规定，教授们在校工作五年，就有一年的学术休假，由学校资助去外国访问进修。朱自清时任清华大学中文系教授，于1931年利用学术休假，在英国伦敦皇家学院和伦敦大学注册旁听。据《朱自清日记》于该年记述，他有两次夜梦清华未能继续聘他为教授，理由是他在外国文学上的学养上尚有不足；梦醒，全身冷汗，深感不发聘书颇有道理，于是他更加努力利用在伦敦的一切便利条件，来提高自己。俗语云：日有所思，夜有所梦。所谓"不足"，并非真的来自清华校方的压力，而是朱先生对自己严格要求的反映。

不领美国救济粮

朱自清是清华大学中文系教授。1948年初，人民解放战争进入最后阶段，6月，北平学生掀起了反对美国扶植日本军国主义的运动。当时，朱自清身患重病，又无钱医治，但他毫不犹豫地在写着"为表示中国人民的尊严和气节，我们断然拒绝美国具有收买灵魂性质的一切施舍物资，无论是购买的或给予的"的宣言上签了自己的名字。8月初，朱自清病情加重，入院治疗无效，12日逝世。那时他年仅51岁。临终前，朱自清以微弱的声音谆谆叮嘱家人："有件事要记住，我是在拒绝美国面粉的文件上签过名的，我们家以后不买国民党配给的美国面粉！"

吴晗1960年写的《关于朱自清不领美国"救济粮"》说："这时候，他的胃病已经很严重了，只能吃很少的东西，多一点就要吐。面庞瘦削，说话声音低沉。他有大小七个孩子，日子比谁过得都困难。但是他一看了稿子，毫不迟疑，立刻签了名。"朱自清夫人也写道："我们家人口多，尤其困难。为了生活，佩弦（朱自清字佩弦）不得不带着一身重病，拼命多写文章,经常写到深夜,甚至到天明。那时家里一天两顿粗粮,有时为照顾他有胃病,给他做一点细粮,他都从不一个人吃,总要分给孩子们吃。"在吴晗找朱自清签名时,"他的病情已经很严重了,呕吐得厉害——医生说应尽快动手术"。当天朱自清的日记中写道:"此事每月须损失六百万法币,影响家中甚大,但余仍决定签名。因余等既反美扶日,自应直接由自身做起,此虽只为精神上之抗议,但决不应逃避个人责任。"由此可见,吴晗说"毫不迟疑,立刻签了名"显然有夸张之嫌,朱自清至少也是咬牙决定的,以身作则的观念使他决定牺牲家庭的生活必需。

·最后的岁月·

逝世前半年,常年劳累的朱自清体力衰弱,经常连走一点路都很吃力。他感到自己骤然衰老,不过并不因此而消极。他把唐人的诗句"夕阳无限好,只是近黄昏",反其意而用之,改成"但得夕阳无限好,何须惆怅近黄昏",作为对自己的鞭策,压在书桌的玻璃板下。每天一清早就坐在桌前,读书勤奋不息,工作毫不减轻。

在生命的最后两个月,朱自清的身体已极度衰弱,体重低到77.6斤,且又"彻夜胃痛不止","不断大量呕吐",病情日益危重。可他仍然编辑《闻一多全集》,编写教科书,备课讲授,演讲呐喊。在这两个月的日记中,他直接写到读书、买书、选书的日记竟有17篇之多。其中有他认真阅读瞿秋白同志的《鲁迅杂感集序言》和《大众哲学》的记载。甚至在逝世前26天,他还在日记中订了一个阅读计划,要求自己除星期六下午和星期日外,每天坚持轮流读一本英文书和中文书,利用休息时间读诗。说到做到,此后两天,即订出计划的第一个星期一,他开始读布尔芬奇的《神话集》和《波罗克夫的眼界》一文。

朱自清主要作品

《雪朝》(诗集)1922,商务印书馆

《踪迹》(诗与散文)1924,亚东图书馆

《背影》(散文集)1928,开明书店

《欧游杂记》(散文集)1934,开明书店

《你我》(散文集)1936,商务印书馆

《伦敦杂记》(散文集)1943,开明书店

《国文教学》(论文集)1945,开明书店

《经典常谈》(论文集)1946,文光书店

《诗言志辨》(诗论)1947,开明书店

《新诗杂话》(诗论)1947,作家书屋

《标准与尺度》(杂文集)1948,文光书店

《语文拾零》(论文集)1948,名山书屋

《论雅俗共赏》(杂文集)1948,观察社

名人对朱自清及其作品的评价

举目伤心,此去焉知非幸事;一寒彻骨,再来不做教书人!
——邓以蛰为朱自清写的挽联

朱自清虽则是一个诗人,可是他的散文仍能满贮着那一种诗意。文学研究会的散文作家中,除冰心女士外,文章之美,要算他。
——郁达夫《中国新文学大系散文二集·导引》

每回重读佩弦兄的散文,我就回想起倾听他的闲谈的乐趣,古今中外,海阔天空,不故作高深而情趣盎然。我常常想,他这样的经验,他这样的想头,不是我也有过的吗?在我只不过一闪而逝,他却紧紧抓住了。他还能表达得恰如其分,或淡或浓,味道极正而且醇厚。
——叶圣陶《朱佩弦先生》

朱自清的成功之处是,善于通过精确的观察,细腻地抒写出对自然景色的内心感受。
——林非《现代六十家散文札记》

朱自清的散文是很讲究语言的,哪怕是一个字两个字的问题也决不放松。可是他的注重语言,绝不是堆砌辞藻。
——朱德熙《漫谈朱自清的散文》

述先生之盛藻曰論作文之
余每觀材士大夫以得其用
夫其放言遣民多變其